呼啸山庄

[英] 艾米莉·勃朗特 著
张玲 张扬 译

中国友谊出版公司

图书在版编目（CIP）数据

呼啸山庄 /（英）勃朗特（Bronte,E.）著；张玲，张扬译．—北京：中国友谊出版公司，2014.1（2019.3重印）

ISBN 978-7-5057-3288-9

Ⅰ．①呼…　Ⅱ．①勃…　②张…　③张…Ⅲ．①长篇小说－英国－近代　Ⅳ．①I561.44

中国版本图书馆CIP数据核字(2013)第284748号

书名　呼啸山庄
作者　[英] 艾米莉·勃朗特
译者　张玲　张扬
出版　中国友谊出版公司
发行　中国友谊出版公司
经销　新华书店
印刷　北京旭丰源印刷技术有限公司
规格　880×1230毫米　32开
12.75印张　318千字
版次　2014年4月第1版
印次　2019年3月第3次印刷
书号　ISBN 978-7-5057-3288-9
定价　48.00元
地址　北京市朝阳区西坝河南里17号楼
邮编　100028
电话　(010) 64678009

Wuthering Heights

惩罚恶人是上帝的事，

我们应该学会饶恕。

目录

Wuthering Heights

第一卷

第一章

1801年——我拜罢房东刚刚回来——这位离群索居的芳邻往后还够让我麻烦的呢。这一带地方的确是妙不可言！我看整个英格兰再也找不出这么远隔尘嚣的安身之处了。真是厌世者得其所哉的天堂——而希思克利夫先生和我又刚好凑成一对儿，可以共享这一派荒寂。好一个顶呱呱的伙伴！我骑马走上前去就望见他那一对黑眼睛，满腹狐疑地觑在眉毛底下；待我报出自家姓名，他更是决心设防，将那些插在背心里的手指头往里插得更深。在这样一种阵势之下，他很难设想，我对他是心怀何等的热忱。

“你是希思克利夫先生吗？”我问他。

点了一下头就算是回答。

“先生，我是洛克伍德先生，你的新房客。我刚一到达就不揣冒昧立刻前来拜访，是想表明，我一再恳求希望租下画眉田庄，没有给你造成不便。我昨天听说，你原先曾经有些担心——”

“画眉田庄归我所有，先生，”他不觉一愣，打断我的话头说，“要是我挡得住，我绝不允许什么人给我造成不便——进来！”

“进来”这两个字是从牙缝里挤出来的，表示的是“滚蛋！”的意思。甚至他倚着的那扇门，对这两个字也并未应声启动。我想正是此情此景让我决定接受他的邀请，因为我觉得，一个比我自己还要落落寡合得出奇的人，倒也很有点意思。

他看到我那匹马的前胸都快要蹭到栅栏了，才当真伸手打开链闩，然后阴沉着脸领我走上甬道。我们走进院子的时候，他大声呼叫：

“约瑟夫，把洛克伍德先生的马牵过去；再拿点酒来！”

“我想这大概就是咱们的全班家仆了吧，”这一声双料的命令使我作如是想，“怪不得石板缝里长了草；牛成了仅有的篱笆修剪工。”

约瑟夫年纪不小了，不对，是个老人，也许还很老，尽管精神矍铄，身体健壮。

“老天爷帮帮俺们吧！”他从我手里把马牵过去的时候，憋着一肚子火气压低嗓门自言自语，一边说还一边朝我脸上扫了一眼，那副愁眉苦脸的样子，让我不得不慈悲为怀，设想他必定是需要神力来帮助消化他那顿饭食，所以他那脱口而出的虔心求告和我的不速而至并无瓜葛。

“呼啸山庄”是希思克利夫先生住宅的名字。“呼啸”是当地一个意味深长的形容词，用来描绘在狂风暴雨恣意肆虐的天气，它坐落的处所那种喧嚣噪乱的情景。其实这里想必是一年四季空气明净，清新爽朗。你只要看一看房子尽头那些疏疏落落、干枯低矮极力倒向一边的枞树，还有那朝一边伸着细枝、好像在向阳光求乞的荆棘，就会想见从山那边刮过来的北风的那股劲头了。幸亏建筑师有先见之明，把房子造得结结实实：狭窄的窗户都深深地砌在墙壁里面，房子的四角都有巨大突出的石块护卫着。

迈进门槛之前，我站住观赏了一下房子前脸上大肆装点的那些奇形怪状的雕饰，特别是正门周围的那些。在门楣上方那一大堆碎裂的鹫头飞狮和不知羞臊的小男孩①中间，我看出了“1500”这个年

① 指裸体小天使。

份和“哈顿·恩肖”这个姓名。我本想来一点儿评说，再向这位乌云满面的房东打听出点儿这个地方的简史，可是他站在门口的那副姿态，就像是要求我要么赶快进去，要么干脆一走了之，而我可不想尚未登堂入室一窥奥秘，就撩拨得他更加不耐。

一迈步我们就进了这一家的起居室，根本没有什么穿厅或过道：这里他们美其名曰“堂屋”。通常堂屋包括厨房和客厅，不过在呼啸山庄，我看厨房整个给挤到别的地方去了；至少我听出来在尽里边有人咕咕哝哝地说话，还有锅碗瓢盆叮叮当当的响声；而且在大炉子那边，我看不出什么烤、煮或是烘的迹象，也看不见墙上挂着什么锃光瓦亮的铜煎锅和锡漏勺。屋子的一头，确实倒是映照出了堂堂皇皇的光和热，因为那儿有一口又宽又大的橡木橱，上面摆着一些巨大的白镴盘，中间还夹着银壶、银杯，一排高出一排地一直码到了屋顶。这里的屋顶从没装过顶棚，整个内里结构只要留神尽可一览无余，只有一处地方给放着燕麦饼、一串串牛腿、羊肉和火腿的支架挡住了。壁炉上面挂着各式各样粗制滥造的旧枪和一对马枪，壁架上一溜摆了三个涂得花里胡哨的茶叶桶作为装饰。地面是光滑的白石板。几把椅子都是高背的，结构简陋，漆成绿色。在背亮的那一边，还藏着一两把笨重的黑椅子。橱柜下面的拱洞里卧着一条猪肝色短毛的大母猎狗，四周围着一群汪汪乱叫的小狗崽儿，还有几条狗则在另外一些隐蔽处所蹿进蹿出。

这房子和家具如果是一个普通北方庄稼人的，倒也不算稀罕。这种人常常是生就一副倔强的面容，穿着过膝短裤，扎着绑腿，使两条腿显得又粗又壮。如果你在晚饭后挑好时间去，那么在这一带山区方圆五六英里到处都会看到这种人：坐在圈手椅里，面前的圆桌上放着一大杯冒泡的麦酒。但是希思克利夫先生与他的住所和生活方式却形成一种奇特的反差。从外貌看，他是个黑皮肤的吉卜赛人，从服装和举止看又是位绅士——也就是像许多乡绅一样的绅士：也许颇有点不修边幅，不过还不至于看着使人觉得不大得体，因为他的身材挺拔，相貌端正，而且还带点郁郁寡欢的神气，有人也许会觉得这是他因教养不足而显得自大——我对他则心生一丝同情，觉得并不是那么回事；我凭直觉知道，他矜持的根源出自讨厌矫揉造作地表露感情——讨厌将彼此的情意表露在外。他或爱或恨，同样都是深藏不露，而且他又把为别人所爱所恨，都视作对他的冒犯——不行，我这样离题太远了——我这是把自己的一套想法肆意扣在他的头上。希思克利夫先生遇到可能交上的朋友，会不伸出手来，这和我也会这样做的理由可能完全不同。就让我总想着我的脾气差不多得说是独一无二算了：我亲爱的母亲过去常说，我一辈子也不会有一个舒适温馨的家，而且刚好在今年夏天，我就证明了自己不配有这样的家。

那时候我在海边享受了一个月的好天气，和一个极其迷人的姑娘殷勤为伴，她尚未对我属意的那阵儿，在我眼里真是仙女一般。我言谈中间“从来没有吐露过我的爱情”[①]，可是如果说眉目自能传情，那么最不开窍的傻瓜也能猜想到，我已经神魂颠倒了。她终于懂得了我的心思，而且回送秋水一泓——要多甜美就有多甜美的一泓秋水——可我是怎么办的呢？我羞愧难当地招认——就像一只蜗牛，冷冰冰地缩回来了，每一次秋波一瞬，都让我显得更冷，缩得更远；这一来，这位无辜的小可怜儿对自己的感觉也起了疑心，为自己闹的误会不胜惶惑，竟撺掇着她妈妈溜之乎也。

正是由于这样秉性乖张，我就得了一个故作无情的令名，只有自己心里明白，这有多么冤枉。

---

① 引语仿自莎士比亚《第十二夜》中薇奥拉对自己热恋的公爵所说的话。

我在炉边一把椅子上坐下来，是正对着我的房东走过去的那一把，为不显得冷场，我想伸手去摸摸那条大母狗，她已经离开了她那窝小崽儿，像狼一样偷偷溜到我的腿后面，撅着嘴巴，露出白牙，流着口水，准备咬我一口。

我的抚摸引得她从嗓子里发出一长串咆哮。

“你最好还是别理这条狗，”希思克利夫先生应和着狗的咆哮，发出一声嗥叫，还把脚在地上一跺，镇住了那条跃跃欲试的狗。“她还不习惯，还没给宠坏——不是当宠物养的。”

然后他大步走向一个边门，又大叫一声：

“约瑟夫！”

约瑟夫在地窖深处隐隐约约地咕噜了几声，可是并没有要上来的样子，所以主人就下去找他，留下我一个人和这条凶恶的母狗面面相觑，还有那两条凶险狰狞、浑身粗毛的牧羊犬，他们和母狗一起对我的一举一动都严加提防。

我静静地坐着，还不想马上同他们那些獠牙打什么交道——可是我想他们不会懂得沉默也是一种侮辱，便对这三个狗东西挤眉弄眼，做起了鬼脸。这一下可糟了，不知是哪一副面相惹恼了那位女士，竟然让她暴跳如雷，直向我的膝盖猛扑过来。我把她一下扔了回去，又急忙把那张桌子拉过来，挡在我们中间。这一来更激怒了这整个的一窝蜂，六七条大大小小、老老少少四条腿的恶魔，从藏身之处一下蹿了出来，扑向他们共同的目标。我感到他们专门攻击我的脚后跟和上衣下摆，于是我一方面使出了最大的劲，抡起拨火棍挡开那几条大狗，同时不得不高声叫喊，要这家子来人帮助重建和平。

希思克利夫先生和他那个仆人从通地窖的阶梯爬上来，那慢慢腾腾的样子令人恼火。我觉得他们就像平常一样，没有加快一分一秒，尽管壁炉这边狗群又咬又叫，闹得雷鸣电闪，风狂雨暴。

幸好一个人从厨房里赶出来先解了围。这是一个健壮的妇人，扎着长袍，光着胳臂，红光满面。她把煎锅当武器，抡着冲到我们中间，再加上大喊大叫，这场风暴就像变魔术似的一下子平息了，等到主人来到现场的时候，只剩下了她，胸脯仍然一起一伏地就像狂风过后的大海一般。

“真见鬼啦，怎么回事？”他瞪了我一眼问道。受到了这样的怠慢之后，又看到他这副神气，简直叫人难以忍受。

“真是见鬼啦！”我咕噜起来，“就是那群魔鬼附体的猪[①]也不会像你这些畜生这样凶神恶煞似的，先生。你兴许还会让一位生客跟一群老虎待在一块儿呢！”

“不管是谁，只要什么也不去碰，他们是不会找他麻烦的，”他一边说，一边把推开了的那张桌子推回原位，还把一瓶酒摆在我面前，“这些狗保持警惕是尽职尽责。喝杯酒吧？”

“不喝，谢谢你。”

“没挨咬吧，你？”

“我要是挨上了，早给那个咬人的畜生打上戳子了。”

希思克利夫绷着的脸放松了，咧开嘴一笑。

“得啦，得啦，”他说，“你是慌了神儿啦，洛克伍德先生。来吧，喝点酒。这宅子里客人太金贵了，所以我和我养的那几条狗——我愿意坦白地说——都不大懂怎样待客了。祝你健康，先生！”

我鞠了一躬，并且也向他祝酒。这时我也渐渐悟出，为了那一群狗没有规矩就坐着憋气，未免太傻；再说我也不愿意让这个家伙再看着我幸灾乐祸；因为他的情绪往那方面转了。

他大概是出于深谋远虑，觉得得罪一位好房客未免愚蠢，说话

---

① 引自《新约·路加福音》第8章第32、33节，讲鬼附在一群猪身上，猪即闯下山崖冲到湖里淹死的故事。

也就不再那么简短生硬，删掉代名词和助动词，并且引出他认为我会有兴趣的话题，谈起我目前幽居的那个地方的长处和短处。

我觉得，他在我们触及的这种话题上见解非常精明，而且在告辞回家以前，我已经给鼓动得主动提出明天再次拜访他了。

他显然不希望我再打扰。可我不管怎样还是要去。我觉得，同他一比我居然如此爱好交际，真是不可思议。

第二章

昨天下午雾气重重，天气寒冷。我很想把这段时光消磨在书房的壁炉边，不愿意跋涉穿过石楠草荒地和一片片泥淖到呼啸山庄去。

然而等到吃过正餐（请注意：我是在 12 点到 1 点之间吃正餐；这位女管家——同这所房子一起捎带租下来的一位就像主妇一般的太太，不能或者是不愿领会我的要求，给我在 5 点钟开饭[①]），我怀着这个偷懒的打算上了楼，一进屋就看见一个女仆跪在那儿，身边放着好些刷子和煤桶，正在把一堆堆煤渣压在炉火上，扬得满屋都是讨厌的煤灰。这番景象让我只好立刻转身回来，戴上帽子，步行了四英里，来到希思克利夫的花园门口，这时刚好及时躲过了开头飘下来的鹅毛大雪。

在荒凉的小山包上，泥土结着黑霜变得生硬，寒气砭人肌骨，

---

① 正餐时间因地区和阶级而异，伦敦人通常比乡下人晚。此处女管家是仅依本地习惯行事。

让我浑身哆嗦。我打不开链闩，就跳了过去，跑过两边是丫杈横生的醋栗树的石板甬道，敲门求进，一直敲到指节疼痛，狗吠大作，也无人回应。

“这一家真可恶！”我心中不禁骂道，“你们这种天生来的刻薄怠慢，让你们活该与人老死不相往来。我起码还不至于大白天也把门锁上吧——我可不管了——我非进去不可！”

我既然下定了决心，就抓住门闩，拼命摇晃。怪头怪脑的约瑟夫从粮仓的圆窗里探出头来。

“你干啥？”他大声叫道，“俺家老爷在羊圈，你要跟他说啥，打粮仓那头绕。”

“里边没人来开门吗？”我也对着他大声叫嚷。

“除太太，没人；就由着你骂到夜，她也不会开。”

“为什么？你就不能告诉她我是谁吗，嗯，约瑟夫？”

“关俺啥事？俺可管不着。”那个脑袋一边咕噜着，一边缩回去了。

雪开始越下越大。我抓住门把手，以图再试。这时一个没穿外衣、扛着干草叉的年轻人从后面场院里走出来。他招呼我跟着他走，穿过洗衣房和一块铺砌过的场地——那里有堆煤的小仓房、抽水机和鸽子棚——最后进入昨天接待我的那间又宽大、又暖和、又舒适的堂屋。

煤块、泥炭和木柴混在一起烧出的熊熊火光，照得人心神愉快；桌子已经摆好，只等端上丰盛的晚餐了，我很高兴看到桌旁那位“太太”，我以前从没想到，他家里还有这么一个人。

我鞠了一躬，站在那儿，心想她总会请我落座。她盯着我，把身子朝椅背上一靠，仍旧一动不动，一声不吭。

“风雪可真厉害，”我说道，“希思克利夫太太，你们家仆人偷懒，恐怕你们家的门也得跟着倒霉；我可是费了好大劲儿才让他们听见我在叫门。”

她就是不开口。我瞪着眼——她也瞪着眼。不管怎么说，反正她是把眼光定在我身上，神情冷淡，漠不关心，叫人格外局促不安。

“坐下，”那小伙子粗声粗气地说，“他马上就会来。”

我从命坐下，清了清嗓子，用朱诺[1]称呼那条恶狗，她在这再次见面之时居然摇晃起尾巴尖，屈尊表示与我相识。

“多漂亮的狗！”我又开腔了，“你有意把那些小狗崽分出去吗，太太？”

“他们可不是我的。”这位和气的女主人说。可她说得比希思克利夫本人的答话还要令人反感。

“啊，原来你宠爱的东西在那儿！”我接下去又说，同时把身子转向一个不大显眼的坐垫，上面好像满是猫之类的东西。

“宠爱那些东西才怪呢。”她轻蔑地批了一句。

真够丧气的，原来那是一堆死兔子——我又清了一下嗓子，向壁炉挪近一点，又议论起晚上的大雪。

“你根本就不应该出来。”她边说边起身，从壁炉架上够着两个彩绘的茶叶罐。

她原先坐的地方是背光的，此时我可就清清楚楚看出了她整个的形体容貌。她很苗条，显然未过少女时代：身段优美，那张端庄秀丽的小脸儿，我这辈子还无福一见：娇小玲珑，肤色白皙，发卷淡黄——倒不如说是金黄——松软地披散在她那纤细柔嫩的脖子上，一对明眸要是顾盼含情管保叫你难以招架；不过我这颗多情易感的心总算是福星高照，她这双秀目流露出来的只是介乎藐视一切和有点无可奈何的神色，让人看了只觉得别扭。

① 朱诺，罗马神话中主神朱庇特的妻子之名，此处用来称呼房东家的母狗，表示友善。

那些茶叶罐，她不大够得着，我活动了一下想帮帮她；她却突然转向我，那副神气就像守财奴看到谁想帮着他数他的金币似的。

“我不要你帮忙，”她脱口而出，“我自己能拿得着。”

“请你原谅。”我急忙回答。

“是请你来喝茶的吗？”她一边要我回答，一边把围裙系在她整洁的黑长袍上，然后就站在那儿，把一匙子茶叶悬空举在茶壶口上。

“我很愿意喝杯茶。”我回答说。

“是请你来的吗？”她追问了一遍。

“不，”我半带微笑说，“你就是照理该请我的人呀。”

她把茶叶甩了回去，把匙子和所有东西都放回去，然后满脸不高兴地坐回原位。她眉头紧皱，孩子似的撇着下嘴唇，就要哭出来了。

与此同时，那个年轻人已经往自己身上披了一件褴褛不堪的上衣，在炉火前站直身子，居高临下斜着眼看着我，就像我们有尚未清算的不共戴天之仇。我渐渐疑惑起来，他究竟是不是仆人；他穿着粗劣，谈吐鄙俗，毫无能从希思克利夫先生和太太身上看得出来的那股神气劲儿。他那头厚密的棕色鬈发乱七八糟，从未修剪，脸腮上长满乱蓬蓬的胡子，双手像普通做苦活的工人一样变成了棕黑色；不过他的举止还是带点自由自在，甚至高人一等的神气，他对待这家的主妇也丝毫没有露出家庭仆役那种察言观色小心侍奉的样子。

他的地位既然一时难以确认，我想对他那种阴阳怪气的举止还是不理为妙。就这样过了 5 点钟，希思克利夫走进来，多少将我从不自在的境地解脱出来。

“你看，先生，我说好要来就来了！”我装出一副高高兴兴的样子大声说道，“我恐怕要让这种天气给留上半个钟头了，不知你能不能让我这段时间里在这儿暂避一下。”

“半个钟头？”他说着话把衣服上白花花的雪片抖下来，“我奇怪你竟会专门等暴风雪这么紧溜达到这儿来了。你知道，你有陷进沼泽地的危险吗？对这些荒原了如指掌的人，在这种风雪黄昏都常常迷路，而且我可以告诉你，眼下可没有天气好转的指望。”

“也许我可以从你那些小伙计当中找一个向导吧，他可以在我田庄那边过夜，明天早晨再回来——你能给我匀出一个来吗？”

“不行，我不能。”

“啊，真的！那么好吧，我就得凭我自己的那份本事了。”

“嗯！”

“你是要沏茶吗？”身穿褴褛上衣的那个小伙子一边把那凶狠凝视的目光从我身上转到那位年轻太太身上，一边问道。

“要给他沏点茶吗？”她转向希思克利夫问道。

“快弄好，不是你沏吗？”他这声回答那么粗暴，把我吓了一跳。他说这句话的腔调，显露出一种不折不扣的坏脾气。我再也不想把希思克利夫叫作顶呱呱的伙伴了。

等到准备齐全，他就这样邀请我了——

“好了，先生，把你的椅子往前挪挪。”于是我们所有的人，连同那个粗野的年轻人在内，都挪到桌子周围。大家津津有味地吃喝起来之时，整个屋内鸦雀无声。

我想，如果说这片乌云是由我而起，我就有义务努力把它驱散。他们不可能每天都这样铁青着脸，寡言少语地坐着，而且不管他们脾气能有多坏，他们平常也不至于总是这样愁眉苦脸的。

“真是不可思议，”我一口气喝完一杯茶，正要接过另一杯的当口，开言说道，“真是不可思议，风俗习惯居然能这样养成我们的兴趣爱好和思想见地。许多人就无法想象，像你，希思克利夫先生，这样过着完全遁世隐居的生活，究竟还能有什么幸福可言；然而，我敢说，生活在你这样一个家庭中间，有你那位贤惠的太太，像吉祥仙子似的对你的全家和你的心灵呵护备至……”

“我贤惠的太太！”他打断我的话头，脸上露出一副凶神恶煞般的冷笑，“她在哪儿——我那位贤惠的太太？”

“我是指希思克利夫太太，你的妻子。”

“噢，是呀——嗯！你指的是，尽管她的肉体已经消逝，她的灵魂还在担当守护天使的职务，呵护着呼啸山庄走好运，是这样吗？”

我自觉失言，想尽力弥补。我本应看得出来，双方年龄悬殊，不大可能是一对夫妇。一位是四十岁上下，正是智力强盛的阶段，男人到了这个年纪，很少会异想天开，以为大姑娘会由于爱情而嫁给他；那种梦是留着安慰我们那垂暮之年的。而那另一位则看来还不到十七岁呢。

这时我脑子里闪过一个念头——“坐在我身边的这个乡巴佬，正端着茶缸喝茶，没洗手就啃面包的，可能就是她丈夫吧；他当然是小希思克利夫了。她这样把自己这朵鲜花插在牛粪上，只是因为全然不知世界上还有比他好的人，结果就是将自己活活埋葬！太可惜了——我可得留神，别让她因为我而对自己的婚姻选择懊悔。”

最后这个设想看来像是我有些自以为了不起吧；其实不然，我这位邻座简直可以说是令我作呕。而我凭经验知道，我还算是有点魅力的。

“希思克利夫太太是我的儿媳妇。”希思克利夫说。这一下就确证了我的揣测。他一边说，一边转头朝她那个方向很特别地瞅了一眼，充满仇恨的一眼——除非他只是错长了一脸横肉，像其他类似的人那样，从脸上并不能看出他灵魂深处要说的话。

“啊，这就对了——我现在明白了，你真是艳福不浅，拥有这位仁爱为怀的仙女。”我转过身来对我这位邻座说道。

这一下可比刚才更糟了，这位年轻人满脸通红，握紧拳头，分明是一副准备动手打人的架势。不过他好像立刻就恢复了自制，强压着将这通怒火只化作一句冲我而来的伤人恶语，然而我竭力装作没有听见。

“不幸你都没猜中，先生！”我那位房东说，“我们两个人谁都没有特殊的荣幸拥有你说的这位吉祥仙子。她那口子死了。我既然说她是我儿媳妇，那她必该是嫁给了我儿子。”

“那么这位年轻人是——”

“不是我儿子，管保没错！”

希思克利夫又笑了，似乎是说把他认作那头笨熊之父，这玩笑开得未免过于鲁莽了。

“我叫哈顿·恩肖，”那一位吼叫一声，“我还是劝你，对她放尊重点！”

“我并没有表示不尊重。”我回了他一句，觉得他通名报姓时那副不可一世的神气十分好笑。

他的眼睛死死瞪着我，我也回瞪着他，可是不想瞪得那么长久，因为我怕弄得忍不住要扇他几个耳光，或者笑出声来。我渐渐明确无误地感觉到，我在这样一些舒畅宜人的家庭成员中动辄得咎。这样一种阴沉沉的气氛不仅压倒，而且抵消了我从四周得到的物质享受①；我决心谨言慎行，不要再在这个房顶下面第三次冒失了。

吃喝结束的时候，谁也没有讲一句应酬话，我走到窗前去察看天气。

我看到的景象令人堪忧：黑夜提前降临，狂风怒吼，大雪纷飞，天空与山峦变成混沌一片。

“我想没有向导，现在我是回不了家啦，”我不禁惊呼起来，“路

---

① 指温暖的火以及茶点等。

都给埋上了吧，而且即使还露在外面，恐怕也是咫尺难辨。”

“哈顿，把那十几只羊赶进粮仓的门廊洞去。要是把它们留在羊圈里过夜，就得给它们盖上点什么，再在前面挡块木板。”希思克利夫说。

“我该怎么办呢？”我越来越焦急地接着说。

对我的问题，谁也没有回答；我看看周围，只见约瑟夫给那些狗提了一桶粥来，希思克利夫太太正把身子弯向炉火，拿一把火柴点着玩，那是她刚才把茶叶罐放回原处的时候从壁炉架上碰下来的。

约瑟夫把桶放下来，用找碴儿的眼光把屋子扫了一遍，然后用带着挖苦的口气粗声嘎气地叫喊：

“俺真纳闷儿，别人家都出去干活了，你咋觍脸闲待在那儿，真糟透啦！可你是个没用的东西，对你说管啥用——你一辈子也改不了那臭毛病；你就随你娘前头的样儿见鬼去吧！”

一时之间我还以为这一大堆唠叨是冲着我来的；于是我气愤已极，向那个老恶棍跨上一步，打算一脚把他踢到门外。

可是希思克利夫太太的答话却把我拦住了。

“你这个老不要脸的伪君子，”她回击说，“不管什么时候你提到魔鬼的名字，你就不怕他亲自把你抓走？我警告你：切不要来惹我，不然，我就要请他特别垂爱把你抓走。别走，看这儿，约瑟夫，”她说着从书架上取下一部大开本黑黢黢的书来。“我让你看看我的‘魔法’已经练到什么道行了——马上我就有能耐练到法力无边，把这宅子整得干干净净的。那头红母牛不是平白无故死的；你的风湿病也不能不算是老天爷赏赐的吧！”

“啊，歹毒，歹毒！”那个老头子喘着气说，“求上帝把俺们从邪恶中救出来吧！”

“不会的，败类！你这个没人要的东西——滚，要不我就揍烂你。我要给你们全都捏蜡人和泥人[1]；谁头一个破坏了我立的规矩，就得——我先不说出来他会遭什么——不过，你等着瞧吧！走，我可一直盯着你呢！”

这个小女巫那双美丽的眼睛故意装出一副恶毒的神色，约瑟夫还当真吓得直哆嗦，慌忙跑了出去，一边祈祷一边大喊着：“歹毒！”

我看她想必是为了开一个并不有趣的玩笑才这样说话行事的，好了，现在既然只剩下了我们俩，我就要想方设法让她关心一下我的困难了。

“希思克利夫太太，”我真诚地对她说，“你一定会原谅我打扰你——因为，我想，就凭你这样一副面相，你就不会有坏心眼。请你指点几个路标，好让我顺着它们认路回家——我根本不知道怎么走回去，就像你不知道怎样才能到伦敦一样！”

“就沿着你来的路走，”她泰然自若地坐在椅子上回答，面前还点着一支蜡烛，摊开那部大开本的书。“这是个很简单的建议，不过也是我所能提出的最妥善的了。”

“那么，你要是听人说发现我死在大雪覆盖的沼泽或是坑洼里，你的良心难道不会嘀咕，说你也负有一部分罪责吗？”

“那怎么会呢？我又不能够护送你，连花园围墙边儿上，他们都不会让我去。”

“让你！在这样的夜晚，我要是贪图自己方便要求你跨出门槛一步，我都会觉得不安，”我叫嚷起来，“我是想让你告诉我路，不是要你引路；要不然，去劝劝希思克利夫先生，让他同意给我个向导。”

“派谁？这儿有他本人，恩肖，泽拉，约瑟夫和我。会给你哪一个？”

---

① 一种巫术，将某人的形象用蜡或泥捏出来，在上面某些部位以针刺、刀切、火烧，同时口中诅咒。类似往日中国迷信用以咒人的方法。

“难道农庄里就没有别的小伙计吗？”

“没有，就只这几个人。”

“那么，这样说来，我不得已只好留下了。”

“那你自己去找你的房东解决吧。这和我不相干。”

“我希望这对你是一个教训，再别在这些山上冒冒失失地瞎转悠，”希思克利夫的厉声叫喊从厨房门口传过来，“至于说留下来过夜，我可没有预备留宿客人的东西；你要是住下，就得和哈顿或者和约瑟夫合睡一张床。”

“我可以就在这个屋子里睡在椅子上。”我回答说。

“不行，不行！陌生人毕竟是陌生人，不管是富是穷——我可不愿意让任何人在我无法防范的时候待在这一类地方！”这个不讲礼貌的坏蛋说。

我对这种侮辱真是忍无可忍，用恶语回敬了他一句，就从他眼前冲到院子里去，匆忙中和恩肖撞了一个满怀。天那么黑，我都看不清从哪儿出去了；我在来往摸索的时候，听到另一些话，证明在他们相互之间还是有文明言行。

开头，那个年轻人像是要对我表示友好同情。

“我可以陪他走到林苑尽头。”他说。

“你可以陪他下地狱！”他那位主人——或者不管有什么亲属关系——大声叫嚷道，“那么谁应该去照看那些马呢，呃？”

“一条人命总比一夜没有照看马更重要吧，总得有谁陪他去呀。”希思克利夫太太嘟囔着；她的好心肠出乎我的意料之外。

“没你发号施令的份儿，”哈顿反驳说，“即便你很看重他，你最好也别多嘴。”

“那么我希望他的鬼魂缠住你；我还希望，一直等到那个田庄变成废墟，希思克利夫先生也永远找不到另一位房客。”她尖刻地回答。

“听听，听听，她咒他们呢。”约瑟夫咕噜着，这时我正朝着他走过去。

他坐在还能听得见说话的那个地方，正就着一盏提灯挤牛奶。我唐突地一把抓过提灯，一边喊着我明天叫人把它送回来，一边向最近的那个便门冲过去。

“老爷，老爷，他把提灯硬拿走啦！”那个老头子一边嚷嚷，一边跟着我追出来。“嘿！‘咬人的东西’！嘿，恶狗！嘿，‘恶狼’！抓住他，抓住他！”

我刚刚打开了那扇小门，两个毛乎乎的大家伙就蹿向我的喉头，把我扑倒了，把提灯也扑灭了。这时希思克利夫和哈顿两个人一起哈哈大笑，把我那满腔怒火和委屈都煽到封了顶。

幸好这两个畜生只是想张牙舞爪，摇尾示威一番，并不是真想把我活剥生吞；但是他们也决不能容忍我重新站起来。我无奈只好躺在地上，一直等到他们那些幸灾乐祸的主人愿意前来解救。这时候我也掉了帽子，直气得浑身发抖，我吩咐这些歹徒立即让我出去——如若胆敢再耽搁一分钟，就要他们遭殃——我语无伦次地扬言要报仇雪恨，用词尖刻恶毒至极，大有李尔王①的味道。

我怒火中烧引来鼻孔流血不止；可是希思克利夫仍然笑个不停，我也就大骂不止。要不是恰在此时来了一个比我清醒理智、也比我的东道主仁厚善良的人，我真不知道这番景象会如何收场。此人就是泽拉，那位虎背熊腰的女管家；她听见外面乱作一团，于是挺身而出探究底里。她以为他们之中有谁对我下了毒手，又不敢批评主人，于是就把那个小流氓痛痛快快地数落了一通。

“好哇，恩肖先生，”她大声叫喊，“我摸不准你往后还要干些什

---

① 莎士比亚《李尔王》剧中，苏格兰古代国王李尔由于两个女儿忤逆，沦落无依，在暴风雨之夜诅咒她们，立誓报仇。

么！难道咱们要在自个儿门口杀人害命？我看，这房子里我是再也待不下去啦——看看这位可怜的小伙子，他都要背过气去啦！哎哟，哎哟，你快别这样啦——进来，我给你治治。好啦，你可别动。”

她一边这样说着，一边把一桶冰冷的水哗啦一下浇在我的脖子上，然后把我拖进厨房里。希思克利夫先生也跟进来了。他那一阵兴高采烈顷刻又化作阴阳怪气的故态。

我恶心得很厉害，而且头昏眼花，浑身无力；这样就不可避免地只好暂寄他的檐下了。他吩咐泽拉给我一杯白兰地，然后就走过去进了里屋；泽拉看到我这狼狈相，就对我抚慰了一番，又执行了主人的命令，由此我也有点缓过来了，于是她就领我去睡觉。

第三章

她一边领我上楼，一边叮嘱我得把烛光挡严实，也别弄出声来，因为她主人对她要打点我去住的那间卧室，有一种奇怪的念头，而且从来不愿意让任何人在那儿借宿。

我问她是什么原因。

她回答说，她也不知道。她在这一家不过才待了一两年，而且这一家人有那么多稀奇古怪的行径，她已经根本不以为怪了。

我自己已是精疲力竭，也顾不上好奇打听，插上门，就在屋子里到处扫视寻找床铺。这里全部家具也就是一把椅子，一个衣橱和一个巨大的橡木箱子，靠近顶部，开了几个方洞，好像马车上的窗子。

我走近它朝里面一看，才明白这是个旧式木床之类很特别的东西，设计得非常适用，这样，家里每个人就不一定非得都独自占用一间屋子了。事实上，它成了一间小小的套间，窗台架打开就可以当作桌子。

我把镶板滑门向两边推开，拿着蜡烛跨进去，然后把它们重新拉紧，感到不会再受希思克利夫先生和其他一切人的监视，这才放下心来。

我把蜡烛放在窗台疲架上，那上面有几本发了霉的书，堆在一个犄角。窗台的漆面上，划满了字迹。不过这些字迹只不过都是一个姓名，用大大小小各种字体翻过来掉过去地写的都是凯瑟琳·恩肖，有些地方变成凯瑟琳·希思克利夫，然后又变成凯瑟琳·林顿。

我疲沓沓、懒洋洋地把头靠在窗上，继续拼读凯瑟琳·恩肖——希思克利夫——林顿，直到合上了双眼；但是，休息还不到5点钟，从黑暗中忽然闪现出几个白色的字来，就像鬼怪一样活灵活现——空中顿时拥出了一大群“凯瑟琳”；我抬起身子想驱散那个硬闯进来的名字，这才发现蜡烛芯靠在了一本旧书上，发出一股烤牛皮的臭味。

我剪了剪烛芯，因为受了风寒感到很不舒服，而且还老是感到恶心，索性坐起来，把那烤坏了的一大本书放在膝头上摊开。原来这是一本《圣经》，用瘦长体字排印，闻着霉味很重，衬页上写着“凯瑟琳·恩肖藏书”，还有一个二十多年前的日期。

我合上这本，拿起一本又一本，直到最后把每一本都翻了一遍。凯瑟琳的藏书是精选的，从书本磨损的情况看，当年曾经经常使用，虽然不见得都用在正道上。几乎没有一个章节逃得过墨水笔写的批语——至少看来像是批语——只要排字工人在哪里留下一点点空白，哪里就有批语。

有的批语是一些互不相关的句子，另外一些则用了正规日记的形式，是用一种尚未定型的稚气童体胡乱涂鸦。在一张空白页的天头——头一眼看到这一页的时候大概可以说是发现了宝藏，上面画了一幅我那位朋友约瑟夫的精彩漫画像，虽然画得稚拙，可是线条却勾得很有力度。

我内心立即对这位素昧平生的凯瑟琳发生了兴趣，于是开始仔细辨认她那褪色难解的天书。

"糟糕的礼拜天！"画下面的那段话这样开始，"我爸爸要是能再活过来该有多好。换上这个欣德利可真是讨厌——他对希思克利夫的所作所为坏透了——希[①]和我要造他的反——我们今天晚上就迈出了第一步。

"整天都下着瓢泼大雨。我们去不了教堂，这样约瑟夫就得召集大家在顶楼上读经，可欣德利和他老婆却留在楼下的壁炉前舒舒服服地烤火——我敢保他们干什么也不会念《圣经》——希思克利夫加上我，还有那个倒霉的小牛倌，都要听命拿着祈祷书上楼——我们排成一溜坐在粮食袋上，连哼哼带哆嗦地，希望约瑟夫也打哆嗦，这样他为了自己也就会少给我们说点教了。这是枉费心机！礼拜足足做了三个钟头。可是等我们下楼的时候，哥哥见了还有脸嚷嚷：

"'怎么，已经完了？'

"礼拜天晚上，一向是让我们玩的，只要不大吵大嚷就行；可现在只要扑哧一下笑出声来，就够罚我们站墙角的！

"'你们忘了，这儿你们还有个少爷呢，'那个霸道的家伙说，'谁要是带头把我惹火了，我就要把他打翻在地！我就是要让每个人

---

① 希指希思克利夫，后同。

都规规矩矩，一声不响。噢，是你吧？弗朗西丝，宝贝儿，你从他那儿走进去的时候，顺手揪住他的头发；我听见他用手指头打榧子呢。’

“弗朗西丝使劲地揪了他的头发，然后就走过去坐在她丈夫的怀里，他们俩在那一个钟头里就像两个小小孩，又是亲嘴，又是瞎扯——尽是些愚笨的甜言蜜语，我们都羞于说出口的。

“我们待在食具橱的拱洞下，尽力把自己弄得舒服一点儿。我把我们的护襟拴在一起，挂起来当作一块布帘，这时候约瑟夫有事从马厩那里走进来。他把我的手工活扯下来，打了我耳光，还声音沙哑着喊道：

“‘老爷刚刚下葬，安息日还没过，布道的声音还在你们俩耳朵眼儿里响，你们倒胆敢玩起来了。你们俩也不害臊！坐下，坏孩子！要是你们想念书，这儿的好书足够念的。你们俩坐下，想想你们俩自个儿的灵魂吧！’

“他一边说这些话，一边硬要我们端端正正坐好，这样就可以借着远处炉火照过来的微弱光亮，读他硬塞给我们的那本破烂书。

“我可不受他的支使。我抓住这本破烂书的书背，把它一下狠命扔进那个狗窝，还赌咒发誓地说我最恨好书。

“希思克利夫把他那一本也踢到同一个地方去了。

“这一来就闹翻了天！

“‘欣德利少爷！’我们这位家庭牧师叫道，‘少爷，到这块儿来！凯茜小姐把《救世之盔》的书背给毁啦，希思克利夫把《毁灭之坦途》[①] 的第一部踢出了个窟窿！你要让他们再这样闹下去，那可不得了啦。要是老爷在，就会狠狠揍他们一顿——可是他过世了呀！’

① 两书均为当时的传道书。

“欣德利急忙从壁炉边他那个安乐窝里跑过来，他一只手抓住我们当中一个人的领口，另一只手又抓住另一个的胳膊，猛地一下就把我们俩全都扔进了后厨房。约瑟夫还硬说，魔鬼管保会从那儿活活把我们抓走。受到这样一番安慰，于是我们俩就各自找了一个隐蔽的犄角藏起来，静待魔鬼到来。

“我够着了这本书，还从书架上拿下一瓶墨水，又把屋门半掩着，好给我透进点光来，然后才有了这20分钟写字的时间；可是我那个伙伴等得不耐烦了，出了个主意说，我们去把挤奶女工的罩衣偷出来遮在头上，到荒原去跑一阵。这个主意真妙——而且，要是那个阴阳怪气的老头子进来了，他就会相信，他的预言果真应验了——我们就是待在雨地里，也不会比待在这儿更湿更冷。”

我猜想，凯瑟琳实现了自己的计划，因为下面的词句开始写另一件事：她渐渐喜欢伤心落泪了。

“我做梦也想不到，欣德利能弄得我哭得这样厉害！”她写道，“我头疼，疼得无法着枕头；而且就算这样，我也还是放不下。可怜的希思克利夫！欣德利骂他是个流浪儿，不让他和我们坐在一起，还再不许他和我们一起吃饭；他还说，他和我不许一起玩，还威胁说，如果我们不遵从他的命令，就要把他赶出这个家。

“他一直责怪爸爸（他好大胆！），说他对希太娇纵了，还发誓说要让他退回到他本来该待的地位上——”

我读着这张字迹模糊的书页，慢慢就昏昏沉沉打起瞌睡来，我的视线从手写的字溜到印刷的字上去了。我看到饰有花边的红色标题……《七十个七次和第七十一个七次的第一[1]。牧师杰伯·布兰德

---

① 见《新约·马太福音》第18章第22—23节：彼得问耶稣，宽恕他兄弟七次是否够了，“耶稣说：‘我对你说，不是到七次，乃是到七十个七次。’”指宽恕四百九十次。此处第七十一个七次中的第一，则是指第四百九十一次。每宽恕一次，指宽恕一项罪孽。

亨在吉默顿·索礼拜堂的布道文》。我半醒半睡，脑子里昏昏沉沉正想琢磨出杰伯·布兰德亨会怎样宣讲他这个题目的时候，就埋在被褥间睡着了。

唉，这都是茶点粗劣，脾气不好闹出来的结果！除此之外还有什么能让我过上这样可怕的一夜呢？我想不起来，从我能忍受痛苦以来，还有哪一夜能和这一夜相提并论。

几乎在我还能感觉到身处何方的时候，我就做起梦来了。我觉得已经是早晨；我已经启程回家，约瑟夫当我的向导。路上的雪有几尺深；我们踉踉跄跄往前走，我那位伙伴却一路不停地絮絮叨叨，埋怨我没有带一根朝圣用的棍子，说不带这样一根棍子，我就永远也进不了那所房子，同时还虚张声势地舞弄起他那根头上沉甸甸的棒子，那玩意儿我只知道应该这样叫。

有一阵子我觉得真荒唐，怎么我还需要带上这么一件兵器才能进入我自家的住处呢。随后在我脑子里又闪出一个新想法。我不是在往那里走；我们是在赶路，去听那位大名鼎鼎的杰伯·布兰德亨宣讲布道文中的“七十个七次”；而且，要不是约瑟夫，就是那个布道人，或者是我，犯了“第七十一个七次中的第一”条大罪，要给当众揭穿，逐出教门。

我们来到了那座礼拜堂跟前——在我平日散步的时候，我确实经过那儿两三次：它坐落在两个山包之间的山谷里一处不太深的山洼，靠近一片沼泽，据说那里泥炭所发出的潮气，对存放在堂里的几具遗体完全起到了涂抹香油药草以防腐烂的效用。礼拜堂的屋顶到现在为止还保存得完好无损，不过教士的薪俸每年只有二十镑，那一共两间的一所房子很快就有变成一间的危险[①]，所以没有哪个教

① 此处当指其中一间可能坍塌毁坏。

士愿意接受这里的牧师职务，特别是目前又有传说，那伙教徒宁肯让他饿死，也不愿从他们自己的腰包里多掏一个便士来增加教士的俸禄。然而在我做的梦里，杰伯却是会众满堂，而且都聚精会神听他布道。他在宣讲——啊哟，仁慈的上帝呀！——多么了不起的一篇布道词：分成了四百九十节——每一节都和平常在讲台上的一篇讲词旗鼓相当——而且每一节都单独讲一种罪孽！我也说不清，他从哪儿搜罗到了这些罪孽；他解说词意都有他自己的方式，而且似乎会友都得在每一个不同的场合犯不同的罪。

这些罪孽都具有千奇百怪的性质，我以前从没想到会有这样古怪的罪过。

啊，我变得那样困乏。我那样地扭来扭去，哈欠连天，点头磕脑，一下子又警醒过来！我那样地对自己又是掐，又是扎，又是揉眼睛，还一会儿站起来，一会儿又坐下，并且用胳臂肘拐约瑟夫，让他告诉我，杰伯是不是已经干完了。

我活该倒霉，要把这场布道全都听完——最后他讲到“第七十一个七次中的第一”了。在那个节骨眼上，我突然心血来潮，激动得站起身来，斥责杰伯·布兰德亨是罪人，犯了任何基督教徒都不会饶恕他的大罪。

“先生，”我大声嚷道，“我坐在这儿，圈在这四面墙壁之内，一口气耐着性子听了，并且宽恕了你大讲特讲的四百九十条。七十个七次我拿起帽子准备走了——七十个七次你十分荒谬地强迫我又重新坐下。四百九十一次未免太过分了。受苦受难的会友们，向他进攻吧！把他拉下来，砸他个粉身碎骨，让这块知道他的地方也不再认识他①！”

① 见《旧约·约伯记》第7章第10节。

“你就是那人！[1]”在一阵肃静之后，杰伯大叫一声，把身子向他面前的垫子伸过来。“有七十个七次你龇牙咧嘴做怪相——有七十个七次我劝说着我的良心——嗨，这是人类共同的弱点；这也还是可以宽恕的！接下来的是第七十一个七次中的第一个了。教友们，按照写出来的判决处理他吧！上帝的每一个选民都有这种荣幸！”

随着他这句结束语，全体会众都抡起朝圣的手杖，一齐冲过来把我团团围住，我赤手空拳毫无自卫的武器，于是开始和距离我最近、攻击我最猛的约瑟夫格斗，夺他的棒子。这么多人拥挤在一起，有几根棍子就相互架住了；有些向我头上抡过来的棍棒却落到了别人的脑壳上。此时，整个礼拜堂里乒乒乓乓你敲我打的声音此起彼落。每个人都和近边的人交手，布兰德亨也不怠慢，将满腔热情化作急雨般地奋力叩击讲坛木板。这声音是那样的响亮，终于使我感到了难以言传的轻松，它们让我醒了过来。

究竟是什么引起了这场惊天动地的混战，又是什么在这场哄闹中扮演了杰伯的角色呢？那只不过是一株枞树的树枝随着呼啸的狂风碰到了我的窗格子，上面干硬的球果乒乒乓乓地敲打着窗玻璃！

我将信将疑地谛听了一会儿，探查出了扰我安眠的东西，于是翻身再睡，又做起梦来：如果真有可能，这次真比刚才做得更加令人不快。

这一次我记得是躺在那个大橡木橱里，我清清楚楚觉出狂风怒吼，大雪纷飞；我也听到了枞树枝条又发出它那戏弄人的声响，并且认定它正是弄出那声音的真正缘由：不过它扰人太甚，所以我下了决心，要尽可能让它不再作声。我觉得，我从床上爬起来，设法去打开窗框上的搭扣。那个挂钩扣是焊在扣环里的，这种情况我醒

---

① 见《旧约·撒母耳记下》第12章第7节。

着的时候看到过，可是却忘了。

“不管怎样，我一定得让它不再响！”我喃喃自语，用拳头一顶，捅碎了玻璃，伸出胳臂抓住那根一直捣乱的树枝，不料我的手没有抓住那根树枝，却碰上了一只冷冰冰的小手的手指头！

一阵噩梦般的强烈恐惧向我袭来；我想掣回胳臂，那只手却将它紧紧抓住，接着是一阵极为凄惨的悲泣。

“让我进去——让我进去！”

“你是谁？”我问，同时竭力想使自己挣脱开。

“凯瑟琳·林顿，”那个声音颤抖着回答（我为什么会想到林顿呢？我刚才有二十遍都把林顿念成了恩肖），“我正往家里走，在荒原里迷了路！”

就在它说着的时候，我影影绰绰看出有一张孩子的脸从窗外向里探望——恐惧让我变得残忍了，我发觉无法将这个东西抖落开，就把那只手腕拉到碎玻璃碴上来回划，直到流出血来，染透了铺盖；但它还是哀泣：“让我进去吧！”而且一直死死抓住不放，几乎都要把我吓疯了。

“我怎么能让你进来呢？”我终于说了，“如果你想要我让你进来，你得先放开我呀！”

那些手指松开了，我把我自己的手从洞口抽回来，急忙码起下面大上面小的一堆书把它挡住，再用手把耳朵堵上，不去听那苦苦的哀求。

我大约把耳朵堵了一刻多钟，然后等我一放开就又听到那悲悲切切的乞求仍然呜咽不断。

“走开！”我大声喊道，“我决不会让你进来——哪怕你求告二十年！”

“已经二十年了，”那声音哀哀戚戚，“二十年，我已经做了二十年的流浪人啦！”

紧接着外面就传来轻轻抓挠的声音，那一堆书活动起来，就像是在给往里面推似的。

我想要跳起来，可是四肢都动弹不得；这时我已经吓得发了疯，声嘶力竭地喊叫起来。

就在我惊慌失措的时候，我发觉我那呼喊并非心之所想。急促的脚步一路走到我的门口。一个人用强而有力的手把屋门推开，于是一丝微弱的光亮从床架顶上的方洞透了进来。我坐着还直打哆嗦，擦着额头上出的汗；闯进来的那个人显得犹豫不定，在那儿自言自语。

最后他用一种半似耳语的声音问了一句，显然并没指望回答。

“有谁在这儿吗？”

我考虑最好还是承认我在那儿，因为我听出来是希思克利夫的语声，如果闷声不响，我怕他会进一步搜寻。

打好了这个主意，我就翻身拉开两扇门板——我可有很长时间都难以忘记我这个举动所发生的影响。

希思克利夫站在床门口，只穿着衬衫和裤子，拿着蜡烛的手指上滴上了蜡油。那张脸和他身后的墙一样煞白。那橡木床开头的咯吱一响，仿佛电击似的吓了他一大跳；蜡烛从他手里一下子蹿到了几尺远的地方，他激动万分，简直连蜡烛都拾不起来了。

“不过是你的客人，先生，”我大声说，竭力使他不要继续暴露他的胆小怯懦而丢人现眼。“我真倒霉，睡着睡着就做了一个可怕的噩梦叫喊起来，真对不起，把你吵醒了。”

“啊，让上帝惩罚你，洛克伍德先生，但愿你下——[①]”，房东这样开了言，把蜡烛放在椅子上，因为他发觉无法把它把稳。

① 意为“下地狱”，当时风习，书上不得出现淫秽下流或渎神不敬的词语，一般都隐去不刊。

“谁带你到这间屋子来的？”他接着说下去，指甲抠进了手心，牙齿咬得咯吱吱响，以免上颌不由自主地打战。“究竟是谁？我真想立刻就把他们从这所房子里轰出去！”

“是你们家的女仆泽拉，”我一边回答一边跳到地上来，急速穿上衣服。“你要是那么干，我根本不会管，希思克利夫先生，那她完全是活该。我想，她是要拿我来当试验品，好再一次证明这里闹鬼——嗯，确实——挤满了精灵鬼怪！我告诉你，你有理由把它关起来。谁也不会为了在这样一个鬼窝里打过盹就感谢你！”

“你这是什么意思？”希思克利夫问，“而且你要干些什么？既然你已经在这儿了，那就去躺下，睡完这一夜吧；可是看在老天爷的分儿上，别再发出那种可怕的声音来啦——再闹就没法原谅了，除非你想要人掐断你的脖子！”

“要是那个小魔鬼从窗子钻进来了，她大概早就把我勒死了！”我回敬了他一句，“我可不会再去忍受你那些慷慨好客的先辈们的纠缠了——杰伯·布兰德亨牧师不是你母亲家的亲属吗？那个疯疯癫癫的姑娘凯瑟琳·林顿或者姓恩肖，或者不论她姓什么吧——她一定是个没人要的丑八怪——小坏蛋！她告诉我，这二十年她一直在这个尘世上流浪：我毫不怀疑，这正是她大逆不道理所应得的惩罚！”

我刚刚说出这几句话，就回想起那本书里希思克利夫和凯瑟琳这两个名字是连在一起的，刚才我把它们忘得一干二净，现在才猛然想起来，我为自己这样疏忽大意而脸上发烧。但是我没有表示出已经更明确地意识到这是一种冒犯，而是匆匆忙忙地接下去说：

“其实是这样，先生，我今天前半夜是消磨在——”说到这里我倏地打住了——我本来是要说“翻阅那几本旧书”，可是那就会泄露出我知道那些写的和印的内容；于是我马上改口，这样说下去：

“拼读刻画在窗台上的名字，打算用这种单调无聊的消遣来催眠，就像数数，或者——”

“你用这种方式对我说话，究竟是什么用意？”希思克利夫暴跳如雷，怒吼起来，“你怎么——怎么敢，在我的房檐下——天哪！他这样说话，准是疯了！”他狂怒不已，捶打自己的前额。

我不知道究竟是应该对这样的话语动气呢，还是继续解释；不过看他激动得那样厉害，我不觉动了恻隐之心，就向他讲述我做的噩梦，断言我以前从未听说过“凯瑟琳·林顿”这个称呼，不过因为反复念了多次，才产生了某种印象，在我无法控制自己想象的时候，它就变成一个人，出现在我的梦境之中了。

我一边说着，希思克利夫一点点退到床那边，最后坐了进去，几乎藏在里面看不见了。不过听到他呼吸那么反常，而且时断时续，我猜想，他是在拼命压抑他那狂暴的情绪，不让它发作。

我不愿意让他知道我听出了这番挣扎，在继续穿戴的时候故意弄出很大的声音，看了看自己的表，然后自言自语地说起这一夜的长短来：

“还不到 3 点钟呀！我本来是会发誓说已经到了 6 点钟的——时间在这里停滞不前了——我们必定是 8 点钟就回来睡觉了。”

“冬天总是 9 点钟睡，也总是 4 点钟起床。”我的房东一边说，一边硬压下去一声呻吟；而且从他胳臂挥动的影子，我想象出他是在弹掉眼里的泪水。

“洛克伍德先生，”他接着又说，“你可以到我那间屋子里去；你这么早就下楼只会碍事：你那孩子气的喊叫给我把睡意都打发到魔鬼那儿去了。”

“对我也一样，”我回答说，“我到院子里散着步直等到天亮，到那时我就走了，你也不用害怕我会再次打扰了。我那种不管是在乡下还是在城里都喜欢交友取乐的毛病，现在总算很好地根除了。通情达理的人应当善于形影相伴，自得其乐。”

“倒是个好伴当！”希思克利夫嘟囔着，“拿着蜡烛，你愿上哪儿就上哪儿，我马上就来陪你。不过，可不要到院子里去，那几条狗都没上链子；也别去堂屋——朱诺在那儿站着岗呢——而且——不，你只能在楼梯和过道那儿走走——不过，你去吧！2分钟我就到。”

我遵命走了，只走出了那间屋子。我不知道那条狭窄的走廊通到哪里，只好一动不动地站在那儿，就这样在无意中亲眼看到了我房东的一桩迷信行为。说来也怪，这和他显露出来的那种颇有见识的样子大相径庭。

他登到床上，拧开窗扇，就在他向外推的时候，突然真情迸发哭了起来。

“进来吧，进来吧！”他抽泣着，“凯茜，来吧。啊，来吧——再来一回吧！啊！我的心肝宝贝呀，凯瑟琳——总得听我这一回吧！”

鬼魂终究是鬼魂，总是反复无常；它丝毫没有显露迹象；只有风雪狂飞乱卷而来，甚至刮到我站的地方，把蜡烛也扑灭了。

他那一发不可收拾的悲伤真是令他痛不欲生，再加上这一番疯疯癫癫的话语，使我顿生怜悯，也就顾不上它的那种愚蠢无聊；于是我避开了，半为已经听到所有这些而感到生气，半为讲了自己那场荒唐可笑的噩梦而感到懊恼，因为正是它才引起那场发作；不过究竟为什么，却远非我所能理解。

我小心翼翼地往下边走，来到了后厨房，那里还闪着火苗的微光，扒撮在一起，就可以让我重新点燃蜡烛了。

厨房里没有什么动静，只有一只灰色的狸猫从灰堆里爬出来，用不满的腔调喵了一声，算是向我致意。

两条弧形的长凳，几乎把炉子围了起来；我在其中一条凳子上直挺挺地躺下，老母猫爬上另一条。我们俩一同打起瞌睡来，直至有人闯进我们这个隐秘的处所。此人原来是约瑟夫，他从天花板上一个活动挡板里顺下一把藏在里边的木梯，我想这就是上他那个阁楼的通道。

他朝着我已经拨引得在炉条中间窜来窜去的小火苗恶狠狠地看了一眼，把那只老猫从它高卧的地方一把推下去，然后让自己填补了那个空缺，开始了往三英寸长的烟斗里装烟草的活计。他显然认为我待在他那块圣地是一桩无礼行径而耻于一顾。他闷声不响地把烟嘴放进嘴里，抱起两只胳臂，抽起烟来。

我想让他美美享受一番，没去打扰；他吐完最后一个烟圈，发出一声长叹，站起身来就走了，和他来的时候一样神色凛然。

下一个进来的步履轻捷，于是此时我开口准备说声“早安”，不过我马上又把嘴闭拢，这声问候未得出口；因为哈顿·恩肖正压低声音进行他的祈祷，为要消除积雪他正从一个犄角里翻腾铁锹或是铲子的时候，无论碰到什么东西都要照直来一串咒骂。他从长凳的背后向这边扫了一眼，张了张鼻翼，根本不想和我，同样也不想和我的伙伴——那只猫，互道寒暄。从他那做种种准备的样子，我猜想该准许我到户外去了，于是离开我那个硬邦邦的卧榻，挪动脚步要跟他走。他注意到了这件事，就用锹头儿对着里面的一扇门戳了一下，同时含混不清地说了一句话，意思是：如果我想换个位置，我就必须到那个地方去。

这扇门通向堂屋，这时候女人们都已经起来在那里活动了：泽拉正在拉一个特别大的风箱，把火苗扇得直往烟囱里窜，希思克利夫太太跪在壁炉边上，借着火光读书。她把手遮在眼睛和炉火之间挡着热气，好像全神贯注在书上，只斥责仆人溅了她一身火星，或者推开不时把鼻子凑到她脸上的狗之时，才打断一会儿。

看到希思克利夫也在那里，我很惊讶。他站在炉火旁边，背对着我，刚刚对可怜的泽拉发完一通雷霆之怒，她干着活的时候不时停下来撂起围裙角，还气鼓鼓地哼上一声。

“还有你，你这个贱——”我进去的时候他正转身对着他儿媳妇发作起来，叫出一些无伤大雅的名号诸如鸭子、绵羊之类，不过说出来的时候大体总是带着破折号。

“你又在那玩你那套偷奸耍滑的戏法儿！其余那些人全都在自己挣饭吃——你可是靠着我的施舍过日子！把你那废物扔到一边儿去，找点事儿干干。你要是老在我眼面前转悠让我心烦，这笔账我一定得跟你算——听见了吗，你这个该死的贱人？”

“那我就把我的废物扔掉，因为我要是不扔，你也能硬要我扔，”少奶奶一边回答，一边把书合上，扔在一把椅子上，“不过，哪怕你骂烂了舌头根子，我也什么事都不干，除非那是我喜欢干的！”

希思克利夫举起手来，说话的这位赶忙跳开，跑到远一点比较安全的地方，显然她很熟悉那巴掌的分量。

我并没有欣赏这种猫狗斗的欲望，于是步履轻捷地走上前去，仿佛是急于要借炉火取暖，根本不理会是不是打扰了他们的争吵。他们彼此都保有足够的礼貌，暂时挂起了免战牌。希思克利夫把两个拳头插进了自己的衣兜，以免遭到诱惑；希思克利夫太太则撅着嘴走到远处的座位上，她说话算话，在我待在那儿的其余那段时间，一直像尊雕像似的坐着。

这段时间不长，我谢绝了和他们一起吃早饭，待到晨光熹微，就找了个机会溜到自由畅快的露天里去。此刻那里明澈、宁静、寒峭，像触摸不着的冰。

我尚未走到花园尽头，那位房东就招呼我，说他愿意陪我穿过荒原。他这样做真好，因为那整个山坡都成了波浪起伏的白色海洋，起伏的高低并不和地面的高低相应——至少有许多坑洼都给填平了；

而且所有连绵的山峦，那些采石场的残石废料，都从昨天我走过的时候脑子里画出的那幅地图上抹掉了。

我还注意到，在道路的一边每隔六七码就竖着一块石碑，一溜排开贯串了整个这片荒地。它们竖在那儿，还涂了石灰，为的是黑夜里，还有现在这种大雪封山无法辨认道路两旁很深的沼泽和比较坚实的小径的时候，给人指路，但是现在除了零零落落几个黑点以外，也都早已消失得无影无踪了。我还以为我是在沿着道路的拐弯准确无误地往前走，我的同伴却发觉，他必须随时提醒我朝东或是朝西。

我们很少交谈，走到画眉林苑的入口，他止住步，说在那里我就不会走错了。我们相互告别仅只是匆匆鞠了一躬，然后我就凭自己的本事，继续前行，因为林苑看守人的小屋现在还没有人住。

从林苑的大门到田庄的距离是两英里，我觉得我把它走成了四英里，这一部分是因为我在树林里迷了路，还有一部分是因为我深深地陷进了雪坑，只有那些有切身经历的人才能体会这份艰难困苦。不过不管我怎样绕过来绕过去，时钟敲十二下的时候，我走进了屋子；按照从呼啸山庄到这里来的正常路程说，我每一英里刚好走了一个钟头。

我附带租下来的女管家和她手下的仆役都一齐冲出来迎接我。他们吵吵嚷嚷喧哗不已，说是他们早已对我完全不抱希望。每个人都猜测，我昨天夜里送了命，而且他们正在犹豫，应该怎样着手搜寻我的遗体。

我让他们安静下来，因为大家都亲眼见我回来了，而且我已经冻得透心凉了，便步履蹒跚地爬上楼去，换了一身干爽的衣服，又来来回回踱步三四十分钟，好恢复身上的热力。我给安置到了书房里，这时我像小猫崽似的浑身无力，疲劳得简直连仆人为使我复原而生好的令人振奋的炉火和热气腾腾的咖啡都无福消受了。

第四章

我们人是多么虚骄无聊的风向标啊！我本来下定决心要遗世独立，远离一切社会交往，还庆幸自己福星高照，终于降落在一个近乎与世隔绝的地点，可是我这个意志薄弱的可怜虫，强撑着和那份无精打采、寂寞孤凄一直争斗，但到黄昏时分终于降下了战旗，等到迪恩太太把晚饭送了进来，我就装作了解有关我这所住宅的各种情况，要她乘我吃饭的时候坐下来，真心希望她会表现出是平常那种饶舌的人，能用她的闲聊给我提神，或是催我入睡。

“你在这儿住了相当长时间了，”我开始说，“你不是说住了十六年吗？”

“十八年啦，先生，小姐出嫁的时候，我是跟着来侍候她的。她过世以后，东家就把我留下来当管家了。”

“哦。”

接着是一阵停顿。恐怕她并不是一个饶舌妇，除非是扯到她自家的事情，可那些又难以引起我的兴趣。

然而，她把拳头一边一个放在膝盖上沉思了一会儿以后，红润的脸上笼罩了一层浮想联翩的云翳，她脱口而出——

“唉，从那以后，变化该有多大呀！”

“是呀，”我说道，“我想，你见识了好多变化吧？”

“我赶上了，还有些麻烦和乱子呢。”她说。

“哦，我要把话题转到我房东一家人身上去！”我心中暗想，“这是开场的好题目——还有那个漂亮的小寡妇，我很愿意了解她的身世；看她究竟是本地人，还是有更大可能是个外乡人，所以那些乖张粗鄙的土著就不肯认亲。”

我心里有这种打算，就问迪恩太太，为什么希思克利夫先生要把画眉田庄租出去，而更喜欢住在地点和宅院都差得多的地方。

“难道他还不够阔气，没法好好维持这份产业？”我问她。

“阔着呢，先生！”她回答说，“他有多少钱，谁也说不清，而且每年都有增无减。是呀，是呀，他阔得足够住比这更好的房子。可是他很吝啬，手紧得很。哪怕他已经打算要搬到画眉田庄来了，一听说有个好房客，就忍不住要抓这个机会，再多弄它几百镑。真是奇怪，有的人不过是孤零零地待在世上，怎么还那样贪！”

“他好像有过一个儿子吧？”

“是呀，他有过一个——可他已经死了。”

“那么说，那位少奶奶，希思克利夫太太，就是他的遗孀啦？”

“就是。”

“她是从哪儿来的？”

“唉，先生，她是我已故的主人的女儿。凯瑟琳·林顿是她的闺名。是我把她带大的，这个可怜人儿！我真希望希思克利夫先生会搬到这里来，那样我们就可以又待在一起啦。”

“什么，凯瑟琳·林顿！”我大吃一惊叫了起来。可是我稍一琢磨，自己就明白过来了，那不是我的那个鬼魂凯瑟琳。“那么，”我接着又问，“在我之前住在这儿的那个人姓林顿啰？”

“正是。”

“那么，那个恩肖，和希思克利夫住在一起的那个恩肖又是谁呢？他们是亲戚吗？”

“不，他是已故林顿太太的侄儿。”

“那么说，是那位少奶奶的表兄弟啦？”

“是；她丈夫也是她的表兄弟——一个是她母亲那边的，另一个是她父亲那边的——希思克利夫娶了林顿先生的妹妹。”

“我看见呼啸山庄那所宅院的前门上面刻有‘恩肖’这几个字。他们是一个很老的家族吗？”

“非常老，先生，哈顿就是他们的最后一根独苗，就像凯茜小姐是我们的——我是说林顿家族的——最后一根独苗一样。你不是去过呼啸山庄了吗？请原谅我这样问你；可是我真的想听听，她怎么样啦？”

“希思克利夫太太吗？她看起来很好，而且非常标致；不过我觉得，她并不快乐。”

“哎呀，我一点儿也不奇怪！那位主人呢，你觉得他怎么样？”

“相当粗鲁的家伙，迪恩太太。他的性格不就是那样的吗？”

“粗得像锯齿，硬得像火石！你越少管他的事越好。”

“他必定是一生浮沉否泰经过几番折腾，所以才成了那么暴躁的人，你知道一些他的身世吗？”

“那可是像咕咕鸟[①]似的呀，先生——我全都知道，只是不知道他生在哪儿，他娘老子是谁，他起初是怎样弄到钱的——哈顿像只小篱雀，毛还没长全就给赶出了窝——这整个教区也只有他这么一个倒霉的小伙子，现在还不知道自己都是怎么受骗上当的！”

“那么，好，迪恩太太，你就行行好，给我讲讲这些邻居的事儿——我觉得，即使现在上床也睡不着，所以还是请你坐下来聊上

① 咕咕鸟即杜鹃，传说不孵卵，把卵下在其他鸟的窠里，由它鸟代孵代育。此处暗示希思克利夫为一弃儿，由恩肖家代养，同时又暗示他强取豪夺这家财产的整个历史。有似《诗经》所云：“唯鹊有巢，唯鸠居之。”

个把钟头吧。”

“啊，那敢情好，先生！我就去拿点针线活来，然后你愿意我坐多久我就坐多久。不过，你受了风寒，我看见你哆嗦来着，你得喝点稀粥驱驱寒。”

这位值得敬重的太太急忙跑了出去。我俯身向前凑近炉火，感到头发烧，浑身却发冷；再加上我的整个神经和大脑都给弄得很兴奋，几乎到了糊里糊涂的状况。这使我感到的倒不是难受，而是担心（现在都还是这样），今天和昨天发生的那些事情会造成一些严重的后果。

她马上就回来了，带来一盆热气腾腾的稀粥和一个针线篓。她先把粥放在壁炉的锅架上，又把椅子挪过来，看到我这么平易近人，显然感到高兴。

她没等我再请她讲那个故事，就开口讲了：在我到这里来住下以前，我差不多一直是住在呼啸山庄；因为是我母亲把欣德利·恩肖先生带大的，那是哈顿的爸爸。我渐渐地常常和那些孩子一起玩耍——也跑跑腿，帮着晒晒干草，老在农场附近转悠，等着人家给我派点什么活计。

有一年夏天，一个晴朗的早晨，我记得那是刚刚开镰收割的时候——恩肖先生，那位老主人，走下楼来，他穿戴整齐准备出门；他先吩咐完约瑟夫当天应该做些什么事，就转过身来朝着欣德利和凯茜还有我——因为我正和他们一起坐着喝粥糊糊。他对他儿子说：

“嘿，我的好汉，我今天到利物浦去……给你带点什么呢？你喜欢什么就挑什么，不过要小一点的东西，因为我来回都步行，每一趟都是六十英里，可是一个长途呢！”

欣德利点了一把提琴，然后主人又问凯茜小姐，她当时还没满六岁，不过马厩里哪匹马她都能骑，所以她提出要一根马鞭。

他并没有把我忘了，尽管他有时候相当严厉，他心眼却很好。他答应给我带回一袋苹果和梨，然后他亲亲他两个孩子，道了别，就起身去了。

我们觉得那段时间好像很长，他出去了三天，小凯茜常常要问，他什么时候才会回家。第三天傍晚，恩肖太太估计他不会迟过晚饭时间到家，她把这顿饭一小时又一小时地往后推，可就是不见他回来的影子，最后孩子们跑到大门口去，盼得都又困又乏了——随后天色渐渐黑了，她想让孩子们上床睡觉，可是他们一个劲儿地请求，让他们再等等。直到十一点左右，门闩悄悄地打开了，主人走了进来。他一下子躺倒在椅子上，一面大笑一面哼哼，让他们大家都站远点儿，因为他差不多都快累死了——哪怕赠给他三个王国，他也不会再这样去长途跋涉了。

“在最后那一段路，简直吓得要死了！”他一边说，一边把卷起来抱在怀里的大衣抖搂开，“看这儿，太太，我这辈子也没有给什么东西弄得这样狼狈，可是你还当真得把这看作是上帝的馈赠，尽管黢黑黢黑像是从魔鬼那儿来的一样。”

我们都围在一起，我从凯茜小姐头顶上望过去，看见一个脏里巴几、衣服破烂、一头黑发的孩子，足有既能走路又会说话那么大了——其实，从面相上看比凯瑟琳还大些——可是把他放到地上站起来，他只是瞪着眼四下里打量，一遍又一遍叽里咕噜地说着一些谁也听不懂的话。我害怕极了，恩肖太太还准备把他扔到门外边去。她真的勃然大怒，问他怎么竟异想天开把个野孩子带进家门来，他们本来就有自己的小娃子需要抚养照料呀？他这样做究竟是什么意思，他是不是疯了？

老爷想把这件事情解释一下，可是他真是已经累得半死，在太太一片责骂声中，我只听出来这样一个故事：他是在利物浦街头看到这个孩子。他饿得半死，无家可归，就像个哑巴一样。他把他捡起来，打听他是谁家的。可是，他说，没有一个人知道他是谁家的，他手头的钱和时间又都很紧，所以他想最好还是当即把他带回家来，免得到处瞎跑白费钱；因为他已经决定，既然拾到了这个孩子，就不能把他扔下不管。

好啦，这件事的结果就是我那位太太咕咕噜噜发了一阵牢骚，就不作声了，恩肖先生让我给孩子洗了个澡，穿上干净的衣服，然后让他和孩子们一起去睡觉。

欣德利和凯茜两个只是在旁边看着、听着，直到恢复了平静，才去搜父亲的口袋儿，找他事先许下要给他们的礼物。哥哥已经是个十四岁的大孩子了，可是等他从大衣口袋儿里掏出那把已经压成碎片的提琴，就放声大哭起来；凯茜呢，她知道父亲因为照看那个不相干的孩子，把她的马鞭弄丢了，就朝那个小笨蛋做鬼脸，啐唾沫，用这个办法来发脾气，结果是白费力气，挨了她父亲狠狠的一下打，教训她要放规矩一点。

他们俩根本不让他和他们睡在一起，甚至不让他睡在他们的屋子里。我也不大懂事，所以就把他撂在楼梯口平台上，巴不得第二天早晨他就走了。不知是凑巧还是听到了恩肖先生的声音，这孩子爬到了他卧室的门口，他走出来的时候看到了他，于是追问起他怎么会到的那儿。我只好认错，我因为胆小怕事、不讲人道也得到了惩罚，给从这所宅子里打发出去了。

希思克利夫起初就是这样给引到这个家里来的。因为我觉得那并不是要把我一辈子都撵出去，过了几天我又回去了，发现他们给他施了洗礼，取名叫“希思克利夫”，这本来是他们那个很小就死了的儿子的名字，从那以后他就叫这个名字，也姓这个姓。

凯茜小姐这会儿和他可亲热啦；可是欣德利讨厌他，说实话，我也一样。我们折磨他，欺负他，一点也不觉得丢人，因为我那时候还不怎么懂事，不知道这样做不公道，而太太看见他受欺侮，也从来不帮他说句话。

表面看来，他好像是个郁郁寡欢、坚韧克己的孩子，大概对别人的虐待满不在乎。面对欣德利的拳头，他会不眨一下眼，不流一滴泪。我拧他掐他，也只能让他睁大眼睛倒抽一口气，好像那是他自己失手伤了自己，不该责怪别人。

老恩肖把他叫作没有父亲的可怜孩子，他发现自己的儿子找他的麻烦他又总是逆来顺受，就火冒三丈，他令人莫名其妙地喜欢希思克利夫，这孩子说什么他都相信（说起这个嘛，这孩子一向难得开口，一开口通常总是真话），他宠他，远远超过凯茜，她太顽皮，太任性，不招人疼。

就这样打从一开头，这孩子就在家里引起恶感，以后过了还不到两年，恩肖太太就过世了，少爷从此就学会了把自己的父亲当作是压迫者，而不是朋友，把希思克利夫当作篡夺了他父亲的感情和自己的特权的人，每次想到这些损害，他就更加对他恨之入骨。

我有一度是同情少爷的，可是后来孩子们得了麻疹，我得侍候他们，立刻担起了一个成年女人的责任，我就改变了看法。希思克利夫病得很重，在最危险的时候，他得让我时时在床边守着。我猜想，他一定感觉到我为他是尽心尽力的，可是他哪里有那个精气神儿想到，我并不是心甘情愿去做的。不过我还是愿意说，凡是护士照看过的孩子，数他最安静。他和另外两个孩子那么不一样，这使我不再那么偏心眼儿。凯茜和她哥哥真把我折腾死了，他却像只小羊羔似的从不抱怨，不过，他难得给人添什么麻烦可不是出于柔顺，而是倔强。

他挺过来了，医生说这多亏了我，并且赞扬我照看得好。我因听到医生的夸奖而自鸣得意，同时，正是由于他的缘故我才受到称赞，所以对他这个人，我心肠也就软下来了。这一来，欣德利连我这个最后的盟友也没有了；可我还是没法偏向希思克利夫，而且我常常纳闷，我那位主人究竟在这个整天愁眉不展的孩子身上看出了什么，才对他那样大加赞赏。在我的记忆里，他从来没有用一点点感激的表示来报答对他的娇宠。他倒不是对他的恩人傲慢无礼；他只是冷淡无情，虽然他完全知道，他已经整个抓住了主人的心，也懂得只要他一开口，全家上下都得对他的心意俯首听命。

说一个例子吧，我记得恩肖先生有一次从教区的集市上买回了两匹小马驹，给两个小小子一人一匹。希思克利夫挑了最漂亮的一匹，可是它不久就摔瘸了，他发现了以后就对欣德利说：

“你得跟我换马，我不喜欢我那一匹了，你要是不换，我就告诉你爸爸，你这个礼拜已经狠狠打了我三次，让他看看我的胳臂，都一直青到肩膀上了。”

欣德利吐出了舌头，扇了他几个耳光。

“你最好还是立刻就换，”他一边坚持说，一边躲到门廊下边儿（他们都在马厩里），“你非换不可，要是我告你打了我这几下，那么你就得照样挨，还得加利息。”

“滚，狗东西！”欣德利大声喊叫，还拿起一个称土豆和干草的铁秤砣来吓唬他。

“扔呀，”他回答说，站在那儿纹丝儿没动。“那样我就要告你夸下海口，说等他一死你就要把我赶出门去，我还要看看，他是不是会当场把你赶出去。”

欣德利把秤砣扔过去，砸在他胸口上，把他打倒了，可是他马上跌跌撞撞地站了起来，上气不接下气，脸色煞白，要不是我出来拦住，他就真会照那样去找老爷，只消让他受的伤替他告状，表明是谁干出来的事，马上就可以彻底报仇雪恨了。

“那就把我的马驹牵走吧，你这野种！”小恩肖说，“但愿他摔断你的脖子，骑着他下地狱去吧，你这个闯进我家来的叫花子！把我爸爸所有的一切都骗走——到那以后才能让他看清你是什么东西，你这恶魔崽子——把他牵走吧，我盼望他把你的脑浆子都踢出来！”

希思克利夫早已走过去把牲口解下来，要把它转到自己那个隔栏里——他正跟在马后面走过去，欣德利一下子把他打倒在马蹄子之间，就这样结束了他那套长篇大论，然后一溜烟飞快跑开了，也没顾得停下来看一看他自己的愿望是否实现了。

这孩子若无其事地打叠起精神来，继续干他打算好的事，换过马鞍和其余所有的东西，然后才坐到一堆干草上，他挨的这狠命的一下让他头昏眼花，等慢慢地缓过来以后，就进屋子里去了。眼见这个孩子这样沉着冷静，不动声色，真是出乎我意料。

我没费劲就让他听了我的劝说，把他身上的硬伤说成是马踢的。故事怎么编，他满不在乎，因为他已经得到了他想要的东西。说真的，像这样的一些乱子，他很少告状。我甚至实实在在地以为他不是那种记仇的人——我可是彻头彻尾给骗住了，这你听下去就明白了。

第五章

时光一天天流逝，恩肖先生慢慢衰老了。他一向活跃好动，身子硬朗，却一下子力气都没了。等到他只能困守在壁炉犄角的时候，就变得极度烦躁易怒。他会毫无缘由就发火；要是疑心别人不看重他的权力地位，那就差不多得暴跳如雷了。

有谁要是想欺负他的宠儿或者对他作威作福，那就更是特别明显。他煞费苦心小心提防，生怕有人说这孩子一句坏话，好像他脑子里已经有了这样一个成见：因为他喜欢希思克利夫，所以大家全都恨他，还老想暗算他。

这对那个小小子可没有一点好处，因为我们当中那些心眼儿好的都不希望惹老爷心烦，所以我们就迁就他的偏心眼儿，可这样一迁就，又大大助长了那孩子的骄傲和坏脾气。慢慢地，这就成了一定之规。有两次或是三次，欣德利在他父亲跟前表示出了不以为然的神色，就惹得老头子大发雷霆，他抓起手杖要揍他儿子，因为揍不上，气得直发抖。

那时候我们有个副牧师，他教林顿家和恩肖家的孩子念书，再自己种上他那一小块地，凑够教士的俸禄。到底还是这位副牧师，建议把这个年轻人送到学院去上学，恩肖先生同意了，不过心气儿并不高，因为他说：

“欣德利不是块材料，无论他逛到哪里，都成不了气候。”

我打心眼里希望，我们这会儿可以太平了。想到主人做了好事倒弄得这么不痛快，我很伤心。我想到了他年老多病心情不快是因为家庭不和，就像他自己也这么认为的——其实，先生，你知道，这是因为他意气日渐消沉。

本来不管怎么样，我们的日子还是可以过得不错的，可是坏就坏在两个人身上：就是凯茜小姐和那个仆人约瑟夫。我敢保你在那边见过他吧。他以前是个最招人讨厌、自以为是的法利赛人①，很可能现在也还是那样。这种人总是翻遍《圣经》，把有指望的话都搂到自己那儿，把诅咒都甩给邻居。他要尽花招，又是演讲经文，又是诚心布道，骗得恩肖先生大受感动，而且主人越虚弱无力，他的影响就越大。

他接连不断地让他为自己的灵魂问题担心，要他严格管束他的孩子们。他怂恿主人把欣德利看成一个被上帝摈弃了的人，一个晚上接一个晚上地唠唠叨叨没完没了，大讲希思克利夫和凯瑟琳的坏话，老是故意迎合恩肖的弱点，把最严重的罪过加在凯瑟琳的身上。

确实，她也有她那一套怪招儿，我以前从来没有看到一个孩子像她那样的。她常常可以一天就折腾不下五十次，叫我们大家全都没了耐心。她每天从起床下楼到上床睡觉，无时无刻不是在调皮捣蛋，一分钟也不叫我们安生。她的情绪总是处在高潮，她的嘴总是不停——唱呀，笑呀，闹个没完，谁要不和她一样闹，她就缠着不放。她是个又野又淘的干巴小丫头，可是在整个教区就数她的眼睛最有神，笑容最甜蜜，脚步最轻灵，而且说到底，我相信她并没有坏心眼，因为她要是一旦当真把你弄哭了，她很少有不陪着你哭的，而且还逼得你不得不止住哭，反倒要去劝解她。

---

① 法利赛人，古代犹太教一个派别的成员，《圣经》中常被斥为表面遵守教义而实际上却不然的伪善者。

她真是太喜欢希思克利夫了。我们千方百计想得出来对她最厉害的惩罚，就是把她和他分开，而她为了他所挨的骂，还比我们谁都多。

在玩游戏的时候，她特别喜欢扮小主妇，指手画脚地对小伙伴们呼来喝去。她对我也来这一套，但是我可不让她打，也不听她指挥，还要她明白这一点。

唉，恩肖先生不能领会他的孩子们的那些玩笑，他对他们总是管得很紧，态度严肃。可凯瑟琳这方面呢，她一点也不理解她爸爸因为病痛理所当然地要比年轻力壮的时候脾气粗暴，没有耐性。

他莫名其妙的斥责反而引得她故意恶作剧来惹他恼怒。她最快乐的时候，莫过于我们全都一起责骂她，她于是就摆出她那一副肆无忌惮的神气，说出她那些张口即来的话，根本不把我们放在眼里：她把约瑟夫那些宗教上的诅咒变得荒唐可笑；作弄欺负我；她父亲最恨什么她偏要干什么；显示她故意假装的那副专横傲慢的架势——对这个她父亲还信以为真——对希思克利夫，这比她父亲的仁慈还具有更大的影响：对她的话，那男孩言听计从，可她父亲的吩咐，那只有合他心意的他才肯干。

她为所欲为闹腾了整整一天之后，到晚上有时候又像娇宝贝似的前去讨好求和。

“不成，凯茜，”老头子会这样说，“俺可无法爱你，你比你哥哥还要坏。去吧，孩子，去做你的祷告，请求上帝宽恕你。恐怕你母亲和俺一定都后悔养了你！”

这番话起初让她哭了，可是后来不断地碰钉子，她就倔起来，要是我让她去认错道歉，请求宽恕，她反而哈哈大笑。

但是斩断恩肖先生在尘世上种种烦恼的时刻到底还是来了。10月里的一天晚上，他坐在壁炉前面烤着火，静悄悄地就在椅子上过世了。

大风围绕着宅子狂啸，在烟囱里怒号，疯狂咆哮，就像是一场暴风雨，不过天气并不冷，而且我们都聚在一起——我离壁炉稍微远一点，忙着编织，约瑟夫坐在桌子旁边念《圣经》(因为仆人做完活一般都坐在堂屋里)。凯茜小姐早先就病了，这让她安静了下来；她依在她父亲的膝下，希思克利夫躺在地板上，头枕在她的腿上。

我记得老爷在打瞌睡以前抚摩着她那一头秀发——他难得见她这么温顺，所以很高兴——对她说：

“你为啥不能总做个好孩子呢，凯茜？”

她于是仰面朝他一边笑着一边回答：

“你为啥不能总做个好大人呢，爸爸？”

于是她一看到他又恼了，就赶快亲了亲他的手，说她愿意给他唱歌，引他入睡。她开始轻轻地唱起来，到后来他的手指头从她手里滑了下去，他的头也垂到了胸前。这时候我让她别出声，也别动，因为怕她把他惊醒。我们大家都悄悄地像耗子一样，足足待了半个钟头，本来还可以再这样待下去的，可是约瑟夫看完他那章《圣经》站起身来，说他得把主人叫醒，让他做祷告，好上床睡觉。他走上前去，叫着他的名字，碰碰他的肩膀，可是他一动不动——于是他端过蜡烛来，仔细看看他。

在他把蜡烛放下来的时候，我感到有什么事不对头，于是一只手抓住一个孩子，轻声地告诉他们：“上楼去，别出声，今晚上就自己去做祷告——他还有点事儿要做。”

“我得先和爸爸道晚安。”凯瑟琳说着就用胳臂搂住他的脖子，我们要挡也来不及了。

这可怜的小东西立刻发觉她失去了亲人——她尖着嗓子叫了起来：

“啊，他死了，希思克利夫！他死了！”

于是他们俩撕心裂肺般地哭喊起来。

我也跟他们一起号啕，哭得十分伤心；但是约瑟夫却说，一位圣人上了天堂，我们竟那样大喊大叫，这究竟是在想些啥呢。

他告诉我穿上大衣，赶快跑到吉默顿去找医生和牧师。那时候我猜不出他们俩无论哪一位有什么用处。不过我还是顶风冒雨去请了，并且有一个，就是那位大夫，和我一起回来了，另一个说他早晨来。

我让约瑟夫在那儿讲解事情的经过，自己跑到孩子们的屋子里去。房门半掩着，尽管那时已过了半夜，我看到他们压根儿就没有躺下过。不过他们都安静了一些，用不着我去安抚。那两个小家伙正在互相安慰，他们说的种种想法比我说得更能打中要害。世界上没有哪个牧师能够像他们那样，用那些天真烂漫的话把天堂描绘得那样美妙。我一边抽噎，一边听，不禁希望我们大家都平平安安地一起待在那儿。

第六章

欣德利先生回家奔丧来了。可有一件事让我们大家都吃了一惊，也惹得左邻右舍到处说闲话——他带着个媳妇。

她是个什么人，出生在哪儿，他可从来没让我们知道。八成是她在钱财和名望两方面都一无可取，要不，他绝不会把这门亲事瞒着他父亲。

她倒不是那种为了自己而把全家搅得不安的人。她一跨进这家的大门，看到的每件东西都让她高兴，在她身边发生的每件事情也都是这样，只是不喜欢准备丧事和接待吊丧的客人。

从她在办丧事当中的言谈举止来看，我觉得她像个半吊子。她跑回自己的屋子，要我也跟着她去，本来我是应该给孩子们换好孝服的，可她却紧握双手坐在那儿直哆嗦，还反反复复地问：

“他们都走了吗？”

接着她就带着歇斯底里的神色说起，她一见黑颜色心里就不是滋味。她一会儿目瞪口呆，一会儿浑身发抖，最后干脆哭开了。我问她，这是怎么回事？她回答说，她也不知道，只觉得她是那么害怕死！

我当时暗想，她就跟我一样，不像是要死的样儿。她身子有点单薄，可是年纪轻轻，脸色鲜艳，那对眼睛就跟金刚钻一样晶莹闪烁。没错儿，我确实注意到了，她一爬楼梯就气喘吁吁的，突然有一点动静儿就吓得她一机灵。她有时候还咳嗽得让人心烦。可是我那会儿还不懂这些症候是什么兆头，也没有心血来潮对她同情。在我们这里通常是不和外地人近乎的，洛克伍德先生，除非他们先跟我们近乎。

小恩肖离家这三年里，可是大大改变了样儿。他变得清瘦了，脸上的血色也不见了，言谈穿着也大不一样。他回家第一天就告诉约瑟夫和我，从此以后我们都得待在后厨房里，把堂屋让给他。说真的，他本来想额外再把一个小屋子铺上地毯，糊上墙纸，当作客厅；可是他太太看了那白白的地板，那烧得旺旺的大壁炉，那些白镴盘子，那个荷兰青花瓷碗柜，还有那个狗窝，再加上他们常常坐在那儿的那块宽敞的可以自由走动的地方，显得那么高兴，所以他觉得，从让她舒适着想，也没有必要再那样做，于是就打消了那个念头。

她在新认识的人中间找到了一个小姑子，也显得很高兴。开始的时候，她对凯瑟琳唠唠叨叨说个没完，又是亲她，又是跟着她到处跑，又是给她大宗大宗地送礼。可是过不多久，她那股热乎劲儿就疲了，她变得越来越别扭难缠，这时候欣德利也变得越来越专横跋扈。她只要说一两句话，显出不喜欢希思克利夫的意思，就足以把她丈夫内心对那个孩子的旧仇宿怨全都勾起来。他把希思克利夫从他们那一帮中赶走，归到仆人当中去，不但不让他再接受副牧师的教导，而且坚持说他得去干户外的活儿，还逼着他去干和农场上那些小伙子一样的重活。

希思克利夫开头对这么给贬下去还忍受得住，因为凯茜把她自己学的都教给他，还陪他在地里一起干活，一起玩。少爷对他们俩的言谈举止、所作所为完全不闻不问，所以他们也就不和他打什么交道。看样子他们俩长大了都会变得像野蛮人一样粗鲁无礼。他甚至对他们星期天去不去教堂都不愿过问，只有约瑟夫和副牧师看到他们不去教堂，责备他太不关心，这才提醒他下命令给希思克利夫一顿鞭子，罚凯瑟琳饿一顿，不让她吃中饭或晚饭。

可是他们主要的乐趣是一大清早就跑到荒原上去，在那儿玩上一整天，事后的惩罚不过成了一笑了之的事儿。副牧师可以随心所欲地想让凯瑟琳背诵多少章《圣经》就规定多少，约瑟夫可以抽打希思克利夫一直打到自己胳臂也痛了，可是他们俩只要又聚在一起，至少只要他们俩又想出什么报仇雪恨的捣乱计划，就把那一切都忘了。看到他们一天天变得越来越满不在乎，我好多次独自痛哭，我对他们连一声也不敢吭，唯恐失去我对这两个没人理睬的小家伙还保留着的那一点小小的影响。

有一次在星期天晚上，不巧他们闹出了点声音，要不然就是犯了一个这类小小的过错，就给从起居室里轰了出去，等到我去叫他们吃晚饭的时候，到处找都找不着他们。

我们把整个宅子上上下下都搜了一遍，连场院和马厩也搜了，就是不见他们；最后欣德利大发脾气，吩咐我们把门全都锁上，赌咒发誓说，那天晚上谁也不准放他们进来。

全家人都上床去睡了，只有我心里着急，怎么也躺不下去，于是打开窗户，虽然正下着雨，还是把头伸出去仔细倾听。我拿定主意，只要他们回来，就不管什么禁令，一定要放他们进来。

一会儿工夫，我就听出大路上有走过来的脚步声，一盏灯笼的亮光也照进了院门。

我急忙在头上裹了一条披肩跑出去，好不让他们敲门，免得把恩肖先生吵醒。那是希思克利夫一个人，我看见他独自一个，不免一惊。

“凯瑟琳小姐在哪儿？”我急忙喊了一声，“我希望没出事吧？”

“在画眉田庄，”他回答说，“我本来也应该留在那儿的，可是他们不懂礼貌，没有请我留下。”

“嘿，这可该你倒霉了！”我说，“你这个人，不等到人家叫你滚蛋，你是永远不会满意的。究竟是怎么会让你们转悠到画眉田庄去的呢？”

“让我先把湿衣服脱下来，我再从头到尾告诉你，奈丽。”他回答说。

我让他小心点儿，别把主人吵醒，他换下湿衣服，我等着把蜡烛吹灭，这时他才接着说下去：

“凯茜和我从洗衣房逃出去，想自由自在地到处逛逛，后来瞥见了田庄闪闪烁烁的灯亮，我们想，我们正好可以去看看，林顿家的孩子星期天晚上是不是在墙角里打哆嗦，而他们的爹妈却坐在壁炉前面又吃又喝，又唱又笑，把眼睛都要烤坏了。你想他们是不是这样？或是在读布道词，或是由他们家的那个男仆来考问教义，如果他们答得不对头就得念《圣经》上的一长串名字？”

“八成不会，”我回答说，“准没错儿，他们都是好孩子，不会受罚，你受罚是因为做了坏事。”

“别拿假话训人啦，奈丽，”他说，“胡说八道！我们从山庄的高处往下跑，一步不停一直跑到林苑，这次比赛凯瑟琳完全输了，因为她光着脚。明天你得上泥塘地里去给她找鞋。我们从树篱的一个缺口爬过去，沿着小路摸索着朝前走，走到客厅窗户下面，站在一个花坛上，灯光是从窗户那儿射出来的；他们没关百叶窗，窗帘又只拉上了一半。站在花坛的基座上，用手扒住窗台，我们俩都能看到——啊，真漂亮！——那地方可真是富丽堂皇，地上铺着猩红的地毯，椅子上、桌子上都铺着猩红的椅罩和台布，洁白的天花板周围镶着金边，一根银链从天花板中心耷拉下来，上面挂着一串串玻璃坠子，一支支细小的蜡烛闪闪发光。老林顿两口子都不在那儿，客厅成了埃德加和他妹妹的天下；难道他们还会不快活？我们要能那样，就会觉得是进天堂啦！好啦，现在你猜猜，你的两个好孩子在干什么？伊莎贝拉——我想她有十一岁，比凯茜小一岁——躺在客厅的尽头扯着嗓子喊叫，喊得那么刺耳，就像是好些巫婆拿了些烧红的针在往她身上扎。埃德加站在壁炉边不出声地在哭，一条小狗坐在桌子中间，使劲抖着一只爪子汪汪叫，听他们互相责骂，我们知道他们差一点就要把那条小狗撕成两半了。这两个傻瓜！那就是他们的乐子！争吵着谁应该抱那个暖融融的毛团团，吵到后来，两个人都哭起来，因为他们相互争夺了一番以后，谁也不肯要它了。我们立即对这两个活宝哈哈大笑起来，我们可真是瞧不起他们！你什么时候碰上我想抢凯瑟琳要的东西来着？或是看见我们俩为了找乐子，占着屋子两头，又哭又号，又在地上打滚？就是要我再活一千遍，我也不会拿我在这儿的这种样子去换埃德加·林顿在画眉田庄的那种——哪怕就是给我权力让我把约瑟夫从最高的山墙顶上摔下来，用欣德利的鲜血来涂宅子的前脸儿，我也不换！”

“嘘，别说了！”我打断他的话，“你到这会儿还没告诉我，希思克利夫，凯瑟琳怎么会给拉下了呢？”

“我刚才告诉你，我们哈哈大笑，”他回答说，“林顿家那两个孩子听见我们的笑声，就同时像两根飞镖似的一下冲到了门口，先是一声不响，接着是一阵大叫：‘啊，妈妈，妈妈！啊，爸爸！啊，妈妈，快来。啊，爸爸，啊！’他们真是像这样号叫了一通。我们作出吓唬人的声音，把他们吓得更厉害了。这时候我们从窗台上溜下来了，因为有人在开门闩。我们想，还是赶快逃跑的好。我拉着凯茜的手，催她快跑，这时候她突然一下摔倒了。

“‘快跑，希思克利夫，快跑！’她小声说，‘他们把那条牛头犬放出来，它把我咬住了！’

“那个畜生咬住她的脚脖子了，奈丽，我听出了它喷鼻子的那种讨厌的声音。她并没有大声叫喊——没有！哪怕她给一头发了疯的母牛用角尖挑了，她也不屑于喊叫。可我倒是喊了：我大声咒骂，足能把基督教里的随便哪一个恶魔给咒死。我又抓起一块石头，塞进这条恶狗的上下牙中间，用我全身的力气把石头往它的嗓子眼儿里塞。一个畜生似的仆人最后提着灯笼赶了过来，嘴里还直嚷嚷：

“‘别松口，狐狸[①]，别松口！’

“不过，等他看出那条狗咬住的是什么东西的时候，他的调门就变了。那条狗给掐住了脖子，松了口，它那条紫色的大舌头耷拉在嘴外面足有半尺长，那向下坠着的嘴唇淌着血红色的口水。

---

① 狗名。

“那个人把凯茜抱起来。她精神很不好，我敢肯定，不是因为害怕，而是因为疼。他把她抱进屋子里去，我也跟着，边走边嘟嘟囔囔地咒骂要报仇。

“‘抓到什么猎物啦，罗伯特？’林顿站在门口招呼。

“‘狐狸抓到了一个小姑娘，先生，’他答道，‘这儿还有一个小小子，’他又加了一句，一把抓住我，‘他倒像个彻头彻尾的坏蛋！很可能是那伙强盗要把他们从窗户外送进来，等我们大家睡着了以后，再给他们打开门，这样不费吹灰之力就可以把我们宰了。住嘴，你这个长了张臭嘴的小贼，你！你要为这件事上绞刑架的。[①] 林顿先生，你可别把枪撂下！’

“‘不会的，不会的，罗伯特！’那个老傻瓜说，‘那伙流氓知道，昨天是我收租的日子，他们这是想跟我耍小聪明。进来吧，我要款待他们一番。好啦，约翰，锁上链子。给狐狸点水喝，詹妮。真是太岁头上动土，还要挑上这个安息日！他们这样胡作非为，要到哪步田地？噢，亲爱的玛丽，快来看！别害怕，不过是个小男孩罢了——不过这个小坏蛋脸上明摆着就是一副横眉立目的样子，如果他的贼性还只是表现在脸上，而不是在行动上，就趁早把他绞死，对本地区岂不是一件善事？’

“他把我拉到枝形吊灯底下，林顿太太把她的眼镜架在鼻梁上，吓得举起了两只手。那两个胆小如鼠的孩子也爬过来了一点，伊莎贝拉咬着舌儿说：

“‘多可怕的东西！把他拉到地窖里去，爸爸。他活活像是那个算命的儿子[②]。那家伙偷过我驯养的山鸡。埃德加，你看是不是？’

---

① 当时英国刑律极严，少量偷盗即可能处以极刑。

② 指流浪的吉卜赛人。

“在他们查看我的时候，凯茜缓过来了，听到他们最后那番话，不禁笑起来。埃德加·林顿好奇地睁大眼睛愣了一会儿，才打叠起足够的精气神儿把她认出来。你知道，他们在教堂见过我们，不过在别的地方很少碰到。

“‘那是恩肖小姐呀！’他悄声对他母亲说，‘看狐狸把她咬的——看她脚上的血！’

“‘恩肖小姐？胡说八道！’那位太太大声说，‘恩肖小姐怎么会和一个野小子在野地里乱跑！可是，我的宝贝，这孩子还穿着孝服呢——的确是她——她也许一辈子都要瘸了。’

“‘她哥哥怎么这样粗心大意呀，真是罪过！’林顿先生一边大声说，一边从我这儿转向凯瑟琳。‘从席德兹那儿，（就是那个副牧师，先生）我听说他完全听任她野生野长。可是这个又是谁呢？她在哪儿拾来这么个伙伴的？啊哈！的确不错，他就是我那故世的邻居到利物浦去的时候弄回来的那个外地孩子——一个印度水手的儿子，或者是美国的流浪儿，再不就是西班牙的流浪儿。’

“‘反正是一个坏孩子，’那位老太太说，‘根本不配到一个体面人家来！你注意到他说的话了吗，林顿？要是让我的孩子听见了，那才真叫我害怕呢。’

“我又开始咒骂起来——别生气，奈丽——所以他们就吩咐罗伯特把我拉走——不跟凯茜在一起。我就是不肯走——他把我拖到花园里，把这个灯笼塞在我手里，还对我说，一定要把我的所作所为告诉恩肖先生，又叫我马上就走，然后又关好门上了锁。

“那些窗帘有一角没遮严，我于是又站在老地方偷看，因为我已经打算好，如果凯瑟琳想回家，他们又不把她放出来，我就把他们那些大玻璃砸个粉碎。

“她安安静静地坐在沙发上，我们为了出去胡逛借来的挤奶女工的灰色罩衣，林顿太太给她脱掉了，还摇了摇头，我猜想是在劝说她。她是一位年轻的小姐，他们待她和待我大不一样。这时候女仆端来一盆热水，替她洗脚。林顿先生给她调了一杯尼格斯酒[①]，伊莎贝拉把一满盘饼干倒在她的衣兜里，埃德加站得远一点，张着大嘴傻看。后来他们把她那满头漂亮的头发擦干了，梳好了，又拿给她一双很大的拖鞋，把她连椅子一起推到壁炉前面，我都由着她，要怎么高兴就怎么高兴，还把她吃的东西分给那只小狗和狐狸。狐狸吃东西的时候，她还捏捏它的鼻子呢。她让林顿一家那些呆板的蓝眼睛有了一星半点的神采——不过那也只是由她那迷人的脸蛋引起的一点微弱的反光罢了——我看到他们满脸都是又敬又爱的傻相。她比起他们不知道要高超多少——比世上所有的人都高超，难道不是吗，奈丽？”

“这件事的后果比你估计的要严重得多，”我一面回答一面给他盖好，灭了灯。“你这下可没救啦，希思克利夫，欣德利先生一定会采取极端严厉的手段，看他不治你才怪呢。”

我说的事情比我预想的还要准。这番倒霉的冒险把恩肖弄得怒火冲天——可那位林顿先生，为了把事情弥补一下，第二天来登门拜访，给我们少爷又传授了一通他的治家之道，这又把他挑动起来，对周围一切管得认真起来。

希思克利夫并没有挨鞭子，不过他受到警告：他要是再和凯瑟琳小姐讲一句话，就要把他赶走。等她回来之后，就要让恩肖太太把这位小姑子按规矩紧紧管束起来，不是采取强行的办法，而是要手段——她会发现强行是根本管不住的。

---

① 由热水、柠檬、糖和酒等调成的饮料。

第七章

凯茜在画眉田庄住了五个星期，一直待到圣诞节。那时候她的脚脖子才彻底治好，她的行为举止也大有改进。太太在那段时期经常去看她，而且开始实行改造她的计划，办法就是用好衣服和奉承话去提高她的自尊心，这些她都高高兴兴地接受了。所以回家的时候，她并不像一个粗鲁的不戴帽子的小野人那样，一下子跳进屋子，猛冲过来紧紧地把我们抱得喘不上气来，而是像一个十分尊贵的人物，从一匹漂亮的小黑马上下来，头戴插着羽毛的海狸皮帽子，棕色的鬈发从帽檐下披散下来，身穿一件长长的毛料骑装，所以她只好用双手曳起下摆，这才翩然走进家来。

欣德利扶她下马的时候，兴高采烈地大叫：

"嘿，凯茜，你可真是个大美人啦！我简直都认不出你了。现在你看起来可真像位小姐啦——伊莎贝拉·林顿根本没法跟她比，是不是，弗朗西丝？"

"伊莎贝拉可没有她那种天生丽质，"她太太回答说，"可是她得留神，不要在这儿又变野了。埃伦，帮凯瑟琳小姐宽宽衣——别动，宝贝儿，要不你会把鬈发碰乱的——让我来给你把帽子带儿解开。"

我给她脱下骑装，里面可真是光彩照人：一身华丽的方格绸长袍，白色的裤子和擦得发亮的皮鞋。等那几条狗一齐扑上来欢迎她的时候，她简直不敢碰它们，生怕它们摇尾撒欢弄坏她那身华丽的衣服，不过还是高兴得眼睛都亮了。

她斯斯文文地吻了吻我——我当时正在做圣诞节蛋糕，弄得浑身上下都是面粉，要想和我拥抱那可不行——然后她就四处张望找希思克利夫。恩肖先生和太太急煎煎地注视着他们怎样会面，盘算着从这次会面多少总能让他们判断出一点儿：他们究竟有些什么根据能指望把这一对好伙伴真拆散。

开头还很难找到希思克利夫——当初，要是说凯瑟琳离开家以前他是吊儿郎当满不在乎，别人对他也疏忽大意满不在乎，在那以后他就更是糟糕十倍。

除了我以外，甚至没有人肯发发善心，每个星期叫他一次脏孩子，要他自己去洗个澡。而像他这么大年岁的孩子，对肥皂和清水是很少天生会有什么好感的，正因如此也就别提他那身衣服啦，他穿在身上泥里蹚土里滚，已经三个月没换了，他那厚厚的头发也从来不梳，脸上和手上黑黢黢的都像蒙上了一层乌黑的油泥。他一见到走进来的是这样一位鲜亮优雅的千金小姐，而不是他本来所指望的那个蓬头垢面和他刚好配对的伙伴，也就只有乖乖躲到高背长椅后面去了。

“希思克利夫不在这儿吗？”她一面问，一面脱下手套露出手来，因为成天待在屋里什么事也不干，那些手指变得白极了。

“希思克利夫，你可以走过来嘛，”欣德利大声叫喊着，美滋滋地看着他那副狼狈相。眼见这个可恶的小流氓身不由己地出来丢人现眼，也觉着得意。“你也可以出来，像别的仆人一样，向凯瑟琳小姐表示欢迎。”

凯茜一眼看见她的朋友躲在那儿，就飞也似的跑过去抱他，一眨眼工夫就在他脸上亲了七八下，然后停下来，退后一步，一面开怀大笑，一面叫嚷：

“嗨，你怎么显得那么黑，还愁眉不展的！——那么滑稽，那么凶！不过，这是因为我看惯了埃德加和伊莎贝拉·林顿。喂，希思克利夫，你把我忘了吗？”

她这样问是有点理由的，因为羞愧和傲气给他的脸蒙上了双重阴影，让他动弹不得。

“握握手，希思克利夫，”恩肖先生说，显出一副体恤下人的样子，“稍微握一下还是允许的。”

“我不！”那孩子总算开口答话了，“我可不是站在这儿让人笑话的，我可不吃这一套！”

要不是凯茜小姐又把他抓住，这时他就会从这圈人中间冲出去了。

“我并没有笑话你的意思，”她说，“我是管不住自己。希思克利夫，至少得握握手吧！有什么让你这么不高兴的？你不过是看起来有点怪就是了——要是你洗洗脸，梳梳头发，那就行了。可是你那么脏！”

她小心翼翼地看看握在自己手里的那些黑指头，又看看她自己的衣服，担心蹭上他的衣服会弄上什么痕迹。

“你根本就不必碰我！”他悟出了她眼神里的意思，猛地把手抽回来说，“我爱多脏就多脏，我喜欢脏，我就是要脏。”

他一边说着一头冲出屋子，这时男女主人开心极了，凯瑟琳则十分不安，她无法理解，她那些话竟会惹得他这样大发脾气。

我干完了给刚回来的小姐当贴身丫鬟的活，又把蛋糕放进了烤炉，在堂屋和厨房里把火烧得旺旺的，显出了圣诞前夕的喜庆劲儿，准备好了，要坐下来，独自一个人唱几支圣诞颂歌，让自己舒坦一下。约瑟夫却硬说，他觉得我选的那些轻快的曲调跟真正的歌曲差着一层，我也不管。

约瑟夫回他屋里自己祷告去了，恩肖先生和太太则忙着让小姐注意观看那些各式各样花里胡哨的小玩意儿，那是替她买来给林顿家两个孩子送礼的，为的是对他们的好意表示感谢。

他们还早就邀请了那兄妹俩第二天到呼啸山庄来玩，他们已经接受了邀请，不过有一个条件：林顿太太请求，千万小心别让那个“调皮捣蛋满嘴脏话的男孩子”靠近她那对小宝贝。

在这种情况下，我就独自待着了。我闻到了那些烧热的佐料发出浓浓的香味；欣赏那些闪光发亮的锅碗瓢盆，那装饰着冬青树枝、擦得发光的钟；那些在盘子里码好了的银杯，等开晚餐的时候就倒进香甜的热酒；我尤其欣赏我特别费心费力擦洗得干干净净一尘不染的地板。

我理所当然地对每一样东西都暗暗叫好，这时我想起了老恩肖，他一向都是在什么都收拾停当之后走进来，夸奖我是个能干麻利的姑娘，还把一先令塞到我手里，当作圣诞节礼物。由这儿我接着又想到他对希思克利夫的宠爱，想到他老是担心，生怕死神把他带去以后那孩子会受罪，没人理睬，这自然又让我想到那个可怜的孩子目前的境遇，于是唱着唱着，我的心情变了，竟哭起来。不过我一会儿又突然想到，我要是尽力弥补一下他受的那些委屈，总比自己伤心落泪要更有意义，这样我就站起身来，到院子里去找他。

他并没有走远；我发现他照平常一样，正在马厩里给新买来的那匹母马驹梳它那一身乌油油的毛，同时还在喂别的牲口。

“快干，希思克利夫，”我叫他，“厨房里现在可舒服呢——约瑟夫又在楼上。快干，趁凯茜小姐还没出来，让我给你打扮得漂漂亮亮的——那样你们俩就可以坐在一起，整个炉火都由你们俩享受；还可以好好谈谈，一直谈到上床睡觉的时候。”

他径自干他的活，连头也不朝我转一下。

“来吧——你来吗？”我接着又说，“还给你们每个人留了一块小蛋糕，差不多够吃的了。你打扮一下总要半个钟头呢。”

我等了5分钟，也没有得到一句答话，就丢下他走了……凯瑟琳和她哥哥嫂子一起吃的晚餐。约瑟夫和我一起吃了一顿别别扭扭的饭，一方加的佐料是不断责备，另一方是不断说粗话，希思克利夫的那份蛋糕和干酪整个晚上都留在桌上没有动，就等仙子来享用了。他一直干活，9点才罢，然后闷声不响，阴沉着脸回到自己屋里去了。

凯茜很晚还没睡，为了招待她那两位新朋友，她有好多事情要吩咐。她到厨房里来了一次，想和她的老朋友说说话，可是他已经走了，于是她只拿腔作调地问了句他是怎么回事，然后就回去了。

第二天早晨希思克利夫起得很早，因为这是过节，他带着一肚子不高兴到荒原上去了。直到这一家人都动身去了教堂，他才重新露面。饿了一顿饭，又前前后后想了一遍，他精神好了点儿。他在我身边转悠了一会儿，然后憋足了劲儿，猛然大声说道：

“奈丽，把我打扮得像样点，我打算学好。”

“是时候了，希思克利夫，”我说，“你已经让凯瑟琳伤透了心啦。我想，她在后悔不该回到家里来。看起来你在忌妒她，因为大家对她比对你经心。”

忌妒凯瑟琳，这个说法他根本理解不了，但是让她伤心，这个说法他可是理解得一清二楚。

“她说过她伤透了心吗？”他问道，显得非常认真。

“今天早晨我告诉她你又跑出去了，她就哭了。”

“可是，我昨天夜里就哭了，”他回了我一句，“我比她更有理由哭。”

“是呀，你完全有理由满心傲气、肚子空空地去上床睡觉，”我说，“骄傲的人总是给自己增添极度的烦恼——但是，你脾气那么暴躁，要是你自己也为这个觉得羞愧，那么记住，等她进来的时候，你一定得道歉，你一定得走上前去亲她，还要说——你最知道应该说什么——只不过要诚心诚意地说，不要弄得好像是她穿得讲究，你就觉得她变成个生人了。好了，尽管我得去把晚宴准备好，可是我还是要偷空来替你打扮一下，让埃德加·林顿在你旁边一比就像个玩具娃娃一样；而且他也真像个玩具娃娃——你比他年轻，还有，我可以保证，你长得比他高，你两个肩膀比他的要宽一倍——你一眨眼的工夫就能把他打趴下。难道你不觉得你能？”

希思克利夫的脸一下亮起来了，不过一会儿又重新罩上了一层阴影，他叹了口气说：

“但是，奈丽，就算我把他打趴下二十次，也不会让他变得丑一点儿，或是让我变得好看点儿。我巴不得我也有浅色的头发，白净的皮肤，穿得好，守规矩，运气好，将来会像他一样阔气。”

“还动不动就喊妈——”我接上碴儿说，“只要哪个浑小子朝你晃一下拳头，就吓得哆嗦，天上下了一阵雨就整天坐在家里不出去。哎呀，希思克利夫，你也太窝囊了！来照照镜子，我要让你知道，你究竟应该巴望些什么。你注意到了吗？在你眼睛中间那两条皱纹，还有那两道浓眉，它们不是弯弯地挑起来，而是从中间就耷拉下去，还有你眼睛里那对黑魔鬼，它们那么深深地藏在里面，从来不敢大大方方地打开窗子，而老是在里面贼溜溜地转来转去，就像恶魔的探子。你应该盼着，还要学着，抹平那些莫名其妙的皱纹，坦率地睁开你的眼皮，把那对魔鬼变成坦然自信、纯洁无瑕的小天使，对什么事也别疑神疑鬼，只要认准了不是敌人，就总是把他们当朋友待——别显得像条凶恶的癞狗，哪怕好像知道它挨了几脚是罪有应得，还是因为自己倒了霉，就不但恨那踢的人，而且还恨所有的人。”

“换句话说，我得巴望能长一对像埃德加·林顿那样又大又蓝的眼睛，还有他那样平滑的脑门喽，”他回答说，“我巴望——可是那又有什么用呢？”

“心地善良就会帮着你的长相变好看，孩子，”我接着说，“哪怕你就是个不折不扣的黑人也是一样。坏心眼的人，哪怕长了最漂亮的脸蛋儿，也会变得连一个丑八怪都不如。好了，现在咱们洗了脸，梳了头，也出了气——告诉我，你难道不觉得自己也挺俊的吗？我告诉你吧，我觉得是。你也配当一位微服出巡的王子呢。谁知道呢，兴许你爸爸是中国皇帝，你妈是印度女王，他们俩谁都能只用一个礼拜的进项就把呼啸山庄和画眉田庄一气儿买下来呢？说不定你就是给那些没心肝的水手绑架了，带到英国来的。我要是换成你呀，就会把出身架得高高的，只要一想我是个什么人物，就能让我雄赳赳气昂昂地把那个小小庄主的欺压给顶住！”

我就这么和他唠叨来唠叨去；希思克利夫慢慢也就舒展开了眉头，脸上开始露出喜色。正在这个当口，一阵车轱辘的声音突然从大路那边传过来，接着进了院子，把我们的聊天打断了。他跑到窗口，我跑到门口，刚好看到林顿家的兄妹俩从他们家的马车上下来，身上给大氅和毛皮衣物裹得密不透风；恩肖这一家人则从马背上跳下来——在冬天，他们常常是骑马上教堂。凯瑟琳一手牵着一个孩子，把他们领进屋里，让他们坐在壁炉前面，炉火很快就把他们白白的脸蛋烤得有了血色。

我催促我那位伙伴现在赶快出去，让人家见识一下他那笑盈盈的神气。他乖乖地照我的话办了。可是运气竟然那样糟糕，他刚从这边打开通厨房的门，欣德利就从另一边把门推开了；他们迎面相遇。老爷看见他干干净净、高高兴兴的，就满肚子是气，或许是急着要让自己答应过林顿太太的话说到做到吧，他猛然上前把他向后推了一把，并且怒气冲冲地命令约瑟夫“别让这家伙待在这间屋子里——把他打发到阁楼上去，宴会不散别下来。只要让他一个人待在吃的东西旁边，哪怕只待一分钟，他就要把手伸到那些甜馅饼当中去，还要偷那些水果。”

“不会的，先生，”我忍不住搭腔了，“他什么也不会动，他不会——而且我想，他也应该和我们一样，有他那份好吃的东西呀！”

“他得吃我一顿拳头，如果天黑以前我再在楼下碰见他的话，”欣德利大声嚷道，“滚开，你这个二流子！嘿，你还想打扮成公子哥儿呢，是吗？等着吧，等我揪住你那些讲究的发卷——看我会不会把它们抻长！”

“它们已经够长的了，”林顿少爷从门洞往里面窥看着说，“我真纳闷，那头发卷怎么没让他头疼。那就像马鬃盖在一匹小公马的眼睛上！”

他抖着胆子说出这番话来，本来并不带侮辱的意思；但是希思克利夫那种烈性子，哪能容忍一个看来他痛恨的人说这种不得体的话呢，更何况这个人又是当时他认作情敌的人。他顺手抓起身边头一件够得着的一大托盘热气腾腾的苹果酱，整个拽在说话人的脸上和脖子上，那孩子立刻开始了一阵号啕，引得伊莎贝拉和凯瑟琳急忙赶上前来。

恩肖先生立刻抓住那个元凶，把希思克利夫押送到他自己的屋子里去，他在那儿一定采取了粗暴的手段，使他那股火气冷下来，因为他重新露面的时候，还满脸通红，气喘吁吁。我拿起一块擦盘子的布，恶狠狠地给埃德加擦鼻子和嘴，还死命说，因为爱管闲事，他活该倒霉。他妹妹开始哭着要回家去，凯茜站在旁边满脸涨得通红，不知如何是好。

“你根本不应该和他说话！”她规劝林顿少爷说，“他刚才心情不好，这会儿你已经把你这次拜访给弄糟了；他还会挨鞭子——我最恨让他挨鞭子！我都吃不下饭啦。你干吗要和他说话呢，埃德加？”

“我没和他说话呀，”这位年轻人抽抽搭搭地边哭边说，边从我的手中挣脱出来，用自己的麻纱手绢把剩下的地方擦干净。“我答应过妈妈，我和他一句话都不说的，而且我就是没说呀！”

“行了，别哭了！”凯瑟琳用一种瞧不起人的口气回了他一句，“你又没给人宰了——别再捣乱啦——我哥哥来了——安静点！住声儿吧，伊莎贝拉！有谁伤着你了吗？”

“来，来，孩子们，大家入席吧！”欣德利急匆匆走进来大声说，“那个小畜生刚好让我浑身都暖和起来了。下一次，埃德加少爷，你就用自己的拳头执法吧——那会让你胃口大开！”

参加这小小宴会的几个人见到那香喷喷的筵席摆上来，就恢复了通常应有的祥和。他们骑马坐车跑过了一段路早就饿了，所以很容易就给安抚得妥妥帖帖，因为，其实他们谁也没有受到什么真正的伤害。

恩肖先生切着满满当当一大盘一大盘的东西，太太谈笑风生，使得人人感到轻松愉快。我在她的椅子后面侍候着，眼见凯瑟琳的眼睛一点也不湿润，显得没事儿似的，动手切起面前的鹅翅膀，这叫我痛心。

“好一个无情无义的孩子呀！”我暗自思忖，“她多年在一起玩的伙伴那么倒霉，她竟这样不管不顾！我真没想到她会这么自私自利。”

她叉起一点东西送到嘴边；随后又把它放下了；她的脸红了，泪珠刷地流到脸上。她把叉子滑落到地上，然后赶忙扎到桌布下面，掩饰自己的感情。我觉得她无情无义，也并没有多长时间；因为我看出来了，她这一整天都在坐立不安，经受煎熬，苦苦找空儿独自待着，或是去看希思克利夫；他给主人锁起来了，这是我想方设法私自给他送去一顿吃喝的时候才发现的。

到了晚上，我们开了个舞会，凯茜央求把他放出来，因为伊莎贝拉没有舞伴。她的请求没有成功。我给指派填补了这个空缺。

一跳舞大家就来了劲，把所有的不痛快都抛到了一边，吉默顿的乐队一来，大家情绪更高。乐队合计有十五个人呢，除了几个歌手，还有一把小号，一把长号，几支单簧管、巴松和法国号，再加一把低音提琴。他们挨门挨户到所有体面的人家去演奏，每逢圣诞节就能得到一些捐款赞助。听他们演奏，我们都认为是头等的享受。

他们照例唱完了几首圣诞颂歌，我们就请他们唱些抒情歌和重唱。恩肖太太喜欢这些音乐，所以他们给我们唱了很多。

凯瑟琳也很喜欢这些音乐；可是她说，在楼梯顶上最好听，于是她就摸着黑儿上去了；我跟在后面。他们关着下面堂屋的门。屋里尽是人，所以根本没有注意我们走了。她在楼梯口上并没有停住，而是继续往上爬，一直爬到关着希思克利夫的阁楼前，在那里叫他。他有一会儿硬是不肯答话——她却一声声不停地叫，到底把他打动了，隔着墙板和她说起话来。

我撂下这两个可怜的小家伙，让他们安安稳稳地自己交谈，直到后来我觉得歌儿快要唱完了，歌手也要吃些茶点了，才爬上楼去提醒她。

我在阁楼外面没有找到她，却听到了她在里面的声音。原来这小猴儿从另一间阁楼的天窗爬上了屋顶，又沿着屋脊爬过去，爬进了这一间的天窗，我费了很大的劲，好容易才把她又哄出来。

等她真的出来了，希思克利夫也跟她一起出来了。她一定要我把他带到厨房里去，我那位仆人同事①为了躲开我们这种“魔鬼的

① 指约瑟夫。

颂歌”——他喜欢这样叫我们唱的歌——早已到一个邻居家里去了。

我告诉他们，无论如何我都不打算撺掇他们耍花招骗人，可是这名犯人从昨天吃过正餐以后还没吃过一口东西，所以我对他这一次糊弄欣德利先生，就睁一只眼闭一只眼了。

他走下楼来，我给他在炉火边摆了个凳子，给了他不少好吃的东西；可是他病了，吃不下什么。我本想犒劳他一番，却是白费了心思。他把两个胳臂肘支在膝盖上，两只手托着下巴，一直在那儿想心事，一声不吭。我问他主要想的是什么，他绷着脸回答：

“我在琢磨，怎样和欣德利算账。只要最后我能办得到，等多长时间我都不在乎。但愿他别在我算账以前就死了才好！”

“你真不害臊，希思克利夫！”我说，“应当由上帝来惩罚恶人；我们应当学会宽恕。”

“不，不应该由上帝来了却我这个心愿，这要由我自己来了，”他回答说，“但愿我能知道最好的办法！别管我，我会想出办法来的。在我想办法的时候，我就不觉得难受了。”

可是，洛克伍德先生，我忘了，这些故事并不能让你觉得好玩。我真讨厌，怎么会想到要这样啰啰唆唆瞎聊一大通，你的稀粥也凉了，你都打盹儿想睡了！你要听的所有希思克利夫的身世，本来我三言两语就能讲完的。

女管家就这样打住自己的话，站起身来，动手把针线活儿放到一边去；可是我觉得离不开壁炉了，而且一点也没有打盹。

“好好坐下吧，迪恩太太，”我大声说，“请你好好坐下，再讲半个钟头！你这样悠闲自在地讲故事，真是太好了。我喜欢的就是这样的讲法；你可得按这个样子把它讲完。你提到的每一个人物，或

多或少我都感兴趣。”

“钟可打了十一下啦，先生。”

“没关系——我不习惯在午夜以前上床睡觉。一个人睡到 10 点才起床，一两点钟上床就够早的啦。”

“你可别躺到 10 点才起床。那样一上午的大好光阴就跑没了。一个人到了 10 点钟还没有把一天的活儿干完一半，那另一半恐怕也就干不成了。”

“不管怎么说，迪恩太太，还是坐下吧，因为我打算把今晚这一觉一直睡到明天下午呢。我预感到，我起码会得一场重感冒。”

“我希望不会，先生。好啦，你得让我把时间跳过大概三年；在那段时间里，恩肖太太——”

“不，不，我可不让那么做！你体会这样一种心情吗？如果你一个人枯坐着，有一只母猫在你面前蹲在地毯上舐它的小猫，你那么聚精会神地盯着看它怎么动作，连母猫忘了舐小猫的一只耳朵也会当真让你大动肝火。”

“我该说，那是一种懒散得出奇的心情。”

“刚好相反，是一种精力旺盛得讨厌的心情。我现在就是这种心情，所以你就详详细细往下讲吧。我觉察到，住在附近这一带的人比城里人能获得更多的好处，这就跟地窖子里的蜘蛛比农舍里的蜘蛛能从它们各式各样的房主那儿获得更多的好处一样；不过这种越来越深的吸引力并不完全来自冷眼旁观者的心境。他们的确活得更真切、更自在，而不大在意浮表的变化和外界那些琐细无聊的事情。我可以想象，在这里，终生不渝的爱情差不多是完全可能的，而我往常却一向坚定不移地相信：任何爱情都维持不到一年——这种情况就好像是给一个饿着肚子的人一盘菜，那么他就会全神贯注、尽情享用他这盘菜，大快朵颐——而另一种情况则是，给他一桌法国名厨烹制的美馔佳肴，他也许可以从这整席盛筵中得到同样多的享受，可是每一道美味在他的关注和回味中则不过是沧海一粟罢了。”

“啊呀，等你慢慢了解我们，你就会知道，我们和别的任何地方的人也都一样。”迪恩太太说，她对我这番话有些不得要领。

“请原谅，”我回答说，“我的好伙伴，你自己明明就是你刚才那种论断的一个反证。你除了有那么一点无伤大雅的乡土气以外，你的行为举止没有一点点我一向认为你那个阶级所特有的东西。我肯定，你想的比一般仆人多得多。你，迫不得已得去培养自己的思考能力，因为你没有机会让自己在冗繁琐事上虚掷生命。”

迪恩太太大笑起来。

“我确实认为自己是那种脚踏实地、通情达理的人，”她说，“这倒并不正是因为我一年到头都住在山里面，老看到那一伙人的脸和那一连串的事，而是因为我受过非常严格的管教，它给了我聪明才智；还有，洛克伍德先生，我读的书也许比你想象的要多。在这间书房里，你无论打开哪本书，没有一本我没念过，并且没有哪一本不是我从里面学到了点儿什么的；当然除了那些属于希腊文和拉丁文，还有法文之类的——就是那些书，我也能分辨得出来。对于一个穷苦人家的女孩儿，你所能期望的大概也不过如此吧。”

“不管怎么说吧，要是你一定要我用真正闲唠叨的办法把故事讲下去，那我就还是接着往下说啦。我不把三年都跳过去，就接着讲下一年的那个夏天吧——就是 1778 年的夏天，也就是差不离二十三年以前的事。”

第八章

6 月里一个大晴天的早晨，我照看的第一个活泼可爱的小宝贝出世了，他是恩肖这个古老家族的独苗。

我们那会儿正忙着在老远的一块地里收拾草，平常给我们送早饭的那个姑娘跑来了，比往常早了一个钟头，她穿过草场，跑上小路，一边跑一边喊我。

“哎呀，多棒的小娃娃呀！”她气喘吁吁地说，“天下最漂亮的活娃娃！可是大夫说，太太一定要完了；他说，这些个年月她一直在害肺痨病。我听见他这样告诉欣德利先生的。——现在她没有一点精力支撑住自己了，拖不到冬天她就得死啦。你得马上回去，你得带这个小宝贝啦，奈丽——给他喂糖，喂牛奶，白天黑夜里都得照看她——我要是你就好了，因为等太太一过世，小宝贝就是你一个人的啦！”

“那她是病得很厉害吗？”我一边问她，一边扔下我手上的耙子，系好帽子。

“我猜是的，虽然她看上去挺精神，”那个姑娘说，“而且照她的说法，好像她还想活到看见他长成个男子汉呢，她是高兴得都糊涂啦，多漂亮的小宝宝呀！我要是她，我准保死不了，哪怕光是看上他一眼，我的病就会好起来——管他肯尼思[①]怎么说；我真生他的

---

① 指刚才提到的那位大夫。

气。阿切尔太太把那个大胖小儿抱到楼下堂屋里给老爷看，他立刻就满脸红光，正在这当口，那个报丧的老鸹赶上来，插嘴便说，‘恩肖，你真走运，你太太一直支撑着，总算给你留下了这个儿子。她一来的时候，我就相信，我们没法让她活多长，那么我现在得告诉你，十之八九这个冬天她就得完。你别那么气势汹汹的，也别太焦急，这种事是没办法的。另外，你本来也应该更懂得，别去挑这么个不顶事儿的闺女！’”

“那么老爷怎么回答的呢？”我问她。

“我想他是骂了一顿——不过我当时并没留神他，我一心一意死盯着那个小娃娃看，她这时又欢天喜地地把他形容了一通。我呢，也和她一样热切，心急火燎地赶忙往家里跑，好自己也去开开眼，尽管我心里又很为欣德利难过。他在他心里只装着两尊偶像，就是他太太和他自己。这两个他都爱得出奇，同时又崇拜那一位，我真想象不出来，没有了那一位，他怎么受得了。”

我们跑到呼啸山庄的时候，他正站在大门口；我一边走进门，一边问他：“小娃娃怎么样？”

“差不多都要到处跑啦，奈丽！”他回答的时候做出个愉快的笑脸。

“那么太太呢？”我壮着胆子问他，“大夫说，她……”

“那该死的大夫！”他涨红了脸把我的话打断了，“弗朗西丝挺好的——到下星期这个时候，她就会完全好了。你上楼去吗？那你就告诉她，我就来，只要她答应不说话就行。我刚才丢下她，是因为她不肯住口；可她一定得——告诉她，肯尼思先生说的，她一定得安静。”

我把他的话传给了恩肖太太，她好像有点神神道道的，还高高兴兴地回答说：

“我差不多连一句话也没说呀，埃伦，可他倒是哭着走出去了两次。好吧，就说我答应不讲话了，可是这并不是说，我就不能笑他呀！”

可怜的人儿呀！还不到一个礼拜她就要死啦，她心里还一直都是轻轻快快的。她丈夫呢，却还顽固地，不，是发疯似的，硬说她身体一天比一天见好。肯尼思大夫预先告诉他说，她病到了这种地步，他的药已经毫无作用了；他也不用再多花冤枉钱请他来给她看病了，他就反驳他说：

“我知道，你不用——她已经好了——她不想要你再来给她治病了！她从来就没得过什么肺痨。那不过是发烧，现在烧也退了——她的脉搏现在和我的一样慢了，她的脸也一样不烧了。”

他告诉他太太的也是这一套话，她好像还挺信他这一套；可是有一天晚上，她靠在他的肩膀上，正说着她想她明天总该能起床了，话音未了，她就来了一阵咳嗽——非常轻微的一阵——他把她整个抱在怀里，她用双手搂着他的脖子，脸色变了，然后就这样死了。

正像那个姑娘预料的，撂下的那个孩子哈顿就完全交到我手里了。说到恩肖先生看待这个孩子，只要他看到他身体健康，也没听见他哭过，就很满意了。至于他自己，他已经心灰意冷；他的悲痛是那种无法用哀号发泄出来的；他既不哭泣，也不祈祷——他公然诅咒，肆无忌惮——大骂上帝和人类，他自暴自弃，变得放荡不羁，满不在乎。

时间长了，那些仆人都再难忍受他那霸道邪恶的行为，只有约瑟夫和我才肯留下。我硬不起心肠舍下我带的孩子；另外，你也知道，我和他还是奶兄奶妹[①]，所以比起那些毫不相干的人，更容易原

① 此处指奈丽的母亲当过欣德利的奶母。

谅他的所作所为。

约瑟夫留下来是为对那些佃户和雇工作威作福；另外还因为他生来就应该待在那种有很多坏事可以任他训斥的地方。

老爷的那些劣迹恶友，给凯瑟琳和希思克利夫可是树立了好榜样。他那样对待希思克利夫，也足可以让一个圣徒变成魔鬼了。而且说句老实话，那个小伙子在那段时间也真像是中了魔道似的。亲眼见到欣德利自己把自己作践到了无法挽回的地步，而且一天比一天显得更加粗暴阴沉、野蛮凶狠，他就高兴。

我们这所宅子成了怎样一个阴曹地府，我连一半都说不上来。到头来牧师也不再来访问，连一个正派人也不来和我们接近了，唯一的例外就是埃德加·林顿还来探望凯茜小姐。她长到十五岁的时候，出落成了这一带乡下的女王啦，没人能和她相比，而且她也真变成一个桀骜不驯、倔强任性的小东西了！我得承认，自从她不再是个小孩子以后，我就不喜欢她了。我因为想打消她那股自大劲儿，惹得她时常发火；可是她从来没有对我反感。对以往所钟爱的，她坚贞不移，甚至她对希思克利夫的深情也始终不渝，即使那位年轻的林顿也发觉，尽管他处处占先，也难以在她心里头留下同样深刻的印象。

他就是我那位已故的主人，在壁炉上面就是他的肖像，它原来挂在壁炉的一边，他太太的挂在另一边，可是她那幅后来给挪走了，要不你就可以看到她是什么模样啦。你看得清这幅吗？

迪恩太太举起了蜡烛，于是我认出了一张慈眉善目的脸庞，非常像山庄里那位年轻的太太，不过神情更加忧郁，更加和蔼。这就成了一幅可爱的画像。浅色的长头发略微有些卷曲地耷拉在鬓角上，那对眼睛很大，显得很诚恳，整个体态简直雅致极了。我毫不奇怪，凯瑟琳·恩肖怎么能为了这样一个人而把她的第一个朋友忘了。我倒是非常奇怪，像他这么一个头脑与外貌恰相匹配的人，怎么能想得出我对凯瑟琳·恩肖的这种想法。

“一幅赏心悦目的肖像，”我对女管家说，“画得像吗？”

“像，”她回答说，“不过等到他兴致来了的时候，显得更好，这是他日常的模样，平时他总有点提不起精神来。”

凯瑟琳自从在林顿家里住了五个星期，就一直和这家人继续来往。和他们一起的时候，她没有遇到什么诱惑使她露出粗野的那一面，而且她在那儿一直受着殷勤周到的款待，也觉得撒起野来未免太丢人，所以就以她的天真热情无意中骗过了老先生和老太太；她还博得了伊莎贝拉的钦佩和她哥哥的倾心。这些收获从一开头就让她感到扬扬得意，因为她有很大的抱负，这让她并非有意骗人而却表现出双重性格。

在她听到别人说希思克利夫是个“粗俗下贱的小流氓”和“畜生不如”的场合，她就留神不像他那样行事。可是在家里她就不大愿意讲究什么文明礼貌了，因为那只会引人发笑；她也不愿意约束她那无拘无束的性格，因为那既不会让她露脸，也不会赢得称赞。

埃德加先生很少鼓起勇气大大方方来拜访呼啸山庄。恩肖的名声让他胆战心惊，因此他尽量躲着不和他打交道，不过每次他来的时候，我们还是客客气气，尽到礼数。老爷知道他为什么来，自己也避免怠慢他，要是做不出谦恭和蔼的样子，就避而不见。我倒是觉得，他一来，反倒让凯瑟琳心烦。她没有心计，从来不打情骂俏，而且十分明显，她根本不愿意让她这两个朋友见面；因为希思克利夫当着林顿的面表示瞧不起他，她也不好有半点附和，就像在背着他的时候那样；而在林顿对希思克利夫表示厌恶和反感的时候，她对他这种情绪又不敢装作满不在乎，好像轻视她的游戏伙伴她也并不当回事。

我有许多次取笑她这种左右为难而又有苦难言，她总是怕我嘲弄，想瞒又瞒不住。这样说起来好像我有些居心不良——不过她可是太骄傲了，所以她的苦楚实在是没法叫人同情，只有等到她给折磨得老实了才行。

她到底真来认错，对我吐露心事了。除去我，她再也找不到还算可以商量的人了。

有一天下午，欣德利先生离家外出了，希思克利夫就趁机给自己放了假。我想那时候他已经满十六岁了。他的五官并不难看，智力也不差，可是他竟然能弄得从里到外都给人一种讨厌的印象。不过现在在他身上可一点这种痕迹也没有留下。

起初，他早年受教育所得到的好处那时候已经都丢了，接连不断地干又苦又累的活儿，出工早收工晚，这把他原有的那种追求知识的好奇心和读书学习的爱好全都打消了。他童年时期受到恩肖先生宠爱种下的优越感，也逐渐减退了。有很长一段时期，他拼命努力想赶上凯瑟琳，和她在学习上并驾齐驱，却只落得个难以忍受同时又难以言传的懊恼，只好全盘认输，因此就再也没有办法劝导他再向前跨出一步努力上进了，因为这时候他发现，他一定得不可避免地退步到他以前的水平之下。于是他个人的外貌上就和他内心里的退缩取齐了。他开始学会拖着懒洋洋的步子走路，而且变得神情猥琐粗鄙；他天生矜持忍耐的性情发展到了近乎傻瓜似的极其孤僻乖张，不通人情。他故意激起寥寥几个熟人的反感，而不是他们的尊重，很明显，他是拿这个来出气解恨。

在他干完了活的休假季节，凯瑟琳还是常常和他做伴，但是他不再说什么对她表示亲热的话了，对她那种女孩子惯有的爱抚，他疑心很重极力退避，仿佛已经悟出来她表示深情并非好事。就是在刚才说到的那天，他走进堂屋里来，宣称他打算什么活也不干了，这时候我正在帮助凯茜小姐打点衣裳，她没有料到，他头脑里会转这种偷懒的念头，并且她还以为，这一天这整个家都要完全由她支配，所以就设法通知了埃德加先生，说她哥哥不在家，而且她这时候穿衣打扮正是为了接待他。

“凯茜，今天下午你有事吗？”希思克利夫问道，“你要上哪儿去吗？”

“不，正在下雨呢。”她回答说。

“那你穿上那件丝绸长袍干吗？”他说，“没有谁来吧，我希望？”

“我不知道有谁来，”小姐结结巴巴地说，“可是你现在应该下地去了，希思克利夫。吃完饭已经一个钟头啦，我还以为你已经走了呢。”

“该死的欣德利难得有不在我们眼前晃悠的时候，”那孩子说，“今天我不再干活了，我要和你一起待着。”

“噢，可是约瑟夫会告状，”她提醒说，“你最好还是去吧！”

“约瑟夫在彭尼斯托[①]山崖尽那头装运石灰呢，他一直得干到天黑，所以他绝不会知道的。”

他一边这么说着，一边就迈着方步，走到壁炉边上坐了下来。凯瑟琳眉头一皱计上心来——她觉得很有必要为突然有人要来铺平道路。

“伊莎贝拉和埃德加说过今天下午要来玩玩，”沉默了一分钟之后她说，“现在天在下雨，我想他们没准儿不来了；不过他们也许会来，如果他们来了，你就有平白无故挨骂的危险。”

“吩咐埃伦去说一下：你有事，凯茜，”他还是坚持，“别为了你那两个又可笑又无聊的朋友就把我赶出去！有时候我真是话到嘴边

① 原文Pennistow。后文均为Penistone，译作彭尼斯顿。Pennistow可能是当地土语对此山崖的叫法。

想要抱怨，说他们——可我还是不——”

“说他们怎么啦？”凯瑟琳带着惶惑不安的神气瞪着他嚷。“啊，奈丽，”她又发着脾气接下去说，还把头从我的两只手里猛地一下甩开，“你把我的头发梳得都不成卷儿啦！够了，够了，你走吧。你话到嘴边想要抱怨什么，希思克利夫？”

“没什么——你就光是瞧瞧墙上的年历吧，”他指着挂在窗户旁边那张镶在框子里的表格接着说：

“那些打叉子的是你和林顿家的人一块儿过的晚上，那些打点儿的是和我在一起的——你看了吗，我每天都作记号？”

“看见了——真傻；好像我会留神看它似的！”凯瑟琳用一种找别扭的腔调回答说，“再说，这又有什么意思呢？”

“表明我真是留神看着呢。”希思克利夫说。

“难道我就得老是陪你坐着，”她越说火气越大，追问起来，“我能得到什么好处——你又能谈出些什么？你就像个哑巴，或是个吃奶的孩子，你能说什么，或是做什么，让我觉得好玩吗，不管哪一样！”

“你从来没告诉过我，凯茜，说我说话太少了，说你不喜欢要我做伴！”希思克利夫也非常激动地嚷起来。

“要是什么也不懂，什么话也不说，那根本就谈不上什么做伴。”她咕哝着说。

她的伙伴刷地站起来，但是他来不及进一步表达他的感情，因为一阵马蹄声从石板道上传来，接着是一阵轻轻的敲门声，小林顿随后就进来了，他受到这意想不到的召唤，高兴得容光焕发。

一个走进来，另一个走出去，毫无疑问，凯瑟琳看出了这两个朋友之间的明显差别。那就像你看见一个满目荒凉、遍野山丘的煤矿区之后，又换上一个美丽肥沃的河谷；他的声音和问好的语气，也和他的外貌一样，同希思克利夫刚好相反。他说话的声音圆润低沉，口音就和你的一样比较柔和；不像我们这儿说话那么粗硬。

“我来得不太早吧，是吗？”他一边说着朝我看了一眼，我那时已经开始擦盘子，整理橱柜顶头的几个抽屉了。

“不早，”凯瑟琳回答，“你在那儿干什么，奈丽？”

“干我的活，小姐。”我回答。（欣德利先生早就对我交代过，只要林顿打算单独来访，我就得待在他们那儿。）

她走到我的背后，小声发着脾气说，“你拿着掸子出去。家里有客的时候，仆人不许在他们待的屋子里擦洗打扫！”

“老爷不在，现在正是好时机，”我高声回答，“他讨厌我当着他的面折腾这些东西——我相信埃德加先生会原谅我的。”

“我讨厌你当着我的面儿折腾！”年轻的小姐蛮横地大叫起来，不给她那位客人说话的机会——刚才她和希思克利夫口角了一阵儿，到那会儿还没恢复平静呢。

“那我就真对不起了，凯瑟琳小姐。”我答了她一句，然后还是勤勤恳恳地干我的活儿。

她以为埃德加看不见她，把抹布从我手里抢走，又在我胳臂上恶狠狠地掐了一把，还死死地拧住不放。

我刚才说过，我早不爱她了，而且还喜欢时不时地挫挫她的虚荣心；再说，她把我弄得痛极了，我就从跪的地上，一下子跳起来，尖着嗓子喊叫：

“哎哟，小姐，你要的这一套太讨厌了！你没权利掐我，我也不吃你这一套！”

“我没有碰你呀，你这个撒谎的东西！”她大声说，手指头哆嗦着还要再来一下，耳根都气得通红。她从来没有喜怒不形于色的本事，一发火总是满脸通红。

“那么，这又是什么？”我一边顶嘴，一边指出那块清清楚楚的紫印子当作反驳她的证据。

她跺着脚，一时间不知如何是好，过了一阵儿，她那股野性更是一发不可收拾，朝着我的嘴巴子狠狠扇了一巴掌，打得我满眼睛都是泪。

“凯瑟琳，亲爱的！凯瑟琳！”林顿插进嘴来劝解，看到他仰慕的对象又撒谎又撒野，犯了双料的错误，大吃一惊。

“走，离开这屋子，埃伦！”她浑身哆嗦着又说了一遍。

小哈顿不管我到哪里总是跟着我，这时候正坐在离我不远的地上，看到我流眼泪，自己也哭了起来，还一边抽搭一边数落：“坏心眼儿的凯茜姑姑。”这一下又把她的怒火引到他那倒霉的头上来了；她抓住他的两个肩膀摇晃，一直摇到那可怜的孩子脸都发青了，埃德加这时候未加思索就抓住她那两只手，想让她把他放了，就在那一眨眼的工夫，她一只手松开了，那年轻人吓了一跳，原来他感觉到他自己的耳根上也挨了一下，那个打法无论如何也不会让人错当作是开玩笑。

他又惊又怕不知所措地倒退了一步——我抱起小哈顿，搂着他向厨房走去，还让通道的门开着，因为我很想看看，他们闹的这场别扭会怎么收场。

那位受辱的来客朝他放帽子的地方走过去，脸色苍白，嘴唇发颤。

“这就好了！”我自言自语，“接受警告，走你的吧！这一下可好，让你能把她的本性瞧上一眼。”

“你到哪儿去？”凯瑟琳一边问一边向门口走。

他向旁边闪了一下，还是想走过去。

“你不许走！”她使劲大声喊。

“我必须走，现在就走！”他压低嗓门回答。

“不行，”她坚持不让，同时抓住门把手。“还不能走，埃德加·林顿——坐下，你不许这样气鼓鼓地离开我。我整个晚上都会难受，可我不愿为你难受！”

“你打了我，我还能待下去吗？”林顿问道。

凯瑟琳不出声儿了。

“你都让我害怕了，也让我为你害羞，”他接着说，“我再也不到这里来了！”

她的眼睛开始现出泪花，眼皮也扑闪起来。

“你还故意不说实话！”他说。

“我没有！”她缓过来又说得出话了，就大声喊道，“我并没有故意要——好，你要是愿意，你就走吧——滚！现在我可要哭出来啦——我要哭它个半死不活的！”

她跪在一把椅子前面，一本正经地哭了起来。

埃德加的决心只坚持到了院子里，走到那儿，他又犹豫了。我决心要给他打打气儿。

“先生，我们小姐任性胡闹得太不像话了！”我对他大声说，“完全是个惯坏了的孩子——你最好还是骑上马回家，要不，她会哭得死去活来，只会让我们跟着难受。”

这个软蛋斜着眼隔着窗户往里瞟了一下——要说他有能耐离开，就好像说一只猫有能耐丢得下一只咬得半死的老鼠，或者吃剩一半的小鸟，就自个儿走了——

唉，我想这一下他可是没有救啦——他是命中注定，还是自投罗网！

果然不错；他猛然转过身去，急匆匆又进了屋子，随手关上门。过了一会儿我进去告诉他们，恩肖已经到家，发酒疯了，要把家里折腾得人仰马翻（他在那种情况下总是这么个架势）。这时候，我看见那场纠纷只不过弄得他们更亲密了——打破了年轻人的羞怯构成的那层防线，让他们抛开了友谊的幌子，承认他们是恋人了。

欣德利先生回来的消息，吓得林顿飞快奔向他那匹马，凯瑟琳回到她的闺房。我去把小哈顿藏起来，取出了老爷那把马枪里的子弹，他神志不清胡作非为的时候喜欢玩这把枪。谁要是惹了他，甚至过分引起了他的注意，就有送掉性命的危险。我早就想出了这个把子弹卸掉的办法，这样他就算真的闹到开枪的地步，他闯下的祸也会小一点儿。

第九章

他诅咒发誓大吵大闹地进了门，叫人听了胆战心惊。我那时候正在把他的儿子塞进厨房的碗柜里藏起来，也让他撞上了。他对儿子要不就像野兽似的疼爱得了不得，要不就像疯子那样大发脾气。哈顿对他怕得要命是有好处的——因为要么就给来一阵子使劲搂还要拼命亲，要么就被他往火里扔或是往墙上撞——所以我把他不管藏在什么地方，这个可怜的小东西总是安安静静，一声不吭。

“嘿，这下子我总算找出毛病来了！”欣德利大声叫嚷，就像抓一条狗似的捏起我脖子上的皮，把我往后一拉。“我的天呀我的地，你们大伙这是已经发誓要把这个孩子谋害了呀！现在我明白了，他为什么老不在我跟前，可是，凭着魔鬼帮忙，我要让你把这把切肉刀整个吞下去，奈丽！你不用笑；我刚才就把肯尼思倒栽葱戳到黑马淖里去了；两条人命和一条人命都一样——我还想要把你们宰上他几个呢，不这么办我就不得安生！”

“不过我不喜欢这把切肉刀，欣德利先生，”我回答说，“这把刀一直是用来切腓鱼的——你要是高兴的话，我倒宁愿吃一颗枪子儿。”

“你宁愿见鬼去！”他说，“反正你得死——英国没有哪条法律阻止一个人把家里弄得像模像样的，可我的家却一塌糊涂！张开你的嘴！”

他手里拿着把刀，把刀尖从我的两排牙中间插进去；不过我呢，从来都不大害怕他那些怪点子。我吐了一下唾沫，说那味道叫人太恶心了——我怎么也不肯把它吞下去。

“啊，”他一边说着把我放开了，“我看出来了，那个可恶的小坏蛋不是哈顿——请你原谅吧，奈丽——如果是他的话，他不跑出来迎接我，还尖声喊叫，仿佛我是什么妖怪似的，那就应该活活剥了他的皮。你这个不通人情的小崽子，过来！你欺骗一个心眼儿好、受蒙蔽的父亲，看我来教训教训你——嘿，你是不是觉得，这孩子把耳朵尖铰了就更好看了？一只狗铰了耳朵就更凶猛，我就爱一些凶猛的东西——给我拿把剪子来——那些又凶猛又整齐的东西！再说，这也是坏透了的装模作样——这是过分的自夸自赞，把我们的耳朵看得那么娇贵——我们不长耳朵也够像蠢驴的了。嘘，孩子，嘘！那么说，这是我的小宝贝儿啦！别作声，把你的眼泪擦干吧——真叫人高兴；亲亲我吧；什么！不愿意？亲亲我，哈顿！你这该死的，亲亲我！老天爷作证，好像我真愿意养活这么个怪物似的！千真万确，我要拧断这个小妖怪的脖子。”①

可怜的哈顿在他父亲的怀里拼命号叫，又踢又蹦，等他父亲抱

① 此段话为欣德利醉人醉语，因此语无伦次。

他上了楼，把他举到栏杆上面的时候，他更是加倍地号叫。我大声喊叫，说他会把孩子吓晕过去，同时赶快跑上去救他。

等我跑到他们跟前的时候，欣德利靠在栏杆上探身听下面的什么声响；他差不多都忘了手上有什么。

“那是谁？”他听出有什么人快走到楼梯口了，问道。

我也探出身子，想招呼希思克利夫一声——我听出是他的脚步声——让他别再往前走。就在我的眼睛从哈顿身上挪开的一刹那，这孩子突然一跳，从他父亲心不在焉地抱着他的手中挣脱出来，掉了下去。

我们还没来得及受到那一阵揪心的惊吓，就看到那个小可怜儿得救了。原来在那个千钧一发的当口，希思克利夫正好走到了那下面。他全凭本能，一伸手就把那摔下来的孩子中途截住了，随后他把孩子放在了脚旁边，就抬头往上面看，究竟是谁闯的这场祸。

等他一看见上面的人正是恩肖先生的时候，不觉一愣，即使一个守财奴把一张彩票用五先令卖了出去，第二天却发现他在这笔交易上损失了五千镑，那神气也不会比他更显得呆板茫然了。那表情比说话更清楚明白，道出了他内心那种最剧烈的痛苦：他自己居然阻挡了自己报仇雪恨。如果那时候天黑，我敢说，他就会在楼梯上把哈顿的脑壳敲得粉碎，好弥补自己犯的错；但是我们都眼见孩子得救了；而且这时候我已经下来，把由我照看的娇宝贝紧紧搂在怀里了。

欣德利慢腾腾地走下来，酒也醒了，羞愧不安。

“这就是你的不是了，埃伦，”他说，“你本来应当把他藏起来，不让我看见；你早就应当把他从我手上抢走！他什么地方伤着了吗？”

“伤着了！”我愤怒地喊道，“他就是没给弄死，也得变成傻子！哎呀，我真奇怪，他母亲怎么不从她坟墓里出来，看看你是怎样待这孩子的。你连一个野蛮人还不如，居然用那种手段对待自己的亲骨肉！”

他想抚摸那孩子，孩子这时发现自己是和我在一起，立刻抽抽搭搭，将刚才受的那阵惊吓哭了出来。可是他父亲的手指刚一挨上他，他又尖声大喊起来，喊得比刚才还凶，而且拼命挣扎，好像抽风似的。

“你别再惹他啦！”我接着又说，“他恨你——他们都恨你——这可是事实！你有一个多么美满幸福的家，你过得又是多么舒坦呀！”

“我还要过得更加舒坦呢，奈丽！”这个误入歧途的人笑了，又拿出他的铁石心肠。“现在你就带着他躲开——还有，希思克利夫，你听着！你也躲开，别让我够着，也别让我听见……我不想今晚要你的命，除非也许我会放把火把宅院都烧了；可是那还得看我有没有兴趣——”

他一边说，一边从酒柜里拿出一瓶白兰地来，在酒杯里倒了一些。”

“别价，别喝了，”我恳求说，“欣德利先生，你就听听别人的劝诫吧。就算你完全不关心你自己，你也得可怜可怜这不幸的孩子呀！”

“谁对他也会比我好！”他回答说。

“可怜可怜你自己的灵魂吧！”我一边说，一边想方设法要把玻璃杯从他手里夺下来。

“我不，刚好相反，我最喜欢的就是把它送进地狱，好惩罚创造它的上帝，”这个亵渎神灵的人高声喊叫，“为它心甘情愿下地狱干杯！”

他干了那杯酒，挺不耐烦地吩咐我们快走，命令的结尾还加上一连串可怕的诅咒。它们太恶毒了，简直没法再学说一遍，也没法记住。

“真可惜，他没因为喝酒丧命，”希思克利夫在门关上之后咕咕哝哝地回骂了几声，“他在尽量折腾他自己，可是他的身体居然顶住了——肯尼思先生说，他愿意拿自己的那匹母马打赌，说他会活得过吉默顿这一带的任何人，他要变成满头白发的罪人才进坟墓——除非他运气好，有什么意外落到他头上。”

我走进厨房，坐下来哼着曲子，哄我那小羊羔睡觉。我以为希思克利夫穿过屋子到谷仓去了。后来才发现，他只走到高背长靠椅的那一头就站住了，一头倒在靠墙的长凳上，躲开炉火，一声不响地待在那儿。

我把哈顿放在腿上摇晃着，哼着一支歌，它开头是这样的：

夜深了，娃娃们还在哭，
妈妈在墓里听得清清楚楚。[①]

凯茜小姐原是在她自己屋子里，仔细听着外面的吵闹，这时候探进头来，悄悄问道：

“就你一个人吗，奈丽？”

“是的，小姐。”我回答说。

她走进来，朝壁炉那边走去，我猜她是要说什么事，就抬起头来。她脸上那股神气好像很焦虑不安。她的嘴唇张开了一半，仿佛打算说话。她吸了一口气，可吐出来的却是一声叹息，不是话。

我还没忘她刚才的行为，又接着哼我的歌。

“希思克利夫在哪儿？”她打断我的歌问道。

“在马厩里干他的活吧。”我这样回答。

他在那边没有说我说的不对，也许是在打盹儿吧。

---

① 这原是丹麦民谣，后译为英文，英作家司各特在所著《湖上夫人》注中曾引用。作者所引与司各特引用文本略有出入。这首民谣与哈顿的情况暗合。

接下去又是好一阵沉默不语，这时我见到有一两滴眼泪从凯瑟琳的脸上滴落在石板地上。

她是因为自己那种可耻的行为感到歉疚吗？我这样问我自己。那才新鲜呢，不过她要是愿意也会做得到——我可不会帮助她。

不，任何事情和她自己不相干，她是不大操心的。

“天哪，”她到底大声说了，“我多倒霉呀！”

“真可惜，”我说，“让你高兴可真是太难了——朋友那么多，要操心的事又那么少，还不能让你心满意足！”

“奈丽，你愿意为我保守一个秘密吗？”她接着又说，说着说着就在我身边跪下来了，又抬头用她那对撩拨人的眼睛看着我的脸，那副神气叫你哪怕有万般缘由非要大发雷霆，也不由得要软化下来。

“这事儿值得保密吗？”我问道，脸也没有像刚才绷得那么紧了。

“值得，它让我发愁死了，我一定得把它说出来！我想知道我该怎么办——今天，埃德加·林顿要我嫁给他，我已经给了他答复了——好啦，我先不告诉你究竟是愿意还是拒绝，你先告诉我，应该是什么。”

“说实在的，凯瑟琳小姐，我怎么知道呢？”我回答说，“真的，想到你今天下午当着他的面表演出来的那一套，那我可以说，聪明的做法就是拒绝他——因为在你有了那种表现以后还要向你求婚，他必定要么是个不可救药的傻瓜蛋，要么是个没头没脑的糊涂虫。”

“要是你这样说，我就不告诉你更多了，”她很生气地一下站起来，“我接受他的求婚了，奈丽；你赶快说，我是不是做错了！”

“你接受了？那么再商量这件事还有什么用呢？你既然作出了许诺，那就没法撤回了。”

“可是，你说，我是不是应该那么做——说呀！”她急不可待，搓着双手，皱着眉头，扯着嗓子大叫。

“要回答好这个问题，还有许多事情要先考虑呢，”我一本正经地说，“首先最要紧的是，你爱埃德加先生吗？”

“谁能不呢？我当然爱。”她回答说。

于是我就一问一答地考问起她来了——对于一个二十二岁的姑娘来说，这不能说是不慎重了吧。

“你为什么爱他，凯茜小姐？”

“废话，我爱——这就够了。”

“那不行，你必得说为什么？”

“那好吧，因为他长得漂亮，和他待在一起叫人高兴。”

“糟糕！”我这样评判。

“还因为他年轻，无忧无虑。”

“还是糟糕。”

“还有，因为他爱我。”

“达到这条，不好不坏。”

“而且他将来会很有钱，我愿意在这一带当个最显贵的女人，而且我会因为有他这样一个丈夫感到自豪。”

“比哪条都糟糕！那么你说说，你怎么爱他的？”

“和别人一样爱呀——你真蠢，奈丽。”

“一点也不——回答。”

“我爱他脚下的土地，他头顶上的天空，他碰过的每件东西，他说过的每一句话——我爱所有他的一言一笑，一举一动，他整个的人，和他所有的一切。你瞧，行了吧？”

“还有，为什么？”

“不说啦——你是在拿这个开玩笑；你真是太没良心啦！在我，这可不是开玩笑的事儿！”年轻的小姐说着就把脸沉下来，转向炉火。

“我可一点也没开玩笑，凯瑟琳小姐，”我回答说，“你爱埃德加先生是因为他年轻漂亮，无忧无虑，又有钱，又爱你。可是最后那一条什么也不是——没有那一条，你很可能也会爱他；有了那一条，你也很可能不爱他，要是没有前面的那四条吸引人的地方。”

“对，肯定不会——我只会可怜他——如果他是个丑八怪，又是个乡巴佬，也许还会讨厌他。”

“可是世界上除他以外还有好多又漂亮又有钱的年轻人；还可能比他更漂亮，更有钱——为什么没让你去爱他们呢？”

“如果真的还有的话，我也没有碰见呀——我没见过一个像埃德加那样的。”

“你也可能碰见几个。再说他也不能总是年轻漂亮呀，也还可能不会总是有钱。”

“他现在总是吧，我只能顾眼前。我希望你说话要讲道理。”

“好哇，那就得了——如果你只能顾眼前，那就嫁给林顿先生吧。”

“这件事我并不要你答应——我就要嫁给他啦；可是你还没有告诉我，我这样做对不对。”

“完全对，如果说一个人结婚只顾眼前就算对了的话。那么好啦，让咱们来听听，你不舒心是为了什么。你哥哥会高兴的……那位老太太和老先生嘛，我想，是不会反对的——你呢，可以逃出这个乱七八糟、毫不安适的家，走进一个又有钱又体面的家；而且你爱埃德加，埃德加也爱你。看来一切都顺顺当当，轻轻松松——哪儿来的障碍呢？”

“在这儿！还有这儿！”凯瑟琳一边回答，一边用一只手拍着自己的脑门儿，又用另一只手拍着自己的前胸。“在灵魂待着的地方——在我的灵魂里，在我的心坎上，我悟出来：我做错了。”

“那就太奇怪啦！这我可弄不明白。”

“这是我的秘密；不过，如果你不笑话我，我就给你解释；这事儿我又弄不清楚——不过我可以让你感觉到，我是怎么感觉的。”

她又在我身边坐下来：脸色变得更加悲伤，也更加严肃，双手十指交叉紧紧握着，簌簌发抖。

“奈丽，你做没做过一些稀奇古怪的梦？”她默默想了几分钟以后突然问我。

“做呀，时不时也做。”我回答说。

“我也是那样。在我这一辈子做过的梦当中，有些做过以后总忘不了，能左右我的思想。它们一遍又一遍地在我脑子里过，就像酒渗进水里似的，让我的心智都改变颜色了。有过这样一个梦——我这就告诉你——不过你得注意，不管讲到哪儿你都不能笑。”

“哎哟，可别讲了，凯瑟琳小姐！”我叫嚷起来，“不用召神弄鬼来纠缠我们，我们就够惨的啦。唉，行啦，还是高兴点儿，像你原来那样吧！看看小哈顿吧——他现在就没做什么不高兴的梦。看他睡觉笑得多么痛快呀！”

“是呀；他爸爸孤零零一个人闷得慌，咒骂起来的时候也是多么痛快呀！我想，你还记得他当年也是就像这么个胖墩墩的小家伙——差不多一样大的年纪，一样的天真无邪。不过，奈丽，我非得要你听我说不可——我的话并不长；今天晚上我可没法快快活活的了。”

“我不听，我不听！”我急忙连声拒绝。

我那时候对做梦是很迷信的，直到现在也还是那样。凯瑟琳脸上那副阴凄凄的神气，使我非常害怕会从中看出什么预兆，事先料到什么可怕的大灾大难。

她恼了，不过并没接着往下讲。很明显，她是又想起另外什么梦来了，过了一小会儿，她又说起来。

“我要是上了天堂，奈丽，会非常不自在。”

“因为你不配上天堂，”我回答说，“每一个有罪的人在天堂里都会很不自在。”

“不过并不是因为这个。有一次我梦见我在那儿。”

“我告诉过你，我可不愿意为你的那些梦劳神，凯瑟琳小姐！我要上床了。”我又打断了她。

她笑了，我打算从椅子上站起来，她就把我按住了。

“这不要紧的，”她大声说，“我不过是要告诉你，天堂好像不是我的家。我把心都哭碎了，一定要回到尘世来；那些天使气极了，就把我扔了出来，一下掉到呼啸山庄上头那片荒原当中；我到那儿才醒过来，还高兴得呜呜地哭呢。这可以用来解释我内心的秘密，也可以解释别的事。嫁给埃德加·林顿，一点也不比我上天堂更有意义。如果那边的那个坏家伙[①]没有让希思克利夫变得那么低下，这件事我根本就不会想到。现在我要是嫁给希思克利夫，那就会贬低我自己；所以他永远也不会知道，我是多么爱他。而且我爱他并不是因为他长得漂亮，奈丽，而是因为他比我更像我自己。不管我们俩的灵魂是用什么做的，他的和我的是一模一样的。可林顿的呢，那就两样了，就是一个是月光，另一个是闪电；或者说一个是冰霜，另一个是烈火。”

她这番话还没讲完，我就觉出来希思克利夫在近旁，我感觉到有个轻微的动静，把头转过去，就看见他从长凳子上站起身，不声不响地溜出去了。他在那儿听着，一直听到凯瑟琳说出，要是嫁给他就会贬低她自己，这才不再往下听了。

我那位伙伴坐在地上，给那把高背长靠椅的椅背挡住，没有注

---

① 指欣德利。

意到他在那儿，也没注意到他走开，不过我倒是吓得一愣，就让她别吱声！

“为什么？”她一边问，一边心神不安地向周围打量。

“约瑟夫回来啦，”我回答说，刚好这时候我听到他那辆大车的轮子从大路上滚过来的声音，“希思克利夫会和他一块儿进来的。说不定他这时候是不是就在门口呢。”

“嗯，他在门口听不见我说的！”她说，“你去做晚饭，把哈顿交给我吧，等饭做好了，就叫我来和你一起吃。我想要骗一骗我这不安的良心，想要让自己相信，希思克利夫的脑子里根本没有这些念头——他没有，是不是？他不懂恋爱是怎么一回事吧？”

“我看不出有什么理由可以认为他不会像你那样懂得恋爱，”我顶了她一下，“如果你是他选中的心上人，那他就要变成天下最不幸的人啦！什么时候你一成了林顿太太，他马上就失去了朋友，爱情，和所有一切！你认真想过吗，你们要是分开，你怎么受得了，他要是完全变成一个孤苦无依的人，他怎么受得了？因为，凯瑟琳小姐——”

“他孤苦无依！我们分开！”她大声喊叫，语声里带着怒气，“请问，是谁要来把我们分开？那他们就要遭到米罗[①]的下场！只要我还活着，他们就做不到，埃伦——没有哪个大活人能做到。地球上每一个林顿都可以化为乌有，我也不答应抛弃希思克利夫。啊，我并没有打算那样做——我也没有那样的意思！如果要付出那样一种代价，我就决不会去当林顿太太！他对我永远都那么重要，和他以前所有的时候一个样。埃德加一定要除去对他的反感，起码要能容忍他。等他知道我对他的真实感情，他会这么做的。奈丽，现在

① 米罗为古希腊著名体育家（约在公元前六世纪），据说四岁时就曾经背起一只小母牛走过奥林匹克运动会的赛场，后来把整只牛都吃了。老年时曾经想把一棵橡树撕成两半，双手给橡树夹住，结果为狼群所吞噬。

我知道，你以为我是一个自私自利的无耻小人，可是，难道你就从来没有想到过，如果希思克利夫和我结了婚，我们就会变成要饭的？相反地，如果我嫁给了林顿，我就可以帮助希思克利夫上进发达，让他摆脱我哥哥的势力。”

“用你丈夫的钱吗，凯瑟琳小姐？”我问道，“你会发现，他并不像你指望的那样随和顺从；而且，虽然我不是什么判官，可是我认为，你提出要当小林顿太太的那些动机里面，这可是最糟糕的一条。”

“才不是呢，”她反驳我说，“这一条是最好的！其他那些都是为了满足我那些胡思乱想，而且也是为了埃德加，为了满足他。可这一条才是为了那个人，他本人就包括了我对埃德加和对我自己的感情。我没法把这讲清楚；可是你和每一个人一定都会有这样一个想法吧：在你本人之外，还有或者说还应该有一个你存在。如果我完全包括在我自己一个人的身上，那把我创造出来又有什么用呢？我在这个世界上的大苦大难也一直是希思克利夫的大苦大难，每一个大苦大难从一开始我就一一观察到，感受到了。我活着主要关心的就是他本人。哪怕只有他保留下来，其他一切都完了，我就依然会继续存在；哪怕其他一切都保留下来，只要他给毁灭了，那么宇宙就会变成一个巨大的陌生人。我也不会像是它的一部分。我对林顿的爱就像是树林里的叶子，时间会让它改变。我知道得清清楚楚，冬天一来，树就变了。我对希思克利夫的爱则像地底下那种永恒不变的岩石。这是一种不大容易看得见的欢乐的源泉，可是却是必不可少的。奈丽，我就是希思克利夫——他无时无刻不在我心里——不是当作一种乐趣，我把我自己同样也不能总是当作一种乐趣——而是当作我自己本身的存在——所以不要再谈什么我们分开的事——那是做不到的；而且——”

她一下停住了，把脸伏在我长袍的褶子里，可是我猛地一下闪开了。她这番话让我听得不耐烦了！

“如果我能从你这一通胡说里听出什么道理的话，小姐，”我说，“那不过是让我相信，你对结婚要承担什么义务简直一窍不通，要不然的话，你就是一个心术不正、不讲道德的姑娘。不过，别再用什么秘密来同我纠缠啦。我可不会答应保守它们。”

“你会保守的吧？”她焦急地问道。

“不，我不会答应。”我又说了一遍。

她刚要再坚持，这时候约瑟夫进来了，我们的谈话就结束了。凯瑟琳把椅子挪到一个角落里，去照看哈顿，我就去准备晚饭。

晚饭做好以后，我和我那位都是仆人的伙伴争论了一番：谁应该给欣德利先生送饭去，一直吵到饭菜差不多都凉了还没有结果。后来我们才讲好，如果他想吃晚饭，就让他自己来要，因为他一个人待时间长了，我们谁都特别害怕到他跟前去。

“到这晌儿啦，那个屄东西为啥还没从地里回来？他在干啥？二流子像！”那个老头子一边东张西望寻找希思克利夫，一边追问。

“我叫他去，”我回答道，“他在粮仓里，准保没错。”

我去叫他，可是没有人答话。回来的时候，我悄悄对凯瑟琳说，我相信，她说的那番话，他多半都听见了；还告诉她，就在她抱怨她哥哥对他的行为那会儿，我看见他离开了厨房。

她猛地一惊，跳了起来——把哈顿扔在高背长椅上，就自个儿跑去找她那位朋友了，都没顾得好好想一想，她为什么要那么慌张，或者她说的那些话对他有什么影响。

她去了好长时间还没回来，约瑟夫就提出我们不要再等了。他狡猾多疑，猜想他们是待在外面不肯回家来，故意要避开他饭前饭后的长篇祷告。他一口咬定，他们“坏透了，什么坏事都干得出来”，所以除了饭前总有的那一刻钟的祷告以外，那天晚上他还为他们加了一段特别的祷告，要不是他那位主子小姐风风火火地跑进来，匆匆忙忙下命令要他赶快跑到大路上去，不管希思克利夫逛到哪里去了，都要把他找到，立刻让他回来，那么他就会在饭后的感恩祷告结尾再加上一段了。

“我有话要跟他说，而且在我上楼以前非跟他说不可，”她说，“园门开着，他是到什么听不见叫他的地方去了，因为他没回答，何况我还是站在羊圈顶上，使了最大的劲在叫喊。”

约瑟夫最先不肯去；可是她非常较真儿，不去就不行，最后他把帽子戴在头上，嘟嘟囔囔地去了。

这时候，凯瑟琳在屋子里踱来踱去，大嚷大叫：

“真奇怪，他到哪儿去了呢——真奇怪，他能够上哪儿去了呢？我刚才说了些什么呀，奈丽？我都忘了。今天下午我大发脾气，他恼怒了吗？哎呀，告诉我呀，我说了些什么伤了他的心啦？我真希望他会回来，我真希望他会呀！”

“你平白无故吵嚷什么呀！”我大声说，虽然我自己心里也很不踏实。“一点鸡毛蒜皮的事儿，看把你吓的！希思克利夫愿意趁着月色在荒原里胡逛，或者有满肚子委屈不愿和我们说，索性就躺在干草堆里，那又有什么了不起要大惊小怪的呢。我敢担保，他是藏在哪儿了。看我不把他搜出来！”

我出去重新再找；结果叫人失望，约瑟夫搜寻的结果也是一样。

“那小子变得越来越孬了！”他回来的时候议论着，“他把园门开得大大地，让小姐的小马驹毁了两垄小麦，跌跌撞撞地一直冲到牧场上去了。不管咋说，老爷明儿早晌可得大闹了，要弄它个一团糟。他对这马马虎虎、一钱不值的废物可真耐心——他可真耐心！可他不会老那样——等着瞧吧，你们就等着瞧吧！把他惹得发起疯儿来可不是好玩的！”。

“找到希思克利夫了吗，你这个蠢驴？”凯瑟琳打断了他的话，

“你是按照我吩咐的，一直在找他吗？”

“俺倒更该去找那匹马，”他回答说，“那才更在理儿。可像这样个大黑夜里，黑得像钻了烟囱，管他啥马呀，人呀，俺都找不到！再说希思克利夫又不是那号人，俺打个呼哨一叫，他就会钻出来——兴许你叫他，他还不那么不听话！”

在夏天，那样的傍晚就得算是非常黑的啦，看那云层的样子就好像要打雷了，于是我说，我们最好全都坐下，这场马上就要下的雨，不费事儿就能把他送回家来。

可是凯瑟琳不肯听从劝告安静下来。她不停地来回转悠，一会儿走到园门口，一会儿又回到屋门口，心情激动，无法歇息，最后她在靠近大路的一堵墙边站定不动了。她不听我的劝告，也不顾轰隆的雷声和在她四周开始哗啦啦溅洒的大雨点，一直待在那儿，过一会儿呼叫几声，然后就停下细听，随后又索性大哭起来。她哭得那样伤心难过，就连哈顿或是不管哪个孩子都赶不上她。

大约到了半夜，我们还都没睡，这时候，疾风暴雨在山庄上头肆意发威，又是狂飙怒吼，又是电闪雷鸣，不知是它们之中的哪一种，把房子角上的一棵大树劈倒了，一根粗大的枝干倒下来砸在房顶上，把东面那个烟囱垛的一边砸塌了，石块和烟灰都稀里哗啦地掉到了厨房的炉子里。

我们还以为是一声霹雳落在了我们中间，约瑟夫摇摇晃晃跪倒在地，祈求主不要忘了挪亚和罗得两族的族长，并且和从前的时代一样，惩罚那些不信奉神明的恶人，而对善良的义人开恩[①]。我有那

① 上帝启示义人挪亚预造方舟，待上帝发洪水灭绝世上的恶人，他与家人牲畜等躲进方舟幸免于难。见《旧约·创世记》第6-9章和《新约·彼得后书》第2章。
上帝用火毁灭罪恶之城所多玛以前，启示义人罗得和女儿逃出城市，住进山洞，繁衍后裔。见《创世记》第19章和《彼得后书》第2章。

么一种感觉，以为这一定是最后审判也降临到我们头上了。我心里觉得，恩肖就是约拿[①]，所以就去摇他那间屋门的把手，想看看他那会儿是不是还活着。他回答的声音挺响亮，使我身边的那个老家伙更加大声嚷叫起来，好叫人能够在像他那样的圣徒和像他主子那样的罪人之间，划出一条清清楚楚的界线。那场骚乱 20 分钟就过去了，我们大家谁也没受到伤害，只有凯茜成了落汤鸡，因为她死活不肯找个地方躲避一下，还死活要站在外面，既不戴帽子也不围披肩，头发上和衣服上淋的雨水要多少就有多少。

她进来躺在高背长靠椅上，就那样浑身湿透着，把脸朝着椅背扭过去，双手蒙在脸上。

“喂，小姐，”我碰碰她的肩膀大声说道，“你不是在存心找死，对吧？你知道现在几点了吗？ 12 点半啦！咳，来吧，睡觉去吧。那个傻孩子，你等他再长时间也没用——他会上吉默顿去，他这会儿就会待在那儿。他没想我们会等他等到这么晚的时间；至少他猜想，只有欣德利可能还没睡，他那是想避开老爷，不让他给他开门。”

“不，不，他准不会在吉默顿！”约瑟夫说，“俺可一丁点也不疑惑，他是躺在泥炭坑的坑底下啦。刚才老天爷显灵可不是平白无故的，小姐，俺愿意劝劝你，还是留神点儿好——下一个就该轮到你啦。一切都该感谢老天爷！万事万物都互相效力，让那些从罪恶里挑出来的好人得到恩典呀[②]！你们知道《圣经》上是咋说的——”

他于是选读了几段经文，还提示我们，在哪几章哪几节可以找到它们。

---

① 先知约拿不听上帝耶和华的话，乘船逃避。耶和华令海中风浪大作，水手抽签抽中约拿有罪，将他抛入海中，为大鱼吞食。他在鱼腹三天三夜，祈求怜悯，耶和华令鱼将他吐在旱地上。见《旧约·约拿书》，第1、2章。

② 约瑟夫在此引用了《新约·罗马书》第8章的话。原文为“我们晓得万事都互相效力，叫爱上帝的人得益处，就是按他旨意被召的人”。

我好言劝说那个任性的姑娘起来，去换掉她那身湿衣服，可是白费唇舌，所以我就扔下他们，让他去讲他的道，让她去浑身打哆嗦，抱起小哈顿径自睡觉去了。他那时候已经睡得那么香甜，就像他周围的人全都睡着了似的。

我听到约瑟夫后来又念了一会儿经文，然后听出来他慢步爬上了楼梯，再往后我就睡着了。

我起身下楼比平常晚了一点，借着从百叶窗缝透过来的阳光，看见凯瑟琳小姐还在壁炉旁边坐着。堂屋的门也还是掩着，阳光从敞开的窗户照进来。欣德利已经出来了，站在厨房的炉子前面，脸色憔悴，睡眼惺忪。

"你哪儿不舒服呀，凯茜？"我进来的时候他正好在这样问她，"你那副无精打采的样子，活像条让水淹了的小狗崽儿——孩子，你怎么那样湿漉漉的，脸色那么惨白？"

"我淋湿了，"她支支吾吾地回答，"还觉得冷。没别的。"

"唉，她真淘气！"我看出主人还算清醒，就大声说起来，"她让昨天晚上那阵雨给淋透了，后来她在那儿整整坐了一夜，我怎么劝说，她也不肯动一动。"

恩肖先生吃了一惊，瞪着眼瞅着我们。"整整一夜，"他重说了一遍，"她干吗没去睡？该不至于是怕打雷吧？那已经过了好几个钟头了。"

我们谁也不愿意提起希思克利夫跑出去了，想尽量把这件事瞒着；所以我就回答说，我不知道她脑瓜子里怎么会想到要一夜不睡；她也一声没吭。

早晨空气清新，而且凉快。我把格子窗推开，屋子里马上就满是从花园里送进来的一阵阵香味，可是凯瑟琳挺不高兴地朝我叫道：

"埃伦，关上窗户。我都要冻死啦！"她上牙打着下牙，缩作一团，朝着差不多都快灭了的炉灰那边凑过去。

“她病了，”欣德利说着拿起她的手腕，“我想她不去睡觉就是这个缘故——真该死！我不愿意再有谁拿生病来烦我啦——你干吗要往雨地里跑？”

“跟往常一样，追那些小伙子去了呗！”约瑟夫趁大家还在犹豫，不知道该怎么回答的时候，抓住机会把他那根恶毒的舌头伸了出来，老鸹似的呱呱乱叫道。“俺要是你呀，老爷，俺就冲着他们的脸把这些门都摔上，管他高低贵贱！甭说哪天只要你一出门，林顿那个孬种就偷偷摸摸溜进来——奈丽小姐嘛，她可是个规矩正派的闺女！她就坐在厨房里瞅着你；只要你从一道门里进来，他就从另一道门里溜出去——就这么着，咱们那位千金大小姐嘛，就跑到外边儿谈情说爱去啦！深更半夜地还偷偷摸摸跑到野地里去，和吉卜赛人生的那个下流可怕的魔鬼希思克利夫厮混，这可真是大家闺秀的好品行呀！他们以为俺眼瞎了，可是俺不瞎，哪儿有那回事呀！俺眼见小林顿来，小林顿走，俺还看见你，”（把话头转向我。）“你这个不干好事刁钻刻薄的贱女人，一听到老爷的马嗒嗒嗒嗒地从大路上跑过来，你就跳起来，冲进堂屋去。”

“住嘴，你这个溜墙根偷听人说话的家伙！”凯瑟琳大喝一声，“在我面前，不许你这么放肆！埃德加·林顿昨天是偶尔来的，欣德利，是我告诉他的，因为我知道，你一向不喜欢和他见面的。”

“你撒谎，凯茜，一点儿不错，”她哥哥回答说，“你是个十足的大傻瓜！可是眼前先不管林顿——告诉我——昨天夜里你是不是和希思克利夫在一起？现在老实说。你不用担心会于他不利——虽然我和以前一样恨他，可是他不多会儿以前给我做了一件好事，弄得我要想拧断他的脖子都心软，下不去手了。为了避免发生这种事，今天早晨我就要把他赶走；等他走了以后，我奉劝你们大家都提防着点儿，我可要专门只调理你们啦！”

“昨天夜里我根本没见到希思克利夫，”凯瑟琳一边回答，一边很伤心地抽泣起来。“要是你真的把他赶出家门，我就跟他一块儿走。不过，可能你再也找不到这个机会了，可能他早已走了。”她说到这里就忍不住号啕痛哭起来，她下面说的话，可就听不清了。

欣德利把她狗血淋头地辱骂了一顿，强令她立刻回到自己的屋子里去，否则，决不会让她这样白白哭闹！我强逼着她服从了；等我们到了她的屋子，她一下子发作起来，那种情景我永远也忘不了。那可真把我吓坏了——我想，她是快要疯了，于是求约瑟夫赶快跑去请大夫。

医生验明那果然是精神错乱的开始。肯尼思先生一见到她，就断定她病情危急；她在发高烧。

他给她放了血，还告诉我只能给她喝乳清[①]和稀粥；还让我小心提防她跳楼或者跳窗；然后他就走了，因为在这个教区从这一户到那一户，一般总要走两三英里，真够他忙活的。

虽然我不能说自己是个温和的护士，约瑟夫和老爷也不比我强；虽说我们的这位病人又比哪一个病人都更难侍候，更加固执，可是她终究还是熬过来了。

林顿老太太当然还来看望过几次，并且校正了一些事情，把我们大家都申斥遍了，支使够了；在凯瑟琳逐渐复原的时候，她硬要把她接到画眉田庄去，我们能这样得到解脱都谢天谢地。可是这位可怜的老夫人真应该对自己的这番殷勤悔恨；她和她丈夫双双传染上了热病，没过几天就一个接着一个去世了。

我们的小姐又回来了，比以前变得更为蛮横，更爱发火，也更

① 提取奶酪后的清奶汁。

加目中无人了。自从那个急风暴雨、雷鸣电闪的晚上以后，再也没有听到希思克利夫的消息了。有一天我可倒了霉，因为她把我惹急了，我就把他失踪的罪责加在她的身上（她自己也知道得很清楚，这件事真得归咎于她）。从那以后，有好几个月她都不和我说知心话，只是把我当个仆人来说话。约瑟夫也受到了逐出教门一般的对待，可他还是常常想到什么就说什么，照样给她讲大道理，把她当作个小姑娘似的；而她却认为自己已经是大人了，是我们的女主人；还觉得她最近生的这场病，让她有权受到体贴周到的照顾。再说那位大夫早先也说过，她经受不住过多的顶撞，凡事都得顺着她的意思办；因此在她看来，无论是谁只要胆敢站起来和她作对，那就不亚于要她的性命。

她对恩肖先生和他那一伙人，保持敬而远之的态度，她哥哥接受了肯尼思的叮嘱，而且她一生气动怒就常常会有病情发作这种严重的危险，所以她想要什么就答应她什么，一般总是避免惹她那火爆的脾气。她异想天开，他也宁可过分纵容；这并不是出于爱心，而是出于自尊心；他真切希望她和林顿家结亲，好给自己家增光，再说只要她不打扰他，就算她把我们当奴隶踩在脚下，他又何必去管！

埃德加·林顿已经是神魂颠倒，就像在他前前后后的许许多多人一样；他父亲去世三年以后，他领着她到吉默顿礼拜堂去的那一天，他相信自己是世界上最有福气的人。

虽然有违自己的心愿，我还是听从劝告，离开了呼啸山庄，来这儿陪伴她。小哈顿那时快五岁了，我刚刚开始教他识字。我和他分别时很伤心，可是凯瑟琳的眼泪比我们的眼泪更有力量。当时我不肯走，她看到她百般恳求也劝不动我的时候，就去对着她丈夫和哥哥哀哀痛哭。她丈夫提出给我优厚的工资；她哥哥命令我去打铺盖卷——他说既然家里现在没有女主人，他也不要女仆了；至于哈顿嘛，教区牧师慢慢就会来照管。这样一来，我就没有可挑拣的余地了，只好照他们吩咐的去做。我告诉老爷，他把正派人都打发走了，这只不过是往败家走得更快一点儿；我亲了亲哈顿，和他告别；从这以后他就变成了生人，而且这件事真让人琢磨不透；不过我一点儿也不怀疑，他早把埃伦·迪恩忘得一干二净了，也不再记得那时候他对她来说比世界上的一切都重要，她对他也是一样！

女管家的故事讲到这里，她偶然对壁炉上面的时钟瞅了一眼，看见已经走到了 1 点半，不禁吃了一惊。要她再多待一秒钟她都不肯听——说句老实话，我自己也觉得还是留在下次让她接着讲更好。既然她已经走开歇息去了，我又独自默想了一两个小时。我的头和四肢尽管还很酸痛，懒得动弹，也要打起精神去歇息。

第十章

好一个隐士生活陶然忘机的序幕！四个星期卧病在床，辗转反侧，备受煎熬！唉，这萧瑟的凄风，苦寒的北国天空，难以通行的道路，拖拖拉拉的乡村大夫！还有，唉，看不到几副活人的面容，而且糟糕透顶的是，肯尼思大夫正式告诉我，不到春天我就别想着出门，这可真吓人！

希思克利夫先生刚刚赏光来探望过我。大约在七天以前，他给我送来一对松鸡——这个季节里最后的猎物了。这个坏蛋！在我害这场病当中，他并不是毫无罪责的；我本来非常想把这个直截了当地告诉他，可是，哎呀，人家好心好意在我的病床旁边坐了整整一个钟头，还谈了一些丸散膏丹、疱疹蚂蟥[①]以外的话题，我又怎么可以得罪这么一个人呢？

现在倒正是一段十分闲散的时期，我身子尚且太软，看不了书，不过我觉着好像又还能够享受点儿什么乐趣。为何不让迪恩太太上来，把她那个故事讲完呢？凡是她说过的那些重要的事件，我还都记得起来。对，我记得她讲的那个男主人公已经出走，三年都没听到一点消息；那个女主人公则出嫁了。我这就打铃叫她。她看到我已经能够轻松愉快地聊天，也会很高兴的。

迪恩太太来了。

“还要等 20 分钟才吃药呢，先生。”她一来就说。

“去去，去它的吧！”我回答说，“我才不想要——”

“大夫说，你不要再吃那些药面了。”

“诚心诚意地感谢！别打断我的话。来，在这儿坐下。别让你的手指头去碰那一堆苦药瓶子了。把你的毛线活从口袋儿里掏出来——那就行了——现在就接着讲希思克利夫先生的历史吧，从你上次打住的地方讲起，一直讲到现在。他是在欧洲大陆上受完教育，成了绅士回来的呢？还是在学院里得到一份学生助学金[②]念了书呢，还是逃到了美国，在他的第二故乡参加战斗，这样就赢得了功勋[③]？还是就在英国本土的大路上发了横财呢[④]？”

“也许所有这些行当他都干过一点儿，洛克伍德先生；不过对

---

① 用蚂蟥吸血，也是当时通常采用的一种医疗方法。

② 当时在剑桥大学和都柏林的三一学院，学生可以获得学院的助学金念书。本书作者的父亲就曾在1802年10月1日获得剑桥大学圣约翰学院的助学金。

③ 指参加1783年结束的美国独立战争。

④ 指拦路抢劫。

哪一行我也没法说。我以前说过，我不知道他那些钱是怎么弄来的。他的头脑本来已经陷到懵懂无知的地步，可是他又是怎样从那里面钻上来的，我也一样不清楚。不过，要是你觉得听着解闷，不会腻烦，那么我就遵命按照我自己的路子讲下去。你今天早晨觉得好些了吗？”

“好多了。”

“这可是个好消息。”

我把凯瑟琳小姐和我自己弄到了画眉田庄，在沮丧伤怀当中令人高兴的是她的举止行为比我担着心思所预料的不知要好多少。她喜欢林顿先生好像都过了头，甚至对他妹妹也表现得十分亲热。而他们兄妹俩也专心致志地想法让她安适。这并不是这根刺条子弯下身去俯就那两棵忍冬，而是那两棵忍冬簇拥着这根刺条子。其中也没有什么互相让步迁就；一个是傲然挺立，另外两个都是俯首听命。人要是既没有遭到违抗，也没有受到冷落，谁又能够乱使性子，胡发脾气呢？

我看得出来，埃德加先生打心眼儿里怕惹她生气。他把这种恐惧隐藏起来不让她知道，可是在她作威作福发号施令的时候，如果他听到我厉声应对，或是看到其他任何一个下人脸色阴沉，他就会不高兴地皱起眉头，表露出他心里发烦，而他为了他自己的事情是从来不会愁眉不展的。他曾经再三严厉地叮嘱我，不得无礼，他说得毫不含糊，就是给他戳上一刀，也不会比看到他太太发火更让他揪心的了。

为了不让一个善心的主人难过，我学会了忍耐，不像以前那样火暴；有半年那么长，这堆火药静静放着，就像沙子一样平安无事，因为没有火星落在她跟前引爆。凯瑟琳时不时会闹上一阵，心情沮丧，一言不发，她丈夫总是默默地同情，关心尊重。他把这些看作是她得了这样致命的大病体质发生了变化，因为在那以前她从来没有患过意气消沉的毛病。等到云开日出，他也迎上相应的阳光。我可以这样断定，他们确实生活在深沉而且不断增长的幸福之中。

幸福完结了。唉，归根到底，我们必定也得顾到自己；那种性情温和、慷慨大度的人，比起那些专横跋扈的人来，不过自私得比较讲理——等到情势变化，让一方觉得自己的利益并非另一方主要关心的所在，幸福也就完结了。

9 月里一个温和宜人的傍晚，我在花园里摘了沉甸甸的一篮苹果，提回家来。天已经擦黑儿了，月亮从庭院的高墙上探出头来，整个房子上那许多突出部分的犄角处都隐约显出一些模模糊糊的影子。我把我拿的东西放在厨房门旁边的台阶上，站在那儿想休息一下，再吸几口那柔和甜美的空气，我的眼睛望着月亮，背对着门口，这时候我听到背后有个说话的声音：

“奈丽，是你吗？”

这声音很低沉，还带着外地腔调；可是那叫我名字的口气，又让人听着很熟悉。我转过身去想看看是谁说话，心里直发怵，因为门是关着的，而且我刚才走近台阶的时候，并没有看见有谁在那儿。

门廊里有什么东西动弹，我走近一点，就看出来有一个身材高大的男人，穿着一身黑衣服，黑面庞，黑头发。他斜靠在一侧，手指头把着门闩，仿佛打算自己开门进去。

“这能是谁呢？”我琢磨着，“恩肖先生吗？啊，不是！这声音不像他的。”

“我在这儿等了一个钟头了，”他接着又说，这时候我还是继续盯着他，“在整个这一段时间里，周围一片死寂。我没敢进去。你不认识我了吗？你瞧，我不是生人。”

一丝月光照在他的脸上；他两颊灰黄，让黑胡子遮住了一半，眉毛压得低低的，眼睛深深觑在里面，显得与众不同。我想起了那对眼睛。

“什么！”我大叫一声，不知道该拿他当人还是当鬼，惊讶地举起了双手。“什么！你回来了？真的是你呀？是吗？”

“是的，是希思克利夫，”他一边回答，一边把目光从我身上挪到上面的窗户上，那一排窗户反射出一溜闪闪烁烁的月亮，可是从里面并没有透出灯光。“他们在家吗——她在哪儿？奈丽，你并不高兴——你用不着那样惊慌。她在这儿吗？说呀！我想跟她说句话——跟你家女主人。去，就说有个人从吉默顿来，急着想见她。”

“这件事她会怎么看？”我叫喊着说，“她会怎么办？这意想不到的事儿把我都搞糊涂了——会让她神经错乱的！你真的是希思克利夫吗？可是变样儿了！唉，真叫人没法理解！你当过兵吗？”

“去，给我传个信儿，”他不耐烦地打断了我的话，“你还不去，我都急死了！”

他拉开门闩，我走了进去；可是等我走到林顿先生和太太都在里面的客厅，我却怎么也无法迈步进去。

末了我决定拿问他们要不要点上蜡烛作缘由，打开了门。

他们俩坐在一个窗户下面，那带格子的窗扇朝里一直开到贴着墙，隔着花园里的树木和那宽阔葱郁的林苑，可以看到吉默顿山谷，环绕着的一道长长的薄雾差不多一直罩到了山顶（你走过礼拜堂很快就会注意到有一道从沼泽地里引出来的排水沟，汇进了沿着峡谷蜿蜒流过去的小溪）。呼啸山庄的高丘就耸立在这银白色的雾气之上，不过我们那幢老房子却看不见——它在山坡那一边略微靠下一点的地方。

这间屋子和屋子里的人，还有他们在眺望的景色，全都显得平静安宁，令人惊叹。我踌踌躇躇，不愿去干交给我的差使；而且提出了要不要点蜡烛的问题以后，真的没提这件事就要走，可是我又觉得自己很笨，这促使我回转身来，吞吞吐吐地说：

“有个人从吉默顿来，想要见你，太太。”

“他有什么事？”林顿太太问。

“我没有问他。”我答道。

“好吧，把窗帘拉上，奈丽，”她说，“再把茶端来，我马上就来。”

她从这间屋子出去了；埃德加先生漫不经心地问了一声是谁？

“是太太没有想到的一个人，”我答道，“那个希思克利夫，你想得起来的，老爷，他以前住在恩肖先生家里。”

“什么，那个野孩子——那个管牲口的小伙计？”他大声说，“你为什么不早对凯瑟琳这么说？”

“嘘！你可不应该用这些名字称呼他，老爷，”我说，“她听见你这么说会觉得非常难受的。他跑掉的时候，她差不多心都碎了；我想，他回来会让她过个节了。”

林顿先生走到屋子另一边可以俯瞰院子的窗口，他打开窗户，探出身子。我猜，他们就在下面，因为他很快就大声叫喊：

“别站在那儿，亲爱的！如果是什么特别的人，就把他带进来吧。”

不一会儿，我听到门闩咔的一响，凯瑟琳飞奔上楼，气喘吁吁，发疯似的，激动得都无法表达那股高兴劲儿了。说真的，看她那张脸，你还会误以为是大祸临头了呢。

“啊，埃德加，埃德加！”她一边喘气，一边伸出胳臂抱住他的脖子，“啊，埃德加，宝贝儿，希思克利夫回来了——回来了！”她拼命使劲，把他搂得紧紧的。

“得啦，得啦，”她丈夫别别扭扭地大声说，“别为了这个把我勒死！他可从来没让我觉得他是个稀世珍宝。没有必要发疯！”

“我知道你不喜欢他，”她回答说，稍稍收敛了一点儿自己那兴高采烈的劲头。“不过为了我，你们现在一定得做朋友。我可以告诉他上来吗？”

“这儿？”他说，“进客厅？”

“还有哪儿？”她问道。

他看来有些窝火，提出厨房是对他更合适的地方。

林顿太太看着他做了个鬼脸——觉得他那份故意找碴儿又好气又好笑。

“不行，”她待了一会儿又说，“我不能坐在厨房里。在这儿摆上两张桌子，埃伦；一张给你那位老爷和伊莎贝拉小姐，是上等人的，另一张给希思克利夫和我，是低等的，这该让你高兴了吧，亲爱的？要不我得在别的什么地方生起火来？要是那样，就吩咐吧。我得赶快下去，别让我的客人跑了。我恐怕太高兴的事都不是真的呢！”

她正要再冲下楼去，埃德加把她止住了。

“你去叫他上楼来，”他对着我说，“还有，凯瑟琳，你就尽量高兴高兴吧，可是别胡来！这家里所有的人没有必要看见你把一个逃跑的仆人当作兄弟来迎接。”

我下了楼，看见希思克利夫在门廊里等着，显然料到会请他进去。他不多费唇舌，跟上我就走，我把他带到了老爷和太太跟前，他们俩都满面通红，那副样子透出他们争论得很激烈。不过当看见自己的朋友出现在门口的时候，太太又因为另一番情感而满面生辉；她一下子跳上前去，握住他的两只手，把他领到林顿跟前，然后抓起林顿不愿伸出来的几根手指头，硬把它们塞进客人的手里。

现在有炉火和烛光照亮，可以完全看得清楚，我才更加感到惊奇了，原来希思克利夫变样了。他已经长成了一个高大、健壮、身材匀称的男子汉，我那位老爷站在他旁边显得十分瘦弱稚嫩。他那挺拔的姿态让人想到他曾经入伍当兵。他的表情和刚毅的神气，让他的容貌比林顿先生老成练达得多；那上面显露着聪明才智，一点没有留下从前那种颓唐落拓的痕迹。不过那两道深锁的浓眉和一对阴森森、火辣辣的眼睛，还暗藏着某种半野性的凶狠，不过是给压着；他的举止摆脱了粗俗鄙陋，尽管因为过分严肃拘谨尚且不够潇洒，还是可以说很有气派。

我家老爷和我一样惊讶，或许比我更甚。他愣了一会儿，不知道该怎样称呼他叫过的这个管牲口的小伙计；希思克利夫放下他那细瘦的手，站在那儿冷冷地盯着他，看他琢磨着怎样开口。

“坐下吧，先生，”他终于说了，“林顿太太回忆起旧日的时光，希望我对你热诚接待，当然无论碰到什么事情，只要能让她高兴，我都会喜欢。”

“我也是，”希思克利夫回答，“特别是如果无论是什么事情，其中包括我一份儿的时候。我很愿意在这儿待上一两个钟头。”

他在凯瑟琳的对面坐下，她那双眼睛死死地盯着他，好像害怕她眼睛一挪开，他就会不见了似的。他并没多抬眼睛去看她，不过时不时很快地朝她瞟上一眼；可是他每瞟一眼，都更确信无疑地反射出从她的眼神中痛饮到的那种毫不掩饰的欢快。

他们俩深深地沉醉在共同的欢乐之中，感到毫无困惑地灵犀相通。埃德加先生可不是这样；他感到的只是苦恼，脸色越来越苍白，等到他的太太站起身来，跨过地毯，又一次抓住希思克利夫的双手，发疯似的大笑的时候，他的苦恼就达到了顶点。

“到明天我还会以为这是一场梦呢！”她大声说，“我会没法相信，我又看见了你，摸到了你，还和你说过话——可是，狠心的希思克利夫呀！你不配受到这样的欢迎。一去三年，杳无音信，还从不想念我！”

“比你想念我还多一点儿呢！”他小声嘟囔着，“还是不久以前，我才听说你结了婚，凯茜；我在下面院子里等着的时候，还考虑过这样一个计划——只和你见上一面——你也许会吃惊地瞪着眼睛，还会装出高兴的样子；随后我就去找欣德利算清账，而且不经法律就结果了自己。你对我的迎接，把我的这些念头都赶跑了；可是你得注意，下次和我见面的时候可别是另一副脸子！不，你不会再把我赶走的——你是真为我难过来着，是吗？嗯，那是有理由的。自从上次听到你的语声以后，我一直在人生的苦海里搏斗，你得原谅我，因为我挣扎、奋斗完全是为了你！”

“凯瑟琳，请回到桌子这边来吧，要不，我们就得喝凉茶了，”林顿努力保持他平日的声调和得体的礼貌，打断了他们的谈话，“希思克利夫先生今晚不管在哪里下榻，都有很长一段路要走。而且我也渴了。”

她在茶壶前面落了座，伊莎贝拉小姐听到打铃请她，也来了，这时候我把他们的椅子向前挪了挪，就走出了屋子。

用茶点的时间还不到 10 分钟——凯瑟琳的杯子里根本没有斟过茶，她吃也吃不下，喝也喝不下。埃德加把茶洒到了茶托里，几乎一口也没喝下去。

他们的客人那天晚上逗留没有超过一个钟头。他走的时候，我问他，是不是去吉默顿？

“不，是去呼啸山庄，”他回答，“今天上午我去拜访恩肖先生的时候，他邀请我去他那儿。”

恩肖先生邀请他！而且他拜访了恩肖先生！他走了以后，我仔仔细细地琢磨着他这句话。难道他变得有点像个伪君子，回到这块地方来想暗地里捣什么鬼吗？我反复推敲——我的内心深处有了某种预感：他要是远走高飞一直不回来就好了。

大约是在半夜时分我还在睡第一觉，就给林顿太太惊醒了，她溜进我的房间在我的床边坐下，揪我的头发把我弄醒了。

“我睡不着，埃伦，”她道歉说，“我想有个活人给我做伴儿，共享我的幸福！埃德加闷闷不乐的，因为让我高兴的事，引不起他的兴趣——他硬是不肯说话，要说也不过是几句怄气的蠢话；他还硬说我冷酷自私，因为他身体那样不舒服，想睡觉，我还想和他说话。他老是这样，有一点点不顺心就要挖空心思装病！我夸了希思克利夫几句，他就哭起来了，要不是真的头疼，就是忌妒在作怪。所以我就索性起床，躲开他了。”

“对他称赞希思克利夫，那有什么益处？”我回答，“他们俩从小就不对付，要是希思克利夫听你称赞他，也一样会怨恨——这是人之常情。你在林顿先生面前就别提他啦，除非你是喜欢让他们挑明了大吵大闹一顿。”

“可是这岂不是表现出了很大的弱点吗？”她接下去说，“我就不忌妒——伊莎贝拉的黄头发闪光发亮，皮肤雪白；她优美雅致，得到全家人的欢心，可我从来都没有为这些难受。就说你吧，奈丽，如果我们有时有什么争论，你总是马上支持伊莎贝拉；我呢总像个傻大妈似的让步——我叫她宝贝儿，哄着她让她高兴。她哥哥看见我们和睦友好，心里很痛快，这让我也觉得痛快。可是他们俩非常像：他们都是惯坏了的孩子，还以为这个世界是专门为他们吃住才创造出来的呢。虽然我总是迁就他们，可是我觉得，好好地惩罚他们一顿，也许一样会让他们改好。”

“你弄错了，林顿太太，”我说，“是他们迁就你——我知道，如果他们不是那样，会闹出什么事情来！只要他们总是由着你想怎么办就怎么办，你也就能宽容一下他们偶尔的心血来潮——不过，到头来，你们可能为了一件双方都觉得非常重要的事闹起纠纷来，到那时候那些你称为软弱的人，倒是完全能够和你一样顽固倔强呢！”

“到那时候，我们就要拼个你死我活啦，是不是，奈丽？”她笑着回了我一句，“不，我告诉你，我对于林顿对我的爱，很有信心，所以我相信，即使我会杀了他，他也不会想要报复。”

我劝她，为了他的这份情义，应该更加看重他。

“我是看重他，”她回答说，“不过，他也用不着为了一点鸡毛蒜皮的小事就哭鼻子呀。这太孩子气；我说了说希思克利夫现在值得每个人尊重，即使是这一带的头号绅士和他交上朋友，都会看作是一种荣耀，这些话本来应该由他代我说出口来，而且他还应该因为也有同感而高兴，可是他反倒眼泪汪汪——他一定得慢慢和他处好，而且他也可以喜欢他——想想看，希思克利夫该是多有理由对他反感，所以应该说，他做得真是太漂亮了！”

“你对他到呼啸山庄去怎么看？”我问她，“很明显他是在所有方面都改好了——很够得上基督徒的资格了——伸出右手愿和周围的敌人化为朋友！”

“这件事他解释过，”她回答说，“我也和你一样奇怪过。他说，他去那里是以为你还住在那里，想从你那儿打听我的消息；约瑟夫就报告了欣德利，于是他就出来了，盘问他这些年干了些什么，这段时间他是怎么过的，最后就让他进去了——有几个人坐在那儿打牌——希思克利夫也参加和他们一起打；我哥哥输给了他一些钱；他发现他带了很多钱，就请他晚上再去。他也答应再去。欣德利太马虎大意，交朋友也不慎重地挑选一下，他自己连想都懒得想一下，受过他恶意伤害的人，他自有道理不该信任——不过希思克利夫说得很明白，他和这个以前害过他的人重新交往，主要的理由是希望自己能够在离田庄不远、可以步行来往的地方住下来，而且他对我们从前一起住过的房子有一种依恋的感情，同时还抱有希望，我可以有更多机会到那里去看他，如果他住在吉默顿，机会就没有那么多了。他表示，让他住在呼啸山庄，他可以付丰厚的租金；我哥哥爱钱如命，毫无疑问会立刻接受他这种条件。他总是贪财，虽然他这只手抓到钱，那只手立刻就挥霍掉。”

“这可真是一个年轻人定居的好地方！”我说，“难道你不怕这会惹出一些事情来吗，林顿太太？”

“对我那位朋友不会有什么事，”她回答说，“他那健全的头脑会让他消灾免祸——对欣德利倒可能会有点儿，不过从道义方面来说，他现在也到了无法再坏的地步了；而且还有我护着他，不让他的人身受到伤害——今天晚上的事情，让我跟上帝和人类和解了，我曾经怒气冲冲地对老天爷造反。唉，我受过非常、非常痛苦的磨难了，奈丽！要是我那位知道那是多么痛苦，他就会羞愧难当，不会用那种无聊的怄气，再给我正在挣脱磨难的时刻增添愁云了。我是出于对他的好心，才自己独自承担了那种磨难，要是我把我经常感到的那种痛苦表现出来，他早就得到告诫，也会像我一样强烈地渴望缓解这种痛苦了——不过，事情已经过去了，我也不会因为他这样迟钝就报复他——从今以后，我什么事情都可以忍受了！哪怕世界上最下贱的家伙打了我一个耳光，我不但会把另一面脸转过去让他再打，还要请求原谅，不该惹他恼火——我这就回去和埃德加和好，当作证明——晚安——我成了天使了！”

她就这样自满自得，信心十足地走了；第二天早晨就看得出来，她完满地实现了她的决心——林顿先生不仅断然改掉了他那股别扭劲儿（虽然凯瑟琳那满面春风喜气洋洋的神情，使他的情绪仍然受到压抑），而且凯瑟琳下午要带伊莎贝拉去呼啸山庄，他也不敢反对了；而凯瑟琳也以她那番浓情蜜意给他以回报，这一来，家里那些天简直变成了天堂，主人仆人全都惠受阳光。

希思克利夫——以后我应该称呼他希思克利夫先生了——开头

的时候利用造访画眉田庄的自由权很是谨慎，他好像在估量，田庄主人对他插足能够容忍到什么地步，凯瑟琳也认为，接待他的时候表示喜悦适可而止才算明智；这样一来，他就逐渐使自己接受招待成了合理合法的事情。

希思克利夫城府很深，这一点使他从小就与众不同，至今也改变不大，他这样就可以压抑感情，不作任何惊人的外露。我家老爷不安的心情暂时缓和了下来，而情况进一步发展，在一段时间里他这种不安又转到了另一个方面。

他那新愁的根源来自伊莎贝拉·林顿出其不意的不幸，她突然无法抗拒地对那位受到默认的客人着了迷——那时她年方二九，出落成了一个引人注目的年轻小姐，言谈举止还显得幼稚，可是头脑机智，感情敏锐，惹急了的时候脾气也火暴。她哥哥原本对她亲切慈爱，如今她莫名其妙地相中了这么个人，真是让他胆战心惊。姑且不说和这样一个来历不明的人联姻会辱没家声，也不说可能发生这样的事：如果没有男继承人，他这份家私就有可能落到这个人的手里，他是对他的生性了如指掌——知道虽然他的外表改变了，他的内心却是改变不了的，而且也并没改变。他怕的正是那种内心；它让他反感；一想象要把伊莎贝拉交托给他去护持，他就疑虑发怵。

如果林顿先生弄明白，伊莎贝拉对希思克利夫的恋慕只是出于她一厢情愿，而且并没有得到感情上的回报，他就会更加退缩不前；因此他一发现有这种事，就立即怪罪希思克利夫存心捣鬼。

我们大家在那段时间都注意到了林顿小姐愁眉不展，心事重重。她脾气越变越坏，越来越叫人讨厌，还老是抓着凯瑟琳不放，让她起腻，眼看就有快把她那点有限的耐心耗尽的危险了。我们都以她身体不好当作口实让她几分——我们亲眼见到她越来越消瘦憔悴——可是有一天，她特别任性胡闹，硬是不肯吃早饭，还胡乱抱怨，说什么下人都不照她的吩咐办事；家里人把她不当回事，太太也不管，而且埃德加也不理睬她；还说什么门都开着让她着了凉，我们让客厅的炉子灭了，故意让她生气。真是百般挑剔，胡搅蛮缠——林顿太太断然说她得上床休息，把她狠狠训斥了一顿，还吓唬她，说要打发人去请大夫。

一提肯尼思，她马上就大声喊叫，说她身体好极了，还说只是由于凯瑟琳粗暴，才让她不自在。

“你怎么能说我粗暴呀，你这个淘气的娇宝贝儿？”太太让这种毫无缘由的说法弄糊涂了，也大嚷起来，“你准是失掉理智啦。我什么时候粗暴了，你给我说说？”

“昨天，”伊莎贝拉抽搭起来，“还有现在！”

“昨天！”她嫂嫂说，“什么时间，什么地点？”

“我们沿着荒原散步的时候，你告诉我喜欢上哪儿溜达就上哪儿溜达去吧，可你却和希思克利夫先生一起逍遥去了！”

“你说我粗暴，就指的这个？”凯瑟琳一边说一边笑了起来，“这并不是说嫌你在一起多余；你是不是和我们在一起；我们并不在意；我不过是想到，希思克利夫说的话，你听着不见得有什么兴趣就是了。”

“啊，不是，”年轻小姐哭了起来，“你想让我躲开，因为你知道，我爱待在哪儿！”

“她是不是疯了？”林顿太太向我求救了，“我可以把我们的谈话再说一遍，伊莎贝拉，一字一句地；然后你可以指出来，哪一点能让你觉得有趣。”

“谈的什么，我并不在意，”她回答说，“我是想和——”

“对呀！”凯瑟琳看出来她不好意思把这句话说全。

“和他在一起，我不愿意老是让人打发走！”她接着说下去，情绪激动起来了。“你就是卧在牛槽里的狗[1]，凯茜，一心只愿意人家除了你之外谁也不爱！”

“你真是个胡说八道的淘气鬼！”林顿太太吃了一惊大声嚷道，“但是我不相信这种傻话！你竟然会痴心妄想得到希思克利夫的爱慕，会把他当作一个随和好处的人，这是不可能的！但愿我是误会了你的意思吧，伊莎贝拉？”

“没有，你没误会，”那个鬼迷心窍的姑娘回答说，“我爱他超过你爱埃德加，你如果让，他也会爱我！”

“那么，给我一个王国，我也不愿意是你！”凯瑟琳语气很重地说——而且她像是认真说的，“奈丽，帮着我说说她，让她信服她是疯了。告诉她希思克利夫是怎么一个人——一个尚未归化的野蛮人，没有教养——没有开化；是遍地常青棘和暗色岩的蛮荒之地。我要是劝你把心交给他，那就像要我在冬天把那只小金丝雀放到林苑里去一样！可叹你对他的脾气一无所知，仅只由于这个，孩子，而不是别的，才让你的脑袋里出现那种梦想。你可别幻想，以为在他那严峻的外表下面隐藏着深厚的仁慈和情义！他并不是一块还没雕凿的钻石——不是一个表面粗糙、内含珍珠的牡蛎；他是一个凶狠、无情、野狼似的人。我从来不对他这样说：‘饶了这个或那个仇人吧，因为你伤害他们就是你气量狭小，心肠狠毒’，我总是说：‘饶了他们吧，因为我不愿意他们受到谁的伤害。’他会毁了你，就像砸碎一个麻雀蛋一样，伊莎贝拉，要是他觉得你成了一个烦人的负担的话。我知道，他不会爱林顿家的任何人，可是他还是可以娶你——娶你的财产，娶你有希望继承的财产。他越来越贪婪，那东西成了死死缠住他的一种罪恶。这就是我给他画的一张像；而且我

① 据《伊索寓言》，一条狗卧在装满草的牛槽里，牛饿了来吃草，它就对牛狂吠，不让牛吃。牛就咒骂这个自己不吃草，又不让人家吃草的坏东西。

是他的朋友——正因为这样，如果他真心想要抓住你，我也许更会一声不吭，让你落进他的陷阱里去。”

林顿小姐愤恨地瞪着她嫂嫂。

“真不要脸！真不要脸！”她怒气冲冲地反复叫嚷，“你比二十个敌人还要坏，你这个恶毒的朋友！”

“好哇，那么你是不相信我啦？”凯瑟琳说，“你以为，我是出于自私自利没有好心眼儿才这么说的？”

“我肯定你就是，”伊莎贝拉回她一句，“你让我直打哆嗦！”

“好哇！”另一位也喊起来，“你要是有那个胆量，就自个儿去试试看；我已经尽了力量，你既是这么傲慢无礼，目中无人，我就不跟你争论啦。”

“我还得为她这种只顾自己不顾别人去受罪！”伊莎贝拉在林顿太太离开屋子的时候抽抽搭搭地说，“所有的人，所有的人都反对我；她毁了我唯一的安慰。可是她这是说谎话，是不是？希思克利夫先生并不是个恶魔；他的骨子里是值得尊敬的，是真诚的，要不，他怎么还能记着她呢？”

“把他从你心里赶走吧，小姐，”我说，“他是一只不吉祥的老鸹，配不上你。林顿太太的话说得很强硬，可是我反驳不了她。她比我，比任何别的人，都更了解他的心；而且她决不会把他形容得比他实际上还坏的。光明磊落的人是不会隐瞒自己的所作所为的。他都是怎么过来着？他都是怎么发的财？他干吗要住在呼啸山庄，住在他憎恨的那个人家里？他们说，打从他来了，恩肖先生越来越糟糕了。他们在一起通宵通宵地连着熬夜；恩肖先生一直在靠典地借钱，他什么也不干，就是赌钱，喝酒，我一个星期以前才听说，是约瑟夫告诉我的——我在吉默顿遇见他了。”

“‘奈丽，’他说，‘俺们立马就要有个验尸官来给俺们家验尸啦。

他们当中有一个差点儿把一个手指头让人给砍掉了，因为他要挡住另外一个人，不让他像宰一头牛犊一样把自己给宰了。那就是俺家老爷，你知道，他真够格去受末日审判啦。他一点儿也不怕坐在大堂上的法官，管他是保罗，还是彼得，还是约翰，还是马太，他全都不怕！他挺喜欢，他就是想厚着脸皮对着他们！还有那个棒小子希思克利夫，你们瞅吧，他可真是难得！哪怕是魔鬼开的玩笑，他也能一样咧开大嘴哈哈大笑，绝不比别人差。他上田庄去的时候，就没提过他在俺这儿过得多么美？太阳落了山才起床，掷骰子，灌白兰地，下百叶窗，点上蜡烛，一直折腾到第二天大晌午——就这么个过法儿，然后这混蛋才诅咒发誓，骂骂咧咧，回自个儿屋，叫正经人听着害臊，赶快拿手指头塞着耳朵眼儿。可这无赖呀，喃，还能数清自己的钱，接着吃饱了，接着睡足了，接着又跑到邻居家去和那人家主子娘说长道短。自然，他会告诉凯瑟琳那个女人，她爹的金子咋都跑进了他的口袋儿，她爹的儿子咋在大路上骑着马飞跑，这家伙还跑在前面来给他打开那一道道税卡门[①]。’得啦，林顿小姐，约瑟夫是个老坏蛋，可并不是个撒谎的家伙；如果他数落的希思克利夫的所作所为是真的，那么你决不会想要这样一个丈夫吧，是不是？”

“你和别人都串通一气了，埃伦！”她回答说，“我可不听你那些造谣污蔑，你们居心多么歹毒，硬是想要我相信，世界上根本没有幸福！”

如果让她自个儿待着去，她到底是会断了她这种胡思乱想，还是会不断地坚持和发展这些想法，我可说不上来；她并没有什么时间多去琢磨。第二天，附近小镇上举行治安推事[②]会审，老爷一定得

---

① 见《新约·马太福音》第7章第13节：“你们要进窄门，因为引到灭亡，那门是宽的，路是大的，进去的人也多。”此处指希思克利夫在加速欣德利的死亡。

② 这是一种义务性职务，司协助司法部门审理案件，多由地方上有声望的人士担任。

出席；希思克利夫得知他不在家，就来拜访，比平常早了很多。

凯瑟琳和伊莎贝拉坐在藏书室里，彼此都还憋着一肚子火气，可是谁也不吭声：伊莎贝拉想到自己最近不够谨慎，而且一时兴起大发脾气泄露了自己的感情秘密，有些惶恐不安；凯瑟琳经过深思熟虑，觉得小姑子确实得罪了自己；而且打算好如果下次再要嘲笑她的荒唐，就要让她懂得对她来说，这并不是什么好笑的事情。

等她看到希思克利夫在窗前走过，就真笑起来了。我那时候正在打扫壁炉，注意到她嘴边挂着一种不怀好意的笑，伊莎贝拉一心一意在想心事，或是在看书，直到门开了还坐在那儿，这时要想躲开已经来不及了，如果来得及的话，她是会愿意躲开的。

"进来吧，来得正是时候！"太太高兴地喊道，把一把椅子拉到壁炉前面。"这儿这两个人刚好非常需要再来个人把她们之间的冰块给化开呢，你正是我们俩都会选中的那个人。希思克利夫，我终于可以得意地让你看到，有个人比我还要更疯狂地爱你呢。我希望你会感到不胜荣幸——不，不是奈丽。别盯着她！我那位可怜巴巴的小姑子对你的身体和精神之美冥思苦想连心都碎了。凭你自己的能耐，你完全能作埃德加的妹夫！别价，别价，伊莎贝拉，你不能跑！"这时候那个不知如何是好的姑娘，已经气愤地站起来了，凯瑟琳一把抓住她，假装在开玩笑，又继续说下去。"我们俩像两只猫似的，为了你，希思克利夫，争吵起来了；我们大谈其忠诚和爱慕，可是我已经一败涂地了；而且人家还告诉我，只要我规规矩矩闪在一旁，那么我的情敌，正像她所想的，就会一箭射中你的心灵，永远占有你；把我的影子赶走，永远给忘掉！"

"凯瑟琳，"伊莎贝拉说，她显出自己的尊严，不屑于扭来扭去地去挣脱紧紧抓住她的那只手。"只要你说实话，别血口喷人——哪怕是开开玩笑——我就会感激你了！希思克利夫先生，劳你的驾叫你的这位朋友放开我吧——她忘了，你我并不是老熟人，而且她觉得好玩的事儿，对我可是说不出来的难受。”

那位客人一句话也没回答，只是坐了下来，至于她对他怀有什么样的感情，看来他是根本无动于衷，这样她就只好回过头来，低声恳求那个折磨她的人把她饶了。

“绝对不行！”林顿太太大声回答，“我可不愿意再让人家叫作卧在牛槽里的狗啦。哼，你一定得留下！希思克利夫，你听了我说的这个喜信儿，怎么不显得高兴呀？伊莎贝拉赌咒发誓地说埃德加对我所有的爱，比起她对你所怀的爱，真是不值一提。我记得很清楚，她说过这样的话，不是吗，埃伦？自从前天散步回来，她就又伤心又生气，一直不肯吃东西，原因是我以为她不愿意和你交往，把她打发走了。”

“我看你是误解她了，”希思克利夫一边说，一边把椅子转过来对着她们。“不管怎么说，她现在就是想避免和我交往！”

他死死盯着他们谈论的那个目标，就好像盯着一个奇怪而又令人讨厌的动物，比如说，一条来自西印度群岛的蜈蚣，虽然它叫人讨厌，可是人们出于好奇，还是要仔细观察。

这可怜的人儿受不住啦；她脸上红一阵白一阵地变得飞快，眼睫毛都挂上了泪花，还用她那纤细的手指头使劲儿想掰开凯瑟琳牢牢抓着她的那只手。眼见她刚从胳臂上掰开了一根手指头，另一根又紧紧抠住了，怎么也没法把那五根手指头一齐掰开，她就用起自己的指甲来，那尖尖的指甲立刻给抓着她的那只手印上了几道红月牙儿。

“真是个母老虎！”林顿太太大叫一声，把她松开，疼得直甩手。“看在上帝的分上，滚开吧，把你那副泼妇的嘴脸蒙起来吧！当着他的面就舞弄起你那些爪子来，该是多蠢呀！难道你就想不出来，他会得出什么结论吗？瞧瞧吧，希思克利夫！这就是用来伤人的工具——你可得留神你的眼睛。”

“要是它们敢朝着我舞弄，我就把它们从她指头上掰下来，”他恶狠狠地回答说，这时她已经走了出去，门刚刚关上了。“不过你那种样子捉弄那个小东西，究竟是什么意思，凯茜？你刚才说的不是真的吧，是吗？”

“我向你保证都是真的，”她回答说，“她这几个星期一直在为你害相思病，人都想瘦了；今天早晨还就你说了一大堆痴心话，并且狗血喷头地骂了一通人，因为我把你的缺点老老实实地说了出来，为的是缓一缓她那仰慕劲儿。可是这种事你也不必再多管了。我本来也是希望惩罚她那种缺乏礼貌的态度，没有别的——我太喜欢她啦，我亲爱的希思克利夫，怎么能让你把她一把抓住，一口吞下去呢？”

“可我呢，太不喜欢她了，根本不会去想那个，”他说，“除非是鬼迷心窍。要是我整天光是和这样一副虚情假意、蜡人儿似的脸子厮守，你可就有好戏看啦：最简单平常的就是要不每天，要不隔上一天，在那副白脸儿上面抹上点彩虹的颜色，让那对蓝眼睛变青。她那对眼睛和林顿的一模一样，真是可恶。”

“真是可爱，”凯瑟琳说，“那是鸽子的眼睛——天使的眼睛！”

“她是她哥哥的继承人吧，是不是？”他停了一会儿又问道。

“想到这个，我真是抱歉，”他的同伴回答说，“看在老天的分上，会有六个侄儿来勾掉她的名分的！眼下，别想这件事情了——你对邻居家的财物盘算得太多了。别忘了，这家邻居的财物是我的。”

“如果它们成了我的，那还不是一样，”希思克利夫说，“不过，即便伊莎贝拉·林顿可能很傻，她也不像是发了疯，那么——干脆还是按你的主意，我们不提这件事了。”

口头上，他们的确没提这件事；而且凯瑟琳大有可能心里也没想。那另一位呢，我可以肯定，整个那个晚上常常想起这件事；每当林顿太太偶尔不在那间屋子里的时候，我都看见他在暗自发笑——还不如说是咬牙切齿地狞笑——随后就静静地想心事，使人感到是在出坏主意。

我决定要留神观察他的行动。我的心老是一成不变地先向着老爷那一边，而不是偏向凯瑟琳这一边；我以为这是有道理的，因为他和蔼善良，对人信任，而且正派体面；可她呢——不能说她是截然相反，不过她看起来是保留了那么多自行其是的余地，弄得我不大相信她的那一套，更不同情她那些感情。我希望发生点儿什么事情，结果会不声不响地让呼啸山庄和画眉田庄都摆脱希思克利夫先生，让我们还像他没来以前那样。他一次次地拜访，对我来说就是一连串的噩梦，而且我猜想对我家老爷也是这样。他住在呼啸山庄，就让人说不清道不明地感到憋闷。我觉得，上帝已经放弃了那只迷路的羊[①]，任它瞎走乱碰，而一只邪恶的野兽正在它和羊圈之间游来荡去，探头探脑，等待时机猛扑上去把它吃掉。

① 指堕落了的欣德利·恩肖。

第十一章

有时候我独自琢磨着这些事情，总是突然感到非常害怕，于是戴上帽子就走，想看看大家在庄子上怎么样了。我对着自己的良心说，正经告诉他别人是怎样议论他的所作所为的，是我的责任；随后我又回想起他那些根深蒂固的坏习性来，就又觉得没有希望让他改过自新，因此就又打怵再进这座败落的宅院，也不相信我的话真能让他理解。

有一次我到吉默顿去，故意绕道经过那座老大门。那大概是我的故事刚好讲到的那段时期——是一个晴朗寒冷的下午。地面上光秃秃的，路又干又硬。

我走到一块石碑旁边，大路在这里分岔，左边的一条路通向荒原。这是一根粗糙的沙石柱，北面刻着“呼·山”，东面刻着“吉”，西南面刻着“画·田”，这是座路标，标出到山庄、田庄和村子里去的方向。

太阳光黄黄的，照在石碑灰色的顶上，让人想起夏天来；我也说不出为什么突然有一种童年的感觉涌上心头。二十年前，欣德利和我曾经把这儿当作最好玩的地方。

我对着那块饱经风吹雨打的石头看了很长时间；弯下身去还看得出在靠最下面的地方有个小窟窿，里面还装着满满的蜗牛壳和石头子儿，我们以前就喜欢把一些比较容易毁坏的东西存放在那儿——这时候我好像又看见了我童年时代一起玩耍的那个小伙伴坐在枯草地上，他那黑黑方方的头向前探着，小手里抓着一块石板正在刨土，活灵活现就像真的一样。

“可怜的欣德利呀！”我不由自主地叫喊起来。

我吓了一跳——我自己长的眼睛竟然有那么一会儿，当真以为那个孩子抬着头死盯着我呢！一眨眼的工夫，他就不见了；但是我立刻就感到有一种怎么也止不住的渴望，要到山庄去一趟。迷信促使我依照这一阵心血来潮行事——我想，也许他是死了！——或者他马上就要死了！——也许这是一种死亡的兆头！

我越是走近那所宅子，我心里就越是着急：等到看得见它的时候，我的浑身上下直打哆嗦。那个鬼魂已经赶在我前面了；他站在那儿隔着大门向外看着。这是我看到一个头发乱蓬蓬，眼珠黄褐色的男孩儿把他那红彤彤的脸蛋儿贴在栏杆上的时候生出的第一个念头。我再一琢磨，猜到这必定是哈顿，我的哈顿，自从我离开他以后，这十个月来他的样子还没有大改。

“上帝保佑你，小宝贝儿！”我叫了一声，立刻把我那愚昧的恐惧忘了。“哈顿，我是奈丽——奈丽，你的保姆。”

他退到我胳臂够不着的地方，还拾起了一块很大的硬石头。

“我是来看你爸爸的，哈顿。”我又加了一句，从他这种举动，我猜想，就算他脑子里还记得奈丽，他也认不出我就是那个奈丽了。

他举起自己的武器准备使劲砍过来；我开始好言相劝，可是没能让他住手。石头打在我的帽子上，紧接着从这个小家伙的嘴里结结巴巴地吐出了一连串骂人的话，这些话不管他懂还是不懂，都像习惯了似的骂得语气很重，而且把他那稚气的小脸拧成一副吓人的恶相。

你可能会相信，他让我感到的首先不是气愤而是悲哀。我简直都要哭了，从口袋儿里拿出一个橘子，送过去向他讨好。

他犹豫了一下，随后一把从我手里抢走了，好像以为我不过是故意要逗逗他，让他失望。

我又拿出一个来给他看，不过让他够不着。

“谁教给你那些好听的话的，我的孩子，”我问他，“是教区牧师吗？”

“去他妈的牧师，还有你！把那给我！”他回答说。

“告诉咱们，你在哪儿念书，我就把它给你，”我说，“你的老师是谁？”

“鬼爹爹。”这是他的回答。

“你跟着爹爹学什么呢？”我接着问。

他跳起来够那个水果；我把它再举高一点。“他教你什么？”我问他。

“没什么，”他说，“就是叫我离他远远的——爹爹见不得我，因为我骂他。”

“哼！那个魔鬼教你骂爹爹呀？”我又问他。

“是——不是。”他拖着腔儿说。

“那么是谁呢？”

“希思克利夫。”

我问他喜欢不喜欢希思克利夫先生。

“喜欢！”他又回答。

我很想知道他喜欢希思克利夫先生的原因，可是只能凑起来这样几句话——“我不知道——爹咋对我，他就咋对爹——爹骂我，他就骂爹——他说，我爱咋样就咋样。”

“那么，牧师不教你读书写字吗？”我追问他。

“不，他告诉我，要是牧师迈进这道门——就得把他的——牙打得掉进——肚子里——希思克利夫担过保要那么干！”

我把橘子放在他手上，嘱咐他去告诉他父亲，一个女的，名叫奈丽·迪恩，在花园门口等着，有话要和他说。

他从人行道上走进了屋子；可是出现在门前石头台阶上的是希思克利夫，不是欣德利，我立刻转过身来，沿着大路拼命跑，不住脚地一直跑到路标那儿，就好像召来了一个妖怪似的，感到非常害怕。

这和伊莎贝拉小姐的那件事儿关系并不大，只不过是让我进一步下定决心要小心提防，尽我最大的努力去阻止那种恶劣影响，不让它侵入画眉田庄，甚至不惜让林顿太太扫兴，引起家庭风波。

希思克利夫下一次来的时候，我家小姐正好在院子里喂鸽子。她一连三天都没和她嫂子说过一句话；不过她同样也不再心烦意乱地瞎诉苦抱怨，所以我们都大大放下心来。

我知道，希思克利夫对林顿小姐一向都是决不表示一点点不必要的礼貌的。这时候他一看见她，首先一个小心提防的举动就是对宅子的前脸儿急忙扫了一眼。我当时正站在厨房的窗户跟前，不过我闪开了，没让他看见，接着他就跨过便道向她走去，还说了些什么；她好像很窘，想要走开；他不让她走，一手抓住了她的胳臂：她把脸背过去；他显然是问了什么话，正是她不愿意回答的。他又向宅子急速看了一眼，以为没有人看见他，那个无赖真是胆大妄为，一把把她抱在了怀里。

“犹大[①]！背信弃义的家伙！”我高声叫嚷，“你还是个伪君子，是不是？一个存心捣鬼的骗子。”

“谁是呀，奈丽？”凯瑟琳的声音就在我近旁——我刚才正聚精会神看着外面那一对，没注意到她进来了。

“你那个一钱不值的朋友！”我激动地说，“那边那个偷偷溜进

① 犹大为耶稣的十二门徒之一，因贪财出卖耶稣，致使耶稣被钉死在十字架上。

来的流氓——啊，他瞅见我们啦——他进来啦！不知道他会怎么花言巧语地找托词，一边对你说他恨小姐，一边又向她求爱？”

林顿太太看见伊莎贝拉挣脱了身子，跑进花园里去了；过了一会儿，希思克利夫开了门。

我简直忍耐不住想把我的愤恨发泄一通，可是凯瑟琳却怒冲冲地硬要我保持沉默，还威胁说，如果我胆敢自以为是地胡乱插嘴，就要下令把我赶出厨房。

“听你说话，人家还以为你是女主人呢！”她大声嚷道，“你应该上你该去的地方待着！希思克利夫，你是怎么回事儿，捅这种乱子？我说过，千万别去理伊莎贝拉！——我请你这样做，除非你是腻烦了，不愿在这儿让人当客人待，希望林顿给你吃闭门羹！”

“上帝保佑，别让他来这一手！”这个恶棍回答说——我当时真讨厌他，“愿上帝让他乖乖忍着吧！我一天比一天更疯狂地巴望着送他上西天呢！”

“嘘！”凯瑟琳一边说，一边关上了里屋的门。“别惹我生气。你为什么对我的要求不理不睬？她是故意迎上你的吗？”

“这碍你什么事？”他咆哮起来，“我有权利亲她，只要她喜欢就成，你没有权利反对——我又不是你的丈夫，你也不用为我吃醋！”

“我并不是为你吃醋，”太太回答说，“我是为你留神。展开你的眉头，不用恶狠狠地瞪着我！如果你喜欢伊莎贝拉，你可以娶她。不过，你喜欢她吗？说实话，希思克利夫！是啦，你不愿意回答。我肯定你并不喜欢！”

“还有，林顿先生会同意他妹妹嫁给那个人吗？”我问道。

“林顿先生应该会同意的。”我家太太斩钉截铁地回答说。

“他大可不必操这份心，”希思克利夫说，“不用他赞成，我也照样办得到——至于你嘛，凯瑟琳，既然我们现在谈到这儿了，我倒有意和你说几句话——我希望你心里弄明白，我知道你对待我一直是世间少有的残酷——世间少有的残酷！你听见了吗？如果你自以为我没有觉察到，那你就是个傻瓜——而且如果你以为，几句甜言蜜语，就能把我安抚下来，那你就是个白痴——如果你妄想我有仇不报，那我就要让你相信，事情正好相反，而且也就只消再等一小会儿！同时，我还得谢谢你把你那位小姑子的心事告诉了我——我发誓一定要充分利用这一点——你就一边站着去吧！”

“你性格这又变到了什么新阶段呢？”林顿太太大惊失色高声问道，“我对待你世间少有的残酷——而且你还要来报仇！你要怎么样报仇呢，你这个忘恩负义的畜生？我对待你是怎么样世间少有的残酷的呢？”

“我并不要找你报仇，”希思克利夫回答说，气焰不那么嚣张了。“这并不是我的计划——暴君残酷蹂躏他的奴隶，可他们并不起来反抗他，反而欺压他们下面的人——你可以凭你的高兴，随意把我折磨到死，可是得允许我用同样的方式也让我自己高兴高兴——并且你要尽可能别侮辱我。既然你已经把我的宫殿夷为平地了，就别搭一间小茅草棚，还要扬扬得意地夸奖自己乐善好施，把它赏给我当作家。要是我真以为你是诚心希望我娶伊莎贝拉，那我就砍掉自己的脑袋！”

“哎哟，糟就糟在我并不吃醋，对吧？”凯瑟琳大声说，“好吧，以后我再也不会给你做媒了——这就像把一个迷途的人送给撒旦[①]一样糟糕——你最大的幸福，同撒旦的一样，就是让别人受苦受难——你自己证明了这一点——你刚一来的时候，埃德加曾经发过脾气，现在他已经让步，气也消了，我也就放心了，平静下来；

① 基督教中的魔鬼。

可你呢，知道我们平平安安的就坐卧不宁，看来是一心要找碴儿争吵——请便吧，希思克利夫，和埃德加争吵吧，还要诓骗他妹妹；你会想出一个不偏不差最有效的办法，把你自己的仇报在我身上。”

谈话打住了——林顿太太在炉火边上坐下来，脸上通红，闷闷不乐。她摆出来的那副神气越来越难以控制：她放也放不下，管也管不住；他呢，站在炉火前面，交叉着双臂，心里盘算着坏主意。就是在这种情况下，我离开了他们去找老爷，他当时正在纳闷，是什么事情让凯瑟琳在楼下待了那么长时间。

“埃伦，”他见我进门就叫我，“你看见太太了吗？”

“看见了，老爷，她在厨房里，”我回答说，“她为希思克利夫先生的行为生气极了；而且我的确在想，现在是该把他按另一种关系的客人来对待的时候了。太温和了反倒有害，而且现在就到了这种——”随后我就讲了在院子里出现的情景，并且鼓起勇气尽量把以后发生的那场争吵和盘托出。我心里盘算着，这对林顿太太不会有多大的害处，除非她接着袒护她那位客人的态度，那就是她自作自受了。

埃德加·林顿强自按捺才把我的话听完——他开头的几句话就透露出，他并没有为自己的太太开脱罪责。

“这真叫人难以忍受！”他大声嚷道，“她还把他当作朋友，还硬要我和他来往，真丢人现眼！到大厅外去给我叫两个人来，埃伦——凯瑟琳不能和这个下贱的流氓再费唇舌了——我已经对她迁就得够了。”

他走下楼去，让仆人在楼道里等着，只由我在后面跟着，到了厨房。那里的那两个人又在气冲冲地争辩；至少林顿太太打叠起精神又在痛骂；希思克利夫已经到窗边去了，耷拉着脑袋，看样子是挨了她狠狠的一顿责骂，有点泄气了。

他先瞧见了老爷，匆忙做了一个手势，让她别再吱声啦；她一弄清他暗示她的原因，一下子就闭上了嘴。

“这是怎么啦？”林顿朝着她问道，“那个坏蛋对你说出那种话来，你还留在这里不走，成何体统？我想，这是因为他的谈吐一向如此，所以你觉得无所谓——你对他那套下流腔已经习以为常了，也许还以为我也能看得惯吧！”

“你一直在门后偷听来着吗，埃德加？”太太问道，还特别故意用了一种能惹恼她丈夫的腔调，对他那激动的态度不但满不在乎，而且还带着轻视。

希思克利夫原先在老爷说话的时候还抬头看了看，现在听太太这么一说，就轻蔑地冷笑了一声，好像是故意要把林顿先生的注意力吸引到他身上。

这一点他做到了；但是埃德加并没想对他大动什么肝火。“我直至目前对你一再容忍，先生，”他不动声色地说，“并不是对你卑鄙下流的品性一无所知，不过我过去觉得，这一点不能由你承担全部责任；再说凯瑟琳又希望继续和你保持来往，所以我也就容忍了——真是愚蠢可笑。你到这里来成了一种道德上的毒素，最有道德的人都会给玷污——为了这个原因，也为了防止更恶劣的后果，从今以后我不允许你再登我家的大门，并且现在就正告你，请你马上离开。如果3分钟之内还不肯走，那么事情就变成不是自愿的问题，并且不大光彩了。”

希思克利夫用满含揶揄的眼光把说话的人浑身上下打量了一番。

“凯茜，你的这头小羊羔倒像公牛似的吓唬起人来啦！”他说，“它的脑袋撞在我的拳头上，可就有粉碎的危险了。我的老天，林顿先生，我真可惜得要命，你竟然是不堪一击的！”

我家老爷朝过道那边瞟了一眼，又打手势叫我去把仆人叫来——他并没想一对一去冒险拼搏一场。

我遵照他的暗示行事；可是林顿太太起了疑心，跟上我了。我正要召唤他们的时候，她把我拖回去，砰的一下关上门，并且还锁上了。

“公平合理的办法！”她对她丈夫那种又惊又气的神色回了这样一句，“如果你没有胆量去揍他，那么就赔个礼，道个歉，要不就让你自己挨顿揍。这也可以教训教训你，没有那么大能耐就别充英雄好汉。不行，我就是把这把钥匙吞进肚子里去，也决不让你拿去！我对你们每个人都是一片好心，得到的是这样让人高兴的回报！一个是懦弱无能，一个是凶恶粗暴，我对你们向来都是迁就纵容，得到的感谢却是两种式样的不识好歹，真是愚蠢得荒谬可笑！埃德加，我刚才是在维护你和你的一切，你胆敢用坏心眼儿来想我，我真希望希思克利夫能用鞭子狠狠抽你一顿！”

根本用不着通过鞭子抽，就能对老爷产生那种效果。他想从凯瑟琳手里把钥匙夺过来，她为了保险，就把它扔进炉子里火最旺的地方去了。这一下埃德加先生给弄得浑身抽搐，直打哆嗦，他的脸色也变得惨白。他拼命遮掩也摆脱不了那种激动的情绪——痛苦和屈辱交织在一起，完全把他压倒了。他弓身靠在椅背上，蒙着脸。

“啊！天哪！要是在老辈子，你这样就可以赢得骑士的称号了！”林顿太太叫嚷道，“咱们可给镇住了！咱们可给镇住了！希思克利夫只要朝着你伸出一根手指头，那就会像国王指挥他的军队去攻打一窝老鼠一样。打起精神来吧，没有人要伤你！你这号人还算不上羊羔儿，是一只还在吃奶的野兔崽子。”

“我希望你喜欢这个没有血性的胆小鬼，凯茜！”她那位朋友说，“我佩服你的眼光。你甩了我，相中的就是这样一个摇尾乞怜，哆哆嗦嗦的东西！我都不愿用拳头揍他，[①]踢他两脚让我高兴高兴倒还可以。他是在哭，还是吓昏了？”

这家伙走了过去，把林顿依着的那把椅子推了一把。可惜他站得近了一点；我家老爷忽地一下直挺挺地站了起来，照准他的脖子底下狠狠地打了一拳，要是一个轻巧点的人，早就给打倒了。

他过了一会儿才喘过气来，就在他还闭住气的那一会儿，林顿先生从后门走到院子里去了，又从那儿走到了前面的正门。

“得啦，你再也别打算上这儿来啦，”凯瑟琳大叫道，“现在马上走——他就要带一对手枪，半打帮手回来啦。如果他当真偷听了咱们的话，他决不会饶你的。你可把我害苦了，希思克利夫！不过，走吧——赶快！我宁愿看到是埃德加走投无路，而不是你。”

“你以为，吃他那一拳，嗓子眼儿火烧火燎的，我就能善罢甘休？”他暴跳如雷，“我指着地狱发誓，我决不能！我不把他的肋条骨像榛子壳似的砸个粉碎，就不会走出这个家门！如果我现在不把他打倒在地，总有一天我会要了他的命！不过，既然你爱惜他那条命，就让我揍他一顿吧。”

“他不会来啦，”我插了一句，故意编了个小小的谎话。“那儿有个马车夫，还有两个花匠；你肯定不用等就会让他们给推到大路上去！他们每人手里都攥着一根大头棒，老爷好像就在客厅的窗户里盯着，看他们执行他的命令呢。”

花匠和马车夫是在那儿，不过林顿也和他们在一起。他们已经进了院子——希思克利夫转念一想，决心不去和他那三个下人交手；他抓起一根拨火棍，把里面的门锁砸开，等他们迈着沉重的脚步走进来的时候，他已经溜之大吉啦。

① 按当时英国风习，拳头对拳头才是绅士行为。

林顿太太心情激动，让我陪她到楼上去，她不知道造成这场乱子也有我一份，所以我就非常希望她继续蒙在鼓里。

“我差不多就要神经错乱了，奈丽，”她一边喊着，一边倒在沙发上。“我脑子里有一千把大铁锤在敲打！告诉伊莎贝拉躲我远点儿——这场吵闹都是她引起来的；如果她，或者别的什么人，现在要在我气头上再加把油，我就要发疯了。另外，奈丽，如果你今晚上再见到埃德加，就告诉他，我有要得重病的危险——我希望真会这样。他吓得我，害得我好苦呀！我也要吓吓他。还有，他也许会来骂一阵，或者抱怨一阵，我肯定会还嘴，那就只有天知道，我们会闹到什么田地啦！你会这样对他说吗，我的好奈丽？你都清楚，这件事一点也不能怪我。他着了什么魔要偷听呀？你离开我们以后，希思克利夫说的都是些混账话；不过我本来马上就可以让他把伊莎贝拉抛开的，那样一来别的事就无所谓了。唉，就因为这个傻瓜一心想听关于他自己的坏话——这种话就像小妖精似的缠住某些人不放——现在一切都弄糟了！要是埃德加根本没听见我们谈的话，那对他也决不会有什么更坏的。本来我为了他已经把希思克利夫大骂了一顿，嗓子都骂哑了，可是他却不问青红皂白用那种挺不高兴的腔调跟我嚷开了，这时候我也就不大在意他们俩相互会怎么样了；特别是因为我感觉到，不管这一出怎么收场，我们大家都要给拆散了，谁也不知道要分开多长久！好吧，要是我不能让希思克利夫继续做我的朋友——要是埃德加还要小气、吃醋——那么我就要先让自己心碎，来让他们也都心碎。等我给逼上了绝路的时候，那就是了结一切最干脆的办法！不过要等到绝对没有指望的时候才走这一步——我不会让林顿完全出乎意料的。到现在为止，他一直都很小心，生怕把我惹火了；你跟他讲明白，不按原来的办法做会招来祸害，提醒他；我性子火暴，一点就着——我希望你收起你那满脸漠不关心的神气，显得为我着急一点！”

我用一种浑浑噩噩的样子听着她这些指示，这样子当然叫她有些恼怒，因为她是真正一本正经地向我交代的；不过我相信，一个人如果能够事先就算计好了要利用机会发作一通，那么即使真是心头冒火，也可以运用自己的意志力，设法适当控制住自己；再说我也不愿意像她说的那样去“吓唬”她的丈夫，为了迎合她的自私自利，再给他那些烦恼火上加油。

正因如此，碰见老爷向客厅走过来的时候，我什么也没有说，反而擅自转过身来偷听，看他们是不是又接着相互争吵。

他首先说了这样的话：

“待在那儿别动吧，凯瑟琳，”他说的语声心平气和，只是满含悲悲切切无可奈何的腔调，“我只待一会儿。我既不是来争吵，也不是来和解的，不过我可是希望弄清楚，今天晚上出了这些事情，你是不是打算把这种亲密的关系继续和那个……”

“啊，请发发慈悲吧，”我家太太一边打断了他的话，一边跺脚，“请发发慈悲吧，让我们现在再也别提这件事啦！你那身冷血是没法热起来的——你血管里满是冰水——可是我血管里的却滚烫，而且看到你那副冷冰冰的模样，我的血就翻腾得更加厉害了。”

“要想让我走——请回答我的问题，”林顿先生坚决不让步，“你一定得回答；再说，用那种横暴手段也吓不住我。我已经懂得了，只要你高兴，你可以和任何人一样克己平和。从今以后，你是放弃希思克利夫，还是放弃我？你同时既做我的朋友，又做他的朋友，是不可能的；我坚决要求知道，你究竟选择哪一个。”

“我要求别打扰我！”凯瑟琳怒不可遏地高声叫喊，“我严正要求，难道你没看见，我连站都站不住了吗？埃德加，你——你躲开我！”

她打起铃来，直到当地一声把铃打破。我慢慢腾腾地走了进去。哪怕就是磨炼圣人的脾气，这也够呛：那样丧失理性，不顾死活地乱发脾气！她躺在那儿，把自己的头往沙发扶手上撞，还使劲地咬牙切齿，这样让你以为她当真会把牙咬碎了呢！

林顿先生站在那里看着她，突然之间觉得又是悔恨又是害怕，他告诉我去拿点水来。这时候凯瑟琳气喘吁吁连话也说不出来了。

我端来满满一杯水，因为她不喝，我就把水洒在她脸上。一会儿工夫，她伸开手脚直挺挺地仰面躺在那儿，翻起了白眼，脸上立刻变得白里透青，像是死了的样子。

林顿看起来是吓坏了。

“这没有什么了不起的。”我悄悄说了一句。我不愿意他屈服让步，虽然那时候我也不由得暗暗害怕起来。

“她嘴唇上有血呢。”他颤颤巍巍地说。

“没关系！”我很刻薄地回了一句。我还告诉他，在他进来之前，她怎样算计好了要做出发一通疯的样子来。

我不小心，说这话的声音很大，她都听见了，因此她一下跳了起来——披头散发，眼睛冒火，脖子上和胳臂上的肉不知怎么回事都鼓起来了。我硬着头皮做好了至少会让她弄断几根骨头的准备；可是她只是朝四下里瞅了一下，随后就冲出屋子去了。

老爷吩咐我紧随着她，我就跟到了她卧房的门口。她关上门不让我进。

第二天早晨她一直不肯下来吃早饭，我就去问她要不要送点上去。

“不要！”她斩钉截铁地回绝了。

吃午饭和茶点的时候，还有第三天早晨，我又照旧去问她，得到的还是一样的答复。

再说林顿先生吧，他把时间都花在了藏书室里，他太太在干些什么，他一概不闻不问。伊莎贝拉和他碰面谈了一个钟头，他努力想从她那儿探听出她对希思克利夫的追求有些害怕的意思，可是她回答得含含糊糊，让人什么也听不出来，不得已他只好很不满意地结束了这次考问；不过他加了这样一个郑重其事的警告：如果她鬼迷心窍竟然要给这个不值一提的求婚人以希望，那么他和她兄妹之间的一切关系也就要一刀两断了。

第十二章

林顿小姐在林苑里和花园里游荡的时候，总是一言不发，还几乎总是以泪洗面；而她哥哥则自己埋在书堆里，可是一本书也没打开过——我猜一直是在心神不宁地隐隐约约期望着凯瑟琳会悔恨自己的所作所为，自动前来请求宽恕，争取和好如初；而她却是毫不动摇地坚持绝食，很有可能是出于这样的想法；每次吃饭的时候，埃德加一看到她的座位空空如也就难以下咽，只是碍于自尊心才没有奔过去投在她的脚下；我还是照常料理我的家务，相信在这画眉田庄的四面墙壁之内只有一个灵魂独醒，这个灵魂就寓于我的躯体之内。

我没有花时间和精力去安慰小姐，也没去规劝太太，也不去关心老爷的长吁短叹，他听不见他太太的声音，就渴望听到别人提起她的名字。

我下定决心，要等到他们自己回心转意来理我；虽然这个阶段慢慢腾腾地叫人心烦，最后还是像我当初所想的那样，我高兴地看出这当中透出了一线微弱的曙光。

林顿太太在第三天打开了她的门闩，还把她罐子里和瓶子里的水都喝光了，想把水重新灌上，并且还要一盆稀粥，因为她以为她快要死了。我把她这句话看作是说给埃德加听的；我并不相信会有这种事，所以自己听罢就算了，只给她送了点茶和没涂黄油的烤面包片。

她狼吞虎咽地又吃又喝，然后又缩回到被枕当中，攥紧双手，唉声叹气。

“唉，我要死了，”她高声叫嚷，“因为谁都一点儿也不关心我呀。我要是不吃东西才好呢。”

过了好一会儿，我又听见她在那儿嘟囔：“不，我不死——死了他才高兴呢——他一点儿也不爱我——他才不会想念我呢！”

“你想要点什么吗，太太？”我一边问她，一边还是尽量保持我表面上的镇静，尽管她脸色吓人，举动乖张不同寻常。

“那个冷酷无情的家伙在干什么？”她厉声问道，把乱作一团的浓密鬈发从憔悴不安的脸上推开。“他是得了昏睡病，还是死啦？”

“都不是，”我回答，“如果你指的是林顿先生的话。我觉得，他身体还算不错，就是念书不该占的时间太多。他一天到晚埋在书堆里，因为他没有别人说话。”

如果我早知道她真正的状况，我就不会这么说了，可是我摆脱不了这样一个想法：她的这种反常一部分是故意做出来的。

“埋头在书堆里！”她惊慌失措地大声叫喊，“可我都要死了！我到了坟边上啦！天哪！他知道我变成什么样儿了吗？”她一边从挂在对面墙上的镜子里看着自己的脸，一边接着往下说。“那就是凯瑟琳·林顿吗？也许他还以为我是在怄气——闹着玩儿吧。难道你就不能去正经告诉他，这是千真万确一点不假的吗？奈丽，如果时间还不是太晚，那么我一知道他是在怎么想，就可以作出决定——要么立刻饿死，除非他还有良心，不然也惩罚不了他——要么就养好病，离开这一带地方。你刚才讲到他的那些话可是真的？你可得慎重。他对我是死是活真是那样一点也不关心吗？”

“嗯，太太，”我回答，“老爷根本不知道你要神经错乱了呀；还有，当然，他并不担心你会让自己饿死。”

“你觉得他不会吗？难道你不能告诉他我会吗？”她回了一句，“劝劝他去——说是你自己的心里话——说你相信我会。”

“不，你忘了，林顿太太，”我提醒她，“今儿晚上你还津津有味地吃过一些东西呢，明天你就会觉得，这些东西很有好处。”

“只要我能断定，这会要了他的命，”她打断了我的话，“那我立刻就自杀！这三个夜晚真可怕，我连眼皮都没有合一下——嗯，哎哟，我一直在忍受煎熬呀！我是给鬼怪缠住了呀，奈丽！不过我现在开始乱想，你并不喜欢我。多奇怪呀！我本来以为，尽管每个人都互相仇恨，互相藐视，可是谁都没法不爱我——可现在呢，不过几个钟头，他们就全都变成冤家对头了。我完全肯定，他们，这里的这些人全都变了。临死的时候，周围全是些冷若冰霜的脸子，多么丧气啊！伊莎贝拉是吓破了胆，心里别扭，怕进这间屋子。看着凯瑟琳一命归阴，多么叫人害怕呀。而埃德加呢，一本正经地站在那儿，看着事情了结，然后就祈祷感谢上帝让他家里恢复了安宁，而且又可以回到他的书堆里去啦！我都要死了的时候，他究竟还要摆弄那些书干什么呀？”

我往她头脑里灌输林顿先生就是那么个逆来顺受、听天由命的人，可这种想法她就是接受不了。她在床上翻来覆去，渐渐从起初的焦躁、迷糊变成了疯狂，她先用牙撕咬枕头，然后又火烧火燎地猛然撑起身子，要我去把窗户打开，那时候正是严冬，东北风[①]刮得很凶，所以我没听她的话。

她脸上闪过的一阵阵表情，以及她情绪上发生的一阵阵变化，都叫我越来越害怕，让我回想起她从前的病，还有医生的嘱咐：不要让她受到顶撞。

刚才她还在使劲折腾，这时候她撑起一只胳臂，根本没有注意我没有听从她的话，好像找到了一种孩子气的消遣办法，从她刚才在枕头上撕开的裂缝里把羽毛扯出来，并且按照羽毛的不同品种，把它们分门别类地摆在床单上：她的心思已经转到一些别的事情上去了。

"那是根火鸡毛，"她轻声地自言自语，"这是根野鸭毛；这又是根鸽子毛。哎哟，他们把鸽子毛放进枕头里啦——难怪我死不了呀[②]！我得小心，躺下的时候要先把它扔到地上去。这儿还有根赤松鸡毛；还有这根——哪怕有一千种，我也认得出来！——它是根凤头麦鸡毛。漂亮的鸟儿；在荒野中间，在我们头顶上盘旋。它想回到自己的巢里去，因为云层已经压到那些小山头上了，它已经感觉到雨就要来了。这根羽毛是从荒野上捡来的，那只鸟并没给打死——我们在冬天还见过它的巢呢，里面尽是些小骨头架子。希思克利夫在鸟巢上面安了个捕鸟的机关，那些老鸟就不敢飞过来了。我让他答应我，以后决不用枪打凤头麦鸡，他就没打了。是呀，这儿还有一些呢！他用枪打过我的凤头麦鸡吗，奈丽？它们的羽毛是红的吗？其中有红的吗？让我看看。"

---

① 按英国的地理位置，东北风来自西伯利亚寒流，因此为冷风。

② 旧时英国习俗：在临危病人床上放一小袋鸽子毛，据说可使病人灵魂无法脱离躯体，一直处于弥留状态，直到亲人到达见面后再撤去鸽子毛，病人才会撒手尘寰。相反，如病人辗转床榻，求死不得，则常从疑有鸽子毛的床上抬下来，以便病人安然逝去。

“别耍那种孩子气的玩意儿了吧！”我打断她的话，把枕头拽走，把那些窟窿压在床垫上，因为她把塞在里面的毛一把把地往外掏，“躺下，闭上眼睛，你烧糊涂啦。把这儿弄得乱七八糟！绒毛像下雪似的到处飞！”

我东跑西窜地把它们一点点收拾起来。

“我从你身上看到了一个老婆子，”她说梦话似的又讲起来，“你一头白发，弯肩驼背。这张床就是彭尼斯顿山崖下的那座精灵洞[①]，你在敛石头箭头，要射我们的那些小母牛；因为我就在旁边，所以你假装捡的是一绺一绺的羊毛。再过五十年，你就会变成那副模样了，我知道，你现在还没有那样。我才没烧糊涂呢，你弄错了，要不然，我就会以为，你真成了那个干瘪的老妖婆啦；我还会以为，我就在彭尼斯顿山崖下面呢。我也清清楚楚地知道，这是夜晚，桌子上有两支蜡，把那个黑衣柜照得像墨玉一样闪闪发光。”

“黑衣柜？在哪儿？”我问她，“你这是睡着觉说梦话呢。”

“它靠着墙，就和从前一样呀，”她回答，“看来也的确很奇怪——我看见里面还有一个人脸呢！”

“这屋子里没有什么衣柜，从来都没有。”我一边说，一边重又坐下来，并且把帐子箍好吊起来，好能够看住她。

“你看不见那个人脸吗？”她问我，还死死地瞪着那面镜子。

不管我说什么，也没法让她懂得，那就是她自己的脸；于是我站起来，拿披肩遮在镜子上。

“它还在那后面呢！”她着急地说，“而且它还在动呢。它是谁呀？我希望，等你走了，它也不会出来！哎呀，奈丽，这屋子闹鬼呀！我可不敢一个人待在这儿！”

我把她的一只手攥在我手里，叫她镇静下来，因为一阵阵冷战

---

① 此为作者住宅附近一座山崖下的洞穴，当时一般人相信洞穴中住有精灵。

让她全身打战，而且她还一直瞪着眼睛朝镜子那儿瞧。

“那儿没有人！”我一个劲儿对她说，“那是你自己，林顿太太；你刚才还是知道的呀。”

“我自己，”她倒吸了一口气，“还有，钟敲了十二下！那么，这是真的啦；真吓人呀！”

她用手指抓起衣服乱挡在自己的眼睛上。我正要悄悄溜到门口，打算去把她丈夫叫来，可是一下声嘶力竭的尖叫又把我喊了回来，原来是披肩从镜框上掉下来了。

“哎，究竟是怎么回事儿？”我大声说，“现在看吧，谁是胆小鬼？清醒清醒吧，那是镜子——照人的镜子，林顿太太；你在那里面看见了你自己，还有我，站在你旁边。”

她哆哆嗦嗦，昏头昏脑，紧紧抓住我不放，不过她脸上那种恐怖的神色慢慢消失了；原本苍白的脸，因为羞愧而发红。

“哎呀，天哪！我还以为我是在家里呢！”她叹了一口气，“我以为我是躺在呼啸山庄我那间卧室里呢。因为我身体虚弱，我脑子都乱了，不知不觉就大声尖叫起来了。什么也别说，光是陪我待着。我都不敢睡觉了，我做的那些梦真把我吓死啦。”

“好好睡上一觉对你会有好处的，太太，”我回答，“我还希望，受了这通罪，你就不会再想去饿死了。”

“哎呀，要是在老家，还是躺在我自己的床上，那该多好呀！”她心酸地继续说，把两只手绞来绞去。“还有那从枞树林中穿过格子窗呜呜刮来的风。快对我吹吹吧——它是直接从荒原里吹过来的——快让我吸上一口吧！”

为了让她镇静下来，我把窗户打开一条缝，只开了几秒钟，一股冷气猛冲进来；我关上窗户，又退回到原来待的地方。

现在她安安静静地躺着，她的脸都让眼泪洗遍了——耗尽了体力使她的精神完全垮了；我们那位脾气火暴的凯瑟琳简直成了个哭哭啼啼的小孩儿啦！

“我把自己关在这儿已经过了多长时间了？”她突然精神一振问道。

“那是星期一晚上，”我回答，“现在是星期四夜里了，或者说是星期五早晨。”

“怎么？还不到一个星期？”她叫喊起来，“才这么短的一点时间？”

“什么也不吃，只靠喝凉水，发脾气过日子，这也够长的了。”我说。

“唉，好像是过了很长时间，长得叫人厌烦，”她疑疑惑惑地嘀咕着，“应该不止这点时间呀——我还记得，他们吵架以后，我还在客厅里；埃德加还狠心地惹我生气，我忍无可忍只好跑回这间屋子，我把门一锁上，就觉得眼前一团漆黑，摔倒在地上了——我无法向埃德加讲明白：我实实在在地觉得，如果他还总是要逼我惹我，我就要旧病复发，或者就要发狂发疯了！不管是我的舌头还是脑子，都不听使唤了，而他想都想不到我有多么难受；我几乎都失去了知觉，迷迷糊糊，简直没法躲开他，不听到他的声音——还没等我完全清醒过来能看得见东西，听得见声音，天已经蒙蒙亮了；奈丽，我要告诉你，我当时在想些什么，脑子里闪来闪去的是些什么，一直到后来我害怕我都要发疯啦——我躺在地上，头顶着那条桌子腿，眼睛蒙蒙眬眬只辨认得出窗户上那个灰色的方块儿，我以为，我是躺在家里那张四面镶了橡木板的床上，一种巨大的痛苦压得我心口发痛，可是我刚刚苏醒过来，就想不起来了——我想来想去，一个劲儿逼着自己去弄清楚究竟是什么；可是真是奇怪透顶了，我生活中间最近这整个七年却成了一片空白！我一点都不记得有这么七年。我还是以前那个小孩子；爸爸刚刚下葬，我的苦难是由欣德利下命令要把我和希思克利夫分开引起的——我生平第一次给孤零零地撇下，我哭了一夜，迷迷糊糊打个盹儿就又惊醒过来——我抬起手来想推开镶板，可是却碰到了桌面！我顺着毡子摸索过去，这时候我突然想起来了——我眼前的苦恼就给一阵回肠荡气的绝望情绪淹没了——我也说不出来，为什么我会感到这样极度的悲惨不幸——这必定是一时的神经错乱，因为并没有什么别的原因——不过，想想看，假如我十二岁的时候，就给从山庄拽走，割断了和童年的一切联系，撇下了我一切的一切，就像当年的希思克利夫那样，并且一下子就变成了林顿太太，画眉田庄的女主人，一个陌生人的妻子；从那以后就成了远离我原有小天地的一个流浪儿，一个遭遗弃的孩子——你就可以想象得出，我在其中苟且活命的那个深渊是怎么一种情景了。你愿意摇头就去摇吧，奈丽，你也帮着搅和我！你本来早就应该跟埃德加说，确实早就应该逼着他让我安静！哎呀，我烧得厉害呀！我希望到屋外去，我希望再变成一个小女孩，又野又倔，自由自在……受了伤还在笑，而不是给折腾得生气发疯！为什么我会这么变呢？为什么几句话就能叫我浑身的血一齐往上涌，心烦意乱得难受呢？我相信，只要我一到了那些山头上的石楠丛当中，我就会还是我了……再把窗户开大，开得大大的，把它勾住！快呀，你怎么不动呀？”

“因为我不愿意叫你冻死。”我回答。

“你的意思是，你不愿意给我一个活的机会，”她绷着脸说，“不管怎么说，我还没有虚弱到不能动弹的地步，我来自己开。”

我还没来得及挡住她，她就溜下床来，晃晃悠悠地从屋子这边走过去，把窗户打得大开，还把身子探出去，根本不顾那刺骨的寒风像刀割一样吹在她的肩膀上。

我先是请求，后来又想方设法强让她退回来。可是我立刻就发现，她发起狂来，力气比我大得多（从她后来的种种行动和说出的胡话来看，我开始确信，她是精神错乱了）。

那天没有月亮，外边所有东西都是雾蒙蒙、黑黢黢的；看不见远近哪一所房子的灯亮，所有的人家都早已灭了灯；呼啸山庄的灯火更是从来都看不见的……可是她却硬说她看见它们闪着光。

“看呀！”她急煎煎地大声说，“那是我的屋子呀，里面还点着蜡呢，那几棵树还在它前面摇晃呢……另外一支蜡是在约瑟夫的阁楼上……约瑟夫总是熬夜，是不是？他在等我回家，好锁上院子的大门……是呀，他还得再等一会儿呢，这可是一段崎岖难行的路，而且走那段路心里也不好受呀；可是我们走那条路就一定得经过吉默顿的那个礼拜堂！我们常常在一起大胆地逗那里的鬼魂[①]，还相互将军，看谁敢站在那些坟墓中间，叫唤鬼魂出来……可是，希思克利夫，假如我现在将你的军，你还敢冒险一试吗？如果你敢，我就留住你，我不愿意独自一个人躺在那儿；他们会把我埋在十二英尺深的地方，还用那座教堂在上面把我镇住，但是，你要是不来陪着我，我就不会安息，我决不会！”

她停了一会儿，然后露出一种我从来没见过的笑容，又接着说下去，“他在认真想主意呢……他倒是更希望我上他那儿去！那么，找一条路吧！不要经过那片礼拜堂墓地……你走得真慢！满意了吧，你一直是跟着我的呢！”

我看出她犯了精神病，跟她争辩也是枉然，于是打算伸手够点什么东西裹在她身上，同时还得把她紧紧抓住，因为我不放心让她一个人站在大开着的窗户边上。正在这个节骨眼儿上，我听到门把手咔嗒一声响，吓了一大跳，接着林顿先生进来了。他那个时候只是刚从藏书室里出来，走过楼道，听见我们深更半夜还在说话的声音，出于好奇或者是担心，就进来察看究竟是怎么一回事。

“唉，老爷！”我大叫一声；本来他一见到眼前的景象和屋子里那凄惨的气氛，刚要喊出声来，那已经来到他嘴边的叫喊却给我堵

---

① 当地人们认为礼拜堂旁边的墓地有鬼魂出没。

回去了。“咱们可怜的太太病了，她可把我给整苦了；我拿她一点儿办法也没有；请你快过来劝她上床睡觉吧。别怄气了，只能由着她自个儿的道儿，别的都不行。”

“凯瑟琳病了？”他说着就赶忙走到我们跟前来，“关上窗户，埃伦！凯瑟琳！为什么……”

他一下住口了；林顿太太那副憔悴不堪的模样使他痛苦难言，他只是张皇失措地一会儿看看她，一会儿看看我。

“她一直在这儿着急苦恼呢，”我接着又说，“差不多什么东西也没下咽，而且一点也不抱怨诉苦；她不让我们任何人进来，一直挨到今天晚上，所以我们也没法向你报告她的情况，因为我们自己也都不知道呀。不过，这病也没有什么。”

我觉得，我这番解释真是驴唇不对马嘴，老爷皱起了眉头，“这病没有什么，是这样吗，埃伦·迪恩？”他声色俱厉地说。“这种事你都不让我知道，你得给我好好说清楚！”接着他就把他太太抱在怀里，非常难过地看着她。

开头她的眼神并没流露出认出他来……她目光茫然，根本没有看见他。不过她那种精神错乱并不总是固定不变的；她的眼睛先是凝视着外面远处的一片漆黑，然后逐渐收拢回来，集中在他身上，认出了把她抱在怀里的是谁。

“啊，你来了，是吗，埃德加·林顿？”她一下子来了精神，怒气冲冲地说……“你也是那种货色，不需要的时候老在眼前，等到需要的时候却找也找不到。我想，我们现在有一大堆要痛哭的事儿了……我看，我们会……不过，他们挡不住我，没法不让我到我远在那边的那个局促的家里去——去到我安息的地方，等不到春天过完我就得去了！就在那儿，注意，不是在礼拜堂屋顶下林顿那个家族的人中间，而是在荒野里，立上一块墓碑；你嘛，就随你自己的便吧。要么上他们那里去，要么到我这儿来！”

“凯瑟琳，你这是怎么弄的呀？”老爷说，“对你来说，我难道再也无关紧要了吗？难道你爱上了那个无耻的东西希思——”

“住口！”林顿太太叫起来，“马上给我住口！你再提那个名字，我立刻就从窗口跳下去，了断这一切！你现在够得着的，就可以归你，可是你的手还来不及再抓住我，我的灵魂就会飞到那个山头上去了。我不要你，埃德加；我要你的时候已经过去了……回到你的书堆里去吧……我很高兴，你还有件值得宽慰的事，那就是你在我心里所有的一切都完了。”

“她神志不清，老爷，”我插嘴说，“她整晚上都在胡言乱语；不过，让她安安静静的，好好照顾她，她还会复原的……从今以后，我们都得小心谨慎，别再惹她着急生气了。”

“我不希望再听你出什么主意了！”林顿先生回答，“你本来了解太太的性子，还怂恿我去折磨她。她这三天里的情况怎么样，你连一点影子都没让我知道！你真是无情无义！就是病了几个月，也不会变成这个样子呀！”

我于是为自己辩护起来，心想别人不讲道理，任性胡来，却怪罪到我头上，真是太不像话了！

“我了解林顿太太性子倔强，专横，”我大声说，“可是我不知道你想姑息纵容她那暴烈的脾气呀！我也不知道，为了迎合迁就她，我应该对希思克利夫先生视而不见呀。我告诉你是尽一个忠心仆人的本分，我现在可是得到一个忠心仆人的报偿啦！得啦，我也得学点乖，下一次小心点儿，下一次有什么事你可以自己去打听！”

“下一次你再跑到我面前胡编乱造，你就不要再在我这里干了，埃伦·迪恩。”他回答。

“那么，我想你是宁愿什么都不知道喽，林顿先生？”我说，“希思克利夫是得到你的允许，才来向小姐求婚，才在你每次不在家的时候就闯进来，故意挑拨太太跟你作对喽？”

凯瑟琳虽然有些糊涂，可是还是有足够的精气神儿，一直留神听我们的谈话。

“哎呀！奈丽一直在当奸细呀，”她十分激动地使劲儿叫嚷，“奈丽是暗藏在我身边的敌人——你这个妖婆！那么你确实是变出了许多戏法来害我们啦！放开我，我要叫她懊悔！我要叫她嗷嗷号哭着低头认罪！”

她两道眉毛下面射出疯狂的怒火；她拼命想从林顿的怀里挣扎出来。我觉得不能让这种发作老继续下去，就自作主张自己负责去寻医找药，于是离开了那间屋子。

我穿过花园快走到大路上的时候，忽然在一处钉进墙里拴缰绳的钩子那儿看见个什么白色的东西乱摇晃，很明显不是给风吹的而是有别的东西让它动。我虽然急匆匆的，还是停了下来看个究竟，免得将来在我脑子里老是会认准了，那是从阴间来的东西。

我不仅看见了，而且还摸着了，真弄得不知所措了，原来伊莎贝拉小姐的小猎狗范尼给用一块手绢吊着，差不多就要断气了。

我赶快把这个小动物解下来，送进花园里。我本来看见它在它女主人上楼睡觉的时候，跟着她上去的，所以非常奇怪，它怎么能够跑了出来，又是哪个捣蛋的家伙竟然这样对待它。

我在解拴在钩子上那个疙瘩的时候，好像听到远处有一阵阵马蹄踏着路面奔跑的声音，可是我的脑子里让那么多事情占着，也就没有去想这件事，尽管凌晨 2 点钟在那样一个地方出现马蹄声是很奇怪的事。

我走到街里的时候，幸好肯尼思先生正从家中出来，要去看村上的一个病人；我向他讲了凯瑟琳·林顿犯病的情况，他马上就同我一起回来了。

肯尼思大夫是个直爽粗鲁的汉子，他毫不避讳地说出，他担心她挨不过去这次旧病复发，除非她这次不像前一次那样，能更好地听从他的意见。

“奈丽·迪恩，”他说，“我由不得总要乱想，这总有其他原因。在田庄那边出了什么事吗？我们这里可听到了些闲言碎语。像凯瑟琳这样一个结结实实生龙活虎似的闺女，是不会因为一点小事儿就病倒的，而且这号人也不应该为了一点小事儿就病倒。要把他们从热病和这一类的病当中救出来，可不是件轻而易举的事儿。这病是怎么开始的？”

“老爷会跟你说明的，”我回答，“不过他也知道恩肖这家人的火暴脾气，林顿太太又胜过别人。我可以这么说吧，它是由一场争吵开始的。她是在一阵生气大发雷霆的时候突然犯的病。至少她是这么说的；因为她是在怒火冲天的当口冲了出去，把自己锁在屋子里。后来她又不肯吃饭；现在是半梦半醒似的，一会儿胡言乱语，一会儿迷迷糊糊，周围的人她还认得，可是满脑子都是各式各样稀奇古怪的念头和幻影。”

“林顿先生会觉得难受吧？”肯尼思探问了一下。

“难受？要是真出了什么事情，他会心碎的！”我回答，“非到万不得已，就别说什么吓着他。”

“唉，我告诉过他要小心，”我这个伙伴说，“他不把我的警告放在心上，那后果就得由他负责了！他近来和希思克利夫先生很热和吗？”

“希思克利夫经常到田庄来拜访，”我回答，“那主要是仗着他还是个孩子的时候我家太太就和他很熟，倒不是老爷喜欢他来做伴。现在他就不用劳驾再来拜访了，因为他竟然肆无忌惮，胆敢在林顿小姐身上打主意。我想，今后，大概不会再让他登门啦。”

“那么林顿小姐是不是对他表示冷淡，不愿搭理呢？”大夫接下来又问。

“我可不是她的心腹。”我回答，也不愿意再谈这件事情。

“不错，她总是遮遮掩掩的，”他摇摇头说，“她总是自作主张！

不过她可是个货真价实的小傻妞儿！我从确实可靠的来源听说，昨天夜里——可真是个美好的夜晚！——她和希思克利夫在你们宅子背后的林地里溜达，待了两个多钟头；他强逼着她不再回去，而是立刻要她上他的马和他一起跑！告诉我这件事的人说，她只好以名誉担保，答应下次见面时就把一切准备停当，这才把他打发走了；究竟约在什么时候，他没听到，不过你得劝劝林顿先生，让他提防得紧点儿！”

这个消息让我又添了惊吓；我把肯尼思撇在后面，一路上差不多都是跑着回去的。那条小狗还在花园里面汪汪叫，我停了一下，给它打开大门，可是它不进屋门，却在草地上闻来闻去，要不是我把它抓住，带进宅子里去，它就会逃到大路上去了。

我上楼，到伊莎贝拉的屋子里一看，我的种种猜想就都确定无疑了。屋子里空空的，如果我早来几个钟头，林顿太太的病情也许会阻止她走这轻浮鲁莽的一步。但是现在还有什么办法呢？如果马上去追，可能还有一线希望追上他们。可是，我没法去追他们，而且我也不敢惊动家里的人，把整个家都闹得乱哄哄的；更不敢向老爷挑开这件事，眼面前的这场灾难已经把他整个占住了，他哪里还有那份心肠来管另外一桩祸事呢！

我看出没有别的办法，只能闭口不说，听其自然了；再说肯尼思也到了，我只好强打精神故作镇静前去通报。

凯瑟琳睡得很不安稳，经过一番抚慰，她丈夫总算止住了这场发疯；他现在守候在她枕边，低头观察她那痛苦不堪、表情丰富的脸上每一丝一毫的不同变化。

大夫亲自检查了病情以后，抱有希望地告诉他，只要能在她身边经常保持绝对安静，病情最后还会好转。对着我，他则说，严重的危险倒不是死，而是一辈子精神错乱。

那天夜里我一直没有合眼，林顿先生也一样；真的，我们都没有上床去睡：仆人也都早就起床了，比平时早得多，在家里走动都蹑手蹑脚的，干活的时候碰到一起也都是轻声细语。每个人都在忙活，只是没见伊莎贝拉小姐；于是他们就议论起来，她怎么睡得这么死——她哥哥也问到她起床没有，看来等她露面已经等得不耐烦了，对她这样不关心自己的嫂子感到伤心。

我吓得直打哆嗦，生怕他要吩咐我去叫她，不过我躲过了这一难关，没有成为第一个报告她私奔的人。有一个女仆，一个缺心眼的傻丫头，很早就给派到吉默顿去办事，这时候回来了，她气喘吁吁，张着大嘴跑上楼来，冲进屋里，大喊大叫：

"哎哟，天哪，天哪！下一次俺们又该遭啥啦？老爷，老爷，俺家小姐——"

"别那么嚷嚷啦！"我急忙大喝一声，她这样吵吵嚷嚷，让我简直火冒三丈了。

"小声点说，玛丽——出了什么事？"林顿先生说，"小姐怎么啦？"

"她跑了，她跑了！希思克利夫带着她从那儿逃跑啦！"那个姑娘上气不接下气地说。

"没影儿的事！"林顿高声说，激动得站起身来。"不会的——你怎么会想出这种事来？埃伦·迪恩，去找找她——真让人难以置信——那是不可能的。"

他一边说，一边把那个女仆带到屋门口，又一次盘问她，为什么她要那么说。

"唉，俺在路上碰到一个小小子，他上这儿来取牛奶的，"她结结巴巴地说，"他问俺，俺们田庄可出了啥麻烦事儿——俺还当他说的是太太生病呢，俺就回他说，是呀。他接着又说，'有人去追他们了吧，俺估摸？'俺猛一愣。他见俺啥都不知道，就告诉俺，说是一位先生和一位小姐怎么刚刚过了后半夜，离吉默顿两英里远，在一家铁匠铺门前停下，要钉马掌！还有，铁匠怎么有个闺女，偷偷起来想看看他们到底是谁：她马上就认出了他们俩——她瞅见了那个男的，她觉得十拿九稳，那就是希思克利夫，何况谁也不会把他认错的——他交钱的时候把一枚金币放在她爹手里。那位小姐用斗篷遮着脸，可她想喝口水，喝的时候，斗篷落到后面，那闺女就把她看了个一清二楚——他们骑上马接着走，希思克利夫抓着两匹马的缰绳，他们俩都背朝着村子那边；在那么颠簸不平的路上，还是能多快就多快地飞跑。那闺女对她爹啥也没说，可到了今儿个早晨，她就把这事儿传遍了整个吉默顿。”

我为了做做样子，跑过去朝伊莎贝拉的屋子里瞅了瞅，回来的时候说明女仆说的都是实情——林顿先生已经又在床旁边坐下来了，我再次进来的时候，他抬起头，看到我脸上那一片茫然的样子，就低下头来，什么也没吩咐，一句话也没说。

“我们要想点什么办法去把她追回来吗？”我问道，“我们该怎么办？”

“她是出于自愿走的，”老爷回答，“如果她愿意，她有权利走——别再用她的事来麻烦我啦——从今以后，她这个妹妹也就只是名义上的了；不是因为我不认她，而是因为她不承认我。”

对这个问题，他总共只说了这几句话；他没再去打听一下，也没再提起她，只不过吩咐我，等我知道她的新家在什么地方，不管它在哪儿，就把她在家里应得的一份财产，给她送去。

第十三章

出逃的人有两个月没露面。林顿太太在那两个月里面闹了一场最危险的大病，叫作脑膜炎，可是她熬了过来。哪怕一个做母亲的护理自己的独生子女，也不可能比埃德加照顾她更为尽心尽力了。他日日夜夜都在那里守护，忍受着一个神经狂躁、理智混乱的病人所能加给他的一切苦恼，尽管肯尼思说过，他从坟墓里抢救出来的这个人，将来报答他这番好意的，就是不断给他增加新的焦虑——事实上，他牺牲了自己的健康和精力所保存下来的，不过是一具人的皮囊——等他听到宣告凯瑟琳的性命已经脱离危险，他那感激和欢乐的心情真是无尽无休。他一个钟头又一个钟头地坐在她身边，细心观察她身体一点点地恢复，一心抱着过分欢乐的希望，幻想她的神智会清醒起来，很快就会完全恢复，变回从前的那个她。

她第一次走出卧房，是在第二年的 3 月初。一天早晨，林顿先生把一束金黄色的报春花放在她的枕头上，她的眼神本来好久都没有透露过喜悦，这时候她醒过来，一眼看见了这些花朵，就急忙把它们攥在一起，高兴得两眼闪闪发光。

“这是山庄开得最早的花！”她大声叫开了，“它们让我想起了解冻的春风，温暖的阳光和快要消融的积雪——埃德加，是不是吹来南风啦，积雪是不是都要化光啦？”

“这儿的雪差不多都化光啦，宝贝儿！”她丈夫回答，“在整个一片原野上，我只看见两块白点了——天空是蔚蓝色的，百灵鸟唱着歌，山涧和小溪都涨满了水。凯瑟琳，去年春天这个时候，我一心一意希望你待在这所房子里——可现在呢，我倒希望你待在一两英里远的那一带山上：风吹得那么清新柔和，我觉得，它会治好你的病。”

“我永远也去不了那儿啦，不过也还有一次！”这个虚弱的人说。“那时候你就会把我撇下，我就会留在那儿，永远的。到明年春天，你又会希望我待在这所房子里了，那时候你回想起来，就会觉得你今天是幸福的了。”

林顿一个劲儿地对她温存爱抚，还说着很多甜蜜多情的话，想让她高兴起来；但是她迷迷糊糊地对着这些花儿，任凭一滴滴眼泪沾在睫毛上，又顺着脸蛋儿流下来，对那些话听而不闻。

我们知道，她是真的见好了，所以认定多半是长期憋闷在一个地方，才造成她这样心灰意懒，换换环境也许会减轻一些。

老爷告诉我，到冷清了多少个星期的客厅去把壁炉生起来，在靠近窗口有阳光照着的地方放一把安乐椅；然后他把她扶下来。她在那儿坐了好长时间，享受着有益健康的暖和气儿；正像我们预料的那样，周围的东西让她活泛起来，这些东西固然都是她熟悉的，却让她不会像在她所厌恶的病房里那样感到腻烦。天黑下来的时候，她好像已经筋疲力尽，但是左说右说都没法劝动她回到那间屋里去；我只得先打点好客厅的沙发给她当床，等着另外给她安置一间卧室。

为了免得费力气上楼下楼，我们安顿好了和客厅同在一层楼的一间屋子，也就是你现在睡着的这一间；不久她就恢复到能靠着埃德加的胳臂，在这两间屋子里来回走动了。

哎，我暗自思量，像她这样的让人侍候着，是会复原的。我这样希望，还有双重的原因，因为她身上还怀着另一个生命呢；我们都抱着希望，过不多久林顿先生就会眉开眼笑，而且由于继承人诞生，他的产业就有了保证，不会落到外人的手里。

我还应当提一提，伊莎贝拉出走以后大约六个星期，给她哥哥寄来了一封短信，宣布她和希思克利夫结了婚。信写得干巴巴、冷冰冰；但是在末尾又用铅笔涂抹了几句，含含糊糊地表示道歉，说是如果她的做法得罪了他，请他宽大为怀，切勿记恨，还说她当时也是无可奈何，既然木已成舟，她也无力反悔了。

我相信，林顿并没有回信；又过了两个星期，我收到了一封长信。这封信出自一个刚刚度完蜜月的新娘子之手，令我感到离奇。我来给你念念吧，因为我还把它留着呢。死者的任何遗物都是宝贵的，如果他们生前就受到尊重的话。

信是这样写的：

亲爱的埃伦：

我昨晚来到呼啸山庄，头一次听说凯瑟琳患了重病，至今未愈。我想，我不宜给她写信，而我哥哥如果不是过分气恼，定是过分悲伤，我给他写什么，他都不会回复。然而我又必须给什么人写封信，给我留下的唯一选择也就是你了。

转告埃德加，为了再见到他的容颜，我愿抛弃世上的一切——并请转告，我出走后不过二十四小时，我的心就又回到了画眉田庄，而且此时此刻，我的心就在那儿，对他，对凯瑟琳都充满温情！然而我身不由己——（这些字都加了重点）——他们不用对我有所期盼，他们可以作出他们愿做的任何一些结论；然而，务请慎重，不要轻易归到意志薄弱或感情淡漠这个方面。

以下是专给你一个人写的，我要问你两个问题。第一个问题是：

当年你住在此地的时候，你采用了什么办法来保持人性所共有的同情心的？我在周围的人身上，丝毫找不出任何与我相通的感情。

第二个问题，是我极为关注的，这就是——

希思克利夫先生是一个人吗？如果是，他是不是疯了？如果不是，他是不是个魔王？我不告诉你，我为什么要问这些问题；不过我恳求你，如果你能解释清楚，就给我解释一下，我究竟嫁给了一个什么——这就是说，你来看我的时候就告诉我；你一定得来看我，埃伦，快来。不要写信，要亲自来，并且从埃德加那儿给我带点儿什么。

好啦，既然人家让我以为，山庄就要成为我的新家了，现在我就来告诉你，我在我那个新家里受到了什么样的接待。我只是为了消愁解闷，才思量诸如缺少舒适的生活环境之类问题；除非缺了它们而感到非常不便的那一刻，我是从来不把这件事放在心上的——如果我发现，我全部的不幸仅仅在于缺少舒适的生活环境，而其余的只是一场离奇的梦，那我就会高兴得开怀大笑，手舞足蹈啦！

我们转上通向荒野的道路时，太阳已经落在田庄后面了；我从这一点来判断，天时该到6点了；我那位旅伴耽搁了半个钟头，尽量细致地把林苑、花园，大概还把整个宅子察看了一番；所以我们到达石板铺地的宅院当中下马的时候，天已经黑了，你那位听差的老同事约瑟夫拿着一支浸芯蜡烛[①]出来迎接我们。他迎候的那种殷勤有礼可真给

① 土法制作的蜡烛，用烛芯在牛油中来回浸泡凝成。

他自己增了光。他第一个动作是把灯光举得和我的脸一样高，斜着眼睛，不怀好意地狠狠瞪了我一眼，撇了撇下嘴唇，然后扭头走开。

接着他又牵过那两匹马，把它们带进马厩里去，再次露面的时候就是去给院子的门上锁，仿佛我们住进了古老的城堡似的。

希思克利夫留在屋外和他讲话，我则走进厨房——一个又脏又乱的黑洞；我敢说你会认不出这个厨房来了，跟当初你经管的时候比，已经变得面目全非了。

炉子旁边站着一个小流氓似的孩子，粗胳臂粗腿，衣着肮脏，他那对眼睛还有嘴和下巴那部分，和凯瑟琳的一模一样。

“他就是埃德加的内侄吧，”我心中暗想，“也可以算是我的内侄了；我得和他握握手，还有——对了——我还得亲亲他。最好是从开头就建立起相互的理解。”

我走过去，一边要握他那只圆鼓鼓的小拳头，一边说：

“你好，我亲爱的？”

他答了一句我听不懂的土话。

“你和我能交个朋友吗，哈顿？”这是我和他谈话的第二道问题。

我这样一再表示友好，得到的答复却是一声咒骂和一句威胁：如果我不“滚开”，就放卡脖儿来扑我。

“咳，卡脖儿，小子！”这个小坏蛋低声呼唤，把一只串种牛头犬从墙角的狗窝里叫了出来。“哼，你走不走？”他很霸道地问。

我珍惜我这条命，只好依顺。我跨过门槛，等着有其他人进门。希思克利夫先生哪儿也见不着影儿；约瑟夫嘛，我跟着他到了马厩，请求他陪我进去，他瞪了我一眼，自顾自咕噜了一通，然后纵着鼻子回答说：

“嗯！嗯！嗯！哪个基督徒听见过这种样儿的话呀？装模作样，哼哼叽叽！俺咋知道你说的啥？”

“我是说，我希望你陪着我进这所宅子里去！”我大声说，以为他耳朵聋，不过还是对他那股粗鲁劲儿深恶痛绝。

“关我啥事？俺还有别的活要干呢！”他一边回答，一边接着干他的活，他那副尖嘴猴腮的脸，满是瞧不起人的神气，还摇来晃去地打量起我的衣服和容貌来（我这身衣服那是极为好看，容貌可是，我敢保，想要多凄惨就多凄惨）。

我沿着院子走过去，穿过一个小便门，走到另外一座门前，不揣冒昧敲起门来，但愿有个比较懂点礼貌的仆人前来应门。

过了不大一会儿，一个又高又瘦的男人把门打开了，他不仅没打领巾，而且衣着也马马虎虎；他那乱蓬蓬的头发披散在肩膀上，把脸都遮住了；他的眼睛就像是凯瑟琳的鬼魂的那样，它们原有的那种美丽已经消失得无影无踪了。

“你来这儿有什么事？”他气势汹汹地发问，“你是谁？”

“我原来名叫伊莎贝拉·林顿，”我回答，“你以前见过我，先生。我最近嫁给了希思克利夫先生，是他带我到这儿来的——我想，是得到过你同意的。”

“那么，他回来了？”这位与世隔绝的人又问道，两只眼像饿狼似的闪闪发光。

“是的——我们刚到，”我说，“可是他把我撂在厨房门口；我正要进屋，你那个小男孩像个哨兵守在那儿，唤来一只牛头犬把我吓跑了。”

“真不错，这个魔鬼似的恶棍还真的说到做到呢，”我这位未来的房东大声吼叫起来，还往我身后的暗处探头张望，想要找到希思克利夫；然后就滔滔不绝自言自语地咒骂起来，口口声声威胁说，那个“恶魔”要是骗了他，就要对他不客气。

我很后悔，不该第二次又想进去；我正打算不等他骂完就偷偷溜走，可是还没来得及这样做，他就让我进去了，然后关好门，重新上了闩。

屋子里炉火正旺，在这间宽大的屋子里再没有其他的灯火，地板上全都蒙了一层灰色。小时候，那些光灿灿的白镴盘子总是吸引我看得目不转睛，现在也同样让锈迹和尘土弄得晦暗无光了。

我问他是否可以叫一个女仆来领我到卧室里去，恩肖先生不予回答。他在屋子里踱来踱去，双手插在口袋里，显然完全忘了有我在那儿。他是那样明显地心不在焉，那整个神情又是那样地愤世嫉俗，这让我感到发怵，不敢再去打扰他。

我坐在那个冷落的壁炉边上，比孤单一人还要难受，想到我那欢乐的家不过四英里之遥，家里有我在这个世界上唯一亲爱的人，但是却像是还有个大西洋，而不是四英里，把我们远远隔开，我根本无法跨越！这些让我感到特别郁闷。埃伦，你对我有这种心情，不会感到意外吧。

我反躬自问：我该向何处去寻求安慰呢？而且——提醒你不要告诉埃德加或者凯瑟琳——在这一切悲愁之上还有一种压倒一切的——绝望，就是找不到任何人能够，或者愿意，和我联手对付希思克利夫！

我曾经想在呼啸山庄找到一个栖身之所，几乎还是心甘情愿地，因为那么一来我就可以避免硬凑着和他单独生活在一起了；可是他却知道，我们要相处的是些什么人，他并不怕他们会来干预。

我坐着想着过了一段凄楚的时刻；时钟敲了八下，又敲了九下，我那位同伴还是踱来踱去，头埋在胸前，一声不响，只是偶尔不满地哼哼一声，或是难受地叫唤一下。

我凝神细听，想弄清楚屋子里是否有女人的声音，在这段时间，我心中充满种种发疯似的悔恨和从未料到的可怕预感，我终于以无法控制的哀叹和哭泣使它们有声地宣泄出来。

直到恩肖从他那一板一眼的踱步中停下来，站在我的对面，带着一副刚刚惊醒过来的神色盯着我，我才醒悟到我的悲伤已经多么地毫无遮掩了。我趁他恢复了注意力的时刻大喊起来：

“我一路上走累了，我要去睡觉！女仆在哪儿？她不来见我，就带我去找她！”

“我们没有，”他回答，“你得自己侍候自己！”

“那么，我得睡哪儿？”我抽抽搭搭地说——疲劳和不幸把我压倒了，我已顾不上自尊自重了。

“约瑟夫会带你去希思克利夫的屋子，”他说，“打开这道门——他就在那儿。”

我正准备照他的吩咐去做，可是他突然把我留住，用一种极其异乎寻常的声调又加上两句：

“劳驾把门锁上，并且闩好——可别忘了！”

“嗯！”我说，“可是，为什么，恩肖先生？”我并不喜欢特意把自己和希思克利夫紧紧扣在一起。

“看看这儿！”他一边回答，一边从背心里拔出一把构造奇特的手枪，枪筒上装有一把双刃的弹簧刀。“那对一个走投无路的人来说，可是一个了不起的诱惑，难道不是吗？每天夜里我都按捺不住带上这玩意到楼上去，试一试他的门。如果有那么一次我发现门没关，那他就玩儿完了！我一直这样做，从来没有改样儿，哪怕一分钟之前我还想起上百种理由，让我别干——可总有那么个魔鬼，撺掇我去宰了他，好了结我的种种计谋——只要你高兴，你尽管和那个魔鬼一直斗下去；可是只等时机一到，哪怕天堂里的天使全都下凡，也救不了他的命！”

我带着好奇心琢磨着这把武器，突然闪出一个可怕的念头，我要是掌握了这样的家伙，会变得多么强大有力呀！我从他手里把枪拿过来，试了试刀刃。他看到片刻之间我脸上闪现的表情，大吃一惊。我那种表情不是恐惧，而是渴望拥有。他怀着不愿让别人碰的心情，一把抓过手枪去，把刀折起来，放回原来藏放的地方。

“你就是告诉他，我也不在乎，”他说，“让他提防着点儿，看着他吧。我明白，你知道我们两个人的关系；他有生命危险，并没让你吃惊。”

“希思克利夫对你干过什么？”我问他，“是为什么事他伤了你，才让你抱有这么刻骨的仇恨？让他离开这所宅院，难道不是更聪明吗？”

“不成！”恩肖大吼一声，“要是他提出想离开我，那他就死定了，你要是劝他这么干，那你就成了杀人犯。难道我要输得精光，没有一点捞本儿的机会吗？难道哈顿要去当一个要饭的吗？哼，该死的东西！我一定得把它捞回来，还要搭上他的金币，然后是他的血；让他的灵魂下地狱吧！地狱里有他这么个客人，那就要比以前更加黑暗十倍啦！”

埃伦，你曾经告诉过我，你原先那位主人的习性。他现在分明是到了疯狂的边缘了——至少昨天晚上是。我在他近边就直打哆嗦，我心里暗想，和他一比，那个仆人的没有教养、阴阳怪气倒还让人舒服点呢。

后来他又闷闷不乐地来回走起来，我于是打开门闩，逃到厨房里去了。

约瑟夫正朝着炉灶弯下身子，探头朝挂在上面晃晃悠悠的一口大锅里看。一个大木盆里装着燕麦，放在近边的高背靠椅上。大锅里的东西煮开了，他转身把手伸进木盆里；我猜想，他这多半是在为我们准备晚饭；我那时饿了，决定把它做得稍微好吃点，所以就急忙使劲喊起来，“我来煮粥！”我把木盆挪开，让他够不着，接着先摘了帽子，再脱掉骑装。我接着又说，“刚才恩肖先生让我自己侍候自己——我就得——我就不到你们中间来当太太了，因为我怕饿死。”

“老天爷！”他一边咕噜，一边坐了下来，还摩挲着他那螺纹袜子，从膝盖直到脚脖子。“是不是又要有一套新花样儿啦——这不，俺刚刚习惯了有俩老爷，是不是又有位太太加在俺头上了，这像是就该滚蛋的时候啦。俺哪会儿也没想到，俺得离开这个老窝儿了——俺怕那日子也就在眼面前啦！”

他这番慨叹，我根本无动于衷。我干脆利落地干起活儿来。回想从前，做做饭往往是一件令人开心的爱好，不觉叹了口气，不过我无奈只好把这种回忆赶快抛开。它让我回想起往日的欢乐，而我越是怕勾起这种幻影，搅棒在锅里搅动得也就越快，一把把燕麦片往水里下得也就越急。

约瑟夫眼睛看着我这样做饭，越来越生气。

“瞧着吧！”他大叫起来，“哈顿，今儿个晚上你喝不上粥啦；这煮出来的都是啥呀，不就是跟俺这拳头一样大的面疙瘩吗。瞧瞧，又是一大把！俺要是你呀，就连盆儿一下子都扔进去啦。瞧瞧，把泡沫撇掉，那就得啦。砰，砰，老天保佑，锅底还没给杵烂呢！”

我把粥先分成四份，然后倒向盆里。我得承认，这顿饭确实是一塌糊涂；就在这时候，从牛奶棚送来了一加仑装的一罐鲜牛奶，哈顿抓过去就喝起来，牛奶从那张得大大的嘴角往下直淌。

我劝他，又请求他最好倒在杯子里喝，还对他明着说，要是把奶弄得那么脏，我可尝都不愿尝一口。那个老刻薄鬼觉得我这样讲究是大大地冒犯了他们，还一遍又一遍地要我相信：和我相比，“那个娃不管哪一点都一样好”，“不管哪一处都一样健康”，而且还说他弄不明白，我怎么居然能够钻出那么些鬼想法。这时候，这个小坏蛋还在喝他的奶，还一边嘴里流着口水，一边摆出满脸瞧不起的样子抬头瞪我。

“我要到另一间屋子里去吃饭。”我说，“难道你们就没有一间可以叫作会客室的地方？”

“会客室！”约瑟夫一边冷笑一边学着我说，“会客室！没，俺们可没啥会客室。你要是不喜欢跟俺们待在一块儿，那还有老爷；你要是不喜欢老爷，那还有俺们呀！”

“那我就上楼去，”我回答，“领我去找间屋子！”

我把我的粥盆放在托盘上，自己又去另外倒了些奶。

这个家伙站了起来，嘴里还没完没了地咕噜着，领我往上走，我们上到了顶楼。他一会儿打开这扇门，一会儿打开那扇门，往我们经过的那几间屋子里看。

“这儿有一间屋，”最后他一边说，一边推开用合页装上的一块弯弯曲曲的木板。“只在里边儿喝点粥，这也就够好的啦。墙旮旯有一袋小麦，就在那儿，还挺干净的；你要是害怕弄脏了你那金贵的丝绸衣服，就把你的手绢铺在上面。”

那间“屋”是个破破烂烂堆东西的地方，麦芽和麦子的怪味呛鼻子，这些东西一袋袋地堆在四周，正中间留下很大一块空地。

“喂，得啦！”我气冲冲地对他大叫，“这就是个睡觉的地方呀。我希望看看我的卧室。”

“卧室，”他带着戏弄的口气学着我说，“卧室你全看啦，俺那间在那边。”

“他指着第二个阁楼，和第一个一样，只是墙边更显得光秃秃的，里面有张大床，很低，没挂帐子，头上放着一床靛蓝色的被子。

“我要你的卧室干吗？”我反驳了他一句，“我想，希思克利夫先生并不是住在房子的顶楼上吧，是吗？”

“哦！你要的是希思克利夫少爷的屋子呀？”他嚷着

说，好像有了什么新发现似的。“你为啥不早吱声呀？那俺就不用费那么多事，早就告诉你啦；独有那间你甭想看啦——他老把它锁着，除了他本人，谁也没插过脚。”

“你这所房子可真不错，约瑟夫，”我忍不住议论了一句，“这家子人也真有趣儿；我把自己的命运和他们搅在一起的那一天，恐怕全世界一切疯狂怪诞浓缩凝练的精髓就在我脑子里扎了根啦！不过，这和眼前的打算无关——这儿还有别的屋子呀。看在老天爷的分上，赶快让我在别的什么地方安下身吧！”

他对我这个恳求不理不睬，只是固执地拖着沉重的脚步慢慢沿木楼梯往下走，最后在楼下一间屋子门前停下来。看到他停下来了，又看到其中质量上好的家具，我猜想这是最好的一间。

里面铺着地毯，质量很好，不过花纹图案却给尘土腻住了；壁炉四周的镂花壁纸一片片吊着；一个漂亮的橡木大床上挂着宽大的猩红帐子，料子贵重，样式时新。但是看得出来，它给用得很不经心：上沿带流苏的镶边已经从吊环上撕下来，挂帐子的铁杆子有一边弯成了弧形，帐子因此拖在了地上。椅子也都坏了，有好几把还坏得很厉害；护墙板上尽是很深的缺口和裂缝，已经不成样子。

我正要下决心走进去，就用这间屋子，可我那个二百五向导却对我宣称：

“这儿这间是老爷的。”

我那份晚饭这时候早已凉了，我的胃口也倒了，我的耐性也耗光了。我坚决要他立刻给我一个安身的地方，以便安歇。

“什么鬼地方呀，”那个虔诚信教的老头子又开腔了，“主保佑俺们吧！主饶了俺们吧！你到底要上个啥鬼地方去呀？你这个惯坏了、惹人嫌的废物，除了哈顿的那个小屋子，你啥地方都看过了。这所宅子里再也没有哪间屋子可以躺的啦！”

我气愤已极，把手上的托盘和托盘里的东西一下扔在地上，然后坐在楼梯口上，双手捧着头，大哭起来。

“哎呀！哎呀！”约瑟夫嚷嚷开了，“干得好呀，凯茜小姐[1]！甭管咋样，等老爷踩在那些破盆的碎片上摔上一跤，俺们可就有好听的啦！俺们就等着瞧该怎么着吧。你这个没用的傻瓜！你这样胡乱发脾气，把上帝赐给俺们的宝贝粮食扔了，踩在脚底下，你就该打这会儿起，一直饿到圣诞节！你要是能老这样使性子，那俺就算错啦，你觉着，希思克利夫就肯吃你耍的这一套吗？俺单单就是希望他看到你现在这样大发脾气，俺单单就是希望他会看到。”

于是他一边走一边骂骂咧咧地回到楼下他那个窝里去了，把蜡烛也带走了，让我摸黑儿待着。

我干了这桩蠢事以后，自己寻思了一阵，觉得只好抑制自己的傲气，压住自己的怒火，打起精神来收拾残局。

就在这个时候，突然来了一个意想不到的帮手，就是那条卡脖儿，我现在才认出来，它就是我们家那条狐狸的儿子，它小时候本来养在田庄，后来由我父亲送给了欣德利先生。我觉得它认识我——它拿鼻子蹭我的鼻子来和我打招呼，然后急急忙忙去吞食地上的粥，我就沿着一级一

① 约瑟夫在此叫凯茜小姐，或者是在幸灾乐祸，认为这个局面是凯瑟琳惹出来的，感到很高兴，或者是指伊莎贝拉也要变得像凯瑟琳那样不好对付。

级的楼梯摸索，收拾那些破碎的陶片，用手绢儿把溅在楼梯扶手上的牛奶擦干。

我们的活儿刚要干完，就听到恩肖的脚步声从过道里传来。我这个帮手夹紧尾巴，紧贴在墙根上；我缩进了最近的一个门洞。那条狗本来想躲开他，却没有躲过；我这样猜想是因为听到了一阵向楼下慌忙逃窜的声音和一声拖得很长很惨的嗥叫。我的运气还比较好。他走了过去，进了自己的屋子，把门关上了。

约瑟夫紧接着就带着哈顿一起上来，送他上床睡觉。我原来是躲到了哈顿的屋子里，那个老头儿看见了我就说：

"这会儿可有地方容得下你和你那股傲气啦，俺觉着，就是那个堂屋。现在那儿空着，你们可以自己享用啦，再加上那个'他'[1]——和这么糟糕的伴当在一起的时候，'他'总是充当第三者。"

我有幸得到这个提示十分高兴；刚一躺在壁炉旁边的一把椅子上，我就打起瞌睡来，并且马上就睡着了。

我睡得又熟又香，可惜好梦不长，希思克利夫把我叫醒了；他是刚刚进来，用他那可爱的态度一定要我回答：我在那儿干吗？

我告诉他，我为什么这么晚还待在那儿——因为我们屋子的钥匙装在他的口袋里。

我们的这个形容词让他恼火得要命。他发誓说，这间屋子不是我的，而且永远也不会是；并且他还要——不过我不愿重述他那番话，也不愿描述他惯常的行为举止；他

① 此处的"他"似指魔鬼。

工于心计，老是不断地想方设法要我对他深恶痛绝！我有时对他莫测高深，弄得我对他的恐惧感也相形见绌；不过我还是要告诉你，哪怕一只老虎或是一条毒蛇在我心里引起的恐怖，也没法和他相比。他告诉我，凯瑟琳病了，还怪罪说是我哥惹出来的；他还说，在他把埃德加抓到手以前，我得代他受罪。

我真恨他，我多可怜，我一直是个傻瓜呀！注意不要向田庄里的任何人吐露一星半点我告诉你的这些事儿。每天我都盼望你来——别让我失望啊！

伊莎贝拉

第十四章

我仔细念完这封来函，就立刻去见老爷，告诉他，他妹妹已经到了山庄，给我来了一封信，对林顿太太的病情表示伤怀，并且急欲见他，希望他能尽快让我向她转达某种宽恕之意。

“宽恕？”林顿说，“我没有什么好宽恕她的，埃伦——你要是愿意，你今天下午就可以到呼啸山庄去看看，告诉她，我并不生气，不过失去了她，我觉得可憾；特别是因为我根本无法相信，她会幸福。不过也谈不上我去看她的问题；我们是永远生分啦；而她如若真正有意施惠于我，那么就让她劝说她嫁的那个恶棍离开这块地方。”

“难道你就不愿给她写一张便条吗，老爷？”我恳求着问他。

“不。”他回答，“没有必要。我和希思克利夫那家人的来往，得像他们和我这家人的来往一样的少。这种事就不应该有！”

埃德加先生这样冷淡，让我觉得极其沮丧。我从田庄动身，一路上挖空心思，琢磨我重说这些话的时候，怎样才能让它们多带点感情；还有，他连用只言片语安慰一下伊莎贝拉都不肯，这件事怎样才能轻描淡写地说出来。

我敢说，她从早晨起就一直在盼着我。我走上花园的甬道，看见她正从格子窗向外张望，就向她点头招呼；可是她却缩回去了，仿佛怕让人看见似的。

我没敲门就进去了。这所本来让人心情舒畅的宅子，现在却是一幅满目凄凉的阴沉景象！我得承认，如果我是那位年轻的太太，至少会把壁炉周围打扫一下，用抹布把那几张桌子擦擦。可是她已经让包围着她的那种漫不经心的习气同化了。她那漂亮的脸庞病恹恹、懒洋洋的；头发也没有梳理，有几缕鬈发松垮垮地耷拉下来，有些则马马虎虎地盘在头上。她那身衣服很可能从昨天晚上起她就没碰过①。

欣德利当时不在场。希思克利夫先生坐在桌子旁边翻看他记事本里夹的几张纸。我一进去，他就站起来，问我近来可好，态度很友善，还给我让座。

在那儿，只有他看起来还像模像样儿的，我觉得，他还从来没比这更像样儿过。环境把他们俩的地位改变得这样大，叫不知根底的人看了，肯定会把他当作一位出身高贵、教养优良的绅士，而把他太太当作一个从头到脚邋里邋遢的贱婆娘！

她急煎煎地走上前来招呼我，并且伸出一只手来想拿她盼望的信。

---

① 指她睡觉没换睡衣。

我摇摇头。她大概没弄懂我这个暗示，我到餐具柜那边去放帽子，她也跟着我过去，还死乞白赖地低声要我把带来的东西直接交给她。

希思克利夫猜到了她这样做是什么意思，于是说：

“如果你带来什么东西给伊莎贝拉——毫无疑问你带来了，奈丽，那你就给她吧，你不用保密，我们两个人之间没有什么秘密。”

“唉，我什么也没带，”我想最好立刻就把真相说出来，所以就这么回答，“我家老爷吩咐我告诉他妹妹，她现在不要指望他会给她写信或是来看她。他问候你，太太，还希望你幸福，你让他感到痛心，他也原谅你了；但是他认为，从今以后，他家和你们家应当终止往来，因为保持往来并不会有什么好结果。”

希思克利夫太太的嘴唇微微颤动了一下，然后她回到她窗前的座位上去了。她的丈夫站在壁炉前面，就在我旁边，开始一一问起凯瑟琳的情况来。

关于她的病情，我把我认为可以讲的尽量告诉他，他横打听竖盘问，从我嘴里探出了有关她得病来由的许多情况。

我责怪她这是罪有应得，她也确实是自作自受，说到最后，又希望他学学林顿先生的榜样，今后不管好歹不要再去打扰他们家。

“林顿太太现在刚好正在恢复健康，”我说，“她绝不会再像从前那个样儿了，不过她那条命总算保住啦，如果你真是关心她，那么你就别再挡她的道儿啦。不，你要完全离开这个地方；为了不让你后悔，我这就告诉你，凯瑟琳·林顿现在变得和你那位老朋友凯瑟琳·恩肖已经判若两人，就像那位小姐和我是两个人一样！她的模样变得可厉害呢，她的性格变得更厉害；所以那位迫不得已，必须和她朝夕相伴的人，也是出于必要不得不这样，今后也只能靠回忆她过去是什么样儿，靠做人的善心和责任感来维持对她的感情了。”

“那很可能，”希思克利夫强装镇定说，“很可能你家老爷除了人的善心和责任感以外，再也没有什么可以依靠的了。可是，你能想象我会让凯瑟琳去凭依他那份责任感和善心过日子吗？我一定要让你先明确应允，你会让我和她见面，然后我才让你离开这所宅子——不管你应允不应允，反正我一准要见到她！你说吧，怎么样？”

“哎唷，希思克利夫先生，”我回答，“你千万别去——你永远也不会得到我帮忙。你和老爷要是再碰面，那就会一总要了她的命啦！”

“只要你帮忙，那就可以避免，”他接着说，“如果有发生这种事情的危险，如果是因为他的缘故让她活着再增加哪怕是一分一毫的苦恼——哼，我想，我就要理直气壮地采取极端手段啦！我希望你老老实实告诉我，要是他完蛋了，凯瑟琳是不是会得忍受很大的痛苦？我就是因为害怕她会，才捆住了自己的手脚：从这一点你就可以看出我和他的感情不同了——要是他变成了我，我变成了他，尽管我恨他恨得简直痛苦难忍，我也决不会动手揍他。看样子你可能不相信，那就随你的便吧！只要她希望有他陪伴，我就决不会把他从她身边赶走。一旦她不再在乎这个，我就会挖他的心，喝他的血！可是，不到那个时候——如果你不相信我，那你就是不了解我——不到那个时候，哪怕我是在一步一步走向死亡，我也不会动他一根毫毛的！”

“不过，”我插嘴说，“就在眼下她快要把你忘了的时候，你硬要闯进她的脑子里，把她重新拖进不得安宁、烦恼痛苦的骚乱中去，你丝毫也不顾忌，这是在彻底摧毁她完全康复的所有希望。”

“你以为她快要把我忘了吗？”他说，“嘿，奈丽，你知道她并没有！你和我一样都知道，她每次在林顿身上花一分心思，就会在我身上花一千分！在我这一辈子最愁惨悲痛的时期，我有过这样一种想法：去年夏天我回到这一带，这个想法就缠住我不放了，不过，只有她亲自保证，才会让我重新拾起这个可怕的想法。那么一来，林顿就不在话下了，欣德利也一样，我曾经有过的一切梦想也全都一样。两个词儿就可以包括我的前途：死和地狱——要是没有了她，活着也会是地狱。

“然而，我要是有那么一闪念，以为她觉得埃德加·林顿的感情比我的感情更宝贵，那我就是个傻瓜了——他那么个窝囊废，哪怕使出浑身吃奶的力气爱她一百年，也不抵我爱她一天。而且凯瑟琳生就了一颗和我一样深厚的心，要说他能独占她整个的情爱，那就像说马槽能顺顺当当地装进整个大海——呸！对她来说，他并不比她那只狗或是她那匹马更珍贵——他比不上我，他身上没有什么像我那种值得一爱的，她怎么能爱上他根本没有的东西呢？”

“凯瑟琳和埃德加相亲相爱，比世上任何一对夫妻都不差！”伊莎贝拉突然活跃起来喊道，“谁也没有权利用那种态度议论他们；我可不能听见别人贬低我哥哥还默不作声！”

“你哥哥对你也是喜爱得要命，是不是？”希思克利夫用轻蔑的口吻说。“他让你一下子就流落在外，那种轻巧劲儿真叫人吃惊。”

“他并没觉察我在受什么罪，”她答道，“我没有把这些告诉他。”

“那么你还是告诉他什么了——你写过信，是不是？”

“我是写了，说我结了婚——你看过那封短信。”

“以后就没写过吗？”

“没有。”

“我家小姐身份变了，看上去大不如前，”我说，“很明显，是有人对她缺少爱——至于究竟是谁，我会猜出来，但是也许不该说。”

“我猜得出来，是怪她自己，”希思克利夫说，“她堕落成不折不扣的脏婆娘啦！她这么快就懒得讨我喜欢了，真是早得不同寻常——你简直没法相信，我们结婚的第二天，她就哭着闹着要回家啦。不过，她既然那样不讲究体面，她就更只配住这所宅子了。我会留神，不让她到外面乱逛丢我的脸。”

“得啦，先生，”我回口说，“我希望你会想到，希思克利夫太太平素是让人照顾、侍候惯了的；还有她是像独生女那样给养大的，谁都甘愿服侍她——你一定得找个使女，把她的事料理得妥妥帖帖的，你还一定得好好待她——不管你对埃德加先生有什么成见，你总不能怀疑，她心里装得下深情热恋，要不，她决不会抛开她娘家那些优雅的东西、舒适的生活和亲朋好友，心甘情愿地和你一起蹲在这样一个蛮荒的地方。”

“她是抱着痴心妄想才抛弃那些的，”他回答，“她以为我是个带浪漫情调的英雄，期望我有骑士般的侠骨柔肠，她可以无尽无休地得到我的娇宠。她那样顽固不化，硬是要把我编造成那么荒唐透顶的角色，按照她自己那套虚妄的想法行事，我怎么能把她当作一个有理性的有生之物来看待呢。可是我想她到头来总算慢慢懂得了解我了——我不去理会那些起初让我发火的傻笑和鬼脸，也不去理会她那种莫名其妙的低能。她根本不理解，我对她那种昏头昏脑的迷恋和对她这个人的那些看法，都是严肃认真地说出来的——她可真是用了所有的聪明才智，费了九牛二虎之力才弄懂：我并不爱她。有一段时间，我还真以为没有办法能够教会她这个呢！不过她学会的也有限；因为就像今天早晨她还似乎是在发布一条耸人听闻的消息那样向我宣布：我真正做到让她恨我了！我告诉你，这可真是赫拉克勒斯[①]才办得到的一件大事！这一点要是做到了，那我可真有理由要对她千恩万谢啦——我能相信你讲的那番话吗，伊莎贝拉，你

---

① 赫拉克勒斯，希腊神话中的大力神，其出身事迹有与希思克利夫类似的悲剧色彩。希思克利夫在本书第2卷第19章中也提到他。

能肯定你恨我吗？如果我让你一个人待上半天，你该不会跑到我面前，又是长吁短叹，又是甜言蜜语来讨我的好吧？我敢说，她倒是愿意我在你面前显得很温柔体贴，百依百顺；揭穿真相会伤害她的虚荣心。不过我并不在乎别人知道，这种情分完全是一头热，而且我在这件事情上从来没对她说过一句假话。她没法儿指摘我，说我耍过一星半点儿虚情假意来欺骗她。我们那天离开田庄出走的时候，她看见我做的第一件事就是把她那条小狗吊了起来，她为小狗求情的时候，我开口第一句话就是：我希望把她家所有的人都吊死，只有一个例外；她可能把这个例外当作了她自己——但是，任何野蛮残暴的手段都没法让她讨厌——我想，她天生来就艳羡这种手段，只要她这个活宝本身别伤着就成！嗐，那么一条可怜巴巴、摇尾乞怜、心智低下的猎犬，居然痴心梦想我会爱她，这不是荒谬绝伦，愚蠢至极了吗？告诉你家老爷吧，奈丽，我这一辈子还从来没遇见过像她这样的下流坯呢——她甚至把林顿这个姓都玷污了；我想试试她，看她究竟能忍受到什么程度，可是她总是恬不知耻地畏畏缩缩又爬了回来，有时候我纯粹是出于无可奈何，也就手软了！不过，也请你告诉他，让他那兄妹之情，师长之心不要紧张，我会严格限定在法律范围之内的——一直到现在，我总是避免让她得到哪怕是一丝一毫要求分居的权利；再有，她也无须为拆开我们向什么人道谢——她要是想走，尽管走吧——她一露面就叫我厌烦，连折磨她所得到的那一点满足也抵偿不了！”

“希思克利夫先生，”我说，“你这是疯子说胡话，你的太太十成有八成相信你是疯了；就因为这个缘故，她才对你容忍到如今。可是你现在说她可以走，她毫无疑问，会让自己从这个许诺中得到益处——小姐，你还不至于鬼迷了心窍，死心塌地地继续跟着他吧？”

“留神呀，埃伦！”伊莎贝拉回答，眼睛里冒出一股怒火——她那种神情让人毫不怀疑，她的那口子千方百计叫她厌恶他，是完全成功了。“他所说的，你一个字也别信。他是个撒谎鬼，害人精，不是人！他以前就告诉过我，说我可以离开他，我也试过那么办，可是我已经不敢再试了！埃伦，我只求你答应我，他说的那些不要脸的话，你对我哥哥或者对凯瑟琳，一个字也别提——不管他怎么虚张声势，都是想激怒埃德加，让他拼命胡来——他老说，他娶我是有目的的，就是为了好摆布他，我一定要让他办不到——要不我就自己先死了！我只是希望——我还祷告，他会忘了他那一套邪魔外道的老谋深算，索性把我杀了！我能想象出来的唯一乐趣，就是自己去死，或者看着他死！”

“你瞧——眼下有这个就足够啦！”希思克利夫说，“要是把你传上法庭，奈丽，你可别忘了她这番话呀！好好瞧瞧她那副嘴脸吧——她已经到了这个份儿上，也和我想要的相差不远了。不行，伊莎贝拉，你现在已经不配当你自己的护卫了；而我身为你的合法保护人，就得监管你，不管这种义务多么令人讨厌——去，上楼去；我还有点事要和埃伦·迪恩单独谈。不是往那边走——我跟你说，上楼去！唉，这边是上楼的路，孩子！”

他抓住她，把她硬推出屋子；一边走回来一边咕噜：

“我可不可怜谁！我可不可怜谁！小肉虫子越咕容①,我就越急着要把它们的肚肠子碾出来！这就像在精神上出新牙一样，它越是疼，我就越是使劲磨，好不让它疼。”

“你懂得可怜这个词儿是什么意思吗？”我一边说，一边赶紧重新戴上帽子。“你这一辈子还觉出来过一点点这种感情吗？”

“把帽子摘下来！”他看出我想走了，就挡住了我，“你现在还

① 英文有谚语A worm will turn，意为：如果压迫过甚，最温驯者也会反抗。此处希思克利夫是反其意而用之。

不能走——过来，奈丽——要么我得说服你，要不我得强迫你：帮我实现我的决心，去见凯瑟琳，而且要说到做到——我发誓，我一点也没有要害她的意思；我并不想惹起什么麻烦，也不想触怒或是侮辱林顿先生；我只希望听她亲口说说她现在怎么样了，她怎么病的，并且问问她，我能不能做点对她有用的事。昨天夜里，我在田庄的花园里待了六个钟头，今天夜里我还要到那儿去；每天夜里我都要到那地方去，而且每天白天也要去，一直到我找到个进屋子里去的机会。要是埃德加·林顿碰见我，我就毫不含糊地把他打倒，狠狠揍他一顿，好让他足以在我没离开之前乖乖躺着，保持沉默——要是他那些仆人来和我作对，我就用这几把手枪把他们吓跑——可是，让我到的时候不和他们或者和他们的老爷打交道，岂不更好？而且你可以轻而易举地就办到这一点！我到了就给你打个招呼，一等她独自一个人的时候，你可以让我人不知鬼不觉地就进去了，在我离开之前，你一直给我望风，这样一来你就可以问心无愧了——因为你防止了一场大祸。”

我极力反对，不肯在我雇主的家里当内奸；除了这一点，我还努力劝他，为了满足自己就去破坏林顿太太的安宁，这未免太残忍、自私了。

“一点点鸡毛蒜皮的小事就把她吓得魂不附体，痛苦难当，”我说，“她浑身每根神经都很紧张，我可以肯定，她经不起这种意外的事情——别一意孤行，先生！要不，我就不得已只好把你的图谋报告我家老爷，他就会采取种种办法，保证不让未经许可的人闯进他的家，侵犯他家里的人！”

“要是这样，我就要采取办法来扣住你啦，老妈子！”希思克利夫叫嚷起来，“不到明天早晨，你就别想离开呼啸山庄。一口咬定凯瑟琳经不住和我见面，这真是胡说八道，至于说她经不住出乎意外的事，我也并不想让她这样，你一定得让她有所准备——先问问她，我可不可以去。你说，她从来没提过我的名字，而且也没有人对她提起过我。如果我成了那个家里的禁忌，那么她又对谁去提到我呢？她认为，你们全都是她丈夫的奸细——哼，我一点儿也不怀疑，她跟你们在一起就像在地狱里一样！从她闭口不提这件事，就像从别的事情一样，我能猜出她心里是怎么想的。你说她常常焦躁不安，现出心急如焚的神情，这难道能证明她心境安宁吗？你说她心里动荡不安——既然她一个人凄凄惨惨，孤孤零零的，真见鬼，她不这样又能怎样呢。还有，让那个干巴巴、没价值的家伙来照顾她，就凭他那点责任心和那点善心！就凭他那点怜悯和那点慈悲！妄想他能在他那点关心照顾的薄土里让她恢复精力，那就像把一颗橡树栽在花盆里，还要指望它茁壮成长一样！咱们马上来决定吧。你是愿意留在这里，让我去制服林顿和他的手下人，自己打开一条路去会见凯瑟琳？还是愿意像一向那样做我的朋友，照我的要求去做？你决定吧！因为你要是坚持你那认死门儿的坏脾气，我就没有理由还在这里再多耽搁一分钟啦！”

唉，洛克伍德先生，我对他又是争辩又是责备，干干脆脆拒绝他足有五十次，可是说到最后，还是他强迫我同意了——我负责把他的一封信带给我家太太；还答应要是太太同意的话，就让希思克利夫知道，林顿下次什么时候出门，那时他就可以来，能够进来了——我不会待在那儿，家里别的仆人也同样为他闪开道儿。

这件事做对了，还是做错了？恐怕我是做错了，虽然那只是个权宜之计。我想，我顺从他就防止了又一场大变故；而且我还想，它也可能会给凯瑟琳的心病带来一个有利的转机。可是随后我又想起了埃德加先生曾经严厉责备我搬弄是非；在这件事情上我想尽力把内心的不安扫除干净，于是经常告诫自己：斩钉截铁地说，像那样辜负对自己的信任——如果这件事该当得到这样一种难听的称呼——那也是最后一次。

尽管如此，我在回家的路上还是觉得比我去的时候更加悲伤；而且在我还没完全说服自己把那封信交到林顿太太手上之前，心中真是焦虑重重。

不过，这会儿肯尼思大夫来了——我得下楼去，告诉他你已经好多了，我这个故事是很凄惨的，就像我们这儿的人说的那样；要讲下去还会消磨一个上午呢。

凄惨，又乏味！这位好心的女人下楼去迎接大夫的时候我心里琢磨着；这种故事，要是由我挑选，本来是不会选它来给自己解闷儿的；不过，这也没关系！从迪恩太太的这包苦药里我可以提炼出有益健康的好药来呀；首先，我得把持住，别为凯瑟琳·希思克利夫那对秋波宛转的眼睛着了魔。要是我把我的心奉献给那位年轻的女郎，我就会莫名其妙地魂不守舍了，这个女儿真是她母亲的翻版。

第二卷

第一章

又过了一个星期——在这么多天里，我离健康和春天都近得多了！我那位管家一有空能放下她那些重要的营生，就来坐坐聊聊，现在我把我那位邻居的故事全部都听完了。我就要用她自己的话来继续把故事写下去，只是略微弄紧凑了一点儿。总的说来，她是个讲故事的能手，我觉得我还没法改善她的风格呢。

她说，那天晚上，也就是我去拜访山庄那天的晚上，我知道，希思克利夫先生就在这附近，而且就好像我亲眼看见了他一样。于是我避免走出去，因为我把他那封信还揣在口袋里，我也不愿意再受到威逼或是哄骗。

我拿定主意，不等我家老爷出门到什么地方去就不把信拿出来，因为我猜不透，凯瑟琳收到信会有什么反应。结果是三天都过去了，信还是没到她手里。第四天是星期天，等一家人都上教堂去了，我才把信拿进她的屋子。

还有一个男仆留下来和我一起看家，我们一向的办法是：在做礼拜的那几个钟头把几个门都锁上；但是那一天，天气又暖和又舒服，所以我让门都大开着，而且我知道是谁要来。为了做好我约定的事，我告诉我那个伙伴，说太太非常想吃橘子，要他赶快跑到村子里去弄一点点，第二天再付钱。他走了，我又回到楼上去。

林顿太太穿了一身宽松的白衣服，肩上披了一条轻柔的披肩，像往常一样坐在打开的窗户前面凹进去的地方。她那头厚厚的长发，在她刚刚生病的时候脱掉了不少，现在顺着那自来的弯曲，她向鬓角和后脖子轻轻梳理了一下。她的外貌变样儿了，像我告诉希思克利夫的，可是在她平静的时候，她这么一变倒显出了一种超凡出世的美。

她原先那双烁烁有神的眼睛，现在变得含有一种如梦似幻、凄楚忧伤的柔媚，让人觉得，它们根本没有注视身边的事物，倒好像老是在凝视着远方，老远老远的地方——你还可以说，是远到了尘世之外。这时她身体固然逐渐复原、丰满，那种憔悴已经无影无踪，可是她脸色依旧苍白，再加上由她那种心境流露出来的一副异乎寻常的神情，令人不禁想起它们的缘由而感到心疼，然而这些又让她增添了几分惹人怜爱的韵致。我认为，而且我知道任何人看见她也会同样认为，她这种脸色和神情否定了以为她可能康复的确凿证据，而且标示出了她注定就要玉殒香消。

一本书打开了放在她面前的窗台上，不时有阵几乎让人感觉不到的微风把书页吹得直扇忽。我相信是林顿把书放在那儿的，因为她从来不打算读读书或做点什么事来给自己解闷儿；可林顿总是不惜时间想方设法，逗引她对以前觉得好玩的事情发生兴趣。

她觉出他的用意，心情好的时候也就平心静气地听任他自己去忙活，只是有的时候憋出一声心烦的叹息，表示说这都是枉费心机，临到最后只得用凄惨已极的苦笑和亲吻来把他止住。另有些时候，她常常使性子扭过身去，用双手捂住自己的脸，或者甚至气冲冲地把他推开；这时候他就小心翼翼地让她独自待着，因为他明白自己是吃力不讨好了。

吉默顿礼拜堂的钟声照旧在响，山谷中小溪里，满满当当欢腾奔跳的潺潺流水传来了悦耳的声音。这是在夏日树叶沙沙作响之前美妙的天籁，而等到绿树成荫的时候，田庄周围的这种音乐就湮没无闻了。在呼啸山庄，每逢解冻春回或久雨初晴之后宁静的日子，总可以听到这种音乐——凯瑟琳这时候倾耳静听，心里想的就正是呼啸山庄，也就是说，如果她在听或者是在想的话；可是她却像我刚才说过的那样，一副茫然远视的神情，显示出她既没有用耳朵也没有用眼睛去理会物质世界的东西。

“这儿有给你的一封信，林顿太太，”我一边说，一边把它轻轻地塞进她搭在膝盖上的一只手里。“你得马上看，因为在等回音。要我给你打开封印吗？”

“好吧。”她回答，眼光都没有挪动一下。

我打开了信——信很短。

“好了，”我接着说，“看吧。”

她把手抽开，信落在地上了。我把信重新放在她膝上，站在那儿等着她什么时候愿意低头看看；可是等了很久，她也没有动弹，到后来我只好又说了：

“需要我来念吗，太太？这是希思克利夫先生写来的信。”

她激灵了一下，随后因为想起了什么事情而掠过一丝不安，接着又强挣着想理顺自己的思绪。她举起信来，好像在仔细阅读；看到签名的时候，叹了一口气；不过我还是发现，她一直不得要领，因为我虽想听到她的答复，她却只是指着那个名字，用一种悲伤和探询的神情急切地盯着我。

“唉，他想来看你，”我说，猜想到她需要我做一番解说。“这会儿他正在花园里，急着要知道，我会给他带个什么回音。”

我正说着，看见原来躺在下面撒满阳光的草地上的那条大狗，竖起耳朵好像要叫，接着又把耳朵耷拉下来，摇着尾巴，表示有人走过来了，而那个人，它觉得并不是生客。

林顿太太俯身向前，屏息静听。过了一会儿，有脚步声穿过门厅；这所敞开的宅子对希思克利夫的诱惑力太大了，他情不自禁一定要走进来。他多半是以为我想规避自己的诺言，所以就决心倚仗自己的大胆莽撞行事。

凯瑟琳焦急得浑身的神经都绷紧了，死盯着自己卧室的门。他并没有立刻找准屋子；她示意我把他让进来，可是还没等我走到门口，他就找着了，而且大步流星地迈到她跟前，把她紧紧抱在怀里。

他既不说话又不松手，大约总有 5 分钟；在这段时间，他不停地吻她，我敢说，他一辈子也没吻过她这么多次；不过那时候是我家太太先吻的他。我看得很清楚，他出于痛苦难当，简直没法正面往她的脸上瞧！从他看到她的那个时刻起，他就和我一样确信无疑，她已经没有完全康复的希望——她已命中注定，必死无疑。

“啊，凯茜！啊，我的命根子！我怎么受得了呀？”他开口就是这样几句话，用的是丝毫不想掩饰自己的绝望的腔调。

这时候他热切地瞪着眼睛看着她，我以为这样激动的凝视会让他流出眼泪来呢，可是他痛苦得两眼冒火，没有软化。

“这是怎么啦？”凯瑟琳说着身子往后靠过去，突然阴沉沉地紧锁双眉，回对着他那副神气——她的情绪、脾气不过是个朝夕万变的风向标罢了。“你和埃德加把我的心都撕碎了，希思克利夫！你们俩都到我这里来为这件事悲号痛哭，好像你们倒是该可怜的人了！我不会可怜你，我不会的。你把我害死啦——而且，我想，你还靠这个更兴盛。你多有本事呀！我死了以后，你还打算再活多少年呢？”

希思克利夫一直单腿跪着抱着她；这时候他想站起来，可是她揪住他的头发，弄得他一直起不来。

“我希望我能抓住你，”她继续酸楚地说，“一直到我们俩全都死了！我不应该关心你受了什么罪。我不管你受的什么罪，为什么你不该受罪？我就应该这样！我入土以后，你会忘了我吗——你会快乐吗？过了二十年以后，你会这样说吗？——'那是凯瑟琳·恩肖的墓。很久以前我爱过她，失去她的时候我很悲痛；不过那是过去的事啦。从那以后我爱过许多人——我现在觉得，我这些孩子比以前的她更珍贵，而且我死的时候，我也不会因为是要到她那儿去就十分高兴，我会因为觉得我得抛下我这些孩子而难过！'你会这样说吗，希思克利夫？"

"不要把我折磨得和你一样发疯吧！"他一边大声喊叫，一边把头挣脱出来，而且还使劲咬牙。

这两个人，在一个冷眼旁观的人看来，构成了一幅奇特而又可怕的图景。除非她在舍弃她那肉体凡胎的同时，把她那凡世的秉性也一块儿舍弃，否则，她很可能会认定天堂也是她的流放地。她这时脸颊死灰，嘴唇惨白，目光烁烁，满脸都是恨得发疯的神情；她攥得紧紧的手指中间还抓着一撮撮她刚才一直揪住不放的头发。她那位伴当，这时候用一只手把自己撑起来，另一只手抓住她的胳臂。她的病情本来需要轻柔温存，可是他从骨子里就和这格格不入，在他松开手的时候，我看见她那苍白的皮肤上清清楚楚地留下了四道发青的指痕。

"难道你已经魔鬼附体了吗，"他继续粗暴地说，"临死的时候还用这种方式对我讲话？你想到了吗，等你撇下我以后，所有这些话都会烙在我的脑子里，永远不停地越吃越深？你说我害死了你，你知道这是胡说；而且，凯瑟琳，你知道，只有我不在了，我才会忘掉你！等到你安息的时候，我还要像下地狱似的给煎熬得死去活来，难道这还不能满足你那绝对自私自利的心愿吗？"

在这样过分激动的情况下，凯瑟琳的心脏猛烈狂乱地跳动，明显可见，清晰可闻，这又勾起她感觉到身体疲乏不堪，这时她呜呜咽咽地说：“我是不会安息的。”

她什么也没有再说，直到这阵发作过去以后，才稍微温和地说：

“我并不希望你受更厉害的煎熬，希思克利夫！我只是希望我们俩永不分离——而且要是我有哪句话今后会让你难过，那你就想着，我在九泉之下也同样难过，还有，为了我的缘故，宽恕我吧！过来吧，再跪下！你一辈子也从来没有伤害过我。别价，你要是心里总憋着怒火，那回想起来比我那些难听的话还要糟糕。你难道不愿意再过来吗？来吧！”

希思克利夫走到她那把椅子背后，弓身扶在上面，但是没有低到让她看他那张激动得发青的脸，她扭过身子想看看他；他不让她看；猛然他转身走到壁炉边上，背对着我们站在那儿，一声不响。

林顿太太的眼光跟着他，满腹狐疑：他每一个动作都在她心里唤起一种新的思绪，停了一会儿，又盯着他看了一阵以后，她接着说起话来，用一种由于失望而愤愤然的口气对我说：

“唉，你瞧，奈丽！他都不愿意发发慈悲，让我在坟墓外面多待一会儿！我就是这样让人爱的呀！好吧，也没什么！那并不是我的那个希思克利夫，我还是爱我的那个，还要带着他跟着我去——他在我的灵魂里呢。而且，”她若有所思地接着说，“最让我讨厌的东西，归根到底，就是这个破烂不堪的牢笼[①]。我已经腻烦，腻烦给关在这里。我心急火燎地想逃到那个灿烂辉煌的世界里去，永远在那儿，不是泪眼模糊地看着它，不是透过这颗疼痛的心宅的壁垒渴望它，而是真正与它同在，身临其境。奈丽，你以为你比我好，比我幸运，身体健康，精力充沛——你为我难过——很快那都会改变的。

① 西方常把肉体看成灵魂的牢笼。凯瑟琳此处即指此意。

我就会为你难过啦。我会远远超过你们，高过你们，没人能比。我觉得奇怪，他居然不愿靠近我！”她自言自语地往下说。“我想，他希望那样。希思克利夫，亲爱的！现在你不应该愁眉苦脸的。快到我这儿来，希思克利夫。”

她急切难耐地站起身来，靠椅子的扶手支撑住自己。他听到那诚挚的呼唤转过身来对着她，现出一副完全绝望的神情。他两眼圆睁，终于满含泪水，目光猛烈地投到她身上；他的胸膛像抽搐一般地忽上忽下，他们相互分开站了一会儿，转瞬之间我还没来得及看清，就到了一起；只是凯瑟琳突然一跳，他就把她抓住了，然后他们俩紧扣着抱在了一起，我以为我家太太再也不会活着松开了。其实依我看，她好像立时就不省人事了。他扑腾一下坐在最靠近的座位上，我慌忙奔过去想看看她是不是昏倒了，他却对我咬牙切齿地像疯狗似直吐白沫，还嫉妒得疯了似的把她朝自己怀里搂。我觉得，我仿佛不是和我同属一类的有生之物为伍；虽然我在和他讲话，看起来他却不会理解；所以我只是不知所措地站在一边，闭口无言。

这时候凯瑟琳活动了一下，这才略微让我放了一点心：他本来抱着她，她抬起手来搂住他的脖子，把自己的脸凑到他的脸上；而他，回报以疯狂的抚爱，粗暴地说：

“你现在教我懂得了，你一直是多么狠心——又狠心又虚假。那时候你为什么藐视我呢？你为什么要违背自己的心呢，凯茜？我没有一句安慰的话——你这是罪有应得。你害死了你自己。不错，你可以吻我，也可以哭；并且也勒索我的吻，也勒索我的眼泪。我的吻和眼泪要毁坏你——它们要催你死。那时候你既然爱我——那你有什么权力甩了我呢？什么权利——回答我——就凭着你那低级品位瞎摸乱碰找上了林顿？因为穷苦也罢，地位降低也罢，死亡也罢，上帝或者恶魔加到头上的刑罚也罢，本来都不能把咱们拆散，你，却心甘情愿这样子了。我没有撕碎你的心——是你自己撕碎的——而且你撕碎你自己的心的时候，也撕碎了我的心。我是强者，所以在我这边也就更糟得多。我还想活吗？那又会是一种什么活法儿呢，当你——天哪！难道你在坟墓里还想和你的灵魂一起活着吗？”

“饶了我吧，饶了我吧，”凯瑟琳抽抽搭搭地说，“要是我都做错了，我也快要为这个死啦。这就足够啦！你也一样甩了我；可是我并不想斥责你！我宽恕你了。你宽恕我吧！”

“很难宽恕，瞧瞧那对眼睛，摸摸那双枯瘦的手，”他回答说，“再吻吻我；不要让我看到你的眼睛！你对我的所作所为，我都宽恕，我爱谋害我的人——可是谋害你的那个，我怎么能呢？”

他们俩都默不作声——他们的脸相互紧紧贴在一起，听任泪水相互冲洗。至少我以为双方都在哭泣；看起来，希思克利夫在这种紧要关头也是会哭的。

这时候我变得很不自在；因为下午的时间过得很快，我打发去办事的人回来了，借着山谷上面的夕阳残照，我看出来从吉默顿礼拜堂门廊外面涌出来的人流越来越稠密。

“礼拜做完了，”我报告他们说，“半个钟头之内老爷就要到家了。”

希思克利夫咕咕噜噜骂了一声，把凯瑟琳搂得更紧——她一动不动。

没过多久，我就看到一伙仆人离开大路朝厨房那一处走过来。林顿先生在后面不远，他自己打开了大门，悠悠闲闲地走上前来，大概是在享受下午透出的那种像是夏天的温馨。

“这会儿他来了，”我大声嚷道，“看在老天爷的份儿上，快下去吧！你走前面的楼梯就不会碰见什么人。快呀，快，在林子里待到他进了屋门。”

“我必须走了，凯茜，”希思克利夫一边说，一边想办法从他那位伙伴的怀抱里挣脱出来。“但是，只要我活着，我就要在你睡着以前再来看你。我不会离开你的窗口五码远。”

“你千万别走！”她紧紧抱着他回答，有多大劲就使多大劲，“我告诉你，不准走。”

“只走一个钟头。”他极力恳求。

“一分钟也不行。”她答道。

“我非走不可——林顿马上就要上来了！”这个又惊又怕的不速之客一再恳求。

他本可以站起来，这样一来就能让她的手指头松开——可是她死死搂着，喘着粗气；脸上显出一种疯狂的决心。

“不行！”她尖声大叫，“啊，别——别走！这是最后一次啦！埃德加不会伤害我们。希思克利夫，我要死啦，我要死啦！”

“该死的傻瓜。他都来啦，”希思克利夫叫道，缩回到他的座位里。“别喊，我的宝贝儿！别喊，别喊，凯瑟琳！我就待在这儿。他要是就这样给我一枪，我咽气的时候，嘴上还是要感谢上帝。”

于是他们俩又抱在了一起。我耳听着老爷正在上楼——脑门子上直冒冷汗；我害怕极了。

“你就听着她胡言乱语吗？”我又气又急地说，“她根本不知道她在说什么，因为她已经不知道自己该怎么救自己，你就要毁了她吗？快起来！你立刻就可以脱身嘛。这是你这辈子干的最恶的事。我们大家都完了——老爷，太太和仆人。”

我绞着自己的两只手，大声喊叫；林顿应声加快了脚步。正在我心急如焚的当口，我看见凯瑟琳的两只胳臂松松地落了下来，她的头耷拉下了，心里着实高兴。

“她昏过去了，要不就是死了，”我想，“那倒更好。她要是死了就太好了，免得不死不活地拖着成了她周围人的负担和痛苦的根源。”

埃德加猛地扑向他那位不请自来的客人，因为又是吃惊，又是气愤，脸色煞白。他想怎么办，我也说不上来；可是那一位却把那个看来气息全无的身体放进他的怀里，这一下立即把所有着急、吃惊、愤怒的表现都止住了。

“瞧瞧那儿，”他说，“你要不是一个凶神恶煞，就先救救她——然后再来和我说话！”

他走进客厅，坐了下来。林顿先生把我招呼过去，我们想方设法总算让她恢复了知觉；可是她完全糊涂了；她又是叹气，又是呻吟，可就是谁也认不出来。埃德加为她急得坐立不安，早忘了她那个可恨的朋友了。我没有忘。我一找到机会马上就过去求告他赶快离开这里，同时告诉他，凯瑟琳确实已经见好，第二天早上他会从我这儿知道她这一夜是怎么过的。

“我可以答应走出这家的门，”他回答说，“不过我要待在花园里；还有，奈丽，别忘了，明天你别食言。我会在那些落叶松下面等着——别忘了！要不，我就再去拜访，不管他林顿在不在家。”

他隔着半掩着的卧房门往里面急速瞥了一眼，断定我说的明显无误，才离开了这所他一来就要倒霉的宅子。

第二章

那天夜里 12 点钟左右，你在呼啸山庄见过的那个小凯瑟琳出世了，这个又弱又小的孩子只怀了七个月；两个钟头以后，那位母亲就死了，神志始终没有恢复到能够记起希思克利夫，或是认出埃德加。

埃德加由于丧妻的悲痛而失魂落魄的那种样子，细说起来都真是一段叫人心疼的故事；这件事的种种后果也说明了他悲痛到了什么地步。

照我看，还要再加上一件大事，就是她没有留下一个男孩作继承人。我瞧着这个虚弱的孤女，就痛惜不已，心中不禁要暗暗责骂老林顿当初怎么那样偏心，规定把家产可以传给自己的女儿，而不给他儿子的女儿！她要是在刚出世的那几个钟头就死命哭断了气，不管是谁也会无动于衷。随后我们才弥补了当时的那种疏忽。可是她将来的结局很可能也是缺朋少友，跟她刚出世的时候一样。

第二天，户外阳光灿烂，令人神清气爽，晨曦从百叶窗悄悄闪进静悄悄的屋内，轻柔温和地洒在卧榻和躺在上面的人身上。

埃德加把头抵在枕头上，双眼紧闭。他那年轻俊秀的眉目，几乎和躺在他身边的那位一样毫无生息，而且也差不多一样僵滞不动。不过他那是悲痛欲绝、筋疲力尽的静默，而她则是绝对的宁静安详。她眉头舒展，两眼合拢，双唇含笑，就是天堂里也没有哪位天使能比她显得更美了。连我也感受到她长眠其中的这种永恒的宁静。我凝神注视着这得到上天赐予而安息的无忧无虑的形体，我的心境从来也没有那样圣洁虔诚。我不知不觉就在心里回响起她刚刚在几个钟头以前说过的话：“远远超脱尘寰，高高翱翔在我们众人之上，不管是在人间还是到了天堂，她的灵魂都有了归宿，与上帝同在！”

我不知道这是不是我独有的特性，不过我在灵堂守候的时候，除非有些和我一块儿守灵的人哀痛若狂或是悲恸欲绝，我确实很少感到不快。我眼见一种不论是人间还是地狱都破坏不了的安息；我感到今后有一种无穷无尽，光明普照的保证——他们进入了的是亘古长存的永恒——在那里，生命绵长，无休无止，博爱普施，欢乐无边。像林顿先生那样爱凯瑟琳，可是在她幸福地得到解脱的时候，他竟然那样悔恨交加，此时此刻我不免感触到，就是在这样一种爱中间，也包含着多少自私自利呀！

毫无疑问，人们可以怀疑，她一辈子都是我行我素，毫无耐性，究竟配不配最终享有一个风平浪静的港湾。人们在不断冷静思考的时刻可能会这样怀疑，但是在那种场合，当着她的遗体，是不会的。遗体本身就说明它理应享有安谧宁静，这好像也同样保证了遗体原先的寄寓者[①]的安宁。

“你相信这样的人在阴间也是快活的吗，先生？我多么想知道啊。”

我不肯回答迪恩太太的这个问题，它让我感到有某种异端邪说的意味。她又接着说：

“回头想想凯瑟琳·林顿这一辈子的事儿，恐怕我们没有理由认为她活得快活；不过我们还是让她的创造者[②]去管她吧。”

老爷看来像是睡着了，太阳升起以后，我就壮着胆子离开这间屋子，溜到外面清爽宜人的空气中去了。那些仆人还以为，我是因为熬夜守灵太久，弄得头昏脑涨，想去清醒清醒；实际上我主要是为了去看看希思克利夫先生。要是他整夜都待在那一片松林里不动，那么田庄里这场骚乱他是一点也听不见的，除非他也许看到了骑着马朝吉默顿飞奔的送信人。要是他到近处来过，那么，从灯光闪过来闪过去，外屋那些门一时开一时关，他总会明白，宅子里边情况不妙。

我希望找到他，可是又怕找到他。我觉得，这可怕的消息不告诉他不行，我真想把这件事交代过去，可是怎么办，我却不知道。

他就在那儿——不过是林苑里再远几步的地方；他靠着一棵老白蜡树，没戴帽子，抽芽的枝条上凝结的露水从上面向他身边嘀嗒

① 指灵魂。

② 指上帝。

下来，让他的头发全都湿透了。他一定就是这种姿势在那儿站了很长时间，因为我看见一对鸫鸟在离他不到三码的地方飞过来飞过去，忙着搭窝，把就在旁边的他这个活人当成了不过是一根木头。我一走近，它们就飞走了，这时他抬起眼来说话了。

“她死了！”他说，“我不等你来就知道了。把你的手绢儿拿开——别在我面前假惺惺地哭！你们这伙该死的东西！她才不稀罕你们的眼泪呢！”

我为她哭，同样也是在为他哭：我们有时候的确可怜这样一些人，他们不管是对自己还是对别人，都没有一点点感情；我开头一看他的脸就领会到，他已经得到这场大灾难的消息；我脑子里还起了一个愚蠢的念头，以为他已经死了心，而且在祈祷，因为他嘴唇嚅动，目光低垂。

“是呀，她死了！”我回答着，忍住抽泣，擦干脸腮。“上了天堂，如果我们能够及时接受告诫，弃恶从善，我希望，我们每个人也都能到天堂去跟她相聚！”

“那么，她及时接受告诫了吗？”希思克利夫问，想做出冷笑的样子。“她是像个圣徒似的死的吗？来，给我讲讲这件事的实情。究竟怎么——”

他极力想说出那个名字，可是怎么也说不出来；他紧闭着嘴唇，和自己内心的巨大痛苦较量了一阵，与此同时，他两只眼睛无所畏惧地恶狠狠瞪着我，毫不理会我的同情。

“她是怎么死的？”他终于又说话了——他虽然粗蛮坚强，也还是想在背后有个什么东西支撑住他，因为经过这番挣扎，他浑身上下连手指都在不由自主地颤抖。

“可怜的倒霉鬼！”我心想，“原来你也和大伙儿一样，有心肝血肉呀！为什么你要费尽心机把它们遮掩起来呢？你那种傲慢劲儿可瞒不过上帝呀！你引得上帝要把它们扭过来，最后逼着你屈服哀号！”

“像只羊羔一样安安静静！”我高声回答，“她长叹一声，把身体挺直，像个孩子一样醒过来，接着又睡过去了；5分钟以后，我感到她的心轻微跳动了一下，就什么也没有了！”

“还有——还有，她有没有提到过我？”他问得犹犹豫豫，仿佛害怕对他这个问题的回答会节外生枝，让他听了难以忍受。

“她再也没有恢复知觉；你离开她以后，她就不认得人了，”我说，“她躺着，脸上带着甜蜜的微笑；她临终前的思想又荡回她早年快乐的岁月，她的生命是在一个温柔的梦境中结束的；愿她在那个世界醒来的时候照样温和善良！”

“愿她醒来的时候痛苦难当！”他大声吼叫，激烈得吓人，他突然发作起来，无法控制感情，又是跺脚，又是哼哼，“啊，到头她还在撒谎！她现在在哪儿？不是在那儿——不是在天堂——不是去世了——在哪儿呢？啊，你说过，你根本不管我受什么罪！我祈祷的就是一条——我反反复复地祈祷这一条，一直到我的舌头都硬了。凯瑟琳·恩肖，只要我还活着，你就永远不得安息！你说，我害死了你——那么，你就阴魂不散来缠住我吧！遭到谋杀的人，阴魂总是缠住杀人凶手的。我相信——我知道，鬼魂一直在世间游荡。永远跟着我吧——不管用什么样子显形——把我逼疯吧！只是不要把我撇在这个深渊里，让我无法找到你！啊，上帝呀，这可是难以言传的痛苦呀！没有我的命根子我没法活！没有我的灵魂我没法活呀！”

他把头朝那个疙疙瘩瘩的树干上猛撞，又仰天长啸，不像个人，倒像一头给刀枪剑戟刺得就要送命的野兽。

我看到树皮上溅了几滴血，他一只手上和脑门儿上也沾着血；很可能我眼见的这种光景昨天夜里已经一次又一次地出现过了。它倒并没有怎么激动我的感情——可是让我吓坏了。不过我还是觉得难以就这样扔下他不管。但是等他一恢复神智发现我在那儿看着，他就大发雷霆，命令我走，我照办了。要想让他安静下来，或是安慰他一番，我可没有这个能耐！

林顿太太的葬礼定在她故去后的那个星期五举行。葬礼之前她的棺木一直摆在大客厅里，棺盖敞开着，摆满鲜花和香叶。林顿整天整夜在那儿守灵，不去睡觉；还有，希思克利夫起码每天夜晚都待在外面，同样忘了休息，这件事除了我谁都给蒙在鼓里。

我没有和他接头；不过我还是知道，如果可能，他是会想办法进来的。星期二那天天刚刚擦黑，我家老爷实在乏得不行了，只好去歇息几个钟头，我就去打开了一扇窗户，因为我被他那种抱定宗旨不达目的誓不罢休的毅力打动了，想给他一个机会，好让他能和他崇拜的那个日见凋谢的形象最后诀别。

他没有让自己错过这个机会，小心翼翼地进去待了一会儿，小心得连一点点响声都没有。真的，要不是死者脸旁边的幔帐弄乱了，地上又有一绺用银线捆着的浅色头发，我也不会找出他去过那儿的迹象，我看了看那绺头发，肯定它是从凯瑟琳脖子上那个小金盒里取出来的。希思克利夫打开过那个小盒子，取出那绺头发，把自己的一绺黑头发换了进去。我把这两绺头发拧在一起，又都装进去了。

恩肖先生当然受到邀请来参加送他妹妹的遗体入土；他并没有托故推辞，不过他一直没有到场；所以除了她丈夫以外，送葬的全都是佃户和仆人，没有请伊莎贝拉。

让村民吃惊的是，凯瑟琳葬身的墓穴不是在礼拜堂里林顿家族雕花的墓碑下边，也不是在礼拜堂外面她娘家亲人的坟墓中间。它挖在教堂墓地一个旮旯的绿色斜坡上，那里围墙很低，荒原上的石楠和覆盆子爬了过来，泥炭土差不多都把墙埋没了。她的丈夫现在也躺在那同一块地上；他们每人的坟头都竖了一块简单的墓碑，碑下有一块没有雕饰的灰色石头，当作他们坟墓的标志。

第三章

那个星期五，是我们这个月最后一个风和日丽的日子，傍晚天气就变了，南风转成了东北风，首先带来一场雨，然后是雨雪交加和大雪纷飞。

第二天早晨，简直让人无法想象，昨天才过完三个星期的夏天。樱草花和番红花都藏身在冰雪堆下；百灵鸟噤声无歌；小树的嫩叶给折腾成了黑色——那天早晨，阴沉、寒冷和凄凉都神不知鬼不觉地袭来了！我家老爷躲在自己的屋子里——我一个人占了那冷冷清清的客厅，把它变成一个婴儿室。我坐在那儿，那个玩具娃娃似的婴儿哼哼唧唧，我把她放在膝上，一边颠来颠去，一边瞅着一直都在漫天飞舞的鹅毛大雪，在那打开了窗帘的窗台上越积越厚，这时候门开了，一个人走了进来，气喘吁吁地，还在哈哈大笑！

在那一眨眼的工夫，我不只是吃了一惊，更主要的是生气；我还以为是家里的哪个女仆，便大喝一声：

“行了，行了，在这儿你怎么敢这样放肆？要是林顿先生听见了，会怎么说你呢？”

“请原谅！”一个熟悉的声音回答，“不过我知道埃德加在床上，而且我也忍不住呀。”

那个人一边说着，一边走到了壁炉前面，喘着粗气，把一只手叉在腰上。

“我从呼啸山庄一路跑了过来！”待了一会儿，她接着说，“先不算我飞快地跑过的地方——我数不清摔过了多少跤——哎哟，我浑身都痛！别那么大惊小怪的！——等我一缓过来，就给你解释清楚——只是你得行行好，出去吩咐马车把我送到吉默顿，再告诉一个仆人到我衣橱里去找几件衣服来。”

那位闯进来的人原来是希思克利夫太太——看来她确实处在无法令人发笑的窘境：她的头发一绺绺地披散在肩上，滴着雪水，身上穿的是她过去常常穿的那套女孩子的衣服，不合她的身份，更不合她的年龄；那件袒胸露背的连衣裙袖子很短，头上和脖子上什么也没戴。连衣裙是薄绸做的，湿透了就紧紧贴在身上，脚上只穿了一双又轻又薄的便鞋。除此以外，一只耳朵下面还有一道深深的伤口，只是因为天冷才没有流太多的血；苍白的脸上有抓伤和青肿的伤痕；因为疲劳身体几乎支撑不住。你可以想象，在我有工夫打量她以后，我最初见到她的时候那种慌恐也没有减轻多少。

“我亲爱的小姐呀，”我叫嚷起来，“不等你把身上每一件衣服都脱掉，换上干衣服，我哪儿也不去，什么事也不听，今儿个晚上你肯定是不能去吉默顿了，所以也用不着去吩咐备车。”

“我一定要去，”她说，“走着也罢，坐车也罢——不过我并不反对马上穿戴起来，还有——哎哟，瞧瞧，血怎么顺着我的脖子淌下来了！一烤火就又觉得痛啦。”

她一定要我先办完她吩咐的事，才让我碰她；一直到马车夫按照吩咐备好了车，一个女仆也给打发去收拾出几件必需的衣着，我这才得到她的同意，给她包好伤口，又帮她换上了衣服。

等我的事儿办完了，她在壁炉前面的一把安乐椅上坐定，面前还摆了一杯茶，这时她才对我说，“好啦，埃伦，你在我对面坐下，把可怜的凯瑟琳的婴儿搁在一边——我不喜欢看到她！你可别因为我刚才进来的时候那样傻笑，就认为我不怎么关心凯瑟琳——我也哭过，哭得很厉害呢——可不是吗，比谁都更有理由哭呀——我们没有和解就分手了，这你是记得的，我绝不会原谅我自己。可是不管怎么样，我是不会同情他的——那个野蛮的畜生！哦，把那根拨火棍给我！这是带在我身上他最后的一件东西啦，"说着她把那个金戒指从无名指上脱下来，扔在地上，"我要把它砸碎！"她接着说，一边用小孩子那种泄愤的方法用力敲打，"然后把它烧了！"于是拾起那个错用了的物件，扔进煤火中间。"好啦，他要是把我又弄回去，他就得另买一个啦。他干得出前来搜我，纠缠埃德加这种事——我不敢待下来，免得他那邪恶的脑袋里又生出这种念头！另外呢，埃德加一向也并不重情义，是不是？我既不想来请求他的帮助，也不愿意给他招来更多的麻烦——我是不得已才到这儿来躲一下，要不是知道不会碰见他，我就会只待在厨房，洗洗脸，暖暖身子，让你去把我想要的东西拿来，然后就再离开，不管到哪儿，只要能够脱离我那个可恶的——那个显形的鬼怪就行！哈！我要是给他逮住，他可得火冒三丈啦！真可惜，论力气，恩肖不是他的对手——如果欣德利有那种本事，能让他整个完蛋，那么，我不亲眼瞧见这一着，是不会跑的！"

"唉，别讲得那么急嘛，小姐！"我打住她的话头，"你要把我捆在你脸上的那条手绢，弄得错了位，那就又要让伤口流血啦——喝茶吧，缓缓气，别那么大笑啦——在这所房子里笑，那可是太不合时宜了，又是处在你这种情况。"

"这倒是不可否认的老实话，"她回答，"你听听那孩子！一个劲地哭个不停——把她抱开一个钟头吧，别让我听到她哭；我最多待一个钟头就走。"

我打了铃，把孩子交给一个仆人去照看，然后就问她，究竟是什么事逼得她这样狼狈不堪地从呼啸山庄逃了出来——还有，她既然不肯和我们待在一起，那么她又打算逃到哪儿去？

“我本来应该留在这儿，而且也希望这样，”她回答，“好让埃德加打起精神来，也好照看那个孩子，既为这两件事，也更因为田庄是我真正的家——可是我跟你说，他是不肯放过我的！你想，他看到我慢慢胖起来，高高兴兴的，能受得了吗？他想到我们平静下来，能受得了吗，能不下狠心来搅得我们不得安生吗？好啦，我感到满意的是，我能断定他恨我已经到了那种地步：只要一听到我的声音或者一看到我这个人，就气不打一处来——我注意到，只要我一出现在他面前，他脸上的肌肉就会不由自主地抽搐，显出一副仇恨的样子；这一部分是因为他知道我有好多理由要恨他，一部分是因为他本来就对我反感——他这种感情十分强烈，足够让我可以肯定，如果我能想方设法逃得无影无踪，他是不会跑遍英格兰追寻我的；所以我必须走得远远的。我最初是想让他杀了我，现在我已经不这么想了。我倒是更想让他把他自己杀了！他已经成功地把我的爱情扑灭了，所以我现在倒很心安理得。我还能想起来，我曾经多么爱他；现在还能隐隐约约地想象，我仍然能够爱他，假设——不，不行，即使是假设他喜欢过我，他骨子里那种恶魔一般的天性也还是时时流露。凯瑟琳的爱好真是反常得吓人，既然对他了解得那么透彻，居然又能把他看得那样宝贵。他真是怪物一个！但愿能够把他从这个世界上，也从我的记忆里清除掉！”

“快别说啦，快别说啦！他也是个人嘛，”我说，“厚道一点吧，还有比他更坏的人呢。”

“他不是人，”她回口说，“他没有权利要我厚道——我把我的心都交给他了，他拿了过去，把它作践死了，然后再把它扔回给我——人都是有了心才有感情，埃伦，既然他把我的心毁了，我就没办法对他再有感情啦，而且哪怕他为了凯瑟琳从今天起就痛哭呻吟，直到他死的那一天，直到哭得流出血来，我也不会对他再有感情啦！的的确确不会，我再也不会啦！”伊莎贝拉说到这里就哭起来了，可是她马上把挂在睫毛上的泪珠弹掉，又接着说起来。

“你问我，究竟是什么事情最终促使我逃跑了？我是逼得没办法才想这么办的，因为我终于做到了把他惹得怒火冲天，让他比平日那种凶狠歹毒更高出一等。用烧得通红的钳子把神经夹出来，可比对准脑袋给一棒子更需要沉着冷静。他给惹得够呛，已经顾不得像他平时自吹自擂的那样总是恶魔一般的老谋深算，而是开始采取杀人害命的暴烈手段了。我看到我能激怒他，心里就感到痛快：这种快感唤醒了我保护自己的本能，所以我就顺顺当当地逃开了；我要是再陷进他的魔掌，他可就要随心所欲地大加报复了。

“昨天，你知道，恩肖先生本来是会来参加葬礼的，为了这件事，他有意让自己保持清醒——还算清醒：不像平常那样六点发着酒疯上床睡觉，十二点起床时还醉醺醺的，结果总是起床的时候像个想自杀的人那样意志消沉，这本来是应该去去教堂，就像是去跳跳舞；可是他却恰恰相反，又在壁炉旁边坐下，大杯大杯地吞起杜松子酒或是白兰地来。

“希思克利夫——我一提到他的名字就发抖——从上星期天一直到今天都没有在那所房子里落过脚——我也说不上来，是天使还是他地底下的亲戚[①]供的他吃喝；不过差不多有一个星期，他没有和我们一起吃过一顿饭——他是天麻麻亮的时候才回来的，然后就上楼钻进他那间屋里，把门锁上——仿佛有谁异想天开巴望和他做伴似的！他在里面一刻不停地祈祷，像个卫理公会教徒那样，不过他祈

① 当指魔鬼。

求的神灵只是无知无识的尘土和尸骸；而他祈求的上帝，也莫名其妙地和他自己那个黑种爸爸搅和在了一起！这种十分稀罕的祷告结束以后——这些祷告一般总是一直做到他声音嘶哑，在嗓子眼儿里费好大劲都挤不出来的时候为止——他就又走了；总是直奔田庄！我不懂，埃德加怎么不派人请一个警察来把他监管起来！至于我嘛，我固然也为凯瑟琳悲伤，可是这些日子总算摆脱了那种卑劣的欺凌，我也就不能不把它看作过节一般。

“我的精神振作起来了，足以能够听到约瑟夫那无尽无休的说教而不哭泣了；在宅子里走上走下，也再不像以前那样做贼似的蹑手蹑脚，提心吊胆。你不会想到，以前不管约瑟夫说什么我都会哭出来吧，不过他和哈顿真是叫人讨厌的两个家伙。我宁愿和欣德利坐在一起，听他那些让人害怕的谈话，也不愿意和那个‘小少爷’还有死心塌地捧着他的那个臭老头子待在一起！

“希思克利夫一回来，我就只好躲到厨房里去和他们混在一起，要不就得到那些又潮又湿没有人住的屋子里去挨饿；等他一走，就像这个星期那样，我就在堂屋那个壁炉的一个旮旯里摆好一张桌子和一把椅子，根本不考虑恩肖先生自己会忙些什么；他也不干涉我怎么安排：如果没有谁去招惹他的话，他现在比往常安静些了；他更加郁郁寡欢，垂头丧气，不那么爱发火了。约瑟夫断定，他敢保他是重新做人了；说老天爷打动了他的心，而且他得救了，‘像从火海里穿过的一样’[①]。为了找出他好好重新做人的迹象，我都弄不清究竟什么是好什么是坏了，不过这并不关我的事。

“昨天晚上，我坐在我那个旮旯里，念几本旧书，一直念到很晚快十二点的时候。外面大雪纷飞，我的脑子不断地转到教堂墓地和

① 参见《新约·哥林多前书》第3章第15节：“人的工程若被烧了，他就要受亏损，自己却要得救；虽然得救，乃像从火里经过的一样。”

那座新造的坟上去，这种时候上楼去真是丧气！我简直不敢把眼睛从我面前的书本上抬起来，因为那样一来那个令人悲伤的画面立刻就会出现在我的眼前。

“欣德利坐在我的对面，他的头斜靠在一只手上，大概也在默想同一个问题。他喝酒已经不再喝到昏天黑地的地步了。在那两三个钟头里，他既没动弹，也没说话。整个宅子里没有一点动静，只有那呜呜的悲风时不时摇晃着窗户的响声，煤块爆裂轻轻的噼啪声和我隔一会儿用剪子剪一下长烛芯的咔嗒声。哈顿和约瑟夫大概都在床上睡着了。这可真是非常、非常凄惨。我一边看书，一边叹气，因为好像一切欢乐都从这个世界上消失得无影无踪，永不复返了。

“这令人伤怀的寂静终于让厨房门闩的声音打破——希思克利夫从他守夜的地方回来了，回来得比平时早，我想是由于暴风雪突然来了。

“那扇门早已闩上了，我们听见他绕过来想从另一个门进屋。我站起来，嘴边流露出一种我掩饰不住的表情，我的那位同伴本来一直盯着那扇门，我一活动就引得他转过身来朝我看了。

“‘我要把他关在门外待几分钟，’他大声嚷道，‘你不反对吧？’

“‘不，为了我，你可以整个夜晚把他关在门外，’我回答，‘关他，把钥匙插进钥匙孔里，再把门闩拉上。’

“恩肖在他的客人还没有绕到前门就把这事办好了；然后走过来，把他的椅子搬到我这张桌子的对面，自己斜靠在桌子上，两眼冒出仇恨的怒火瞪着我的眼睛，想从中寻求同情：他外表上和表现出来的感情上都像杀人凶手，所以他不能一点不差地找到他想要的那种同情；不过他还是发现了足够的反应，足以鼓励他说出这番话来。

“‘你和我，’他说，‘都有一大笔账要和门外面的那个家伙算！如果咱们俩谁都不是胆小鬼，那么咱们就可以联合起来和他了结这

笔债啦。你是不是和你哥哥一样软？你甘愿一直忍受到最后，根本就不想报复一下吗？'

"'我现在已经忍受腻了，'我回答，'能够报仇雪恨而且又不会回过头来伤及自己，我会很高兴干；不过背信弃义和行凶施暴可都是两头带尖儿的枪——它们伤使用它们的人，会比伤敌人还重。'

"用背信弃义和行凶施暴来对付背信弃义和行凶施暴，那是公平合理的一还一报！'欣德利大声说，'希思克利夫太太，我并不要求你做任何事，只要你静静地坐在那儿装哑巴——现在告诉我，你能不能？我敢肯定，亲眼得见这个魔鬼丧命，你会和我一样感到痛快：你要是对他不先发制人，他就会要你的命——而且他也会要我灭亡——让那个可恶的坏蛋见鬼去吧！他敲起门来，就像他已经成了这里的主人了！答应我闭上嘴，不等那座钟打点——还差 3 分钟就是一点了——你就是个自由人啦！'

"他从胸口处掏出了凶器，就是我在信上给你形容过的那件，要不是我把蜡烛抓过来，他就会把它弄灭的，我一把攥住他的胳臂。

"'我可不会闭上嘴！'我说，'你决不要碰他……让门还是关着，别出声！'

"'不行！我已经下了决心，而且老天爷作证，我得说到做到！'这个不顾死活的人大叫着，'不管你自己愿意不愿意，我都要给你做件好事，还要给哈顿求个公道！你用不着费心来拦住我，凯瑟琳已经不在了——活着的人谁也不会为我感到惋惜，或者感到惭愧，哪怕我此时此刻就抹脖子呢——是该做个了断的时候啦！'

"我大概又是在和一头熊较量，或者和一个疯子讲理。我唯一的办法就是跑到格子窗那儿，警告他打算对之下毒手的那个人，等待他的是什么命运。

"'今天晚上你最好到别的地方去待一宿！'我用一种得意扬扬

的腔调大声喊叫，‘如果你硬是要想办法进来，恩肖先生就要开枪打死你。’

“‘你最好把门打开，你——’他回答，他用那种我不屑于听的文明字眼儿称呼我。

“‘我才不要扯进这件事情里去呢，’我驳回他的话，‘你要是愿意，你就进来挨枪子儿吧！’

“我说着就关上了窗户，回到壁炉旁边我的地方去了，因为我虚情假意的本事太小，没法对他面临的危险装出一副焦急不安的神态来。

“恩肖痛骂了我一顿，硬说我还爱那个坏蛋，说我表现的态度卑劣，把一切难听的词儿都骂到了。而我在内心深处暗自思量（并且在良心上毫不内疚），如果希思克利夫让他解脱了苦难，那对他该是多么值得庆幸呀；如果他把希思克利夫送回了老家，那对我又该是多么值得庆幸呀！我坐在那儿想着这些的时候，希思克利夫一拳把我身后的一扇窗户嘭的一声打落在地，露出他那副黑黢黢的脸，显得狼狈不堪。那些窗栏杆隔得太密，他的肩膀没法挤进来。我认为自己很安全，高兴得笑了起来。他的头发和衣服都蒙着一层雪，变成了白色，他又冷又气，龇着吃人生番似的利齿，还在暗处发着亮光。

“‘伊莎贝拉，让我进去，要不，我就要叫你后悔了！’他‘嗥’了起来——约瑟夫就这么说。

“‘我可不能犯杀人罪，’我回答，‘欣德利先生拿着刀和上好子弹的手枪，在这儿守着呢。’

“‘让我从厨房门进去！’他说。

“‘欣德利会赶在我前面跑到那儿去的，’我回答，‘嗨，你那份爱情也太轻贱了，怎么下一场雪就顶不住了呢！夏天皓月当空的时候咱们就给丢下安安稳稳地睡大觉，可是冬天的一阵风来了，你就得跑回来避难啦！希思克利夫，如果我是你，我就会直挺挺地趴在她的坟上，像一条忠心的狗一样死在那儿……现在确实值不得在这个世界上活下去了，是不是？你曾经清清楚楚地给了我这样一个印象：凯瑟琳是你生命中的全部欢乐——我现在没法想象，没有了她，你怎么还想单独活着呢？’

“‘他就在那儿……是不是？’恩肖一边大叫，一边冲向那个破窗口。‘如果我能把胳臂伸出去，我就能射中他！’

“埃伦，恐怕你会把我看作一个地地道道的恶人——不过你并不知道全部的情况，所以也别下判断！即使有人算计着要谋害他的性命，我也决不会去帮助或者挑唆——我当然还一定得盼望他死；所以看到他向恩肖的武器扑过去，把它从他手里夺走的时候，我大失所望，并且因为我奚落他的那番话会让我自食其果而吓得愣住了。

“手枪里的火药爆炸了，刀子弹了回去，一下戳进执刀人自己的手腕里。希思克利夫用全力把它拔了出来，拔的时候还带下来一条肉，然后将这把血淋淋的刀子插进自己的口袋儿里。接着他拿起一块石头，砸掉两个窗户中间的隔断，跳了进来。他的对手疼痛已极，加上动脉或是大静脉大量流血，倒在地上昏迷不醒。

“那个恶棍对他又踢又踹，把他的头往石板地上撞了又撞，同时还用一只手抓住我，不让我去召唤约瑟夫。

“他使出了超乎常人的自我克制，才没有把他彻底干掉；不过他自己也弄得喘不过气来了，最后只好罢手，把那个气息全无的躯体拖到高背长靠椅上。

“随后他撕下恩肖上衣的一只袖子，恶狠狠地把伤口草草包扎起来，这样做的时候，还又是啐唾沫又是咒骂，和刚才踢他一样地劲头十足。

“他这时把我松开了，我一刻也不敢耽误马上去找那个老仆人；我匆匆忙忙讲了发生的事情，他总算一点点弄明白了我大概的意思。

就三步并作两步气喘吁吁地慌慌张张跑下楼来。

"'这会儿可该咋办呢？这会儿可该咋办呢？'

"'就这么办，'希思克利夫大吼一声，'你们老爷发了疯啦；他要是这样再拖上一个月，我就把他送进疯人院去。那你又是怎么鬼使神差地把我关在门外面了，你这个老掉了牙的狗东西？别老站在那儿吞吞吐吐、咕咕噜噜的，快过来呀，我可不会去侍弄他。把那摊玩意儿洗刷掉，可得小心你那根蜡烛的火星——那有一多半是白兰地！'

"'那么，你把他谋害了呀？'约瑟夫大声叫嚷，吓得举着双手，直翻白眼，'俺可从没见过这光景！愿老天爷——'

"希思克利夫一下子把他推得跪在地上，正在那摊血中间，又扔给他一条毛巾；但是他并没动手把血擦干，而是合起双手，祷告起来，他用的那种稀奇古怪的字眼把我都逗笑了。我当时的心情是什么也不害怕，事实上我就像恶贯满盈的罪犯到了绞刑架下面，已经满不在乎了。

"'噢，我都把你忘啦，'那个恶霸说，'那得由你来干。跪下。你和他勾结在一起来对付我，是不是，你这条毒蛇？去，那才是你干的活儿呢！'

"他抓住我又推又拉，一直摇得我的牙齿格格直响，然后把我扔在约瑟夫旁边。这个老仆人稳稳当当地做完祷告，然后站起身来，发誓要立刻动身到田庄去。林顿先生是治安推事，哪怕他死了五十个老婆，他也应该过问这件事呀。

"他拿定了主意就十分顽强，所以希思克利夫认为，还是硬逼着从我嘴里讲出事情发生的大概经过为好；他高高地站在我面前，恶狠狠地喘着气，因为我总是勉勉强强地回答他的问题。

"要让那老头儿确信无疑，不是希思克利夫先动手行凶，可是一件大费唇舌的事，特别是因为我的那些话又都是硬挤出来的。然而，恩肖先生没过多久就让约瑟夫相信，他还活着，于是他赶忙给他老爷服下一剂烈酒；凭着这股酒劲儿帮忙，他不多一会儿就又能动弹，并且清醒过来。

“希思克利夫心里明白，恩肖根本不知道自己不省人事的时候挨过那顿拳脚，所以就说他是自己喝醉了发酒疯；还说他也不愿意再管他那些胡作非为，只劝他上床睡觉。让我高兴的是，他说完这番颇有见地的话就离开我们走了，欣德利则直挺挺地躺在壁炉前面的石板地上。我也起身回到自己的屋子里去，对自己这么轻易就脱了身也感到惊讶。

“今天前半晌，我在正午前大约半个钟头下楼，恩肖先生坐在壁炉边上，病得很重；他那位丧门神把身子靠在烟囱上，脸色差不多一样憔悴、苍白。俩人好像谁都不想吃饭的样子；等到摆在桌子上的饭菜都凉了，我才开始独自吃饭。

“我吃得很痛快，没有什么来碍我的事；我时不时朝我那两个默不作声的同伴瞥上一眼，心中真切体验到一种满足和优胜，而且感到心安理得的愉快。

“吃完饭以后，我斗胆一反常规地贸然走近壁炉，绕过恩肖坐的椅子，在他旁边的犄角上跪了下来。

“希思克利夫没朝我这边儿看，我抬起头来，凝神注视他那副脸子，好像完全相信它几乎已经化作了石头。他的脑门儿，我原先觉得显得那么英武，现在觉得有如凶神恶煞；还黑压压地布满乌云。他那双蛇妖一样狠毒的眼睛，因为彻夜不眠而晦暗无光——也许是哭着呢，因为眼睫毛那时是湿漉漉的。他嘴上那种凶残狠毒的冷笑不见了，罩上了一层难以言传的悲哀。如果是另外一个人表露出这样的哀痛，我就会掩面而泣了。可既然是他，我可就真如愿以偿了；打落水狗本来好像很不体面，可是我也不能坐失良机，不放它一支冷箭呀；只有在他不堪一击的时候，我才能尝到一还一报的轻松愉快。”

“啧，啧，啧！小姐，”我打断她说，“人家会认为，你这一辈子还从来没打开过《圣经》呢。如果上帝让你的仇人受罪，这保险对你也就足够了。你还要再去折磨他，那就未免又卑鄙又霸道了！”

“一般说来，我也承认是这样的，埃伦，”她接着说，“可是不管希思克利夫遭多大的罪，如果其中没有我给他加上的那一份，怎么能教我心满意足呢？如果我能让他遭罪，还叫他知道，是我让他遭的，那么哪怕让他少遭一点，我也愿意。唉，我该他太多了。唯有一个条件，才能让我希望饶了他。那就是，如果我能以眼还眼，以牙还牙，他狠狠拧我一把，我也得拧他一把，把他和我拉齐。是他先伤的人，所以得先让他求饶；到那时候——哼，到那时候，埃伦，我就可以让你看看我的宽宏大量了。不过，我真正报仇雪恨，那是根本不可能的，正因为如此，我也就不能饶了他。欣德利想喝点水，我递给他一杯，并且问他怎么样了。

“‘并没病得像我指望的那样，’他回答，‘但是，且不说胳臂疼吧，身上每一处地方都痛得钻心，就好像和一大群小精灵打过仗似的！’

“‘是呀，没什么奇怪的，’我接下去说，‘凯瑟琳生前一向夸口，说她护着你，让你身体不受伤害——她的意思是说，有些人没来伤害你，是因为害怕得罪她。好在死人不会真的从坟里爬出来，不然，昨天晚上她就会亲眼看到让人恶心的一场戏啦！你身上不是都给打青了，打肿了，胸口和肩膀不是都给拉了口子吗？’

“‘我可没法说，’他回答，‘不过你这是什么意思？我倒下以后，他还敢动手打我吗？’

“‘他对你又踹，又踢，还抓着你往地上撞，’我悄悄对他说，‘他嘴上还流着口水，真想用牙撕了你呢；因为他只有一半是人——

连一半都不到。’

“恩肖先生也跟我一样抬起头来，朝我们共同的敌人脸上瞅；只见他完全沉浸在自己的痛苦里，对他周围的事情毫无知觉；他站在那儿的时间越长，他内心深处的阴暗凄凉在面貌上就流露得越清楚。

“‘哦，但愿上帝赐给我力量，让我在这辈子最后这痛苦的时刻把他勒死，那我就高高兴兴地下地狱。’这个忍无可忍的人呻吟着，歪歪扭扭地想站起来，又无可奈何地倒向椅子里去，他确信自己已经不适宜和他再斗了。

“‘别价，他把你们家的人害死一个已经够了，’我大声说道，‘在田庄那边，谁都知道，要不是为了希思克利夫先生，你妹妹本来到现在也不会死。归根到底，让他爱还不如让他恨呢。我一想起我们当初过得多么快活——他来以前凯瑟琳又是多么快活——我就不由得要诅咒他来的那一天。’

“十有八九希思克利夫注意到我讲的这番话很有道理，没有多么注意我这个讲话人是出于什么用心，他的注意力给引起来了，因为我见到他眼中的泪水像下雨一样顺着他苍白的脸往下直流，他还一声接着一声地长叹，憋得直捯气。

“我死死地瞪着他，轻蔑地笑着。他那两扇愁云密布的地狱之窗，突然向我闪了一下；然而，那恶魔似的一向小心提防的眼睛，现在却晦暗无光，眼泪汪汪，所以我也毫不害怕，又仗着胆子发出一声讥笑。

“‘滚蛋，别在我眼前晃。’这个深沉哀痛的人说。

“他说话的声音很难听清楚，不过我猜他至少说的是这类话。

“‘请原谅，’我回答，‘不过我也爱凯瑟琳；她哥哥现在需要人照顾，看在她的分上，我要照顾他。现在她死了，我看到欣德利就像看到了她；要不是你昨天想把欣德利的眼睛抠出来，把它们打得

青一块红一块的，它们就和她的眼睛一模一样了，还有她的——’

“‘滚蛋，你这不值一提的白痴，别等到我一脚把你踹死！’他一边说一边动作了，我也照样动作了一下。

“‘不过，’我接着说，同时也准备好了逃跑，‘如果去世的凯瑟琳当初信赖你，接受了希思克利夫太太这个荒唐下贱、丢人现眼的称号，她很快也会落个同样的下场！她可不会不动声色地容忍你那些劣迹，一定会把她的憎恶和嫌弃都发泄出来的。’

“高背长靠椅的椅背和恩肖本人挡在我和他中间，所以他没想扑上来，而是从桌上抓起一把餐刀，对着我的头扔过来，扎在我的耳朵下面，把我正说着的话打断了；不过我把刀拔出来，一个箭步跳到门口，又说了一句，我希望那句话比他的飞刀刺得更深一点。

“我看到他的最后一眼是他如狼似虎地冲过来，但却给他那位房东抱住了，两个人扭作一团，倒在壁炉边上。

“我逃过厨房的时候，吩咐约瑟夫赶快到他老爷那里去。我把哈顿撞倒了，他那时正在穿堂把一窝小狗吊在椅背上。我像一个神明护佑从炼狱逃出的鬼魂一样，连跑带颠，飞奔下那段陡坡路，然后离开那条拐来拐去的弯路，直穿荒野，翻过坡岸，蹚过沼泽，说句老实话，不顾任何危险像朝着灯塔似的冲向田庄。我宁可给打入地狱，永世不得翻身，也不愿在呼啸山庄那座房子里再过一个夜晚啦。”

伊莎贝拉打住不说了，喝了一点茶，然后站起来，让我给她戴好帽子，披上我拿来的大披巾，我苦苦恳求她再待上一个钟头，她只当作耳旁风；她登上一把椅子，吻了一下埃德加和凯瑟琳的画像，又同样和我亲吻告别，就走下楼去，带着范尼上了马车。这条小狗见到自己的主人，高兴得汪汪大叫。她赶车走了，以后再也没到这一带来过；可是等事情稍稍安顿下来以后，她和我家老爷就开始定期有书信来往了。

我想她的新居是在南方，离伦敦不远。她逃走以后过了几个月，就在那里生下一个儿子，洗礼时取名林顿，从一开始她就来信说，那是一个病病歪歪，别别扭扭的小东西。

希思克利夫有一天在村上遇见我，问她住在哪儿，我不告诉他。他说，这也无关紧要，只是她得小心，别到她哥哥这儿来；要是她得由她丈夫本人来供养，就不应该和他哥哥在一起。

我不愿给他透一点消息，可是他还是从别的仆人那儿知道了她的地址和有个孩子的事。不过他并没找她的麻烦。他这样宽容克制，我猜想，伊莎贝拉得感谢他对她深恶痛绝。

他遇见我的时候，常常问起那个小家伙的情况。听到孩子的名字，他龇牙咧嘴地狞笑了一下，并且说：

“他们希望我也恨这个孩子，对不对？”

“我认为，他们根本不希望你知道孩子的任何事。”我回答。

“可是，我想要的时候，”他说，“我就要把他弄到手。他们可以估算出这个来！”

幸亏还不到那个时候，孩子的妈妈就死了，这大概是在凯瑟琳去世十三年以后，小林顿那时十二岁或稍大一点。

伊莎贝拉那次突然回来看望的第二天，我还没有机会和我家老爷说起；他回避和人谈话，并且也不适于商量任何事情。最后我总算能让他听我说了。我看出来，他妹妹离开了她丈夫，让他觉得高兴；他对那个人恨之入骨，本来像他那样生性温良，这种痛恨简直是不可能的。他的反感是那样地深切敏锐，所以他忌讳到任何一个可以看到或者听到希思克利夫的地方去。悲痛再加上这种情形，让他变成了一个十足的隐士：他把治安推事的职务辞掉了，甚至不再上教堂去，不管有什么情况都避免到村子里去，只局限在自己的林苑和庭院范围之内打发日子。仅有的一点点变化就是独自一人到荒原上去遛遛，到他妻子的墓地去看看，多半是在傍晚，或者是其他遛弯儿的人还没出门的大清早。

不过他这个人太善良随和，不会长期总是闷闷不乐。他并没有祈祷凯瑟琳的灵魂常来和他会面。时间让人逐渐听从了命运的安排，并且带来了一种比寻常的欢乐更加甜蜜的多愁善感。他满怀柔情热切地想念她，渴望有朝一日也进入那个更加美好的世界，他毫不怀疑，她已经去了那里。

他也自有尘世上的安慰和情爱。我说过，头几天他对逝者那个弱小的遗孤好像不闻不问，这种冷淡就像4月的雪一样迅速融化了，这个小东西还没等到牙牙学语或者蹒跚学步，就在他心中占了霸主似的统治地位。

她取名叫凯瑟琳，可是他从来不把这个名字叫全，正像他从来不用简化的名字称呼那头一个凯瑟琳一样，这很可能是因为希思克利夫惯于用简化的名字叫她吧。他把那个小东西总是叫作凯茜，这样在他看来就和她妈妈有了区别，同时又有了联系；他把她当作掌上明珠，主要是因为这孩子是凯瑟琳的亲生女，而不是因为是他自己的亲骨肉。

我老爱把他和欣德利·恩肖比较，比来比去怎么样自己也解释不清，为什么他们所处的环境非常相似，可行为举止却截然相反。他们俩都是看重夫妻之情的丈夫，也都疼爱自己的孩子，可我弄不明白，为什么他们不管是好是歹，就是没走同一条道儿。可是，我心里琢磨着，欣德利本来心性比较倔强，却很可惜让自己显得差劲儿而且软弱。他的船触了礁，船长擅离职守；于是全体船员不去设法救船，反倒东跑西颠，乱作一团，弄得他们这条倒霉的船没有任何希望了。林顿则刚好相反，表现出了一个忠诚可靠的人应有的勇气；他相信上帝，上帝也给他安慰。一个满怀希望，另一个心灰意冷：他们都选择了各人自己的命运，也就理所当然地注定要听从自己命运的安排。

不过你并不需要听我说教，洛克伍德先生。对所有这些事情，你会像我一样作出判断；至少，你会认为你可以，反正这都一样。

恩肖先生的结局是早就可以预料到的；他妹妹去世之后，他很快就跟着走了，相隔不到半年。我们在田庄，对他临终的情况一直都不大清楚；我所了解的一切都是我去帮忙料理丧事的时候听到的。来向我家老爷报丧的是肯尼思大夫。

“唉，奈丽，”一天早晨他骑着马跑进院子里来对我说，他来得那么早，不免让我一惊，我立刻预感到有什么不祥的消息。“现在轮到你和我去奔丧了。你想想。这次是谁和我们不辞而别了？”

“谁？”我慌忙问他。

“嘿，猜猜！”他一边回话，一边下马，把缰绳拴在门边的钩子上。“把你的围裙角拈起来吧；我肯定你用得着它。”

“一定不是希思克利夫先生吧？”我叫了一声。

“什么！你要为他落泪呀？”大夫说，“不，希思克利夫还是个结结实实的年轻小伙子呢。他今天看起来可是容光焕发——我刚才还见到他。他丢了他那口子以后，很快就又长膘了。”

“那么是谁呢？肯尼思先生？”我等不及又问了一句。

“欣德利·恩肖！你的老朋友欣德利——”他回答，“也是我那一起荒唐胡闹[1]的老伙伴；不过这好长一段时间连我也都觉得他太放荡胡来了。哎呀！我说过的，咱们得掉眼泪的——不过，还是打起精神来吧！他死得正合他的脾气——喝得酩酊大醉——可怜的小子；我心里也难过。人失掉老伙伴总是受不了；虽然他也使出了人

① 主要指酗酒、赌博。

能想出来的最卑劣的手段，就是对我也耍过不少无赖——他好像还不到二十七岁；也就是你这个年龄。谁会想到，你们俩还是同年生的呢！”

我承认，比起林顿太太去世引起的震惊，这件事对我的打击更大：往日的联想萦绕在我的心头，我在门廊里坐下，哭了起来，像哭自己的亲骨肉一样，同时请求肯尼思大夫另找仆人去为他向老爷通报。

我不禁反复琢磨这样一个问题："他是不是得到善处？"不管我干什么，那个想法总是要出来捣乱；它死死纠缠让人心烦意乱，我只好下定决心，请假到呼啸山庄去一趟，帮助料理料理死者的后事。林顿先生极其不愿意准假，可是我振振有词地恳求说，因为他如今落到了这种没亲没故的田地，又说我的那位老主人同时又是我的奶兄弟，他有权要求我像亲人一样为他办事。另外，我还提醒他，哈顿那孩子是他太太的侄子：现在没有更亲的至亲了，他就应该当这个孩子的监护人；而且他应该也必须过问遗产的情况，看看还有些什么和他大舅子相关的事务。

他当时不大适于去参与这些事务，不过他吩咐我去对他的律师谈；末了还是允许我去山庄了。他的律师同时也是恩肖的律师；我到村上去见了他，请他陪我一道去。他摇摇头，劝我别去惹希思克利夫；而且断定，要是把真相挑明，就会发现哈顿和一个小要饭的也差不了多少啦。

"他父亲是背了一身债死的，"他说，"他所有的财产都抵押出去了，为这个天生的继承人着想，唯一的希望就是让这个孩子有机会讨得债权人的好感，这样他也许肯对这个孩子发发善心。"

我一到山庄就解释说，我一来就看到样样事情都办得妥妥帖帖。约瑟夫满面愁容，见我去了显得很高兴。希思克利夫先生说，他看不出来我有什么用场，不过如果我愿意，也可以留下来，安排发丧的事。

“按道理，”他说，“那个傻瓜的尸体应该埋在十字路口，什么仪式也不要——昨天下午，我刚好离开他 10 分钟，就在那个当口，他把宅子的两个门都关上了，不让我进来。他整个夜晚都在喝酒，故意把自己喝得送了命！今天早晨我们砸开大门才冲进去，因为我们听到他像马似的喷响鼻；他就在那儿，躺倒在高背长靠椅上——薅他的毛，剥他的皮，也没法让他醒过来——我派人去请肯尼思，他就来了；可是没等他到，那个畜生早变成一堆臭肉啦——他不但死了，而且凉了，僵了；所以你得同意，再折腾他也没用啦！”

老仆人证实了他这番话，不过还是咕咕噜噜地说：

“俺觉着，还不及他自个儿去请大夫呢！俺照看老爷可要比他强——俺走的那会儿，他并没死呀，一丁点儿死的样儿都没有！”

我坚持出殡一定要体体面面的——希思克利夫说，我可以按我自己的意思办；只有一点他要我一定别忘，整个丧事的费用都是从他的口袋儿掏出来的。

他一直保持一副生硬冷漠的姿态，说不出是高兴还是悲伤；如果说有点什么的话，那就是：由于一桩棘手的工作已经功德圆满，从而流露出铁石心肠的人才有的那种心满意足。有一次我确实看出来，他表现出一种欢欣鼓舞的样子。那是在大家刚好把灵柩从屋里抬起来的时候；他假惺惺地出来送丧；在跟着哈顿出发以前，他把这不幸的孤儿举起来放在桌子上. 非同一般地起劲儿地说：

“好了，我的棒小子，你现在是我的啦！咱们倒要看看，这一棵树要是有同样的风来吹弯它，是不是也和那一棵一样会长得歪歪扭扭的！”

这个毫无猜疑之心的小东西，听了这番话还觉得很好玩儿；他摆弄起希思克利夫的胡子，还拍着他的脸蛋儿，可是我参透了这话的意思，就尖刻地说：

“这孩子一定得和我一起回画眉田庄去，先生——要是他也算是你的，那么世界上就没有什么不算是你的啦！”

“是林顿这样说的吗？”他逼着问我。

“当然喽——是他吩咐我把他带回去的。”我回答。

“哼，”那个流氓说，“我们现在先不去争论这件事；不过，我要试试，亲自培养一个年轻人，所以你去通知你家老爷，如果他想把他弄走，我一定要用我自己的孩子来顶这个缺，我不会毫无疑问地就拱手放走哈顿的，除非我确实有把握，会让那另一个来！别忘了告诉他。”

他透露的这个口风就足以捆住我们的手脚了。我回去把他这话的真意又说了一遍，埃德加·林顿无意于挑起事端，再也没提插手的事。我现在也不知道，即使他当初愿意这么做，又能弄出个什么名堂来。

呼啸山庄现在是反客为主了；希思克利夫紧紧地抓住了所有权，而且他向律师证明，律师接着又向林顿先生证明，恩肖已经把归他所有的每一寸地产都抵押了出去，以此换来现金过他的赌瘾；而他，希思克利夫，就是受押人。

哈顿此时本来应该成为这一带首屈一指的绅士，可是却这样沦落到完全要依靠他父亲不共戴天的仇人，在自己家里像一个仆人，连拿一点工钱的好处都给剥夺了，根本没有可能翻身出头，因为他无亲无故，而且还不懂得他受了欺骗。

第四章

迪恩太太接着又说，那段凄凉的日子过后的十二年，是我这辈子最快乐的岁月。在那段时间，我最大的苦恼就是我们那位小姐生出的一些小小病痛；这是所有的孩子，不管是贫是富，平常都会经历的。

不说这些小灾小病，半岁以后她就长得像一棵落叶松[①]了；还没等荒原上的石楠在林顿太太的墓地上第二次开花，她就会走路，也会说话了，当然是按照她自己的那套路数。

她是个最有感染力的小东西，把阳光带进了一所冷冷清清的宅子。她长了一副天生丽质的脸庞，有一对恩肖家的炯炯有神的黑眼睛，可是又有林顿家族那种白皙的皮肤，玲珑俊俏的轮廓和黄色的鬈发。她总是兴致很高，而又不粗鲁暴躁；她心性活泼敏感，过于重情。她那种引人深深依恋的魅力使我想起她的母亲；不过她又不像她，因为她能够像鸽子似的柔和温顺，又生就一副轻柔的嗓音和沉静的表情。她生起气来从不暴跳如雷，动起情来也从不猛烈发狂，而是既深切又温柔。

不过我们也得承认，她有些缺点也损害了她天生的优点，偏好冒失行事不讲规矩，就是一个；还有放纵任性，这是受到娇惯的孩

① 此树发育迅速，易于成林成材，故以此比喻。

子，不管脾气好坏，难免会养成的。要是哪个仆人偶尔惹恼了她，那就总是："我要告诉爸爸！"要是她爸爸责备了她一下，哪怕只是给了她个脸色看，那你就会以为是出了什么叫人伤心断肠的大事呢。我就不信他曾对她说过一句重话。

他把教育她的责任全部承当下来，而且以此为乐。幸运的是她求知欲强，又聪明伶俐，这促使她很快就成了一个有好苗头的学生，求学心切，如饥似渴，这使他这个教她的人也深以为荣。

她一直长到十三岁，还没有独自到田庄林苑以外去过。林顿先生只是偶尔带她跟着自己到外面去走上一两里地，可是他从来不把她托付给别人。吉默顿在她听来不过是个有名无实的名字，除了她自己的家，她到过或者进去过的房子只有那个礼拜堂。呼啸山庄和希思克利夫，对她来说都不存在；她完全与世隔绝，而且看起来也完全安于现状。真的，有时候她从育儿室的窗口向远处眺望，常常会问起：

"埃伦，还要等多长时间，我才能走到那些小山顶上去呢？不知道山那边又是什么——是海吗？"

"不是，凯茜小姐，"我常这样回答，"那边还是好些山，就跟这些一样。"

"你站在那些金黄色的岩石下面的时候，那它们又像什么样呢？"她有一次这样问我。

彭尼斯顿山崖那陡峭的斜坡格外引起她的注意，特别是在傍晚，夕阳的余晖照在山坡和上面的高地上，其余的景物全都落在阴影里的时候。

我向她解释，那儿尽是一堆堆光秃秃的石头，石头缝里土很少，连一棵矮小的树都长不活。

"那么为什么这儿已经是傍晚，过了很长时间它们还是亮堂堂的呢？”她追问下去。

“因为它们比我们这儿高得多，”我回答，“你爬不上去，因为它们太高又太陡。在冬天，那儿的霜冻总是比我们这儿来得早；夏天我在它东北坡那个黑坑里看到过没化完的雪呢！”

“哟，你到过那儿呀！”她高兴得叫了起来，“那么，等我长成大人，我也可以去啦。爸爸到过那儿吗，埃伦？”

“爸爸会告诉你，小姐，”我赶忙回答，“值不得费事跑到那儿去看。你和他一起去溜达的荒原比那儿好得多；画眉田庄的林苑是世界上最美好的地方。”

“不过我知道林苑了，可我还不知道那儿呀，”她自己嘟囔了一阵，“要是在那个最高的山崖顶上往周围看一看，我可就痛快啦——我的小马驹敏妮总有一天会把我驮上去的。”

有一个女仆提到精灵洞，这可让她满脑子老想着去了却这个心愿了。她拿这件事缠着林顿先生，所以他答应，等她再长大一些，就让她去那儿看看；这样凯瑟琳小姐就一个月一个月地数着算自己的年龄，而且总把这个问题挂在嘴边：

“好了，我现在年龄该够大的了，可以去彭尼斯顿山崖了吧？”

到那儿去要走紧靠呼啸山庄绕过去的路。埃德加没有勇气经过那里；所以凯瑟琳小姐也就老是得到这样的答复：

“还不够，宝贝儿，还不够。”

我说过，希思克利夫太太离开她丈夫以后还活了不止十二年。她这个家族的人体质都娇弱。你在这一带见到的人一般都结结实实，满面红光，她和埃德加都没有这种体格。她最后得的什么病，我也弄不清楚；我猜想，他们俩死于同一种病；一种热病，发病很慢，可是治不好，而且很快就把生命消耗尽。

她写信让她哥哥知道，她四个月来一直疾病缠身，常感不适，大概就要了结了；恳求哥哥如有可能就前去看她，因为她有许多事情要处理；而且她希望向他最后道别，把小林顿平平安安地交托在他手上。她的愿望是能把小林顿留给她哥哥，就像他过去一直是和她一起过活那样。她自己情愿相信，孩子的父亲不想承担抚养教育孩子的义务。

我家老爷毫不迟疑地立即按照她的要求行事。平时有什么应酬，他总是不愿意离开家，这一次却飞快地答应了。他把凯瑟琳托付给我，在他离家外出的时候要特别精心照看，并且一再嘱咐，她一定不要走出林苑一步，哪怕有我陪伴也不行。他根本没有估计，她会没有人陪着就自己出去。

他出门去了三个星期。头一两天，我看管的这位小姐坐在藏书室的个旮旯里，心里非常难受，既不念书也不玩耍。她安安静静地待在那儿，没给我惹什么麻烦；不过紧接着就有一段时间烦闷得焦躁难忍；我因为太忙，也太老了，没法跑上跑下哄她高兴，灵机一动想出一个办法，让她自己去取乐。

我经常总是打发她到庭院周围去转转，有时步行，有时骑匹小马驹；等她回来，就扮作一个耐心的听众，听她讲她所有那些真真假假的游历冒险，以此哄着她玩。

那是阳光灿烂的盛夏。她很乐于自己一个人随意游逛，常常能从早饭到吃茶点这段时间都不着家，这样那些晚上就在她讲述那些编造出来的故事中度过。我并不担心她会越出界限，因为大门平素总是都上了锁的，即使它们都敞开着，我想她也不敢贸然独自出去。

倒霉的是我这份信任结果用错了地方。一天早晨，凯瑟琳 8 点钟就来找我，说她那天要当个阿拉伯商人，带领商队穿过沙漠，我必须为她自己和牲口备办足够的粮草；她的牲口是一匹马，再加上由一条大猎狗和两条短尾猎狗扮成的三头骆驼。

我弄出了一大堆可口的吃食，放进一只篮子里，挂在马鞍一边，她轻盈得像个精灵似的跳上马去，戴着宽边帽和纱巾遮住7月份的骄阳，欢快地笑着，催马小跑而去，因为我细细劝诫她不要让马奔跑和早些回来，她还揶揄我呢。

这个小淘气鬼到吃茶点的时候还不见踪影。一个旅行者回来了，是那条大猎狗，因为是条老狗，它贪图安逸；可是凯茜，那匹马，还有那两条短毛猎狗，四面八方都看不到它们的影子。我放出探子这条路那条路地到处去找，最后由我出马亲自搜寻。

在地界旁边有一个工匠正在修理一片庄稼地的树篱，我问他，是不是见到过我们家小姐？

“早上我见过她，”他回答，“她让我砍一根榛树枝子给她，然后她就催她那匹盖洛韦马[①]从树篱最低的地方跳过去，一溜烟儿跑得没影儿了。”

你可以猜出来，我听到这个消息心里是什么滋味，我马上想到，她准是上彭尼斯顿山崖去了。

“她会出什么事吗？”我猛然冒出一声，冲过他正在修理的树篱缺口，直奔那条大路。

我像在和人赌输赢似的走了一里又一里，一直走到一处拐弯的地方，能够见到那个山庄了，可是远远近近我都见不到凯瑟琳的影儿。

过了希思克利夫的庄院，到山崖还有大约一英里半的路程，也就是离我们田庄四英里，所以我渐渐担心，我还没到那里以前，天色就很晚了。

“那么她要是爬山的时候滑倒了，那该怎么办呢？”我心里想，“要是摔死了，或者摔断了什么骨头，又该怎么办呢？”

我提心吊胆的，真是难受。我急匆匆走过农庄的房子，一眼瞧

① 苏格兰西南部盖洛韦出产的一种矮马，体壮善走。

见了查理，就是那两条短毛猎狗当中厉害的那一条，躺在窗户下面，头肿了，耳朵流着血，起初我一眼看见它，还高兴地松了一口气。

我打开边门，奔向屋门，拼命敲门想赶快进去。一个女人前来应门了。我认识她，她本来住在吉默顿，恩肖先生死了以后，她就到那里去当佣人了。

“哎呀，”她说，“你是来找你们家小姐的吧！别害怕。她安安生生地待在这儿呢——不过我倒是高兴，不是老爷回来了。”

“那么他现在不在家，是吗？”我喘着粗气说，我一路上走得又快，心里又紧张，简直都透不过气来啦。

“不在，不在，”她回答，“他和约瑟夫两个都走了，我想他们个把钟头是回不来的。进来歇会儿吧。”

我一进去就看见我那迷途的羔羊坐在壁炉边上，在她母亲小时候的那把小椅子上摇来摇去。她的帽子挂在墙上。看来她完全无拘无束，和哈顿有说有笑，心情说不上有多么好。哈顿现在十八岁，已经长成一个身强力壮又高又大的小伙子啦。她口若悬河滔滔不绝，一会儿发议论，一会儿提问题，那个小伙子又是好奇，又是惊讶，目瞪口呆地望着她，恐怕连一句半句都领会不了。

“好得很啊，小姐，”我大叫一声，摆出生气的样子，藏起我满心的高兴。“这是你爸爸回来以前你最后一次骑马出来啦。我再也不会相信你，让你跨出田庄的大门了，你这个淘而又淘的姑娘。”

“啊哈，埃伦，”她轻快地跳了起来，跑到我跟前，大声喊道：“我今儿晚上可有个好故事要讲了——这么说你还是把我找到啦。你这辈子到过这儿吗？”

“把那顶帽子戴上，马上回家，”我说，“我真为你伤心死了，凯茜小姐，你太胡闹啦！噘嘴哭鼻子也没用！这块地方我都跑遍了，就为了找你，我受了多大的罪呀，你哭一顿就赔得了吗！你想想，林顿先生是怎么交代我管住你别出来的，可你竟这样偷偷溜啦。这就是说，你是一只狡猾的小狐狸，以后谁也不会再相信你啦。”

“我做了什么啦？”她抽抽搭搭哭起来，马上又止住了。“爸爸什么也没有交代我呀——他不会骂我的，埃伦——他从来不乱发脾气，像你那样！”

“得啦，得啦，”我重说了一遍，“我来系帽带。得了，咱们都别闹别扭啦。唉，顾点脸面吧。你都十三岁啦，还这么娃娃气！”

我这么大嚷大叫，是因为她把戴在头上的帽子又推开了，还退到壁炉边上，让我够不着。

“别这样啦，”女仆说，“别对这个俊闺女那么厉害嘛，迪恩太太。她本来是很想骑上马接着走的，怕你不放心，是俺们把她留住的。不过哈顿愿意陪她去，俺想他是应该去。山上的路可荒凉呢。”

大家谈话的时候，哈顿站在那儿，双手插在口袋儿里，窘得不知说什么好，不过看样子他是不喜欢我插上一手的。

“我还得等多长时间呀？”我不管那个女人打岔接着又说，“再过 10 分钟天就要黑了。小马在哪儿，凯茜小姐？菲尼克斯又在哪儿？你要再不快走，我就扔下你不管啦，那就请你自便吧。”

“小马在院子里，”她回答，“菲尼克斯关在那儿呢。它给咬伤了——查理也给咬伤了。我本来要把这些全告诉你的，可是你正在火头上，不会有心思听呀。”

我抓起她的帽子，走上前去，想给她再戴上；可是她看出这家人都向着她，就满屋子蹦跳起来；我过去追她，她就像个小耗子似的，在那些家具的上下前后到处乱跑，弄得我这番追赶显得很滑稽。

哈顿和那个女仆大笑起来，她也跟着他们一起笑，而且变得越来越不像话，最后我给气极了，大嚷起来：

“好哇，凯茜小姐，要是让你知道这是谁家的房子，那就足够让你乖乖离开的啦。”

“这是你父亲的房子，是不是？”她转身去问哈顿。

“不是。”他一面回答，一面低头，刷地一下满面通红。

他经不住她死死盯着他的那对眼睛，虽说她的和他自己的刚好一模一样。

“那么，是谁的呢——是你家老爷的吗？”她又问。

他的脸都红得发紫了，显然是另一种心情，他咕咕噜噜地骂了一句，转过身去。

“他家老爷是谁？”这个惹是生非的姑娘接着又朝我问，“他口口声声说起‘我们家的房子’和‘我们家的人’。我还以为他是这家房主的儿子呢。而且他也从没叫过我小姐。如果他是仆人，他就应该这样称呼，是不是？”

哈顿听了她这一番孩子气的话，脸色阴沉下来，像是罩上了一堆带来雷鸣电闪的乌云。我悄悄地推了推这个问我话的人，最后总算把她穿戴停当，可以动身了。

“喂，给我把马牵来，”她对她还不认识的这位至亲发话，就像吩咐她家田庄上的一个马童似的，“你还可以跟着我去。我要看看那些打猎的妖魔鬼怪是从沼泽里什么地方冒出来的，还要听听你讲那些精宁①——就像你那样称呼的。不过得赶快！怎么回事？我说，给我把马牵来。”

“要俺给你当用人，得让俺先看见你下地狱！”那小子大声咆哮。

“你要先看我什么②？”凯瑟琳惊奇地问他。

---

① 哈顿将“精灵”说错了。

② “下地狱”之类骂人的脏话，当时在英国从不在有教养的人口中出现，更不会在妇女面前提到，所以凯瑟琳根本不知道。

“下地狱——你这个无礼的巫婆！”他回答。

“得啦，凯茜小姐！你看，你交上了一个多么好的朋友呀，”我插嘴说，“对一位千金小姐说这么漂亮的话！求求你，别又开始和他争吵啦——唉，我们自己去找敏妮，然后快走。”

“可是，埃伦，”她惊得瞪着眼傻愣愣地大声嚷嚷，“他怎么敢对我这样说话？难道他不该照我吩咐的去做吗？你这个坏东西，我要告诉爸爸，你说了些什么——哼！”

哈顿对她这种威胁显得满不在乎；所以她气愤得眼泪直围着眼圈转。“你去给我把马牵来，”她转身对那个女人叫道，“把我的狗也马上放出来！”

“和气点，小姐，”她叫的那个女人回答，“讲点礼貌，你也不会丢了什么。哈顿先生虽说不是这儿老爷的儿子，可他是你表哥呀，再说，我也不是雇了来侍候你的。”

“他会是我表哥？”她大叫一声，轻蔑地笑了起来。

“就是，一点儿不假！”那个责备她的人说。

“啊，埃伦！让他们别说这种话啦，”她继续说，觉得麻烦极了。“爸爸到伦敦接我表弟去了——我表弟是个体面人的儿子——怎么，我的——”她说不下去，索性哭了起来，和这样一个乡巴佬攀上亲戚，让她心里七上八下的。

“嘘，嘘！”我悄悄对她说，“谁都有许许多多各式各样的亲戚呀，凯茜小姐，这一点儿也没有什么坏处；要是觉得他们不让人喜欢，品行不好，那么不必和他们来往就得了。”

“他不是，他不是我表哥，埃伦！”她又说起来了，越想越伤心，一头扎进我的怀里，想要甩掉这种想法。

她和那个女仆彼此都透露了一些不该说的事儿，让我大伤脑筋；毫无疑问，小林顿马上就要来到的事让凯茜一传，他们一定会去告诉希思克利夫先生；而且准保没错，凯茜等她父亲一回来，首先想到的就是问他，她怎么会像那个女仆明明白白说的，有那么一个没教养的至亲。

哈顿刚才让人当作了仆人，本来感到很不是滋味，这时已经缓了过来，大概是见她难过而心软了。他去把那匹小马牵到门口，然后为了让她高兴，又从狗窝里拿出一只上好的蜷着腿的小㹴[1]崽，放到她手里，告诉她别哭，因为他没什么恶意。

她停止悲啼，带着又敬畏又厌恶的神气把他打量一番，又放声大哭起来了。

我看到她对这个可怜的家伙这样无法接受，简直忍不住笑了。他是一个身材匀称、体格强壮的年轻人，容貌长得很好看，而且敦厚健康，可是穿的衣服却只适合在农场上干点日常庄稼活儿，在荒原上闲游散逛，追追兔子和别的野物。可是我觉得，我还是能从他的面相上看出来，他的心地却有比他父亲更优良的本质。优秀的禾苗丢在杂草丛生的荒野地里，疯长的莠草一定总是高高地遮住没人经管的佳禾。不过哪怕就是这样，只要的确有块肥沃的土地，另外再有个好环境，还是可以获得丰收。我相信，希思克利夫先生并没有在肉体上虐待他。多亏他那天不怕地不怕的生性，这才没有招来别人的欺压。照希思克利夫判断，他不是那种容易胆小怕事的人，因此也不会引起别人虐待他的劲头。希思克利夫看来是要使尽所有的坏心眼儿，让他变成一个愚昧无知的人。他从来不教他读书写字；从来不指责他的任何坏习惯，而这些坏习惯也不会让养活他的人心烦；他从来不领他走一步向善的路，不教给他一条抵挡恶行的戒律。从我听到的事情来看，约瑟夫对孩子变坏也功劳匪浅，他是出于鼠

① 一种灵敏的小型猎狗。

目寸光心地褊狭，因为这个男孩子是那个古老家族的长支，所以从小就对他奉承、娇宠。从前，凯瑟琳·恩肖和希思克利夫还是孩子的时候，他就惯于告他们的状，说他们尽走他所谓的“下流道道”，害得老主人失去了耐心，只好借酒浇愁，因此现在哈顿有了过错，他又照样把责任全都推在霸占了他的财产的那个人身上。

要是这小子骂了人，或是干了什么该受责备的事，他从不出来训斥。事情很明显，看到这孩子越来越变得不可救药，倒教他十分满意。他承认，这孩子是给毁了，他的灵魂已经堕入地狱不得超脱，可是这时候他心里想的是，希思克利夫得为这个遭报应。哈顿堕落，得由他负责，想到这里，他就感到极大的安慰。

约瑟夫给这孩子灌输要以自己的家族门第自豪。要是他有胆量，早就会挑起这孩子和山庄目前的主人之间的仇恨来了，可是他怕新主人已经怕到了迷信的程度，所以他发泄自己的怨恨，只限于咕噜一些含沙射影的话和在暗地里祷告上帝降罪于他。

我可不硬充对呼啸山庄那些年月的生活习惯了如指掌。我讲的这些都是道听途说的，因为我没有亲眼看到。村里的人都认定希思克利夫抠门儿，对他的佃户，他是一个心狠手辣的地主；不过在宅子里边，有了女人照管家务，倒是恢复了往日那种舒舒服服的光景，欣德利当家的时候常有的那种乱糟糟的景象，现在在家里也见不到了。希思克利夫总是哭丧着脸，不愿和任何人交往，好人也罢，坏人也罢，而且他如今也还是——

不过，这和我讲的故事搭不上边儿。凯茜小姐拒绝收受这条用来和解的 㹴狗，又讨回了她自己的狗，查理和菲尼克斯。它们耷拉着脑袋一瘸一拐地走过来。这样我们就动身回家了，一个个都垂头丧气的。

从我那位小姐那儿，我怎么也盘问不出她那天是怎么过的。她只肯说，就像我猜想的那样，她那天出游的目标是彭尼斯顿山崖；她平安无事地到了农场的大门口，这时候刚好哈顿出来，由几条狗陪伴着，它们就袭击了她这个商队。

双方的主人还没来得及把它们拉开，它们就干净利落地打完了一仗，这就成了见面礼。凯瑟琳告诉哈顿，她自己是谁，要到哪里去，并且请他给她指路，最后还哄得他领着她一起去了。

他揭开了精灵洞和另外二十处奇妙地方的秘密，可是我已经失宠，不能荣享她详述她所看到的那些有趣的事物了。

不过我能推断出来，她先前对她那个向导很好，直到后来她把他当仆人呼唤，这伤了他的感情；希思克利夫的女管家把他叫作她的表哥，也伤了她的感情。

后来他对她说的那种话又把她的心刺痛了。本来在田庄里，谁都口口声声叫她“心肝”呀，“宝贝”呀，“女王”呀，“天使”呀，可是她却受到一个陌生人这么令人震惊的侮辱！这件事她无法理解；我费了好大的劲才算让她答应，不在她父亲面前摆这些委屈。

我向她解释，她父亲对山庄那一家人多么反感，他要是发现她到过那儿，会多么难过，不过我强调最多的还是：她要是透露出我没有严格遵守他的吩咐，他也许会气得非把我打发走不可。这样的后果凯茜可受不了；为了我，她下了保证，而且说到做到——归根到底，她还是一个招人爱的小姑娘呀。

第五章

一封镶有黑边的信通告我们我家老爷的归期。伊莎贝拉去世了；老爷信中吩咐我替他女儿备办丧服，再为他的小外甥安排一间屋子，并且备好其他各种食宿必需品。

凯瑟琳一想到要迎接她爸爸回家，高兴得疯了似的，而且一味自以为是地预想着她“真正的”表弟那些数不尽的出类拔萃之处。

盼来盼去，终于盼来了他们到家的那个傍晚。从清早起她就忙个不停，吩咐别人给她自己做一些小小的准备；而这时候，穿好了新做的黑长袍——可怜的小东西！她姑姑死了，并没有让她觉得十分悲伤——她老是放心不下，一定要我陪着她穿过场院去迎接他们。

“林顿只比我小半岁。”我们沿着树荫下面高低起伏的苔藓草坪慢悠悠地走过去，一路上她哇里哇啦说个没完。“有他给我做伴一起玩，该叫人多开心呀！伊莎贝拉姑姑把他的一绺漂亮的鬈发送给爸爸了；它比我的头发略微浅一点——更像亚麻色，也一样又软又亮。我小心地把它放在一个小玻璃盒子里；我还常常想，什么时候看到长着这头发的本人，那该叫人多么高兴呀——啊，我真是快活——还有爸爸，多么亲亲爱爱的爸爸呀！来吧，埃伦，我们跑吧！来，跑呀！”

她跑过去了，又跑回来，又跑过去，在我不慌不忙地迈着步子走到大门之前，她已经来回跑了好多趟了；然后她就坐在小路旁长着草的斜坡上，想耐着性子等待；可是这哪儿做得到呀，她一分钟也安静不下来。

“他们怎么要这么长时间呀！”她嚷道，“啊，我看见路上扬起尘土了——他们来啦！不是的！什么时候他们才能到呀？我们不能再多走一点吗——再走半英里，埃伦，就只半英里？你就说声行吧，就走到拐弯处的那一簇白桦树那儿！”

我硬是不肯，最后，她这一阵子挂肚牵肠总算过去了：那辆长途马车已经遥遥在望。

凯茜小姐一看到她父亲的脸从车窗里向外探望，就尖叫了一声，把双臂伸过去。他下了马车，几乎和她一样急切，过了好长一段时间，他们才想到除了他们自己以外，还应该搭理别人。

他们父女俩相互搂抱抚爱的时候，我往马车里瞅了一眼，照看一下小林顿。他在车厢的一个犄角里睡着了，身上裹着一件镶毛皮的保暖大氅，好像还在过冬似的。一个脸色苍白，娇嫩柔弱的男孩，简直可以看作是我家老爷的小弟弟，他们俩像得那么厉害，不过这孩子的眉宇间有一股病态的乖张怪僻，那可是埃德加·林顿从来没有过的。

老爷看见我在张望，和我握了握手，就让我把车门关好，不要惊动他，因这一路上已经让他疲乏不堪了。

凯茜本来也很想看上他一眼，可是她爸爸叫她走过去，他们就一起步行穿过林苑，我急忙赶在前头，好先调遣好仆人。

“好了，宝贝儿，”林顿先生和女儿一起走到前门的台阶下面，站住对她说，“你表弟身体不如你壮实，也不像你这样喜幸。还有，你得记住，不久前他又刚失去母亲，所以不要指望他马上和你一起到处去玩去跑，也不要老和他说话让他烦——至少今天晚上让他安安静静的，可以吗？”

“可以，可以，爸爸，”凯瑟琳回答，“可是我真想看看他；他还一次也没朝外望过呢。”

马车停下了，睡觉的人给叫醒了，他舅舅把他抱出来放在地上。

“这是你表姐凯茜，林顿，”他一边说，一边把他们的两只小手拉在一起。“她已经喜欢上你了；注意，你今晚上可别哭，别让她伤心。现在高兴起来吧，旅行已经结束了，你什么也不用做，只是休息和自己随意消遣。”

“那么，让我上床睡觉吧。”男孩一边回答，一边退缩着不回敬凯瑟琳的招呼。他还把手指头捂到眼睛上，抹掉刚刚流出来的眼泪。

“行啦，行啦，这可是个好孩子，”我一边悄声说，一边把他领了进去。“你会把她也招哭了的——瞧，她为了你多难受呀！”

我不知道他表姐是不是为了他难受，不过她也和她表弟一样显出一副很难过的样子，又回到她父亲的身边。三个人都进了屋，上楼去藏书室，茶点已经在那里摆好了。

我接着就给小林顿摘帽子和脱斗篷，让他坐在桌子旁边的椅子上，可是他刚一坐下就又开始哭起来。老爷问是怎么回事。

“我坐不了椅子。”男孩抽泣着说。

“那么就坐沙发吧，埃伦会把茶点端给你的。”他舅舅很有耐心地对他说。

我想，他一路上照顾这个烦躁不安、病病歪歪的孩子，一定辛苦极了。

小林顿拖着身子慢腾腾地走过去，在那儿躺下。凯茜拿着一只脚凳，还有她那杯茶，来到他身边。

最初，她静悄悄地坐着，可是没能坚持很久，她决定要把她的小表弟当作自己的宠儿，因为她愿意要他这样。于是她开始捋捋他的鬈发，亲亲他的脸蛋儿，又用她的茶碟给他喝茶，把他当作个婴儿。这让他觉得高兴，因为他并不比婴儿强多少。他擦干了自己的眼泪，微微露出了一丝笑容。

“啊，他会过得很好的，”老爷对他们观察了一会儿，然后对我说，“很好，埃伦，如果我们留得住他的话。有一个同样年龄的孩子和做伴，可以很快给他注进新的生机，再加上他也希望自己身强力壮，所以他会得到。”

“是呀，如果我们留得住他的话！”我自己寻思，因为这种希望太渺茫了。我心头涌起一阵阵酸楚和惶惑。随后我又想到，这个娇弱的孩子在呼啸山庄夹在他父亲和哈顿中间，究竟会怎样生活下去呢？他们会是一种什么样的游伴和导师呀。

我们的疑惧立刻就见了分晓；甚至比我预料的还早。用完茶点，我刚刚把两个孩子带上楼去，并且眼看着小林顿睡着了——他不容许我在他真睡着以前离开他——我下得楼来，站在堂屋的桌子旁边，为埃德加先生点好他卧室里用的蜡烛，就在这个时候，一个女仆从厨房里走过来，告诉我希思克利夫先生的仆人约瑟夫正在门口，希望和老爷说话。

“我先去问问他想说什么，”我惊慌失措地说，“难道非得在这么个钟点儿来打扰别人，又是在他们长途颠簸刚刚到家的时候。我想老爷没法见他。”

就在我说出这些话的这个时候，约瑟夫穿过厨房走过来，自己来到堂屋。他穿着星期天穿的衣服，板着他那副假充圣人和阴阳怪气都到了家的脸子，他一只手拿着帽子，另一只手拄着手杖，开始在脚垫上蹭自己的鞋。

“晚上好，约瑟夫，”我冷冷地说，“今儿晚上是哪阵风把你给吹来啦？”

“俺可是得和林顿先生说话，”他回答，用不屑一顾的样子摆摆手，让我闪开。

“林顿先生上床要睡了，除非你有什么特别要紧的事要说，不然，我保准儿他现在不会听你的，”我接着说，“你最好在那儿坐下，把带来的口信传给我。”

“哪是他的屋子？”这家伙追问着，还在打量那一排关着门的屋子。

我看出来了，他是存心不肯让我从中干预；所以我只好违心地走进藏书室，通报来了这么个不讲理的客人，还劝他打发他走，等明天再见。

林顿先生没有来得及让我去这么办，因为这家伙紧跟着我的脚跟闯了进来，牢牢站在桌子那一边，两个拳头紧紧抓着手杖头儿，好像预料到要遭到反对，提高嗓门开了腔。

“希思克利夫打发俺来要他的小子，俺不带他回去就不成。”

埃德加·林顿沉默了一会儿，脸上渐渐布满愁云，光是为了这个孩子本身，他就得可怜他；想起伊莎贝拉的希望和恐惧，想到她对儿子的殷切期望，再想到她选择他来照管自己的儿子，而现在眼看就得放弃这孩子，这真让他万分悲痛。同时他心里也在琢磨，怎么才能避免这一着。什么办法也想不出来；因为希望把他留下的想法只要一露出来，那个提出要孩子的人就会更加胡搅蛮缠。因此除了把他放了没有别的办法。不过，他还是没有去把睡着的孩子叫醒。

“告诉希思克利夫先生，”他心平气和地回答，“他的儿子明天到呼啸山庄去。他睡觉了，而且太累，现在走不了那么远。你也可以告诉他，小林顿的母亲希望他一直在我的监护之下；还有他现在的健康很不叫人放心。”

“不成！”约瑟夫说着就把他那根拐棍在地板上砰地敲了一声，还摆出了一副说一不二的神气，“不成！那都是瞎扯——希思克利夫才不管孩子的妈呢，也不管别人——他就要他小子；俺得把他带走——这会儿你明白了吧！”

“你今天晚上别想！”林顿斩钉截铁地对他说，“马上下楼去，把我的话对你主人重说一遍。埃伦，带他下去，去——”

说着他就搀了一下他的胳臂，用这种方式帮了这个气呼呼的老人一把，让他出了屋子，然后关上了门。

“好哇，”约瑟夫叫喊着慢慢地退下去了，“明儿个一早儿他亲自登门，看你有没有种，把他也搡出来！”

第六章

为了避免这种不是好兆头的威胁成为事实，林顿先生派我一大早就让这孩子骑上凯瑟琳的小马，送他回家，他还说：

“既然这个孩子的命运，无论是好是坏，我们都无能为力过问了，他要到那里去，你对我女儿可一点也不能提。从今以后，她也没法和他来往了。不让她知道他就住在附近反倒比较好，否则她就会心不安，老想到山庄去串门——只告诉她，他父亲突然派人来接他，所以他非离开我们不可。”

早上5点钟，我把小林顿叫醒，他万般无奈地从床上坐起来，听说还得准备再走一段路程，觉得惊奇。不过我把事情说得很委婉，就说他是去和他父亲希思克利夫先生住一段时间，他真是太希望见到他了，都不愿意让他在一路风尘之后先休息过来，再享受天伦之乐。

“我父亲？”他觉得莫名其妙，摸不着头脑，叫嚷起来。“妈妈从来没有告诉我，我有个父亲。他住在哪儿？我最好是和舅舅住在一起。”

“他住得离田庄不远，”我回答，“就在山那边——并不很远，等你有精神了，溜达着就可以走到这儿来。你应该高高兴兴地回家去看他。你一定要尽力爱他，就像爱你母亲那样，那他也就会爱你了。”

“可是为什么以前我从来没听说过他呢？”

小林顿问我，“为什么妈妈和他不住在一起，像别人那样？”

“他在北方有事情，离不开，”我回答，“可你母亲的身体又需要她住在南方。”

“那为什么妈妈没对我提过他呢？”这孩子一个劲儿地问，“她常常说到舅舅，我好久以前就知道爱舅舅了。我该怎么去爱爸爸呢？我都不认识他。”

“嘿，所有的孩子都爱自己的父母，”我说，“你母亲也许觉得，她要是常常和你提到他，你就会想要和他待在一起。咱们快点儿吧。在这样一个美妙的早晨，早早骑一阵马，比再多睡一个钟头觉可要有意思多啦。”

“她也要和我们一起去吗，”他要我回答，“就是我昨天见的那个小姑娘？”

“现在不。”我回答。

“舅舅呢？”他接着又问。

“不去，就我陪你到那儿去。”我说。

小林顿又缩回到枕头上，胡思乱想起来。

“没有舅舅，我就不去，”他最后哭起来，“我说不上你打算把我带到哪儿去。”

我想方设法劝他说，磨磨蹭蹭不肯去见自己的父亲，可不是好孩子；可是他还是拼命抗拒，怎么也不肯穿衣服；我只好去请老爷来帮忙，哄他起床。

我们哄着骗着，作出种种保证，说他离开这儿只是短短一段时间，说埃德加先生和凯茜会去看他，另外还答应了一些别的事情，这可怜的小东西最后总算起身了，一路上我不断地编造和重复这类保证，反正同样都是信口开河，没啥根据。

一路上那带有石楠香味的清新空气，那灿烂的阳光，还有敏妮那和缓的小跑，一会儿工夫就让他不再垂头丧气了。他显得有兴致也有生气，开始问起有关他的新家和家里人的种种问题来了。

"呼啸山庄那地方和画眉田庄一样好玩儿吗？"他问我的时候，回过头朝山谷里望了最后一眼，这时候一片轻柔的雾气从山谷里升起来，在蔚蓝的天边聚成薄絮一般的白云。

"山庄不是那样藏在密林深处，"我回答，"也不是那么很大，不过你能够很好地看到四周的村野；还有那里的空气也更清新，更干燥，对你的健康更有利。刚开始，你也许会觉得那幢房子又老又暗，不过那可是一幢体面的宅子，在这一带不算数一也算数二的。你还会那么逍遥自在地在荒原上游逛！哈顿·恩肖——那是凯茜小姐的表哥，所以照理也算是你的表哥——会领着你到那些最有意思的地点去。天气晴朗，你还可以带上一本书，把青坡翠谷当作你的书房。时不时地，你舅舅也可以来陪你一起散散步。他确实常常到那些小山上去散步。"

"那么我父亲什么样儿？"他问，"他和舅舅一样又年轻又漂亮吗？"

"他也一样年轻，"我说，"不过他长的是黑头发，黑眼睛，看起来严厉一些，总之，他长得高一些，块头也大一些。可能刚开始的时候，他似乎对你不会那样温和，亲切，因为他就是那种样子——

可是你记住，对他要真诚，要亲热；那样他当然就会比哪个舅舅都更喜欢你了，因为你是他亲生的。”

“黑头发，黑眼睛！”他仔细地琢磨着，“我没法喜欢他。那么说，我不像他，是吗？”

“不是很像。”我回答。其实我暗自寻思：一丁点儿也不像，真是可惜，瞧瞧我那同行的伙伴苍白的脸色、瘦削的身材和那大而无神的眼睛……他母亲的眼睛不是这样，只有他由于神经过敏而眼睛一瞪的刹那，它们才露出一点他母亲的那种晶莹闪烁的神采。

“多奇怪呀，他从来也不来看看妈妈和我，”他嘟囔着，“他见过我吗？要是他见过，我那时一定还是个婴儿——他的事儿我一件也记不得！”

“唉，林顿少爷，”我说，“三百英里可是段很远的距离呀。再说，十年的时间对一个大人比起对你可就大不相同了。很有可能，希思克利夫先生每年夏天都准备去，可是总没找到一个合适的机会；到了现在又太晚了——这方面的事，别老问来问去的。那不但没有好处，反而打扰他。”

剩下来的这一段路，直到我们停在宅子的花园门口之前，这孩子一心只顾自己沉思着。我仔细看着想从他的脸上了解他的反映怎么样。他聚精会神地打量了宅子雕花的前脸和那些上框很低的格子窗，那七零八落的醋栗丛和歪歪扭扭的枞树，然后摇了摇头。从内心感情来说，他对他那新住所的外部一点儿也不满意；不过他还懂得不要急于表示不满——也许内部可以弥补这些缺憾。

不等他下马，我就去开了门。那时候已经六点半了，他们一家刚刚吃罢早饭，仆人正在收敛餐具，抹桌子。约瑟夫站在他家老爷的椅子旁边，胡扯一匹瘸马的事。哈顿正准备到打草场去。

“喂，奈丽！”希思克利夫先生一见到我就大声喊，“我本来还担心，我得亲自下去把我的财产取回来呢——你已经把他带来了，是不是？让我们看看，我们能把他培养成个什么。”

他站起身来，三步两步跨到门口。哈顿和约瑟夫也紧跟在后面，好奇地张着大嘴。可怜的小林顿害怕极了，用担惊受怕的眼神在这三个人的脸上扫了一眼。

“保准儿，”约瑟夫认真瞧了一阵然后说，“他和你掉了包，老爷，这个是他的闺女呀！”

希思克利夫盯着他儿子，看得他一阵冷一阵热的，不知怎么办才好；然后他又轻蔑地笑了一声。

“天哪，好一个美人儿！多么招人疼、多么逗人爱的小东西呀！”他叫嚷起来，“他们是不是用蜗牛和酸奶把他喂大的，奈丽？唉，我真倒霉！这比我指望的还糟糕——再说，魔鬼都知道，我并非一个盲目乐观的人！”

我让那个浑身发抖、不知所措的孩子下马，走进屋子。他并没有完全听懂他父亲那番话的意思，也不懂是不是针对他说的。的确，他还没有认准，这个面目狰狞、冷言冷语的陌生人，是不是他父亲，可是他紧紧搂着我，越来越惊慌失措，等希思克利夫先生落了座，对他喊了声“到这儿来”，他就把脸趴在我的肩膀上，哭了起来。

“啧，啧！”希思克利夫说着，伸出一只手来，粗暴地把他一把拖过去，夹在自己的两膝中间，然后托着他的下巴让他的头仰起来。“别给俺来这一套！俺们又不是要害你，林顿——这是你的名字吧？你可真是你妈妈的孩子，不折不扣！可俺在你身上的那一份又在哪儿呢，你这个哭哭啼啼的窝囊废？”

他摘下孩子的帽子，把他那浓密的亚麻色鬈发撂到后面，摸摸他那纤细的胳臂和小小的手指头。在他这样察看的时候，小林顿也不哭了，抬起他那双蓝色的大眼睛，端详这个端详他的人。

“你认识我吗？”希思克利夫问道，这时他已经弄准了，这孩子的胳膊腿儿全都一律瘦弱无力。

“不！”小林顿回答，眼里含着恐惧，愣愣傻傻地瞪着。

“我敢说你总听说过我吧？”

“没有。”他又回答。

“没有？你那个母亲也太不像话啦，压根儿都没提醒你要对我有孝心！那么我告诉你吧，你是我的儿子。你母亲是个不安好心的婊子，竟然不让你知道，你还有这样一个父亲。嗨，别往后缩嘛，也别脸红！不过这倒叫人看出来，你还不算毫无血性——你要是学乖，我也会对得起你——奈丽，你要是累了，可以坐下；要是不累，就回去吧——我猜，你得向田庄那个不值钱的东西报告你的所见所闻。另外，你待在他这儿不走，这小东西也不会安生。”

“好吧，”我回答，“我希望你多疼着点儿这孩子，希思克利夫先生，要不，你就不会长久留得住他；再说，你也应该知道——并且记住，在这么广大的世界上，他是你剩下的唯一亲骨肉了。”

“我会非常疼他的，你不用担心！”他一边说一边大笑，“只是，别的任何人都别疼他——我要仔细提防，好独霸他的感情——那么，现在我就开始疼他吧，约瑟夫！给孩子拿早饭来——哈顿，你这个该死的笨牛，干你的活儿去。对呀，奈丽，”他等他们走了以后，又接着说，“我儿子将来要当你们那儿的主人，在我没有确定成为他的继承人以前，我是不会盼着他死的。另外，他是我的，所以我还想要风风光光地看到，我的后代正大光明地做他们那些产业的主子，我的孩子要雇用他们家那些孩子，去耕种他们先人留下来的土地——也就单单只有这一个想法，才让我能够容忍这个小崽子——拿他本人来说，我瞧不起他，再因为是他又勾起人想起那些往事，我还恨他！不过，光是一个想法也就足够了，他和我在一起很保险，而且也会得到小心周到的照料，就像你家老爷照料他自己的孩子那样——我在楼上有一间屋子给他布置得漂漂亮亮的——我还从二十英里远的地方请来了一个教师，每个礼拜来三次，他喜欢学什么就教他什么。我吩咐哈顿听他的差遣。其实，我做好了一切准备，都是从这样一点着想：让他在和他来往的人当中总能高人一等，够得上一个绅士——不过我确实觉得可惜，他不值得别人为他操心——如果说我还想在这个尘世上乞求什么幸福，那就是看到他是个值得让人感到自豪的人，可是这么一个脸色苍白、哭哭啼啼的可怜虫，真叫我失望极了！”

他说话的时候，约瑟夫回来了，端来一盆牛奶粥，放在小林顿面前。这孩子很反感地把这份家常饭搅了搅，明确说这东西他吃不下。

我看见那个老头子和他主人大体一样，都看不起这个孩子，不过他只好强把这种情绪藏在心里，因为希思克利夫明明白白告诉他们，他那些下人要尊重这孩子。

“吃不下？”约瑟夫朝小林顿的脸上望了望，顺口学了一句，然后为了怕别人听见，压低嗓门悄悄说：“可是哈顿少爷小时候，哪儿吃过别的啥呀，对他够好的东西，对你也就够好的啦，俺倒是这么想！”

“我不要吃这东西！”小林顿烦躁地说，“给我拿走！”

约瑟夫气呼呼地拿起粥来，端到我们面前。

“这吃食有啥不好？”他说着就把盆子举到希思克利夫鼻子底下了。

“什么会弄得它不好吃？”他问。

“哼！”约瑟夫回答，“这个嘴刁的家伙说，他吃不下这个。不过俺猜，这也没错儿！他娘也这个德行——俺们种麦子做面包给她吃，她还嫌俺们太脏！”

“别在我面前提他母亲。”那位老爷怒气冲冲地说，“给他去拿点儿什么他能吃的东西来，不就得啦！他平常吃什么东西，奈丽？”

我提出煮点牛奶，或者茶，管家就遵命去准备了。

得，我心里想，他父亲的这份私心倒可以让他舒坦点儿呢。他看出来了，这孩子体质娇弱，所以必须对他将就着点儿。我让埃德加先生知道，希思克利夫的脾气开始转变，可以拿这个来让他安心。

我没有什么托词再多待下去了，这时候刚好有一条很友善的牧羊犬朝小林顿走过来，他因为胆小，正在极力把它推开，我就乘机溜了出去。可是他机灵得很，这骗不了他——我刚刚关上门，就听见发疯似的哭喊声，翻来覆去是这两句话：

“别把我扔下！我不待在这儿！我不待在这儿！”

随后门闩拉上了——他们不容许他跑出来。我骑上敏妮，催它快跑，我那短暂的监护任务就这样结束了。

第七章

那天开导小凯茜，可真叫人心里难过。她兴冲冲起了床，热切地想和她表弟在一起。可是一听说他走了，立刻伤心得又是流泪又是号啕，弄得埃德加也不得不亲自来抚慰她，说他肯定不久就会回来；不过他总在后面加上这样一句话：“要是我能把他弄到手的话。”其实，根本不存在这种希望。

用这种许诺使她平静本来很难奏效，不过时间却更有效力。尽管隔一段时间她总要问爸爸，林顿什么时候可以回来，她表弟的面貌在她脑子里还是慢慢变得模糊起来了，等到她真的又见到他的时候，她都认不得他啦。

有时我为办事去吉默顿拜访，偶尔碰到呼啸山庄那个女管家，我总要问问小少爷怎么样了，因为他差不多和凯瑟琳自己一样，老是关在家里，谁也见不着他。从女管家说的揣度，他身体仍然不好，是家里的累赘。她说，时间越长，希思克利夫先生好像越不喜欢他了，虽然他费尽心机遮掩着。他听到他说话的声音就觉得反感，根本无法和他在一间屋子里待得时间长一点儿。

他们俩难得过上几句话。林顿在大家叫作客厅①的一间小屋子里做功课，也在那里消磨他晚上的时间；要么就是整天躺在床上，因为他常患咳嗽、伤风、头痛，还有这儿疼那儿疼的。

"我还压根儿没见过这样的孬种呢，"她说，"也没见过这样只顾自己的人。到了晚上，我要是把窗户关得晚了一点，他准得怪罪。哎哟！夜晚吸了外面的空气可会要人的命呀！正是大伏天，他还得生个火；还有约瑟夫抽烟斗，说是有毒；还老要吃糖果、美味，老是要喝牛奶，那牛奶就喝个没完——根本不在乎我们别的人在冬天是怎么样节省吃喝的——他还爱坐在那儿，裹着皮大氅，待在壁炉旁边的椅子里，锅架上有烤面包，有水，或者别的能喝的东西；要是哈顿出于可怜他来陪他玩玩——哈顿虽然粗鲁点儿，可心肠不坏——他们俩准得闹他个散伙了事：一个骂骂咧咧，另一个哭哭啼啼。我相信，如果他不是老爷的儿子，恩肖要是把他揍个半死，老爷一定会看得津津有味。我还敢肯定，要是他知道一半这孩子怎样自己娇惯自己的事儿，他准会把他撵出门去。不过话又说回来了，他也还不至于陷进这种走火入魔的危险。他从不去那个客厅，而且林顿要是在老爷待着的堂屋

① 这家人称平时用的大客厅为House，前译作"堂屋"。

做出那种样子来，他马上就打发他上楼。”

从她讲的这些事儿，我一下就可以猜到，谁都一点儿不怜惜小希思克利夫，这也就让他变得自私自利招人厌弃了，即使他原来并不这样。我对他的关心结果也慢慢淡下来了，不过我对他的命运总感到悲伤，也后悔他当初没留下和我们在一起，因此一直还是为他动感情。

埃德加先生鼓励我去多了解些情况，我想得出来，他很惦念这孩子，也宁愿冒点儿险见见他。有一次他还让我去问问那个女管家：他是不是到村子里去过？

女管家说，他只去过两次，都是跟着他爸爸骑马去的。每次回来以后，他总有三四天都要摆出一副浑身散了架的样子。

如果我记得不错的话，他去那儿两年之后，那个女管家就走了，接她班的另一个，我不认识。直到现在，她还待在那里。

田庄上还是像以往那样舒舒服服地过日子。光阴似箭，转眼凯茜小姐就十六岁了。她生日的时候，我们从来不表示什么欢庆，因为那一天也是我家故世太太的忌辰。她爸爸到那天总是一成不变独自一个人待在藏书室里，到了傍晚就出去散步，一直走到吉默顿礼拜堂墓地，他在那里一直逗留到过了半夜才回家。所以凯瑟琳也就给撂下用自个儿的办法取乐。

这一年 3 月 20 号，是个春光明媚的天气，她爸爸回到自己的屋子去了，我家小姐走下楼来，她已经穿戴停当准备外出，并且说她请求由我陪着到荒原尽头去随便走走，林顿先生已经准许她去，不过我们只能走一小段路，而且一个钟头之内就得回来。

“那么赶快走吧，埃伦！”她大声说，“我知道我想去哪儿，有一群赤红鸡在那儿落脚啦。我想看看它们造好窝没有。”

“上那儿一定有好长一段路呢。”我回答，“它们不在荒原尽头孵小鸡。”

“不，不远，”她说，“我和爸爸去过离那儿很近的地方。”

我戴上帽子就出发了，并没把这件事放在心上。她跳跳蹦蹦地跑到我前面去，然后回到我这里，接着又跑开了，就像一只小灵猩[①]似的。开头，我听着远远近近百灵鸟唱歌，晒着暖暖和和、舒舒服服的太阳，看着她，我的宝贝儿，我的开心钥匙，满头金色的小鬈发在身后飘动着，容光焕发的脸庞娇嫩纯洁得像盛开的野玫瑰，眼睛无忧无虑，喜气洋洋地流光溢彩，我心里觉得十分高兴。在那些日子里，她真是一个幸福的小人儿，一个天使。可叹她是人在福中不知福。

“喂，”我说，“你的赤松鸡在哪儿呀，凯茜小姐？我们该到它们那儿了——现在已经走出林苑篱界老远了。”

“呃，再往前一点儿——只一点点，埃伦，”她老是这么回答，“爬上那座小山包，过了那个山坡，等你到了山那边，我就会把它们赶出来的。”

不过，有那么多小山包要爬，那么多山坡要过，到后来，我都开始觉得太累了，就对她说，我们必须止步，顺原路回去。

我对她大声叫喊，因为她已经把我落下很远了，她要么是没听见，要么是根本不理，只见她一个劲地往前蹿，我无奈只好跟着。最后她钻到山谷里去了，等我再瞧见她的时候，她已经到了离呼啸山庄比离她自己的家还要近二英里的地方了。我远远望见两个人抓着她，其中一个我觉着没错儿就是希思克利夫先生本人。

他们抓住她，是说她偷东西，起码也是在搜寻松鸡的窝。

山庄那儿是希思克利夫的地，所以他在训斥偷猎的人[②]。

“我什么也没拿，什么也没找到，”我好不容易才赶到他们跟前的

---

① 是一种躯体瘦长、目光敏锐、长有长腿的猎狗，善于奔跑，常用于猎兔。

② 英国当时法律规定对偷猎者重罚。

时候，她正在这么说着，摊开双手证实自己的话。“我并不是要抓松鸡，不过是爸爸告诉过我，这儿有很多，所以我想来看看松鸡蛋。”

希思克利夫瞟了我一眼，心怀叵测地笑着表示他已经认出这是谁，而且接着还要使坏，于是查问起“爸爸”是谁？

“画眉田庄的林顿先生，”她回答，“我想，你不认识我，否则你就不会那个样子对我说话啦。”

“那么，你以为你爸爸是德高望重、备受尊崇的啰？”他挖苦了她一句。

“你是什么人？”凯瑟琳好奇地盯着说这话的人问，“那个人我以前见过，他是你的儿子吗？”

她指着另一个人哈顿问他，哈顿长了两岁年纪，可是除了长了个头和力气以外，别的什么也没长进。看起来他和从前一样又笨拙又粗鲁。

“凯茜小姐，”我打断他们的话，“我们现在已经在外面不是一个钟头，而是快三个钟头了。我们真的必须回家啦。”

“不，那个人不是我的儿子，”希思克利夫一边回答，一边把我推开。“不过，我是有个儿子，而且你以前也见过。虽然你这个保姆急着回家，可是我看，你和她最好还是都歇息一下。你愿意去我家里看看吗？只要转过这个长着石楠的山包儿，再走几步就到了。休息一会儿再走，你回家还会更快一些。而且你还会受到一番亲切的款待。”

我悄声对凯瑟琳说，不管怎么样，她都绝不应该接受这个建议，这根本不能考虑。

“为什么？”她大声问我，“我跑累了，地上又满是露水——我又没法在这儿坐下。咱们去吧，埃伦！另外，他说我见过他儿子。我想，他是弄错了。不过我猜得出来，他住在哪儿——在那个农庄，我从彭尼斯顿山崖回来的时候还去过那儿。你说是不是？”

“我是住在那儿，来吧，奈丽，别再啰唆了——到我们家去看看，对她是件高兴事儿。哈顿，陪这位闺女打头儿走。你和我一起走，奈丽。”

“不，她不能去任何这类地方。”我大声说着，竭力想把胳臂从他手里挣脱出来。不过，她拼命飞跑，绕过那道高坎儿，这时候已经快到大门口的石阶那儿啦。派给她做伴的那个小伙子，不愿意陪她，走到大路边上就溜得无影无踪了。

“希思克利夫先生，这事做得太不像话了，”我接着又说，“你自己明白，你没安好心。她到了那儿就会见到林顿；我们一回家，这件事马上就会一五一十地说出去；我就得受申斥了。”

“我就是要她去看看林顿，”他回答，“这些日子他看上去好一点儿了。他难得有能拿得出手让人见见的时候。我们还可以马上说服她，不把到我家里来这件事说出去——这哪儿有什么害处呢？”

“它的害处就是，如果她父亲知道了我居然让她进了你家的门，他就会恨我。我相信，你撺掇她这样做，是居心不良！”我回答。

“我的居心是再光明正大不过的了。我可以向你和盘托出，”他说，“就是让这对表姐弟可以共陷情网，结为夫妻。我现在这样做对你家老爷可是慷慨大度的；他那个毛丫头本来没有什么指望，要是她能合了我的这些心愿，那她马上就可以确定下来，和林顿一起当共同继承人。”

“如果林顿死了，”我回答，“他的寿命可的确是让人心中没数，那么小凯瑟琳就是继承人啦。”

“不，她不是，”他说，“遗嘱[①]里没有哪一条确保她能够这样；

① 指小林顿母亲伊莎贝拉的遗嘱。

林顿的财产就要归我；不过，为了避免发生争执，我愿意让他们结合，并且坚决促成这件事。”

“那我就坚决不让她和我一起再走近你的家门。”我这样回嘴；这时候我们已经走到大门口，凯茜小姐在那里等我们过来。

希思克利夫嘱咐我不要吭声，领着我们走上那条便道，急忙去开门。我家小姐看了他几眼，仿佛真是拿不定主意，究竟应该怎样看待他。不过他现在一碰上她的目光就笑容满面，和她讲话的时候也变得柔声细气的，我真够糊涂的，还以为这是他看在她已故母亲的分上，心肠变软，不想加害于她呢。

林顿站在壁炉旁边。他刚出去到野外散过步，因为他这时帽子还没摘，又在叫约瑟夫给他拿双干爽的鞋来。

他还差几个月才满十六岁，按他的年龄来说，个子也长得够高了。他还是眉清目秀的，眼神和脸色都比我记得的有光彩了，不过这些都是暂时借了宜人空气和温煦阳光的光。

“看看，那是谁？”希思克利夫掉转头来问凯茜，“你说得上来吗？”

“你的儿子？”她一边回答，一边疑疑惑惑地先看看这一个，然后又看看另一个。

“就是，就是，”他回答，“不过，难道这是你第一次见到他吗？想想看！哎哟！你的记性太差了，林顿，你想不起你表姐来啦，你不老是缠着我们想要去看她吗？”

“什么，林顿！”凯茜大叫一声，她一听见这名字立刻惊喜交加十分激动。“那就是小林顿吗？他长得比我高啦！你是林顿吗？”

那个年轻人向前跨了一步，自己确认就是。她热烈地吻他。岁月流逝，使两个人的模样都有了变化，他们俩互相看着，不禁惊叹。

凯瑟琳的身量儿已经完全长足了，她的体形又丰满又苗条，像钢一样坚韧，她身体健壮，精神饱满，整个人都显得神采飞扬。林顿的外貌和动作都萎靡不振，身子骨极其单薄；不过他还有一种文雅的风度，也弥补了那些缺欠，而且使他并不令人讨厌。

他表姐向他再三再四地表示好感之后，走向希思克利夫先生。他一直守在门口不走，好像是又在注意门里又在注意门外的事，表面装作看着门外，其实一心只在门里。

“那么，你是我的姑父啦！”她向他走过去大声打招呼，“我早就觉得我喜欢上你了，虽然你开头那么别扭。你为什么不带林顿到田庄去做客呢？住了这么多年又是这么近的邻居却从来不去看望我们，真是稀奇呀。你一直在干些什么呢？”

“你没出世以前，我还去探望过个把次，够多了。”他回答，“哎呀——真见鬼！你要是还有亲不够的吻，那就给林顿吧——给我那可是白扔了。”

“你这个捣蛋的埃伦！”她嚷着，接着就向我猛扑过来，把她那不尽的爱抚都用在了我身上。“你这个不安好心的埃伦！你想办法不让我进来呀。以后我可得每天早晨都来这儿走一趟——我可以吗，姑父——有时候还和爸爸一起来？你高兴见我们吗？”

“当然啰！”那位姑父回答，实在忍不住露出了一副苦相，因为他对要来做客的这两个人都十分反感。“不过且慢，”他转身对小姐说，“我想了想，最好还是把话告诉你。林顿先生对我抱有成见；有一次我们恶狠狠地大吵了一架，简直不成体统。所以，如果你对他提到你来过这儿，他就会干脆一下子不准你再来做客啦。除非你从今往后不想再来看你表弟，否则，你一定不要提这件事——你要愿意来，你就来，可是你一定不能把这件事说出去。”

“你们为什么要吵架呢？”凯瑟琳问他，一副垂头丧气的样子。

“他认为我太穷，不配娶他妹妹。”希思克利夫回答，“可是我得到了她，他很伤心——他的傲气给挫伤了，他永远也不会原谅这件事。”

“不该这样！”这位年轻小姐说，“哪天我会这样跟他说。不过你们吵架不关林顿和我的事。那么我不来这儿，他去田庄就是啦。”

“我觉得那段路太远啦，”她表弟嘟囔着，“走四英里，那会要我的命的。不行，还是你来吧，凯瑟琳小姐，时不时的，不必每天早晨，一个星期来上那么一两次。”

那位父亲不屑一顾地瞥了他儿子一眼。

“我恐怕，奈丽，我这都是白费力气，”他小声对我抱怨，“凯瑟琳小姐——就像这个傻瓜称呼她的——会发现他究竟值几文钱，会打发他去见鬼的，唉，要是哈顿——可是你知道吗，哈顿虽然沦落到现在这个样子，我一天总要二十次看着哈顿眼热？如果这小伙子是别的什么人，我都会爱他啦。不过我想，他是不会让她爱上的。那个脓包要是自己不发奋图强，我就让哈顿和他争一争。我们估量着，他很难活到十八岁。唉，这个半死不活的东西，见他的鬼。他一心一意在弄干他那双脚，对她连看都不看一眼——林顿！”

“是，父亲。”那孩子应了一声。

“这附近，难道没有什么你可以带你表姐去看看的，兔子窝呀，黄鼠狼洞呀什么的？你先别忙着换鞋，带她到花园里去走走，再到马厩去看看你那匹马。”

“你难道不想坐在这儿吗？”林顿问凯茜，那口气是说他不愿意再动了。

“我也说不清楚。”她一边说，一边带着期望的神气朝门那儿看，显然是很想活动活动。

他坐在椅子上没有起来，而且缩得离壁炉更近了。

希思克利夫站了起来，走进厨房，又从那儿走到院子里去，叫唤哈顿。

哈顿应了一声，这两个人立刻又都进来了。这个年轻人刚刚给自己冲洗了一番，这从他红扑扑的脸膛和湿漉漉的头发就能看出来。

“啊，我还要问问你呢，姑父，”凯茜小姐想起了那个女管家说过的话，大声说，“那不是我表哥吧，你说呢？”

“是，”他回答，“是你母亲的侄儿。你不喜欢他吗？”

凯瑟琳显得很不自在。

“他难道不是个俊小子吗？”他接着又问了一句。

那个没礼貌的小家伙踮着脚尖跟希思克利夫咬耳朵说了一句话。

他哈哈大笑，哈顿的脸色一下阴沉下来。我看得出来，他非常多心，生怕人家小看他，而且还暗暗有些自惭形秽。可是他的主人或者说监护人，郑重其事地说了这样一番话，就让他那紧皱的眉头舒展开了。

“你要成为我们中间的活宝贝啦，哈顿！她说你是一个——一个什么来着？咳，反正是很讨人喜欢的什么东西吧——来吧！你带着她到农场上去转一转。小心，你一举一动都得像个有身份的人！不准说一句粗话；小姐没看你的时候，不准你死死盯着人家，而等到人家一看你，又赶紧把脸扭过去。说话的时候，要一个字一个字地慢慢说，别把手插在口袋里。去吧，尽你的力量把她招待得好好的。”

他注视着这一对年轻人从窗户前面走过去。恩肖把脸转向别处，完全避开他陪伴的人。他就好像是在带着一种陌生人的好奇和艺术家的兴趣潜心研究这看惯了的景色。

凯瑟琳偷偷瞧了瞧他，没有表现出多少赞赏，她于是转而自顾自地去找些什么给自己取乐，一路走着也很高兴，为了不显得冷场，轻快地哼起歌来。

“我已经封了他的口，”希思克利夫说，“这一路上，他一声都不敢吭！奈丽，你还记得我在他那个岁数的模样吗——不，比他还小几岁的时候，我看起来那么愚蠢，就像约瑟夫说的那样，‘傻不愣怔’的吗？”

“更糟糕，”我回答，“因为还得再加上哭丧着脸。”

“我从他身上找到一种乐子，”他把内心的想法大声说了出来，“他满足了我的种种期望——如果他天生就是个傻瓜，那么我连一半的乐趣也不会有——但是，他并不傻；他所有的感受我都感同身受。我自己也有过这种感受嘛——比如说，我也分毫不差地懂得，他现在受的什么罪。将来他还有罪受呢，现在还不过是个开头。他陷在粗野愚昧的深坑里，永远无法自拔。我紧紧抓住他，比他那个恶棍爸爸当初对我拘得还紧，也压得更低，因为他还为他那种野蛮愚昧自鸣得意呢。我一直教训他，除了兽性以外的任何东西都是愚蠢的，不可靠的，都得一概蔑视——如果欣德利能够死而复生，看到他的儿子，难道你不认为，他会为他这个儿子得意吗？简直就和我为我自己的儿子得意一样？不过，这儿还是有这样一点区别：一个是金子当作了铺地石，另一个是锡器擦亮了充银器。我的那个一文不值，可是我还要废物利用，尽量让他派上点用场。他的这个素质上好，可是完全浪费了，结果弄得比没有还糟——我没有什么可悔恨的；可是他有很多，比除我以外任何人所知道的都多得多——而最妙的是，哈顿活该偏偏喜爱我！你会承认，我在这点上超过了欣德利——如果他这死流氓从坟墓里爬起来，骂我虐待了他的后人，那么我就会怀着很大的兴趣，看到他这个所谓的后人义愤填膺地把他打回去，因为他竟敢对他在这个世界上唯一的朋友找碴儿！”

希思克利夫说到这个想法，阴险地咯咯笑了起来；我没有搭腔，因为我看得出来，他并不要别人回答什么。

这段时间，跟我们待在一起的那位年轻的开始显出心神不宁的征候；他坐得离我们太远，听不见我们在谈些什么，多半是在后悔，不该害怕那么一点点劳累，而使自己没得到陪伴凯瑟琳的乐趣。

他父亲注意到他那不安的眼神在往窗户那边瞟，那只手还犹犹豫豫地向他那顶帽子伸。

“起来吧，你这个懒孩子！”他装出一副热心诚意的样子叫着他，“快追他们去……他们刚走到拐角上，在蜂房架旁边。”

林顿打叠起全部精力，离开了炉子。格子窗开着，他走出去的时候，我听见凯茜正在问她那个不懂交际的陪同，门上面刻的是些什么？

哈顿往上翻着白眼，挠着头皮，像个十足的乡巴佬。

“是些该死的字，”他回答，“我念不出来。”

“念不出来？”凯瑟琳嚷道，“我念得出来……这是英文[①]……可是我想知道，为什么把它刻在那儿。”

林顿吃吃地笑了起来——头一次表现出高兴的样子。

“他不识字，”他对表姐说，“你能相信吗，世界上竟会有这样一个大笨蛋？”

“他是本来就这样呢，”凯茜小姐认真地问他，“还是头脑简单……不大正常？我已经问过他两次话了，每次他都显出那样一副蠢相，我还以为他弄不懂我的话呢。一点不假，我也不大能弄懂他。”

林顿又笑了起来，带着嘲弄的神情向哈顿看了一眼。哈顿在那一会儿的确好像没有很清楚地弄懂。

“没有什么大毛病，不过就是懒点，是吗，恩肖？”他说，“我表姐以为你是个白痴……你老说瞧不起‘啃书本’，这下子你可尝到

① 英国古代的铭文常用拉丁文写。

你这话的后果了吧……凯瑟琳，你注意到他那满口吓人的约克腔儿了吗？”

“唉，那有啥鬼用处？”哈顿吼叫了一声，他和这个每天打交道的伙伴应对起来倒比较现成了。他还要进一步发挥，可是那两个年轻人高兴得哄然大笑起来；我家那位毛毛躁躁的小姐，见她可以把他那怪里怪气的土话变成逗乐的事儿，不觉来了兴致。

“你那句话里那个‘鬼’又有什么用呢？”林顿哧哧笑了起来，“爸爸告诉你别说任何粗话，可是你一张口就是粗话……学着像有身份的人那样说话行事吧，现在就做！”

“要不是因为你不像个小子，倒像个大闺女，我立马就会把你撂倒啦，我准会，你这个可怜的干巴猴！”那个怒气冲冲的乡巴佬一边反驳，一边后退，他又气愤又委屈，脸涨得通红，因为他明明知道受了侮辱，想表示怨恨，却又无计可施。

希思克利夫先生也和我一样，听到了这场对话，他看到哈顿走开，脸上现出微笑，但是紧接着又用极其厌恶的眼神向仍在门口闲聊的那轻率无礼的一对儿看了一眼。那个男孩子对哈顿的种种过错、缺点，加上他所作所为的种种奇闻轶事，说得十分带劲儿，那个女孩子对他那些尖酸刻薄的话，听得津津有味，根本没有想到，它们表明说这些话的人心地不善。但是我已经开始对林顿的厌恶多于同情了，而且觉得他父亲把他看得那么轻贱，多多少少也情有可原。

我们一直拖到下午才走，我怎么也没法拉凯茜小姐早点儿离开。不过幸运的是，我家老爷一直没有出过他那间屋子，所以不知道我们离家那么长时间。

回家的路上，我一直想开导我看顾的人，要她看清我们刚刚离开的那几个人的品德，可是她脑子里认准了我对他们抱有偏见。

“哈哈！”她嚷嚷起来，“你向着爸爸，埃伦——你这是偏心……我知道，要不，你就不会骗我这么多年，让我一直以为林顿住的地方离这儿很远很远了。我真是生气极了，不过我又是这么高兴，所以也发作不出来！但是你得管住你的舌头，别提我姑父……别忘了，他是我的姑父，而且我还要数落爸爸，不应该和他吵架。”

她就这样说个没完，我只好听之任之，不再费劲儿去让她知道是自己弄错了。

那天晚上，她没提这次去做客的事，因为她没见到林顿先生。第二天，事情就和盘托出了，真叫我懊恼之极。可是我也并不是完全后悔。我想，指导和告诫她的责任由他自己担当，会比我做得更加有效。他不希望她和山庄那一家来往，可是又太懦弱，不敢讲出令人信服的理由，而凯瑟琳这孩子，对任何扼杀她一心向往的意图的种种限制，总喜欢问出个究竟。

“爸爸！”她请过早安就叫嚷开了，“猜猜我昨天在荒原上散步碰见谁啦……啊，爸爸，你吓了一跳！你做事做得不地道，是不是？我看见了——不过，你先听听，我得让你先听听，我是怎样看透你的，还有埃伦，她和你串通一气，我一直指望林顿能够回来，可是永远总是失望，她还总是假装多么同情我呢！”

她把她这次出去游逛和接着发生的事情原原本本地讲了出来，一直到她讲完，我家老爷都一言未发，只是不止一次用责备的目光看看我。然后他把她拉到自己身边，问她知不知道，为什么他要把林顿住在附近这件事瞒着她？难道她会认为，这是要弃绝她可以享受的对她无害的乐事吗？

“那是因为你不喜欢希思克利夫先生。”她回答。

“那么你认为，我关心得更多的是我自己的感情而不是你的感情啦，凯茜？”他说，“不是，这不是因为我不喜欢希思克利夫先生，而是因为希思克利夫先生不喜欢我；而且他还是一个穷凶极恶的人，他要是得到哪怕只是一点点机会，就要坑害、毁灭他所恨的人。我知道，要是你和表弟保持来往，就不能不和他接触；我也知道，为了我的缘故，他会讨厌你；所以我是为了你好，不是为了别的，才小心提防，不让你再见到林顿——我本来想等你长大些再找个时间讲明这件事，我很抱歉，把这事拖了下来！”

“可是希思克利夫先生对我挺热诚呀，爸爸，”凯瑟琳根本不相信他那一套，“而且他并不反对我们互相见面。他说，我什么时候高兴就可以到他家里去，只是我一定不要告诉你，因为你和他吵过架，他娶了伊莎贝拉姑姑，你又不肯原谅他。还有你不愿意——你才是应该受到责怪的呢——起码他愿意让我们做朋友，林顿和我——可是你不愿意。”

我家老爷见她对他说的她姑父品质恶劣不肯相信，就简要地讲了讲，他对伊莎贝拉的种种行径，还有他用什么手段让呼啸山庄成了他的财产。要让他长篇大论地谈论这个话题，他可忍受不了，因为他即使并没有怎么讲，他对那个宿敌还是照样又害怕又厌恶，这是林顿太太去世以来一直堵在他心里的。“要不是因为他，她一直到现在还会活着！”他常常这样痛苦地琢磨；在他看来，希思克利夫好像是个杀人犯。

凯茜小姐不谙世事的险恶，只知道自己由于脾气急躁，粗心大意，会犯些不听话，冤枉人，使性子之类的小毛病，而且犯了的当天就会悔改，所以无法理解，有人怎么会黑了心肠，多少年来一直暗怀复仇的祸心，处心积虑地执行复仇的计划，从无良心发现而感到悔恨的意思。第一次听到人的天性还有这样一面，她似乎留下了极深的印象，而且大为震惊——这超出了她到此为止所学习的一切东西和所有的一切想法——所以埃德加先生断定没有必要继续说这件事，只是加了这么一句：

“以后你就会知道，宝贝儿，为什么我希望你避开他那所宅子和他那一家人——好啦，去干你原来干的事，去玩你原来玩的吧，别再想这些啦！”

凯瑟琳亲了她父亲一下，就安安静静坐下来，照规矩做了两个钟头的功课；然后就陪着他到场院里去散步；这一整天像往常一样过去了，但是，到了晚上，等她回到自己的屋子，我去帮她脱衣服，却发现她跪在床边哭。

“哎哟，咳，傻孩子！”我叫了起来，“你要是真正有过伤心的事，那你就会不好意思为这么一点小小的别扭掉眼泪了。真正的悲伤，你还连一点影儿也没见过呢，凯瑟琳小姐。你想一下，老爷和我要是都死了，在这个世界上就留下你孤零零一个人，那么你会觉得怎么样？把你现在的光景和那样一种倒霉事比较一下，还加上这些熟人，你就会谢天谢地，也不会贪心不足了。”

“我不是在为我自己哭呀，埃伦，”她回答说，“这是为他——他指望明天还能见到我，这一下，他可要大失所望啦——他会等我的，可我又去不了！”

“瞎说！”我说，“你以为，他会像你想他那样，一心想着你吗？他难道没有哈顿做伴吗？因为丢了一个仅仅在两个下午见过两次面的亲戚就哭哭啼啼，一百个人里面也找不到一个这样的。林顿只不过会猜猜，这是怎么一回事，也就不会再为你给自己找麻烦了。”

“不过，我可不可以写个便条告诉他，我为什么去不了？”她一边说一边站起来，“就把我答应借给他的这些书让人送去——他的书没有我的好。我告诉他，我的那些书多么有趣，他就非常想看看——这样不行吗，埃伦？”

“不行，真的，就是不行！”我回答得斩钉截铁，“那么一来，他就会写信给你，那就永远没完没了啦。不行，凯瑟琳小姐，这种来往必须一刀两断——爸爸希望这样，而且我得照办不误！”

“可是一张小小的便条又怎么可能——”她又说，同时摆出一副恳求的样子。

“别说啦！”我打断了她的话，“我们不要再谈你那个小小的便条了——上床睡觉去！”

她那么调皮地朝我挤了挤眼，弄得我开头都不愿意亲她一下道晚安啦。我非常不高兴地给她盖上被子，关上门——可是我走到半路就反悔了，所以又轻手轻脚走回去，可是，瞧！小姐就在那儿，站在桌子旁边，面前摆了一张白纸，手里拿着一支铅笔，一见我正在进屋子，觉得做错了事，就偷偷把笔放在一边不让我看见。

“你就是写信，也找不到谁给你去送，凯瑟琳，”我说，“现在我可要把你的蜡烛灭了。”

我把灭烛器压在烛火上，就在我做这件事的当口儿，我手上挨了一巴掌，还听到一声无礼的叫骂：“骗人的家伙！”我于是又离开了她，她马上气愤地把房门闩上，这是她发脾气最厉害的一次。

那封信还是写完了，由一个村子里来取奶的人带到了它要去的地方；但是过了好长一段时间，我都不知道这件事。就这样过了几个星期，凯茜的脾气也好了，不过她变得不同寻常地喜欢自己溜到旮旯里去，而且在她看书的时候，如果我突然走到她跟前去，她常常会猛然一惊，把身子趴在书上，很明显是想挡住什么不让人看。不过我还是觉察到，有几张单篇儿纸的边儿从书里面露出来了。

她还要了个小花样，每天一清早就下楼，在厨房里磨蹭不走，好像在等待送来的什么东西。她在藏书室的一个橱柜里有个小抽屉，她常常在那儿一摆弄就是几个钟头，离开的时候总是小心翼翼地把上面的钥匙拿下来。

有一天，她在那儿翻腾那个抽屉，前些时候里面装的都是些玩具和小装饰品什么的，可我发现，现在都变成一沓沓折叠好的纸了。

我起了好奇心，也起了疑心，决定要偷偷看一看她那些神秘的宝藏，所以那天晚上，等她和老爷妥妥帖帖上了楼，我试来试去，很快就从我那串管家用的钥匙里，找出一把能开那把锁的钥匙。我打开抽屉，把里面的东西全都倒进我的围裙里，带回我自己的屋子里，不慌不忙地检查。

虽然我早先不是没起疑心，可是发现了那么一大堆信件还是大吃一惊：看来一定是几乎每天一封，都是林顿·希思克利夫的回信，答复她传过去的信。日期较早的几封还有点扭扭捏捏，写得也短，可是慢慢地就发展成连篇累牍的情书了。信写得傻里傻气，在写信人这样的年龄当然也很自然，不过这儿那儿也出现几个警句，我想那些都出自更有经验的人之手。

有些信，在我看来，热情洋溢当中又夹杂着平淡无聊，这两种东西混在一起完全不伦不类；它们开头倒是感情强烈，临到结尾却是矫揉造作、啰啰唆唆；就像一个小学生写给幻想中虚无缥缈的情人所用的笔调。

它们能不能让凯茜满意，我可不知道，不过我看则是一堆毫无价值的废物。

等我翻看过一些觉得够了，就拿一块手绢把那些信捆起来，搁在一边，又把空抽屉重新锁好。

我家小姐照例早早下了楼，到厨房里去；我眼见有个小男孩一来，她就赶紧走到门口，趁挤奶女工把牛奶灌进他的罐子里去的时候，把什么东西塞进他上衣的口袋，又掏出来点儿什么东西。

我沿着花园抄过去，等着那个传信的。他不顾一切地争夺，保护托付给他的东西，我们俩抢来抢去把牛奶都泼出来了。但是我终于还是把那封信抢到手了，还威胁他说，如果他不赶快回去，那结果会够他呛的。我留在墙根儿仔细审读凯茜小姐那份感情丰富的作品。比起她表弟的那些信来，她写得言简意赅，非常优美又非常傻气。我摇着头，心事重重地回到宅子里。

那天下雨，她没去林苑漫步散心，所以早上的功课完了以后，就去抽屉那儿寻求安慰。他父亲坐在桌子旁边念书，我故意找点活干，把窗帘上几条缠在一起的穗子解开，同时眼睛死死盯着她，看她干些什么。

只听她“啊！”地叫了一声，如果有一只鸟，离巢的时候留下满满当当一窝喳喳乱叫的小雏儿，飞回来却发现它的窝给抄光了，它那阵阵哀鸣和扑棱，都不及她这一声惨叫和喜滋滋的脸上突然的变化所表达的绝望更深。林顿先生抬头望着她。

“怎么啦，宝贝儿？你把自己弄伤了吗？”他问。

他那种声调和脸相让她能够肯定，发现她那一堆珍藏的绝不是他。

“没有，爸爸——”她气喘吁吁地说，“埃伦！埃伦！上楼去，我病了！”

我遵照她的吩咐，跟她走了出来。

“啊，埃伦，你把它们都拿走了，”一进屋只剩我们俩关在一起的时候，她马上跪下开始说，“噢，把它们给我吧，我决不再那么干啦，决不！别告诉爸爸——你没告诉爸爸吧，埃伦，说，你没有！我太糟糕啦，可是我再也不会那么干啦！”

我摆出一副严肃认真的样子，叫她站起来。

“好哇，”我大声叫喊，“凯瑟琳小姐，你做得太过分啦，看起来——你真应该为它们害臊！没错儿，你有闲工夫就去念那一大堆垃圾——哈，写得多好呀，都可以送去出版啦！要是我把它摆在老爷面前，你猜猜，他会怎么想？我现在还没有给他看呢，不过你别妄想我会为你保守这种滑稽可笑的秘密——真丢人！一定是你挑头写这种荒谬绝伦的东西；我肯定他是想不出要开这个头的。”

“我没有！我没有！”她抽抽搭搭地哭得心都碎了，“我从来没想到要爱他，直到——”

“爱！”我竭尽所能用最鄙视的语气大声吐出这个字，“爱！有谁听说过这样的事吗！要是这样，那我也可以和那个一年一次到我们这儿来收购咱们小麦的磨坊主谈什么爱啦。多好的爱呀，的确是，两次加在一起，你这一辈子和林顿见面也不到四个钟头呀！瞧吧，这就是那些娃娃气的废物。我这就带它上藏书室去，咱们就会知道，你爸爸对这种爱会说些什么了。”

她扑过来抢她那些宝贵珍藏，可是我把信高高举在头上。后来她又发疯似的一再请求，要我把它们都烧了——只要不给别人看，怎么办都行。我的的确确真是又想笑她，又想骂她，因为我估算，这也不过是出于女孩子的虚荣心罢了，所以最后我多少还是发了善心，于是问她：

“如果我同意把它们烧了，你能不能老老实实地答应我，再不送信，也不送书——因为我发现你给他送过一些书——也不送头发绺，不送戒指，不送玩具？”

“我们才不送玩具呢！”凯瑟琳叫了起来，她的自尊心压倒了她的羞愧感。

“那就什么都不送，我的小姐！”我说，“你要是不答应，我这就走啦。”

“我答应，埃伦！”她抓住我的衣服大声说，“唉，把它们扔进火里去吧，扔吧，扔吧！”

但是，等我动身用拨火棍扒拉开一块地方的时候，这种牺牲又让她痛苦得无法忍受了——她苦苦哀求，我得给她留下一两封。

“一封或者两封，埃伦，留着作对林顿的纪念吧！”

我解开手绢，从一个角上把信倒进火里，火苗盘旋着冲向烟囱。

“我要留一封，你这个狠心肠的坏家伙！”她尖叫一声，一下把手伸进火里，抓出几张烧得只剩半拉的纸片，也不怕烧了手指头。

“好极啦——那我也可以拿几封给爸爸看了！”我回答，同时把剩下的摇了摇，放进手绢包里，又转身向门口走去。

她把她手上那些烧黑了的纸片全都扔进火里，并且用手势向我示意，让我完成这番献祭。这事办完了，我把纸灰搅了搅，然后撮了满满一铲子煤盖上。她默不作声，怀着深受伤害的心情，径自回到自己的屋子里去了。我下楼去告诉老爷，小姐那阵子不舒服差不多完全过去了，不过我觉得最好还是让她躺一会儿。

她不愿意吃中饭，但是在下午吃茶点的时候露面儿了，脸色苍白，眼圈发红，不过出乎意料地能够克制，没露丝毫破绽。

第二天早晨，我用一张小纸条给来信写了封回信：“请希思克利夫少爷不要再给林顿小姐来信，她不会再取信。”从那以后，那个孩子来的时候口袋里就空空如也了。

第八章

夏天结束了，接着是早秋——已经过了米迦勒节[①]，不过那年收秋来得晚，有些地里的庄稼还没有收完。

---

① 米迦勒节为英国四大结账日之一，在每年9月29日。

林顿先生和他女儿常常到收割庄稼的人中间去走走。在搬运最后那批麦捆的时候，他们一直逗留到天黑，刚好那天晚上天气又冷又潮，我家老爷得了重伤风，寒气郁结在肺里，弄得他整个冬天都待在家里，几乎天天足不出户。

可怜的凯茜，让她那小小的浪漫史吓怕了，事情了结以后一直显得郁郁寡欢，无精打采。她父亲要她少念书，多活动。她再也没办法来找爸爸做伴儿了，所以我觉得我有责任尽可能让自己来补这个缺。当然我并不是个很顶用的替身，因为我有很多日常家务要做，每天只能抽出两三个钟头。再说，由我来做伴比起她爸爸来，很明显不那么称心如意。

10 月里，或者是 11 月初吧，有一天下午，空气新鲜，湿气很重，草地和小路上许多带着潮气的枯树叶沙沙作响，寒冷的蓝天被乌云遮住了一半，一股股暗灰色的流云从西方涌起，预示要有大雨——我请求我家小姐取消她的散步，因为我敢保要有几阵雨。她不肯听，我无可奈何地披上一件斗篷，还带上我的伞，陪她一直溜达到林苑的尽头。这是她平时情绪低落的时候总爱走的一条路。这一阵，埃德加先生的病情比往常更严重，她的情绪也就老是这样了；这件事他自己从没坦白承认过，可是从他越来越寡言少语和脸上又显得忧心忡忡上，小姐和我也就猜出来了。

她闷闷不乐地向前走着，本来那股冷风是会催着她跑一阵子的，可是她此时既不跑来跑去，也不东蹦西跳了。我常常斜着眼瞟上她一两下，看到她抬起手来，从脸蛋上擦掉些什么。

我向四周打量，想找个办法转移她的思路。在路的一边起了一道坑坑洼洼的斜坡，上面长了一些榛子树和歪歪扭扭的橡树，树根有一半都露在外面，好像扎得不牢靠。那儿的土对橡树来说是太松了，一阵阵大风把那些树刮向一边，差不多都和地平行了。夏天的时候，凯瑟琳小姐老喜欢沿着那些树干爬上去，坐在树杈上，离开地面二十英尺，在高处晃来晃去。看到她身手敏捷又有一颗天真无邪的童心，我很高兴，可是我每次看到她爬得这样高，又觉得该骂她一顿；不过即使这样她也懂得，并不是非要叫她下来不可。从吃罢正餐直到去吃茶点，她常常躺在那由轻风吹得悠来荡去的摇篮里，什么也不干，就只是自己唱唱那些古老的民歌——她小时候我教给她的那些童谣；要不就是看着那些和她一起栖在枝头的鸟儿喂自己的小鸟儿，和引着它们练飞；要不就是干脆舒舒服服靠在那儿，闭上眼睛，半想心事半做美梦，那股乐劲儿真是言语无法形容。

“瞧呀，小姐！”我指着歪七扭八的一棵树的根下面那个凹进去的坑喊了一声，“冬天还没到这儿呢。那边还有一朵小花。7 月的时候，那一层层草坡上密密麻麻长满了风铃草，那淡紫色的花迷迷蒙蒙连成一片，这是剩下的最后一小枝了。你愿意爬上坡去，把它摘下来给爸爸看看吗？”

凯茜朝土坑里那朵孤孤零零瑟瑟发抖的小花盯着看了好久，最后回答道：

“不，我可不去碰它——可是它看起来垂头丧气的，是不是，埃伦？”

“是呀，”我说，“差不多和你一样，瞧冻的那样，都没了精神啦——你脸上也没一点儿血色了。我们手拉手跑一会儿吧。你那么有气无力，我相信，我会赶得上你。”

“不。”她还是那句话，继续漫不经心地朝前走，过一会儿就停下来，出神地看着一片青苔，或是一块变白了的草地，或是在一堆褐色的落叶当中绽开的鲜橙色的蘑菇，还时不时地把手举到转过去的脸上。

“凯瑟琳，你干吗哭呀，乖乖？”我走过去问着她，用胳臂搂着她的肩膀。“爸爸得了点伤风感冒，你也不该哭呀。他没得什么更厉害的病，就应该谢天谢地了。”

那时候她再也忍不住自己的眼泪，抽抽搭搭地连气都喘不过来了。

“唉，就会得点什么更厉害的病的。”她说，“等爸爸和你丢下我都走了，剩下我自己一个人，我可该怎么办呀？我忘不了你说的话，埃伦，它们老在我耳朵里。等爸爸和你都死了，生活会变成什么样，世界会变得多么凄凉呀。”

“谁也没法说，你是不是不会死在我们前头，”我回答，“老盼着坏事来可不对头——我们得盼着，还得过好些好些年以后，咱们当中才会有人走——老爷还年轻着呢，我也很壮实，还不到四十五呢。我母亲活到八十，临到最后都还是个利利索索的老太太呢。就先假设林顿先生活到六十吧，那比你原来计算的也多好些年呀，小姐。不幸的事还没来，就提前二十年去悲叹，这难道不是很蠢吗？”

“可是伊莎贝拉姑姑比爸爸年轻呀！”她一边说一边提心吊胆地抬头望着我，希望能再得到些安慰。

“伊莎贝拉姑姑那时候可没有你和我去照顾她呀，”我回答，“她不像老爷那样有福气；她活得也没有那么多指望。你唯一要做的事就是侍候好你父亲，你自己高高兴兴的，他看见你高兴也就高兴起来了；不要让他为了任何事情牵肠挂肚——你要注意这一点，凯茜！我不骗你，你要是任性胡来，不计后果，而且傻里傻气，异想天开地对一个巴不得你爸爸进坟墓的人的儿子用情——而且让你爸爸发现，在他已经断定你们分手才是上策的时候，你却藕断丝连的，那你可就会要了他的命啦。”

“在这个世界上除了爸爸的病以外，我不为任何事情焦急苦恼，”和我一起走着的人回答，“比起爸爸来，我对其他什么事也不关心。

只要我还有脑子，我就永远不会，永远不会，啊，永远不会做任何事，或者说任何话，去让他着急。我爱他，胜过爱我自己，埃伦。这我是知道的，因为我每天晚上都做祷告，祈祷他走在我前头，因为我宁愿自己难过，也不愿让他这样。这就证明，我爱他胜过爱我自己。”

“说得真好，”我回答，“但是还必须用行动来证明。而且等他病好了以后，你还得记住，不要把担惊受怕的时候下的决心忘在脑后呀。”

我们说着说着，就走到了通向大路的那个门附近，重新走到大太阳地里，我家小姐又轻快起来；她爬上墙去，坐在墙头，伸手去采摘那些野蔷薇树梢上结着的猩红色小果儿，这些树是栽在大路边上遮阴的。低处的果子早已没了，但是上面的那些，只有小鸟才能够得着，还有就是从凯茜现在待的那种地方。

她探身出去揪那些蔷薇果的时候，帽子掉下去了。因为门锁着，她就打算爬下去捡回来。我叮嘱她要小心，别摔着，她轻轻巧巧地就溜得没影儿了。

不过再回来可不是那么容易的事了。那堵石墙砌得光溜溜、齐整整，她重新往上爬的时候，那些蔷薇丛和黑莓的枝蔓又都吃不上劲儿，我真像个傻瓜，直到听见她大笑和叫喊才想到这一点。

“埃伦！你得去把钥匙取来，要不，我就得沿着围墙跑到看门人住的地方去啦。从围墙这边我攀不上去！”

“就待在你现在的地方，”我回答，“我那串钥匙就在我口袋里，也许我能想法把锁打开，要是开不了，我再去。”

我一个挨一个试着用我所有的那些大钥匙开门，这时候凯瑟琳就在门前来来回回跳舞玩。我一直试到最后一把，看来没有一把能打开。于是我又叮嘱了一遍，要她待在原地。我正要动身尽快赶回家去，一阵由远而近的声音让我停了下来。原来是一匹小跑的马。

凯瑟琳站住了，一会儿那匹马也站下来了。

“那是谁？”我悄悄地问她。

“埃伦，我希望你能把门打开。”我的同伴焦急地悄悄回答。

“嘿，林顿小姐！”骑马人用深沉的嗓音大声说，“碰上你很高兴。别急着进门，因为我想问你一件事，并且想得到解释。”

“我不和你说话，希思克利夫先生！”凯瑟琳回答，“爸爸说，你是个坏人，你恨他，也恨我。而且埃伦也这样说。”

“你这话可没说到点儿上，”希思克利夫（果然是他）说，“我想，我不恨我的儿子吧，我要你注意听听的是关于他的事。是呀，你是应该脸红的。有两三个月了，你一直没给林顿写信吧？拿爱情当儿戏，嗯？你应该，你们俩都应该为这个挨鞭子抽！特别是你，年纪比他大，到头来你受的伤害比他少。我拿到了你那些信，你要是再对我没规没矩，我就把这些信交给你父亲。我想，你准是把这个把戏玩腻了，就扔下不玩了，是不是？哼，你把林顿和他的爱情扔进了‘绝望的深渊’。他可是真心实意在谈恋爱呀，千真万确。就像我现在活着一样一丝不假，他为了你可就要送命啦，因为你水性杨花，让他心都碎了，这不是打打比喻，而是真情实话。尽管这六个星期哈顿老是笑话他，我也用了一些比较严肃的办法，想吓唬他别发痴，可是他还是一天不如一天，到不了夏天，他就会要入土啦，除非你去救救他！”

“对这个可怜的孩子，你怎么能这样睁着眼睛说瞎话呀！”我从门里面大喊，“请你接着往前骑吧！你怎么能挖空心思想出这样卑鄙无耻的谎话呢？凯茜小姐，我要用石头把锁砸开。你可不要信他那一套瞎说八道。你自己就能琢磨出来，一个人因为爱一个陌生人就要去死，这是根本不可能的。”

“我倒不知道，还有溜墙根儿的呢，”那个流氓见自己给人发现了就咕噜起来。“尊贵的迪恩太太，我喜欢你，可不喜欢你那种两面三刀，”他接着又大声说，“你怎么可以这样睁着眼睛撒谎，硬说我恨这个‘可怜的孩子’呢？还编造出那么些耸人听闻的故事，吓得她不敢登我家的门儿呢？凯瑟琳·林顿，单是这个名字就让我觉得亲切温暖，我的俊闺女，我整个这一星期都不会在家；你去看看，我说的是不是真话。去看看吧，我的好宝贝儿！假使你想象一下，把你爸爸换成我，把林顿换成你，然后将心比心想想：如果你爸爸亲自去求他，他都不肯走上几步路去安慰安慰你，你会怎么看待你那个无情无义的情人；你可千万不要纯粹是由于犯傻就干出同样的糊涂事来。我起誓，如果我说瞎话，就让我的灵魂不能得救。他就要入土啦，除了你，谁也救不了他！”

锁砸开了，我冲了出去。

“我起誓，林顿要死啦，”希思克利夫又说了一遍，还使劲瞪了我一眼。“伤心和失望正在催他的命，让他死得更快。奈丽，如果你不让她去，那么你可以自己过去嘛。不过我要到下星期这个时候才回家。我想，她去看看她表弟，你们家老爷本人，是不大会反对的！”

“进来。”我一边说，一边拉住她的胳臂，半带强迫地把她拉进门来，因为她用困惑不解的眼神望着说话人的脸，还在犹豫，那张脸板得那么死，哪会让他一肚子的诡计露馅儿呀。

他拍马靠近一点，弯下身来说：

“凯瑟琳小姐，我得对你承认，我对林顿已经没有多少耐心了——哈顿和约瑟夫就更没有了。我得承认，他是和一伙粗野无情的人待在一起。他渴望得到温情善意，还有爱情。哪怕是你的一句亲热话，都会成为治他的病的灵丹妙药。别信迪恩太太那种无情无义的警告，慷慨大度些吧，想办法去看看他。他白天黑夜都梦想着你，我们没法劝得他相信你不恨他，因为你既不给他写信，又不去看他。”

我把门关上了，门锁已经锁不上，我就推了一块石头把门顶住；又把伞撑开，把我监护的人拉到伞下面来，雨开始越下越大，从沙沙作响的树枝间流下来，催着我们别再耽搁了。

我们急匆匆往家里走，顾不得谈论碰上希思克利夫的事；不过我凭直觉悟得出，这会儿凯瑟琳心头的乌云加倍地浓重。她满面愁容，这简直不像她的模样啦。很显然，她认为她刚才听到的字字句句都千真万确。

我们还没进屋，老爷已经回卧房休息去了。凯茜蹑手蹑脚走到他屋子里，想问问他觉得怎样，可他早已睡着了。她又转回来，要我陪她在藏书室里坐一会儿。我们一起喝了茶；随后她躺在地毯上，告诉我别说话，因为她累了。

我拿起一本书来，假装看书，她以为我一心一意在看书，马上就悄悄哭了起来。看来此时此刻她是很想排解一下自己的忧思。我让她这样松快了一阵儿，然后才规劝她。我把希思克利夫先生讲到他儿子的所有那些话都揶揄奚落了一番，仿佛确信，她完全会有同感。可是天哪，我并没有本事能抵消他那番话所造成的影响；他算计的正是这一点。

“可能你说的对，埃伦，”她回答，“但是我不把事情弄清楚决不会甘心——我一定还要告诉林顿，我不写信并不是我的过错；我一定要让他相信，我不会变心。”

对她这样糊里糊涂地轻信别人的话表示愤怒，公然反对，又有什么用呢？那天晚上我们不欢而散——可是第二天，却看见我跟在我那任性的小姐那匹小马旁边，走在去呼啸山庄的大路上。我不忍心眼见她伤心，看见她那苍白沮丧的脸，那阴沉的眼睛；我只好依从她，心里怀着这样一丝希望：林顿会在接待我们的时候自己证明：希思克利夫的那番话是怎样地没有多少事实根据。

第九章

夜里下了雨，早晨雾蒙蒙的——一半是霜，一半是毛毛雨，一时间从高地上汩汩而下的条条细流，从我们走的便道上横着淌过。我的脚湿透了。我满肚子的不高兴，情绪低落，这种心情正好让我觉得这些事讨厌到了极点。

我们从通厨房的那条路走进农庄的屋子，想弄清楚希思克利夫先生是不是真不在家，因为我对他说的话总不大相信。

约瑟夫好像是独自坐在一个极乐世界里，在熊熊燃烧的炉子边上，近旁的桌子上放着一大杯麦酒，满满当当地堆着大块的烤麦饼，嘴里叼着他那根黑色的短烟斗。

凯瑟琳跑到炉子旁边去烤火。我问他，主人在家吗？

我问的问题那么长时间都没有回答，这让我以为这个老头子已经变聋了，因此提高嗓门儿又问了一遍。

“没——在！”他大喝一声，或者说简直像是从鼻子眼儿里呼啸出来的。“没——在！你们打啥地方来，就回啥地方去。”

“约瑟夫，”和我的喊声同时，一声恼怒的叫喊从屋里传来，“我得叫你多少次呀？现在只剩下一点点红炭灰啦。约瑟夫，马上来！”

他使劲喷着他的烟，死死地瞪着炉箅子，表示根本不听这个要求。女管家和哈顿都没见，大概是一个出去办事了，另一个在干活吧。我们听出了是林顿的声音，就进去了。

“嘿，但愿你死在阁楼里！活活地饿死。”那孩子说。他听到我们走进去，还以为是他那个玩忽职守的听差呢。

他发现弄错了，就马上住了口。这时他表姐一下冲到他的跟前。

“是你呀，林顿小姐？”他从他斜躺着的那把大椅子的扶手上抬起头来说，“别——别亲我，那会让我喘不过气来的——我的天！爸爸说，你会来的，”凯瑟琳松开抱着他的手，他缓过点气来才说；她站在那儿显出懊悔的神情。“劳驾，你能把门关上吗？你让门开着——那些——那些讨厌的家伙就是不肯给壁炉添煤。多冷呀！”

我拨了一下煤灰，自己去提来一桶煤。这个病病歪歪的人抱怨弄了他一身煤灰；不过他那么有气无力地咳嗽了一阵子，看上去还在发烧和生病，所以他使性子我也没责备他。

“行啦，林顿，”凯瑟琳等他紧锁着的眉头舒展开来就小声说，“看到我，你高兴吗？我能让你觉得好点吗？”

“为什么你前些日子不来？”他说，“你是应该来而不是写信。写那些长信，把我都累死啦。我和你聊天要比写信高兴多了。可我现在连聊天也经不住啦，干什么别的都经不住。我真不知道泽拉去哪儿啦！你（他望着我）能走两步到厨房里去看看吗？”

我给他做了些事，他连一声谢都没有，也就不愿意按他的指示跑来跑去了，我回答说：

“除了约瑟夫，那儿谁也没有。”

“我要喝水，”他转过头去，心急火燎地叫了起来，“爸爸走了以后，泽拉老是到吉默顿去闲逛。真受罪！我没办法只好下楼到这儿来——我在楼上不管怎么喊，他们硬是不听。”

“你父亲对你尽心吗，希思克利夫少爷？”我问他，因为我看出来，凯瑟琳每次对他表示亲近，总是给他顶住。

“尽心？他至少还让他们对我尽一点心，”他嚷着说，“那些坏蛋！你知道吗，林顿小姐，哈顿那个畜生还笑话我呢——我恨他，真的，我恨他们所有的人——他们都是些招人恨的东西。”

凯茜这时找起水来了；她在柜子里看到了一罐子水，倒了一杯，拿给他。他叫她从桌子上的一个瓶子里给他加一满匙葡萄酒；他喝了一点，显得安静一些了，并且说她待人很好。

“那么你见到我高兴吗？”她重新用刚才的问题问他，见到他脸上透出了一点点喜色，觉得很是快乐。

“嗯，我是——听到像你这样的语声，我真觉得有点新鲜！”他回答，“不过我一直心里烦得慌，因为你不愿意来——爸爸还一口咬定说这都怪我，他说我是个可怜巴巴、缩头缩脑的窝囊废；还说你瞧不起我；还说，如果他是处在我的位置上，到这会儿那边田庄的主人早就是他而不是你父亲啦。但是，你并没有瞧不起我，是不是，小姐？”

“我希望你叫我凯瑟琳，或者凯茜！”我家小姐打断了他的话头，“瞧不起你？没有！除了爸爸和埃伦，我爱你超过世界上任何人。不过，我不喜欢希思克利夫先生。他一回来，我就不敢来啦。他出远门要去好些天吗？”

“不会好些天，”林顿回答，“不过，猎鸟季节[①]开始以后，他经常到荒原去。他不在的时候，你可以来和我待一两个钟头——来吧！说，你一定来！我想，我不会和你闹别扭的；你不会惹我生气，你总是愿意帮助我，难道不是吗？”

“是，”凯瑟琳一边说，一边捋他那又长又软的头发，“我要是

① 英国制有狩猎法，规定对各种猎物有禁猎期，以保护其繁殖。

能得到爸爸的同意就好了，那我就可以花我的一半时间和你在一起——可爱的林顿！你要是我亲弟弟该多好！”

“那么，你就会像喜欢你爸爸一样喜欢我了吗？”他比刚才更愉快地说，“但是爸爸说，如果你成了我妻子，你就会爱我胜过爱你爸爸，胜过爱世界上所有的人——所以我更愿你做我的妻子！”

“不，我决不会爱任何人胜过爱我爸爸，”她郑重其事地说，“有时候有些人会恨自己的妻子，但是并不恨他们的亲姊妹亲兄弟，如果你是我的亲兄弟，你就可以和我们住在一起，爸爸就会像喜欢我一样喜欢你了。”

林顿不相信有些人会恨自己的妻子，但是凯瑟琳肯定说就是那样，而且她凭着自己的那份聪明，举出林顿自己的父亲厌恶她姑姑的例子来。

我一个劲儿拦着她不要信口开河——可是没拦住，最后她把她知道的全都倒了出来。希思克利夫少爷气急败坏，硬说她说的全是假的。

“爸爸告诉我的；爸爸是不说假话的！”她干干脆脆地回答。

“我的爸爸才瞧不起你爸爸呢！”林顿嚷嚷起来，“他叫你爸爸是探头缩脑的傻瓜！”

“你爸爸是个坏人，”凯瑟琳回口说，“你太没规矩啦，他说什么你就敢跟着他学——他想必是很坏，才会逼得伊莎贝拉姑姑真的甩了他！”

“她并没有甩了他，”男孩说，“不许你和我顶嘴！”

“她甩了！”我家小姐叫嚷道。

“好吧，我也告诉你一点事儿吧！”林顿说，“你母亲恨你父亲，哼。”

“啊！”凯瑟琳大叫一声，气得再也说不出话来了。

“而且她还爱我爸爸呢！”他又加了一句。

“你这个小撒谎鬼！我现在恨你啦。”她气呼呼地说，满脸涨得通红。

“她爱！她爱！”林顿唱着说，一边缩进椅子里面，把头向后仰着——她那时正站在他身后——美滋滋地看着站在身后的那个和他辩论的人激动的样子。

“嘘，希思克利夫少爷！”我说，“我想，那也是你父亲编的故事吧。”

“才不是呢——你给我住嘴！”他回答，“她爱，她爱，凯瑟琳她爱，她爱！”

凯茜已经不是她自己了，把那把椅子猛地一推，弄得林顿倒在一边的扶手上。他马上咳嗽得背过气去了，那股得意扬扬的劲头一下子都没了。

他咳嗽了那么长时间，连我都吓坏了。他那位表姐呢，只剩下扯直嗓子放声大哭，她让自己闯的祸吓得不知所措，不过她什么也没说。

我扶着他，一直到他这阵发作过去，这时他把我推开，一声不吭低下头来。凯瑟琳也止住了自己的悲声，在对面一把椅子上坐下来，神情严肃地注视着炉火。

“你现在感觉怎么样，希思克利夫少爷？”我等了 10 分钟才问他。

“我希望她刚才能像我那样感觉感觉，”他回答，“心肠歹毒，冷酷无情的家伙！哈顿从来没碰过我——今天我刚刚好一点——可是却——”他说着说着呜呜哭了起来。

“我并没打你呀！”凯茜嘟囔了一声，咬住嘴唇免得又冒起火来。

他又是唉声叹气，又是哼哼哎哟，好像是难受得要命，就这样折腾了有一刻钟，这明摆着是为了让他表姐发愁，因为每当他听到她憋不住抽泣一声，他就在自己那抑扬顿挫的声音中再加上些痛苦和凄楚的调子。

“我伤着了你，林顿，我很抱歉！”最后她给折磨得受不了了，就这样说道，“不过如果是我，让人那样轻轻推一下是不会伤着的；而且我事先也没想到你会伤着——你伤得不厉害吧，是不是，林顿？别让我回家的时候还想着我让你伤着了！回答吧，你跟我说呀。”

“我没法对你说，”他嘟嘟囔囔，“你把我伤得这么厉害，我只好整个晚上睁着眼躺在那儿，像这样咳得喘不过气来！你要是这样，你就会懂得这是怎么一回事了——可是你会舒舒服服地睡大觉，我可难受得来回折腾——而且我身边一个人也没有！我想不出来，你怎么会愿意度过那些可怕的夜晚！”他很是可怜自己，就号啕大哭起来了。

“这么说，你是早都习惯挨过那些可怕夜晚的喽，”我说，“那也就不是我家小姐打破了你的安宁啦；她要是根本没来，你也还会是老样子呀——不管怎么说，她也不会再来打扰你啦——也许我们离开你，你还会得到更多的安宁吧。”

“我一定得走吗？”凯瑟琳满怀哀伤地问，一边又俯下身子问他，“你愿意我走吗，林顿？”

“已经做过的事，你是改变不了的，”他一边挺不高兴地说，一边直往后缩着躲开她。“除非你越改越坏，让我烦得发高烧！”

“那么，我一定得走啦？”她又问了一遍。

“至少别管我，”他说，“听你们说话，我就受不了！”

她磨蹭着不走，我费了好半天劲一再劝说，她就是不肯听；不过他既不抬头，又不说话，最后她只好向门口挪动，我也跟过去了。

一声尖号又把我们叫住了——林顿从椅子上溜到壁炉前面的石板上，躺在地上打滚，完全像个任着性子折磨人的孩子那样地耍赖，一心想方设法惹人难过，折磨人。

我从他的行为举止早已摸透了他的脾气，一下就弄明白了，要想迎合迁就他，那就是犯傻。我那位同伴却不是这样。她又惊又怕地跑回去，跪在地上，又是哭，又是哄，又是求，他却直到喘不过气才慢慢安静下来，根本不是因为折磨了她觉得良心不安。

“我把他抱到高背长靠椅上去，”我说，“他愿意怎么打滚就怎么打滚吧；我们可不能留在这儿看守他——我希望，凯茜小姐，你现在死了心，知道你并不是能够让他得到什么好处的人，而且他这种健康状况也并不是为你害相思才招来的。好了，他就在那儿！走吧——等到他明白，眼前没有人理他那一套胡闹的玩意儿，他马上就会愿意一动不动地躺在那儿啦！”

她把一个垫子枕在他的头下面，又给了他一点水；他不肯喝水，并且在垫子上不舒服地翻过来调过去，好像枕的是石头，或是木头。

她想把它弄得更舒服一点儿。

“我枕这个不行，”他说，“它不够高！”

凯瑟琳又拿来一个垫上。

“那又太高了！”那个招人动气的家伙嘟囔着。

“那么我该怎么弄呢？”她无可奈何地问。

他朝着她把身子弯过去，她那时半跪在长靠椅旁边，他就爬过去，把她的肩膀当作枕头支撑了。

“不，使不得！”我说，“有那个垫子，你就足够可以的啦。希思克利夫少爷！小姐已经为你浪费掉太多时间了；我们连5点钟也不能多待了。”

“不，不，我们可以多待一会儿！”凯茜回答，“他现在好了，也不心烦了。如果我认为我来看他确实让他的病加重了，那么他就会慢慢感到，我今天晚上所受的痛苦要比他的大得多；而且我也再不敢来啦——说句老实话吧，林顿——因为，如果我于你有害，我就不必再来啦。”

“你一定得来，来治好我的病，”他回答，“你应该来，因为你害了我——你知道，你害了我，害得好苦！你进门的时候，我还没有病得像现在这么重呢——是不是？”

“可你是因为哭呀，发脾气呀，才把自己弄病的。这些都不是我干的，”她表姐说，“不管怎样，我们现在要做朋友啦。你想要我——你还希望有时候能见到我，真的吗？”

“我告诉你，我希望！”他不耐烦地回答，“坐在长靠椅上，让我靠在你的腿上——妈妈总是这样做的，整个下午都在一起。安安静静地坐着，别说话，不过，你要是会唱歌，就可以唱支歌，或者说一段好听的、长长的、有趣的民谣——从你答应过要教我的那些民谣中间挑一首，或者讲个故事——不过我还是愿意听一首民谣，开始吧。”

凯瑟琳背了一首她记得的最长的民谣。这么做让他们俩都高兴极了。林顿听完还要听一个，这个完了又要再听一个，尽管我一再拼命反对，也不行。他们就这样一直弄到钟敲了十二点，这时候我们听到院子里哈顿的声音，他是回来吃午饭的。

“明天，凯瑟琳，明天你来吗？”正在她勉勉强强站起来的时候，小希思克利夫抓住她的长裙问。

“不来，”我回答，“后天也不来。”可是很明显，她却作了截然不同的另外一种回答，因为她弯下身去对他咬耳朵的时候，他的眉头舒展开了。

“你明天不要去，记住，小姐，”我们走出院子的时候，我对她说，“你不是正在做这个梦吧，是不是？”

她笑了笑。

“啊，我可要好好留神啦！”我接着又说，“我要让把那锁修好。你没有别的办法逃得出去。”

“我能翻墙出去，”她一边说一边笑，“田庄不是一座监狱，埃伦，而且你也不是我的牢头。另外，我已经差不多十七岁了。我是个大人啦——而且我肯定，如果有我照顾，他很快就可以恢复健康——我比他大，你知道，也比他聪明懂事，不那么孩子气，难道不是吗？只要稍微哄哄他，很快他就会对我言听计从了。他好的时候，可真是个可爱的小宝贝呢。如果他成了我的，我就要把他变成一个招人喜欢的小东西——等我们俩互相处熟了，我们就永远不会吵架了，难道会吗？难道你不喜欢他吗，埃伦？”

“喜欢他？”我叫了起来，“这么一个脾气坏透了顶，好不容易才活到十几岁的病秧子！这真叫运气，他就像希思克利夫先生预料的，活不到二十岁！真格的，我怀疑他是不是能见到明年的春天——不管他什么时候完蛋，对他们家来说，都算不上是什么了不得的损失。还算咱们运气好，他父亲早就把他弄走了——你待他越好，他就越讨厌，越自私！我真高兴，你不会碰上他这么个丈夫，凯瑟琳小姐！”

我的同伴听了我这番话，慢慢变得严肃起来了——这么随随便便地说到他要死，伤了她的感情。

“他比我小，”她苦苦地想了好长一段时间才回答，“而且他应当活得最长；他会——他一定会活得和我一样长。他现在的身体和他刚到北方来的时候一样健壮，我可以肯定地这么说！那不过是伤风感冒让他不舒服，就和爸爸的一样——你说爸爸会好起来，那么他为什么就不会呢？”

“得了，得了，”我嚷道，“反正我们用不着自寻烦恼。听着，小姐——而且还要记住，我说话算话的——如果你想再到呼啸山庄去，不管是不是要我陪着，我都要禀告林顿先生。除非得到他的允许，你和你表弟就不能再有密切交往。”

“那已经又有了！”凯茜绷着脸咕噜了一句。

“那么就不准再继续！”我说。

“咱们等着瞧吧！”她就这么回了一句，说完就催马飞跑开了，把我甩在后面苦苦地追赶。

午饭以前我们俩都到家了。我家老爷以为我们是在林苑里转悠，所以就没要我们说明为什么不在家。我一进家门，就赶紧去换掉我那双湿透了的鞋和袜子。但是在山庄里坐了那么长时间，还是坐下了病。第二天早晨，我就卧床不起了；随后三个星期，我都无法干我该干的事——在这以前我还从来没有遭过这样的罪，而且从那以后，真得谢天谢地，我也再没有遭过。

我家小主人就像一位天使一样，常常来服侍我，让我在寂寞中打起精神来。天天关在屋子里，弄得我意气消沉——对我这个活动惯了总闲不住的人，这真是烦死了——但是我比随便谁都没有理由怨天尤人。凯瑟琳一出林顿先生的屋子，就来到我的床前。她白天的时间都分给我们了。没有一分钟用来娱乐消遣。她忘了吃饭，忘了学习，忘了玩。而且真没见过像她这样体贴入微的护士。她必定是有副热心肠，所以才能在她那样爱她爸爸的时候，还能这样为我分这么多心。

我说过了，她白天的时间全分给我们俩了；不过老爷就寝很早，并通常在6点以后就不需要什么了，这一来晚上就算她自己的了。

可怜的东西，我从来没认真想过，吃过茶点以后，她自己干些什么。虽然她探头和我道晚安的时候，我常常看到她的脸蛋鲜亮亮的，她细长的手指也是粉嘟嘟的，我把这归因于藏书室里火红的壁炉，而没有想到，那颜色是冒着寒气骑马穿过荒原带来的。

第十章

到三个星期末尾的时候，我已经能够离开我的卧室，在宅子里面到处走走了。那天晚上我头一次坐在那儿没去躺下，我请凯茜给我念点什么，因为我的眼力还很差。我们在藏书室里，老爷已经上床了。凯瑟琳答应了，不过我觉得是勉勉强强的。我以为是我的那些书不合她的口味，就请她随意挑一本她喜欢一句一句念的书。

她挑了一本她爱念的书，不停地念了大约一个钟头，随后就一再地问我这些问题：

“埃伦，难道你还不累吗？你现在去躺下不是更好吗？起来这么长时间，你会累坏的，埃伦。”

“不，不，亲爱的，我不累。”我一次又一次这样回答。

她见我不肯动弹，试着用别的办法来表示她不喜欢她干的这件事。这就是变成打呵欠，伸懒腰，并且说：

“埃伦，我困啦。”

“那么别念了，聊聊天儿吧。”我回答。

那就更糟糕了，她坐立不安，唉声叹气，还常常看她的表，一直待到八点，最后终于回到她自己的屋子里去。从她那焦急、阴沉的神色和不断地搓着眼睛的情形可以断定，她是困得厉害想睡觉了。

第二天晚上她显得更加不耐烦了；到第三天她没再给我做伴，她抱怨头痛，扔下我走了。

我觉得她的行为有点古怪；我一个人待了好半天，然后才决定去看看她，问她是不是好点儿了，让她下楼来到沙发上躺躺，别摸着黑儿待在楼上。

在楼上我根本找不到凯瑟琳，楼下也没有。几个仆人也说他们没见着她。我在埃德加先生的屋门前听了听——鸦雀无声。我又回到她的屋子，把手上的蜡烛弄灭了，坐在窗前。

天上是一轮明月，地上是一层晶莹的积雪，我想到她可能忽然想起到花园里去走走，换换空气吧。我真的发现了一个人影，正沿着林苑的内篱墙往前爬；可那不是我家的小主人，等他走到亮处的时候，我认出那是一个马夫。

他在那儿站了好一段时间，越过庭院远远望着那条马车道，然后好像观察到了什么，快步向前走去，不一会儿他又出现了，牵着小姐的那匹小马；而且她也在那儿，刚刚从马上下来，走在马旁边。

那个人牵着马偷偷摸摸地穿过草地向马房走去。凯茜从客厅的格子窗爬进来，悄没声地溜上楼来到我等着她的地方。

她轻轻地关好了门，褪下她那双沾了雪的鞋，解开帽子，还不知道我在暗地里窥探她呢，然后她刚要脱下斗篷，我突然站起来，出现在她面前。她大吃一惊，一下子吓呆了：她含糊不清地喊了一声，死死钉在地上站着。

"我亲爱的凯瑟琳小姐，"我这样开口了，她最近对我那样体贴照顾使我记忆犹新，现在真是骂不出口来。"这种时候你骑马出去上哪儿了？你干吗编造谎话来骗我？你到哪儿去了？说！"

"到林苑尽头去了，"她结结巴巴地说，"我没说谎话。"

"没到别的地方去？"我逼着问她。

"没有。"她支支吾吾地回答。

"唉，凯瑟琳，"我很难过地大声说，"你明明知道，你做得不对，要不，你也就不会万般无奈对我说瞎话了。这真让我伤心。我宁愿病上三个月，也不愿意听你费尽心机编造谎话。”

她猛扑过来，伸出胳臂搂住我的脖子，一下子哭了出来。

“咳，埃伦，我多么怕你生气呀，”她说，“答应我吧，不要生我的气，我要把这件事一五一十地全都告诉你。把它隐瞒着，让我讨厌死了。”

我们在窗台上坐下来。我向她保证，不管她有什么样的秘密，我都不骂她。当然，我早猜出来了。她这样开始说了：

“我一直都到呼啸山庄去，埃伦，自从你病倒以后，我没错过一天到那儿去，只有几天例外，你能出房门以前有三次，以后有两次。我给了迈克尔[①]几本书和图画，让他每天晚上把敏妮给我备好，然后再给我把它牵回马厩里去。记住，你一定不要骂他。我总是六点半到山庄，通常总是待到八点半，然后就骑马飞奔回家。我去那儿并不是为了给自己找乐子；整个这段时间，我常常感到很苦恼。偶尔我也觉得快乐，一星期也许有那么一次。咱们俩那天离开林顿的时候，我答应他第二天再去看他。开头我料想，要说服你让我对林顿守信用，一定会大费唇舌；可是第二天你就下不了楼啦，这样我就免去了这场麻烦。那天下午，迈克尔重新去修理林苑门上那把锁，我拿到了一把钥匙，并且告诉他，我表弟怎么希望我去看他，因为他病了，又没法到田庄来；爸爸又怎么会反对我去那儿。然后我又和他聊起小马的事，他喜欢看书，他想很快就离开这儿结婚成家，所以他提出，如果我能从藏书室里拿出几本书来借给他，那么我想做什么，他都愿意照办。而我索性把我自己的书送给他，这样他就更高兴了。

---

① 林顿家马夫的名字。

“我第二次去看林顿的时候，他显得精神很好；泽拉，就是他们那个女管家，给我们准备了一间干干净净的屋子，还把壁炉弄得很旺。她还告诉我们，约瑟夫出去参加祷告会了，哈顿·恩肖带上他那几条狗下山了——后来我听说是到咱们的林子里来偷猎山鸡——我们可以想干什么就干什么。

“她给我们送来一些温好的酒和姜汁面包，显得脾气特别好。林顿坐在安乐椅上，我坐在壁炉前面的小摇椅上，我们有说有笑，很是开心，而且觉得有那么多话可说。我们还计划好，夏天到哪儿去玩，干些什么事。这些我就不必再说一遍啦，因为你会说这都是傻话。

“可是有一次，我们差不多快吵架了。他说，在炎热的7月份，要消磨一天的日子，最愉快的办法就是在原野的中间，从早到晚躺在长满石楠的山坡上，恍恍惚惚听着蜜蜂在花丛中嗡嗡飞着，百灵鸟高高地在头顶上空唱着歌，蔚蓝的天空万里无云，耀眼的太阳光芒四射。这就是他对天堂里的幸福完美无缺的设想。我的想法则是迎着西风[①]骑在一棵沙沙作响、绿叶满枝的大树上悠来悠去，明亮洁白的云朵在空中飞掠而过；不仅有百灵鸟，还有画眉呀，山乌鸟呀，朱顶雀呀，布谷鸟呀，在四面八方唱着悦耳的歌；朝着原野远远望过去，可以看到一个个荫凉幽暗的山谷，而近在眼前则是长长的绿草随着微风像波浪一般起伏翻腾，林木葱茏，流水淙淙，整个世界都苏醒过来，纵情于欢乐之中。他希望万物都沉浸在陶然忘我的平静之中，我则希望万物灿烂夺目，在壮丽辉煌的气氛中狂欢。

“我说，他那个天堂不过是半死不活的；他说，我的天堂是酒醉发蒙了。我说，我在他的天堂里会昏睡不醒；他说，他在我的天堂里会喘不过气来。于是他开始变得非常急躁，最后我们都同意，等

① 按英国的地理位置，通常西风来自大西洋，润湿温暖。

那个季节一来，就把两样都试一试；然后我们相互亲吻，又友好亲善了。一动不动地坐了一个钟头以后，我仔细看了看那个光溜溜、没地毯的大屋子，心里想，如果我们把桌子搬开，到那里去玩该多好。于是我让林顿叫泽拉来帮我们的忙——我们想玩摸瞎子——让她来抓我们——这你知道，埃伦，你就常常这样做。他不愿意，说这个不好玩；但是他同意和我玩球。在一个小橱子里有一堆旧玩具，有陀螺和铁环，有板羽球拍和板羽球。我们在其中找到两个球，一个球上面写着“凯”，另一个写着“希”；我想要有“凯”的，因为它代表凯瑟琳，那个有“希”的可能代表他的姓希思克利夫；可是“希”里面的麦皮漏出来了，林顿不喜欢它。

“我一次次总是打败他，他又生气了，还咳嗽起来，又坐到他那把椅子上去了。不过，那天晚上他的脾气很容易就变好了。他听我唱了两三支歌——你的那些歌，埃伦，他听得都着迷了。等到我非走不可的时候，他再三恳求我第二天晚上再去，我答应了。

“敏妮驮着我一溜烟似的飞跑回到家里；夜里我梦见呼啸山庄和我那可人疼招人爱的小表弟，这些梦一直做到早晨醒过来。

“第二天，我直发愁，一方面是你病着，一方面是我希望让爸爸知道而且同意我外出游玩。不过，用完茶点以后，月色很美；我骑着马走在路上的时候，心里的忧愁就消散了。

“我暗自思量，我又可以过一个快乐的晚上了，而且让我更加高兴的是，我那可爱的林顿也会这样。

“我催马一路小跑走进他们的花园，正要绕到房子后面去的时候，恩肖那家伙碰上我了，拉住我的缰绳，要我从前门进去。他拍拍敏妮的脖子，说它是匹好牲口，看样子他是想要我和他说说话儿。我只是对他说，别碰我的马，要不它会踢他。

“他用他那土里土气的腔调回答说：

“‘就是它踢了，也伤不了啥，’并且还笑嘻嘻地查看了一遍马的几条腿。

“我倒是真有点想让马踢他试试，可是他走过去开门了，他拉开门闩的时候，抬头看着门楣上刻的字，露出一副又局促又得意的蠢相对我说：

“‘凯瑟琳小姐，我这会儿能念那些字啦。’

“‘妙极了，’我大声叫起来，‘请念给我们听听——你现在变聪明啦！’

“他慢慢腾腾地一个一个音节地拼着，念着那上面的姓名：

“‘哈顿·恩肖。’

“‘还有那些数目字呢？’我看他死死地定在那儿，就大声喊着给他鼓气。

“‘我还念不出来呢。’他回答。

“‘嘿，你这个笨蛋！’看见他念不出来，我开心地大笑着说。

“那个傻瓜直愣愣地瞪着眼睛，龇牙咧嘴地傻笑，紧紧地皱着眉头，仿佛拿不准，究竟是不是应该跟我一起乐；也弄不清，我这是在高高兴兴地表示亲热，还是真的表示看不起他。

“我一下子又收起笑脸，叫他走开，这就解开了他的疑团，因为我是去看林顿，不是看他的。

“他满脸涨得通红。我借着月光看见了手从门闩上拿开，悄悄溜走了，感到受了屈辱，脸上无光。我想，他大概是以为他能拼读自己的姓名，他也就和林顿一样识文断字了，可我却不这样想，这让他碰了一鼻子灰。”

“甭说啦，凯瑟琳小姐，宝贝儿！”我打断了她的话头，“我不会骂你，可是我不喜欢你在那儿的这种做法。你要是记得哈顿和希思克利夫少爷一样，也是你的表兄弟，你就会觉得，你那么做有多不合适啦。他想和林顿一样识文断字，至少他这是有上进心，值得称赞。很可能，他学习并不仅仅是为了卖弄；你以前就让他因为自己愚昧无知丢过人，这点我毫不怀疑；他要想法补救，讨你的好。因为他做得还不够太好，就嗤之以鼻，这是很没教养的——你要是在他那个环境里长大的，你那股粗鲁劲儿难道就会比他的少吗？他原来也和你一样，是个聪明伶俐的孩子，他现在这样让人小看，我真的很伤心，因为那个卑鄙的希思克利夫待他那样地不公道。”

“唉，埃伦，你别为这个哭啦，好不好？”她没想到我这么热心实诚，大声喊叫着说，“可是等一下，你得听我说，他念会了 ABC，到底是不是要讨我的好，还有对这个野蛮人文明有礼到底是不是值得。我进去了；林顿躺在长靠椅上，欠着身子跟我打招呼。

“‘我今天晚上病了，凯瑟琳，亲爱的，’他说，‘所以只能全由你一个人来说，让我来听啦。来吧，坐在我旁边——我敢保，你是不会失信的。我还要让你答应再来，我才会让你走。’

“我那时知道，我一定不能跟他开玩笑，因为他病了。我说话轻声细语，也不问这问那，想尽办法避免惹他生气。我把我最好看的书给他带去了几本，他让我把其中一本念一点儿给他听听，我正要照办的时候，恩肖猛然一下把门打开了，他这是回去细想了想，积了一肚子怨毒。他照直朝着我们冲过来，抓住林顿的胳臂，一摇晃就把他从椅子上拽下来了。

“‘滚回你自家的屋里去！’他气得连话都说不大清楚了，满脸青筋暴突，怒目圆睁。‘她要是来看你的，把她也带那儿去——俺不能让你把俺给赶到外头去。滚，你们俩都给俺滚！’

“他对我们破口大骂，根本不容林顿还口，几乎是把他扔进了厨房；我跟着走过去的时候，他紧握着拳头，好像要一拳把我打倒似的。我一时害怕，把一本书掉在了地上，他随后一脚把它朝我踢过来，然后把我们关在了门外。

“我听到从炉子那边传来一阵咯咯咯咯恶狠狠的笑声，转身一看，原来是那个让人恶心的约瑟夫，正站在那儿搓着他那两只瘦骨嶙峋的手，浑身不住地打战。

“‘俺看准了，他这是给你们报应了，他是个了不起的小子。他真是有种！他懂——跟俺一样懂得透，谁是这儿的主子——嘿，嘿，嘿！他叫你们乖乖地滚！嘿，嘿，嘿！’

“‘我们得上哪儿去呀？’我问表弟，不理睬那个老坏蛋的嘲笑。

“林顿脸色苍白，直打哆嗦。那时候他可不像样儿啦。埃伦——唉，真的！他看上去真吓人！他那张瘦长的脸和那双大眼睛露出一种气得发疯，可又无可奈何的神气。他抓住门把手摇晃——可是里面锁上了。

“‘你不让我进去，我就宰了你！你不让我进去，我就宰了你！’他不是在说话，而是在尖声号叫，‘魔鬼！魔鬼！我要宰了你，我要宰了你！’

“约瑟夫又咯咯咯咯地大笑起来。

“‘绝啦，就像他老子！’他大声喊叫，‘就像他老子！俺们谁都一样，身上都有他爹身上传下来的东西——甭听他的，哈顿，小子——甭怕——他够不着你！’

“我抓住林顿的手，想把他拉开；可是他尖声大叫起来，叫得那么可怕，我都不敢再拉了。最后，他给一声叫人害怕的咳嗽止住，叫不出来了；一股鲜血从他嘴里喷出来，他一下子栽倒在地上。

“我跑到院子里，吓得头晕恶心；我声嘶力竭地大声喊叫泽拉，她马上就听见了。她那时候正在谷仓后面的棚子里挤牛奶，赶快丢下手里的活儿，跑过来问我，究竟是怎么一回事？

“我喘不过气来，没法向她说清楚，就把她拽进了屋子里。我到处找林顿，可是恩肖刚才已经把门打开，想看看自己闯下了什么大祸，这时候正把这个可怜的东西往楼上搬呢。泽拉和我跟着他往楼上走，可是到了楼梯口上，他却把我拦住，说我不能进去，要我必须回家。

“我大嚷大叫，说是他害死了林顿，我一定得进去。

“约瑟夫把门锁上了，还声言，我‘不得干那档子事儿’，还问我是不是‘一下生就和他一样疯’[①]。

“我站在那儿大哭，一直哭到女管家又出来了。她确定无疑地对我说，他一会儿就会好点儿的，可是他经不住那样尖号大闹。她几乎是连拉带抱地把我弄进了堂屋。

“埃伦，我真恨不得把自己的头发都薅下来！我又是抽泣又是呜咽，连眼睛都快要哭瞎了。那个流氓，你还那么向着他呢，那时候站在我对面，居然指手画脚地时不时跟我说，‘别吱声儿’。他还不肯认账，说那不是他的错。直到最后，我声称要告诉爸爸，得把他关进大牢，然后绞死，他这才自己哇哇地哭了起来，并且急忙跑了出去，怕人看见他那副胆小怕事的样子。

“不过我还是没有摆脱他：他们终于硬逼着我离开了。我刚走出那所宅子几百码吧，他突然从路旁的阴影里蹿了出来，挡住敏妮，抓住我。

“‘凯瑟琳小姐，我真是难受得要命，’他说，‘可是那真是太不好了——’

“我狠狠抽了他一鞭子，心想他也许是要谋害我——他松开了手，大声吼叫着骂了几句可怕的话，我催马飞奔回家，吓得魂飞魄散。

“那天晚上，我没跟你说晚安。第二天，我也没去呼啸山庄——

① 原文是句土话，此处据美国诺顿公司版附注译出。另据英国牛津大学出版社世界经典文库版附注，译文当为“要和他一样疯”。

我非常想去，可是我又感到莫名其妙地激动不安，有时候还生怕听说林顿死了；有时候一想到碰到哈顿就打哆嗦。

“第三天，我终于又鼓起了勇气——至少我受不了心中老这样七上八下的，于是又一次偷偷跑去了。我 5 点就出发了，是步行去的，满以为这样就可以偷偷溜进房子里面，人不知鬼不觉地就可以进入林顿的屋子。可是我刚刚走近那儿，狗就叫起来通报了。泽拉接我进去，说着‘那小伙子复原得挺不错’，就把我带进一个干干净净、铺着地毯的小客厅，我真是说不出来地高兴。我看见林顿躺在一把小沙发上，正在读我的一本书。可是整整一个钟头，他既不愿意和我说一句话，也不看我一眼，埃伦——他那种脾气真是别扭——而更让我摸不着头脑的是：等到最后他开了口，竟会胡说那场乱子是我惹出来的，而哈顿反倒有理。

“除了忍不住生气，我没法回答他别的，我站起身来，从那间屋子走了出去。他在我身后微弱地叫了一声，‘凯瑟琳！’他没想到我会不理他——可是我也不愿意折回去。第二天，我又待在家里，这是我第二次没去看他，差不多下定决心再也不去看他了。

“可是就这样睡觉，起床，一点也听不到他的消息，真让人难过极了，所以我那份决心还没有完全下定，就化作轻风了。原先往那儿跑似乎是不对，现在又好像不去是不对的了。迈克尔来问我，他是不是得给敏妮备好鞍子，我说：‘备吧，’我骑着马翻过一个个小山头的时候，还觉得是在履行自己的职责呢。

“我不得不从正面的那几个窗户下面走进院子；要让人看不见我去了，是做不到的。

“‘少爷在堂屋里。’泽拉见我往小客厅走就对我说。

“我走了进去；恩肖也在那儿，可是他立刻就离开了那间屋子。林顿半睡半醒地坐在那把大安乐椅里。我一边往壁炉跟前走着，一边开始用一本正经的口气和他说起话来，这就是说我所讲的大部分是真话。

“‘既然你不喜欢我，林顿，既然你认为我上这儿来是存心要害你，而且还自顾自地说我每次来都是在这么做，那么这一次就是咱们最后一次见面啦——让咱们道别吧，并且告诉希思克利夫先生，你不想见我，他也不必为这件事情再接着编造谎话了。’

“‘坐下吧，凯瑟琳，把你的帽子摘下来，’他回答，‘你比我有福气多了，你应该比我好。爸爸说我的缺点说得真够多的了，表示瞧不起我也表示得真够多的了，这自然也让我自己不相信自己了——我常常怀疑，我究竟是不是像他把我说成的那种样子，从头到尾一文不值。这样一来我就觉得别扭，觉得痛苦，我对谁都恨！我是一文不值，我脾气不好，态度不好，差不多老是那样——如果你愿意，你尽可以道别——这样你就可以摆脱开一件烦心的事了——只是，凯瑟琳，对我讲讲公道吧。请相信，如果我能够和你一样可爱，一样和蔼，一样善良，我也会心甘情愿地变得又快乐又健康，甚至更好。并且请相信，你对我那么好，已经让我爱你比你爱我更深了，其实我又不值得你爱。我不论是过去还是现在，都没有办法不对你显露我的本性，我为这个又悔又恨，而且要至死悔恨！’

“我觉得他讲了真话，而且我觉得我必须原谅他，而且，哪怕他过一会儿又和我吵起来，我也必须再原谅他。我们和解了，可是我们俩全都哭了，一直哭到我离开的时候。这并不完全是出于悲哀，不过林顿的性格受到那样的扭曲，我还是感到难受。他永远不会让他的朋友安宁，他自己也永远不会安宁！

“从那天晚上起，我就老是到他那个小客厅里去，因为他父亲第二天就回来了。

“我想大概有三次吧，我们过得轻松快乐，而且充满希望，就像我们第一个晚上那样。其余我去看他的那几次，总是很没有意思，令人心烦——有时候是因为他自私自利，刁钻古怪，有时候是因为他病痛难挨，不过我已经学会了容忍，对于他那种自私和刁钻也和对他的病痛一样，不觉得怎么反感了。

“希思克利夫先生有意躲着我。我差不多没有和他见过面。上星期天，我去得确实比平常早了一点儿，我听到他在刻毒地责骂可怜的林顿，是因为他头一天晚上的举止行为。我说不清他怎么会知道了那些事，除非他在偷听。林顿头天晚上的所作所为确实惹人生气，不过那只是我的事，和别人毫不相干。于是我就闯进去，照直这样告诉希思克利夫先生，这就打断了他的训斥。他听了却哈哈大笑，一边走一边说，他很高兴我对这件事采取这种看法。从此以后，我就老是告诉林顿，他有什么要诉苦抱怨，就咬着耳朵悄悄说。

“好啦，埃伦，整个事情你都听完了。要拦是拦不住的，我一定得去呼啸山庄，除非是要让两个人都受到折磨——不过，只要你不告诉爸爸，那么我去我的，决不会扰乱任何人的安宁。你不会告诉他的，是吗？要是你告诉他，那你就太没有心肝了。”

“我要到明天才能拿定主意，凯瑟琳小姐，”我回答，“这还得琢磨琢磨。那么我就走了，让你休息你的，我要从头到尾想一想。”

我仔细想了，还当着老爷的面说了出来。我从她屋子里一出来就直接到他屋子里去，把事情的前前后后都告诉了他，只是没说她和她表弟说的那些话，也完全没提到哈顿。

林顿先生非常吃惊，也非常忧伤，不过没肯对我多表露罢了。第二天早晨，凯瑟琳知道我辜负了她对我的信任，并且知道她偷偷去看表弟的事也要终止了。

她哭着闹着，打着滚，不接受这个禁令，还央告她父亲可怜可怜林顿，可都是白费。她得到的唯一安慰就是：她父亲答应她要给林顿写信，准许他高兴的时候到田庄来，但是要对他说明，他决不要再指望还能和凯瑟琳在呼啸山庄见面。如果他知道了他外甥的生性和健康状况，也许连那点小小的安慰，他也会觉得还是不给她为好。

第十一章

“这都是上一个冬天发生的事，先生，”迪恩太太说，“差不多是一年多以前。上一个冬天，我根本没想到，十二个月以后，我还会把这些事情告诉一位和这家人素不相识的生客，给他消愁解闷呢！不过，谁又知道你当这样一个生客又能有多长时间呢？你还太年轻了，不会总是自己独自安安分分地过下去的。我有时候这么想：见到过凯瑟琳的人没有不爱上她的。你笑了；可是我讲到她的时候，你为什么听得那么带劲儿，那么上瘾呢——而且为什么你让我把她的画像挂在你的壁炉上面呢？而且为什么——”

“别往下说啦，我的好朋友，”我大声喊着，“很有可能，我会爱上她；可是她会爱上我吗？我疑心太重了，不敢让自己心安理得地走火入魔；再说，我的家也不在这儿。我属于那个纷纷攘攘的世界，我一定得回到它的怀抱里去呀。继续讲下去吧。凯瑟琳是不是服从了她父亲的命令呢？”

“她服从了，”女管家接着说，“她疼爱她的父亲，这仍然是她心中首要的感情；而且他说话的时候一点儿不带怒气；他说的时候怀着深切的柔情，这正是一个人眼见他的宝贝陷入火坑，落入敌手的时候所怀的那种感情。他在这种情况下所说的那些刻骨铭心的话，是他所能遗留下来指导她的唯一帮手。

过了几天，他又对我说：

“我希望我外甥会写信来，埃伦，或者会来拜访。老实告诉我，你觉得他怎么样——他变得好点儿了吗？他长大成人的时候，有希望越变越好吗？”

“他弱不禁风，老爷，”我回答，“恐怕不见得能长大成人吧。不过我能这么说，他不像他父亲。如果凯瑟琳小姐不幸嫁给了他，只要她没有傻里傻气地过分放纵他，她是会把他攥在手心里的。不过，老爷，你还有的是时间好好熟悉他，看他是不是配得上她——还有四年多他才到成年呢。”

埃德加叹了口气，走到窗口，放眼眺望吉默顿礼拜堂。那天下午是个大雾天气，2 月里的太阳晦暗不明，我们只能隐隐约约地认出茔地上那两棵枞树和那些零零落落的墓碑。

“我常常祈祷，”他半带自言自语地说，“要来的就让它来吧；可现在我又开始退缩而且害怕了。我曾经想过，展望在不久的将来，短短几个月或者可能只是几个星期，就让人抬起来，安置在那荒寂的墓穴中，比回忆我做新郎走下那个峡谷的时刻，还感到更加甜美呢！埃伦，和我的小凯茜在一起，我一直都是非常快乐的。从冬天的夜晚到夏日的白天，她总是我身边一个活灵活现的希望。可是，我在那座古老教堂跟前，在那些墓碑中间独自冥思默想，在 6 月里整个漫长的黄昏躺在她母亲墓地长满青草的坟上，满心希望、渴想我也能躺在这座坟下面的那个时刻到来，那时候我也照样很快乐。我能为凯茜做些什么呢？我得怎样撇下她呢？我一点儿也没计较过林顿是希思克利夫的儿子；如果他能安慰她，让她能经受住没有了我的哀痛，我也不计较他把她从我这儿领走。我并不计较希思克利夫如愿以偿，也不计较他因为夺走了我最后的幸福而得意扬扬！但是，如果林顿毫无可取之处——只不过是任他父亲摆布的一个软弱无力的工具——我就不能把她拱手交给他！固然，她刚好在兴头上就给她泼冷水，需要铁石心肠，可是我也只好狠下心来，在我还活着的这段时间让她伤心，在我死的时候撇下她孤苦伶仃。宝贝呀！我真想在我之前就把她交付给上帝，并让她平安入土！”

“就这样吧，老爷，把她交托给上帝。”我回答，“如果遵从上帝的旨意，我们得失去你——但愿上帝不这样——只要我还活着，我就永远是她的朋友和辅导。凯瑟琳小姐是个好姑娘，我们并不担心她会任性胡来。而且尽职尽责的人终归会有好报。”

春深了，我家老爷的体力还是没有恢复，尽管他又开始和女儿一起到庭院里去散步。照她那毫无经验的想法，这件事就表示他是在渐渐康复了。随后，他脸上常常泛出潮红，两眼闪闪发亮，她就更觉得有把握他是在复原了。

她十七岁生日那天，他没去教堂墓地。天在下雨，所以我说：

“今天晚上你准保不会出去了吧，老爷？”

他回答说：

“是的，今年我要推迟一点儿，再过几天。”

他再次给林顿写信，表示非常希望见到他；而且只要那个病恹恹的孩子还拿得出手，我毫不怀疑，他父亲一定会让他来。果不其然，那孩子遵照指示回了一封信，明白表示，希思克利夫先生反对他来拜访田庄；但是他舅舅对他的关心厚爱，让他感到高兴，希望在他散步的什么时候能见到他，亲自向他请求，不要让他表姐和他长期这样互不往来。

他那封信的这一部分很简单，很可能是他自己的意思。希思克利夫明白，林顿为了能让凯瑟琳和他做伴，会把自己的请求说得振振有词的。且看——

“我并不是请求，”他说，“让她来这里做客；但是，难道因为我父亲不让我到她家里去，你又不让她到我家里来，我就永远见不到她了吗？请你时不时地和她一起骑马往山庄这边来走走吧，让我们俩能当着你的面儿交谈几句！我们没有干什么应该把我们这样拆散的事呀；而且你并没对我生气——你也没有理由讨厌我——你自己也允许的呀，亲爱的舅舅！明天就给我一封亲切的信吧，让我在你们愿意的任何地方见到你们，只有画眉田庄除外。我相信，见见面大家谈谈，一定可以让你相信，我的性格不是我父亲那样的。他总是说，我更像是你的外甥，而不像是他的儿子。虽说我有一些缺点，让我配不上凯瑟琳，可是她已经原谅了我这些缺点，所以为了她的缘故，你也原谅吧。你问起我的身体情况——现在好些了；可是如果我老是这样，断了一切希望，注定要独居孤处，或者要和那些一直不喜欢我，而且永远也不会喜欢我的人混在一起，我怎么能高兴得起来，壮实得起来呢？”

埃德加固然同情这孩子，却没法同意他的请求，因为他没法陪伴凯瑟琳。

他说，到了夏天也许他们就可以见面了。与此同时，他希望他在这段时间里能继续常来信，并且答应尽自己的可能在信上给他提出忠告和安慰，因为他非常了解这孩子在自己家里处境艰难。

林顿同意舅舅的意见；而且如果他不是受到拘管，他很可能就会在书信中大发牢骚，鸣冤诉苦，把整个事情弄砸。但是他父亲把他看得死死地；而且我家老爷送去的信，哪怕一句一行，自然都要交给他看。这样一来，时时刻刻在他脑子里盘旋的那些个人特有的痛苦愁烦，他全没着笔，相反却一遍又一遍地大谈其这种限制多么残忍，让他同自己的朋友兼爱侣天各一方；还拐弯抹角地提示，林顿先生一定得同意早日有一场会面，不然他就真恐怕林顿先生是空口说白话，故意欺骗他了。

凯茜则是他在我们家里强大有力的同盟军。他们俩里应外合，终于说服我家老爷，同意他们在荒原上十分靠近田庄的地方一起骑马或散步，大约每星期一次，由我做监护人。因为到了6月份，老爷的身体还是越来越衰弱。另外，他虽然每年都把他收入的一部分拨出来，划归我家小姐的财产，可他自然还是希望她能保有她祖先的这所宅子——或者至少是过不多久就可以返回。他觉得，她要做到这一点，唯一的希望就是和他的继承人联姻。他根本就不知道，他那位继承人的身体，差不多和他的一样，也在迅速地垮下来。我相信这事也没有任何人知道。没有一个大夫去过山庄出诊，谁也没有见过希思克利夫少爷，能给我们说说他的身体情况。

从我来说，我倒是开始想到，我原先预想的那些坏事都是毫无根据的：既然他提到要骑马或者步行到荒原上去，而且他追求自己的目标又显得那样认真，那么他一定真是在恢复元气啦。

我没法想象，一个做父亲的怎么能那样专横，那样歹毒地对待自己那垂死的孩子，像希思克利夫对林顿那样，这是我后来才知道的。他强迫他装出那副认真的模样，他一见他那贪婪而又无情的谋略会因为儿子夭折而功败垂成，就加倍努力地行动起来。

第十二章

盛夏已经过去，埃德加好不容易才同意了他们俩的恳求，凯瑟琳和我也才头一次骑马出门，去会她表弟。

那天又闷又热，没有什么阳光。不过天上只有缕缕浮云，蒙蒙雾气，不像是要下雨的样子，我们约定会面的地点在十字路口的路碑旁边。可是我们到了那儿的时候，只见到一个小羊倌，这个派来送信儿的孩子告诉我们：

“林顿少爷就在山庄的那块地上，俺们要是往那地间儿再走一丁点儿，他就特别感谢啦。”

“那么，林顿少爷已经忘了他舅舅的第一道禁令了，”我说，“老爷嘱咐我们要待在田庄的地界这边，现在我们已经到了地边上，马上就要出界了。”

“算了吧，我们一碰到他，马上掉转马头就是了，”我那位伴当说，“然后咱们这趟游逛就朝着家那边去。”

但是我们到他那儿的时候，已经离他家的门口不到四分之一英里了。我们还看到，他没有骑马，这样我们就不得不下了马，把我们的马放去吃草。

他躺在荒草地上，等着我们走过去。一直等到我们走到离他只有几码了，他才站起身来。这时候，他走起路来脚步那么软弱无力，脸上又是那么没有血色，我立刻叫喊起来：

“哎哟，希思克利夫少爷，你根本不适宜在今天早晨出来溜达呀。瞧你病得多厉害呀！”

凯瑟琳打量了他一下，又是伤心，又是惊讶。她那本来是很高兴的叫嚷已经到了嘴边，这时却变成了惊慌的呼喊。他们久别重逢本来应该首先问好，这时却变成了焦急地问他，是不是身体比从前更坏了。

“不是——好点儿了——好点儿了！”他上气不接下气地说着，颤巍巍地，抓住她的手不放，好像要靠它支撑似的。他那对蓝色的大眼睛怯生生地在她浑身上下转悠，眼睛周围都深深地抠了进去，这让它们原有的那种无精打采的神气变成了憔悴不堪，粗野不驯。

“可你是比以前更坏了，”他表姐还是坚持自己的看法，“比我上次见到你的时候更坏了——你更瘦了，而且——”

“我累了，”他慌忙打断她的话，“天气太热，没法散步，我们在这儿歇会儿吧。我在早晨常常觉得不舒服——爸爸老说，我长得太快啦。”

凯茜很不满意地坐了下来，他在她旁边歪着。

“这有点儿像你的那个天堂，”她说，尽量想弄得高兴一点儿。“你还记得吗，我们互相答应过，要按我们各自觉得最快活的方式在最快活的地点消磨两天的时间？这一次近似你的那个了，只是天上还有些浮云。不过这些云多么柔和，多么轻盈呀，这比阳光还妙。下个星期，你要是能行，我们就骑马到田庄的林苑里去试试我的那个。”

她说的这些事，林顿看样子都记不得了；而且，很明显，他不论持续谈什么话，都困难极了。她提起的那些话题，他都没有兴趣。他也同样无法说出让她感到高兴的事。这都是明摆着的，她也没法掩盖自己的失望了。林顿整个的人和举止行动完全变了。他一向爱发脾气，可是一经哄劝也就变得高兴了；现在却变得毫无生气，冷若冰霜。他原先那样为了招人爱抚而折腾人、逗弄人，耍乖张暴戾的孩子脾气，如今也少了，多出来的是病入膏肓的人自顾自的愁眉苦脸，拒斥劝慰，以及看到别人因为心情愉快而高高兴兴就觉得是一种冒犯。

凯瑟琳也和我一样看得出来，其实他觉得和我们相处并非一桩赏心乐事，而是一种刑罚，于是她立刻毫不迟疑地提出告辞。

她这样一提，倒是出人意料地让林顿从他那死气沉沉的状态中惊醒过来，变得莫名其妙地着急。他战战兢兢地朝山庄那边瞥了一眼，求她起码再待半个钟头。'

"不过，我想，"凯茜说，"你待在家里要比坐在这儿更舒服一些。我看，今天我没法讲故事，唱歌，聊天来给你解闷了。在过去的这六个月，你已经长得比我聪明了，我那些玩意儿，你现在也觉得没什么味儿了。要不是因为这个，只要我能给你解闷儿，我是愿意再待着的。"

"你待在这儿自己歇会儿，"他回答，"再有，凯瑟琳，你别以为，也别说我身体很不好——是这种又闷又热的天气，把我弄得这样迷迷瞪瞪的。你没来之前我就四处走了一圈儿，从我来说，是走得太多了。告诉舅舅，说我身体还相当不错，好吗？"

"我会告诉他，是你这么说的，林顿，我可没法说你身体相当不错。"我家小姐一边说一边纳闷：明明是假话，为什么非要那么说。

"那么下星期四再到这儿来吧，"他一边说，一边避开她那困惑不解地盯着他的眼光。"请转告他，我感谢他让你来——我衷心地感谢，凯瑟琳。还有——还有，如果你万一见到我父亲，而且他问到我的事情，别让他以为我一直都是极其沉默、蠢笨——像你现在以为的这样，显得愁眉苦脸、垂头丧气的——那样他会发火的。"

"我才不在乎他发不发火呢。"凯茜大嚷起来，她还以为火是冲着她来的呢。

“可是我在乎呀。”她表弟哆哆嗦嗦地说，“别惹得他冲着我发火，凯瑟琳，因为他非常厉害。”

“他对你凶狠吗，希思克利夫少爷？”我问他，“他已经厌烦对你老是纵容娇惯，把心中暗藏的厌恶变成明目张胆的仇恨了吗？”

林顿望着我，可是没有回答。凯茜在他旁边又坐了 10 分钟，在这段时间里，他的头懒洋洋地耷拉到了胸前，一言不发，只是因为精疲力竭或者痛苦难耐才忍不住哼哼几声。她开始用找越橘来开心，把找到的拿来和我分享。她没有送给他，因为她看得出来，再去理他只不过是招惹麻烦和苦恼。

“现在已经有半个钟头了吧，埃伦？”她最后在我耳朵边悄悄说，“我看不出我们为什么还要待在这儿。他都睡着了，爸爸还在盼着我们回家呢。”

“嗯，我们不该在他睡着了的时候撇下他，”我回答，“等他醒了再走，耐心点儿。你刚才风风火火地急着要动身，可是你盼着和林顿见面的那股劲头一下子就无影无踪了！”

“他为什么想要见我呢？”她反问回来，“以前他脾气别扭极了，不像现在这样阴阳怪气的。比起他现在这样，我倒是更喜欢他那样。这会儿他好像是给人强逼着来完成一桩任务似的——来这儿会面——像是怕他父亲要申斥他。不管希思克利夫先生有什么理由要命令林顿来经受这份苦修，我来这儿可不是要让希思克利夫先生开心的。再说，林顿现在身体好些了，我虽然很高兴，可是他一点儿也没有以前那股快活劲儿，对我也一点儿没有以前那种亲热劲儿，我又觉得很难受。”

“那么，你看他的身体真是好一点儿了吗？”我说。

“就是，”她回答，“因为他从前总是给自己编造出一大堆病痛来，这你是知道的。他的身体并不是相当好，像他要我告诉爸爸的那样，不过他是好些了，很像是这样。”

“这一点，你和我的看法可不一样，凯茜小姐，”我说，“照我猜测，他是坏多了。”

这时候，林顿从睡梦中惊醒过来，显出惶惶然不知所措的样子，并且问我们，是不是有谁叫过他的名字。

“没有呀，”凯茜说，“除非是在梦里。我真想象不出来，大清早你就能在野外打起瞌睡来。”

“我还以为我听见父亲叫我呢，”他抬头向我们头顶上那狰狞的突石看了一眼，喘着气说，“你肯定没有谁叫我吗？”

“非常肯定，”他表姐回答，“只有埃伦和我在争论你的健康状况。林顿，你的身体真的比去年冬天咱们分别的时候更强了吗？如果是真的，那么我敢保有一件事不是更强了——就是你对我的关心——说呀，是不是这样？”

林顿一边眼里流着泪，一边回答说：

“就是，就是，我是！”

那梦幻中的声音仍然像咒语一样压在他的头顶，他用目光上下搜寻，想找出是谁发出来的。

凯茜站起身来。

“今天我们该分手了，”她说，“我不愿意瞒着你，我们这次会面叫我失望透了；不过除了对你，我对谁也不会提的——那倒不是因为我惧怕希思克利夫先生！”

“别说啦，”林顿悄声说，“看在上帝的分儿上，别说啦！他来了。”他抱住凯瑟琳的胳臂，拼命不放她走。但是，听他这么一说，她就慌忙甩开了他，向敏妮打了一声呼哨。那匹马像狗一样听话，立刻跑了过来。

“我下星期四再上这儿来，”她喊了一声就跳上了马鞍，“再见。快走，埃伦！”

我们就这样把他扔下了，他那时候正一心一意想着他父亲就要来了，简直就没有觉出来我们已经离开。

还没等我们到家，凯瑟琳的那份不痛快就化解开来，变成一种说不清到底是怜悯还是惋惜的心绪，还夹杂着许许多多隐隐约约的疑虑，不知道林顿的实际情况究竟如何，包括身体上和所处环境这两个方面。我也同样担着一份心思，不过我还是提醒她不要多说，因为下一次再去我们就会作出更好的判断了。

我家老爷要我们把这趟出门的情况说一遍。凯茜小姐原原本本地转达了他外甥对他的感谢，对其他的都轻描淡写地一笔带过。我对他提的问题也没怎么开口，因为我简直弄不清楚什么该隐瞒住，什么该说出来。

第十三章

七天时间悄然逝去，每过一天，埃德加·林顿的身体状况都有急速变化，前几个月坐下的重病，如今每小时都比每小时更加严重。

我们本来甘愿欺瞒凯瑟琳，可是她自己那份聪敏伶俐却不肯欺瞒她。极其可能出现的事情，原先还只是在私下里揣测和琢磨，逐渐发展到了完全成为确定无疑的事实。

星期四又来了，可是她没有心思提骑马外出的事，我替她提了，并且得到了她父亲的许可，让她到户外去走走。因为这些天来，她父亲每天都只能在藏书室里待短短一段时间——他只能支撑着坐那么一小会儿——所以藏书室和父亲的卧室就成了她整个的活动天地了。她不是俯在他的枕边，就是坐在他的身旁，不舍得轻易放过每一分一秒这样的时刻。终日看护，再加上心中悲愁，她的脸色越来越苍白憔悴；而且我家老爷也乐意打发她出去，他满心以为，这样可以让她换个令人愉快的环境和相处的人，同时想到，这样在他死后，她还有希望不至于落得举目无亲，他也从中得到慰藉。

从他几次谈话露出的口风，我猜想他有这样一个一成不变的想法：他外甥人长得像他，所以内心也会像他，因为林顿在来信上很少透露，甚至根本没有透露他人格上的缺欠。而我又因为可以谅解的弱点，强忍住没有去纠正这种错误。现在他既然没有力量，也没有机会去了解情况而发生影响了，了解情况只会是让他在一生的最后时刻还不得安宁，我扪心自问，那样做又有什么好处呢?

我们拖到下午才出门。这是8月里一个美妙的下午。从小山头上吹过来的每一阵轻风都那样生机勃勃，无论是谁呼吸到这种气息，哪怕病在垂危，也会为之一振。

凯瑟琳的脸上，正像那儿的景色一样——一会儿阴影重重，一会儿阳光灿烂，接连迅速变幻；不过阴影停留的时间比较长，而阳光却是一晃而过。可是她那颗可怜的小心眼儿里，却还要因为一时忘掉了自己挂记的事而自怨自艾呢。

我们认出了林顿还是在他上次选定的同一个地点守望着我们。我家小姐下了马，告诉我，要我最好牵着她的小马，自己骑上不要下来，因为她决定只待很短的一会儿；不过我没答应，我不愿冒险，让交托给我监护的人走到我看不见的地方去，哪怕一分钟也不行，所以我们俩就一起爬上了荒原的那个斜坡。

希思克利夫少爷这次迎接我们显得活泼得多。这倒不是那种精神抖擞，也不是那种心情愉快，看上去更像是害怕。

“来晚了！”他说，话很短，也很费力。“该不是你父亲病重了吧？我还以为你不会来了呢。”

“为什么你不会坦率直言？”凯瑟琳大声说，把问候咽了回去。“为什么你不能直截了当地说，你不想见我。真奇怪，林顿，你又一次把我弄到这里来，明摆着是存心让我们俩一起难受，除此之外，没有别的理由！”

林顿哆嗦起来，然后半带恳求半是惭愧地看了她一眼。然而他表姐可没有那么多耐心来容忍他这种令人迷惑不解的举动。

“我父亲确实病得很重，”她说，“为什么叫我离开他的病床呢——你既然希望我会失约不来，那么为什么不打发人来回了我不要来践约呢？来！我希望有个解释——做游戏呀！闹着玩呀，我根本没有一点儿这种心思。对你那些虚情假意的表演，我可不能奉陪啦！”

“我的虚情假意！”他咕哝着说，“那是什么样儿的呀？看在老天爷分上，凯瑟琳，别显得那么生气呀！你愿意怎么小看我，就怎么小看我吧。我是个一文不值，胆小如鼠的窝囊废——怎么藐视我也不算过分！我太卑鄙了，值不得你生气——恨我父亲去吧，对我光看不起就行了！”

“胡说八道！”凯瑟琳气得直喊，“真是个又笨又傻的孩子！瞧啊！他还打着哆嗦呢，就好像我真要去动手碰他似的！你不必口口声声说什么看不起，林顿，只要你乐意，谁都会自然而然地这样对你。去你的！我可要回家啦——这真是愚蠢，把你从壁炉旁边拉出来，还要装成——我们要装成什么呢？别抓住我的裙子——我看见你哭哭啼啼、怕得要命，就是真可怜你，那你也应该把这种可怜一脚踢开呀！埃伦，告诉他，这种行为是多么地丢人现眼。起来，别让自己堕落成一个卑鄙的可怜虫——别价！”

林顿泪流满面，显得很是痛苦。他把整个松懈无力的身子一下扑倒在地；他好像吓得要死，浑身抽搐。

“哎呀！”他抽抽搭搭地说，“我受不了啦！凯瑟琳，凯瑟琳，我是个不仁不义的人，我还不敢告诉你！只要你一离开我，我就得给宰了！亲爱的凯瑟琳，我的命就攥在你手心儿里呀；而且你说过你爱我——如果你爱，这对你也不会有害处。那么，你就别走吧？善良的、亲爱的、好心的凯瑟琳呀！也许你会答应吧——那么他就会让我死在你这儿了！”

我家小姐眼见他那么剧烈的痛苦，就弯下身把他扶起来。她往日娇纵他的那份柔情，压倒了她的恼怒。她渐渐完全感动了，也完全警觉了。

“答应什么呀？”她问他，“是不走吗？告诉我，你这些让人难懂的话是什么意思！安静下来，老老实实地，把压在你心头的所有事情都一下子倒出来。你不会害我的，林顿，是不是？只要你阻挡得住，你是不会让任何仇人来伤害我的吧？我会相信，你为自己的事是胆小怕事的，可是不会胆小怕事到要出卖你最要好的朋友的。”

“可是我父亲吓唬我呀，”这孩子把他那细细的手指头攥得紧紧的，上气不接下气地说，“而且我怕他——我怕他呀！我不敢说！”

“嗐，得了！”凯瑟琳说，又是藐视，又是可怜他，“守住你的秘密去吧，我可不是胆小鬼——要不是为了你，我可不怕！”

她这种慷慨大度激出了他的眼泪，他涕泗横流，放声大哭，亲吻她支撑着他的那双手，可还是无法鼓起勇气说出来。

我反复琢磨这究竟是什么秘密，下定决心，就是凭了我的善意也绝不能让凯瑟琳自己受罪而让他或者别的任何人得益。这时候我听到石楠丛唰拉拉响起来，抬头一看，原来是希思克利夫先生从山庄那边下来，差不多已经挨近我们跟前了。他虽然离我那两个伴当很近，足够听到林顿的哭声了，可是他朝他们连看都不看一眼，而是用一种几乎可以说是诚心诚意的口气招呼我。除了我之外，他对别人没用过这种口气，所以这又叫我不得不怀疑起他的诚意来了。他说：

“奈丽，看到你离我的家这么近，可真难得呀！你们在田庄过得好吗？说给咱们听听吧！有种谣传，”他压低嗓门又加上一句，“说埃德加·林顿已经快上灵床了，也许他们是把他的病说大发了吧？”

“没有，我家老爷是要死了，”我回答，“这确实是真的，我们大家都觉得是件伤心事，可是对他本人来说倒是福气！”

“依你看，他还能拖多长时间？”他问。

“我不知道。”我回答。

“因为，”他一边说，一边瞪着那两个年轻人，那眼神把他们俩都镇住了——林顿看来好像连动都不敢动一下，也不敢抬一下头，凯瑟琳因为他的缘故，也一动不动——“因为那边那个小子好像是认死了要让我失败——我真想感谢他舅舅抢先了一步，走在他前面——喂，那个小崽子玩那种戏法已经玩了很长时间了吗？为了他哭鼻子，我确实给过他几顿教训了。他和林顿小姐待在一起，大体说是不是还挺活跃的？”

“活跃？才不呢——他一直显得难受极了，”我回答，“看他那个样子，我得说，他不应该和心上人在这些山包上乱跑，而是应该躺在床上，让大夫给好好瞧瞧。”

“过上一两天就会那么办，”希思克利夫小声嘟囔着。“不过，首先得——爬起来，林顿！爬起来！”他大声呼喝，“别趴在地上，嗯——马上起来！”

林顿又给吓得不知所措，一下子瘫在地上，我想，这是让他父亲那一眼给瞪的，因为这儿并没有别的什么事情能够让他这样丢人现眼的。他几次竭力想遵照他的吩咐站起来，可是他那会儿已经精疲力竭，只是哼哼了一声，又倒了下去。

希思克利夫先生走上前去，把他拽起来，靠在草地上的一个沟坎上。

“得啦，”他强压着那副凶狠劲儿说，“我可要发火啦——你要是再不能把你那点儿屁大的精神抖擞起来——该死的东西！马上爬起来！”

“我起，父亲！”他气喘吁吁，“只是得让我自己来，要不我就晕倒了！我是照你的意思办的——我担保。凯瑟琳会告诉你，说我——说我——一直是兴致勃勃的。啊！站在我旁边，凯瑟琳，把你的手伸给我。”

“抓住我的手，”他父亲说，“自己站稳！这就好啦——她会让你挎着胳臂……这就好了，看着她呀。你会以为，林顿小姐，我就是魔鬼他本人吧，让人这么害怕。行行好吧，陪着他走回家去，行吗？我一碰他，他就打激灵。”

“林顿，亲爱的，”凯瑟琳悄声说，“我不能到呼啸山庄去……爸爸不准我去……他又不会伤害你，为什么你这样害怕？”

“我永远也进不了那所宅子啦，”他回答，“你要是不陪着我，我就再也进不去啦！”

“住嘴……”他父亲大声喊，“凯瑟琳一再踌躇是出于孝心，我们得尊重。奈丽，你送他进去吧，我这就照你的主意去请大夫，一点儿也不拖延。”

“你会弄好的，”我回答，“不过我必须和我家小姐待在一起。照顾你儿子不是我的事。”

“你就是这么刻板生硬！”希思克利夫说，“这我是知道的——可你这是要逼着我去把这个小东西掐疼了，胡乱喊叫起来，才能打动你的善心呀。那就来吧，我的勇士，你愿意由我来护送着回去吗？”

他再一次向他走过去，摆出一副架势，好像要抓住那个弱不禁风的家伙；可是林顿紧紧揪住他表姐，直往后缩，乞求她陪伴着他，发疯似的死死纠缠，让人没法回绝。

不管我怎么反对，都挡她不住。说实在的，单凭她怎么能回绝得了他呢？究竟是什么让他那么害怕，我们没有办法弄清楚，可是看他那副样子，已经给折腾得一点儿力气都没有了，要是再加上点儿什么，似乎就能把他吓成白痴了。

我们到了屋门口，凯瑟琳走了进去，我站在那儿等着，希望她把病人扶到椅子上坐下就立刻出来，正在这时候，希思克利夫先生往前推了我一把，大声嚷道：

“我们家并没有染上瘟疫呀，奈丽，而且我今天还有意要大大方方款待你们呢。坐下，让我把门关上。”

他关上门，还上了锁，我心中一惊。

“你们要先用茶点，然后再回家，”他接下去又说，“今天就我一个人在家。哈顿赶了些牛到利斯[①]放牧去了——泽拉和约瑟夫到外面找乐子去了。我尽管习惯了独自一个人待着，可还是愿意有几个有趣的人一起做伴，要是能够找得到的话。林顿小姐，在他旁边坐下吧，我把我所有的都送给你。这份儿礼物本来不怎么值得接受，可是除此以外，我没有别的什么可送的啦。我说的就是林顿。你干吗直瞪眼啊！说来也怪，任何东西只要好像怕我，我就怀有一种多么粗野的感情呀！要是我生在一个地方，法律不是这么严，情趣不是这么高，那我就要把那两个家伙抓来，亲自动手，不慌不忙地把他们剥皮抽筋，当作晚上的消遣啦！”

---

① 利斯为纵贯英格兰中部和北部的彭奈恩山脉中的高山牧场。

他倒抽一口气，猛捶一下桌子，自己咒骂起来：

“我起誓！我恨他们。”

“我可不怕你！”凯瑟琳大喊。他后面说的那些话，她实在听不下去了。

她走上前去，那对黑色的眼睛闪着愤怒和决心。

“给我那把钥匙——我要钥匙！”她说，“哪怕我要饿死，我也绝不会在这里吃什么，喝什么。”

希思克利夫把原先放在桌子上的钥匙攥在手里。他抬起头来，看到她那股天不怕地不怕的劲头儿，有点儿给镇住了。这也许是因为她的嗓音和眼神让他想起遗传给她这些东西的那个人吧。她一下抓住那把钥匙，差一点就把它从他松开了的手指头中间掏出来了；可是她这个动作把他唤醒过来；他赶紧又把钥匙抓紧。

“行了，凯瑟琳·林顿，”他说，“站远点，要不我就要把你打倒了，那可就会让迪恩太太发疯了。”

她根本不理他这个警告，又去抓他那攥紧了的拳头和里面的东西。

“我们一定要走！”她说了一遍又一遍，同时使劲想要掰开他那只铁手，可是发现自己的指甲根本抠不动它，就相当猛烈地使起她的牙来。

希思克利夫看了我一眼，把我给看愣了，来不及去阻挡。凯瑟琳一心只想着他那些手指头，而没注意他的脸色。他突然张开那些手指头，放开了他们抢夺的东西。可是还没等她把它抓牢，他就用那只腾出来的手一把抓住她，拖到自己的膝盖上，用另一只手对着她的脑袋左右开弓，噼里啪啦一顿猛抽，要不是她给抓着倒不下去，那每一下都足够让他刚才进行过的威胁兑现的。

我见他这样残暴恶毒，狠命朝他冲了过去。

“你这个坏蛋！”我大声叫嚷起来，“你这个坏蛋！”

他朝我当胸一戳，我就出不了声儿了。我肚大腰圆，马上就给戳得喘不过气来。挨了他这一下，再加上肝火上升，我头昏目眩，踉踉跄跄地退了几步，觉得快要背过气去，血管也快崩了。

这一场大打出手2分钟就完了。凯瑟琳给放开以后，双手捂住自己的太阳穴，看来仿佛是弄不准自己的耳朵是不是还长在那儿。这可怜的孩子像一根芦苇似的颤颤巍巍，靠在桌子上，完全蒙了。

“我可懂得怎样惩戒这些毛孩子，你瞧，”那个无赖咬牙切齿地说着，弯下身子把掉在地上的钥匙拾起来。“现在照我说的办，到林顿那儿去，痛痛快快地哭去吧！明天我就是你的父亲啦——要不了几天，你就只有我这一个父亲啦——刚才这一套还有的是，可够你受的——你倒是吃得住——你还不是个孬种——要是我看见你眼睛里再显出刚才那种鬼神气，我就让你每天都尝一顿那种味儿。”

凯茜没到林顿那里去，反而跑到我的面前，跪下来把她那发烫的脸俯在我的膝盖上，放声痛哭。她表弟早就缩进那把高背长靠椅的犄角里，像只耗子似的不声不响。我敢说，他是在暗中庆幸，刚才这顿教训落到了别人身上，而不是他自己。

希思克利夫先生看见我们大家都给镇唬住了，就站起身来，很麻利地亲自沏茶。茶杯和茶托都已摆好。他把茶倒出来，给我递过来一杯。

“把你肚子里的恶气冲洗冲洗吧，”他说，“再给你自己那个淘气的娇宝贝儿和我的这个都倒一杯茶。虽说茶是我沏的，可没下毒。我这就出去找你们的马去。”

他一走，我们首先想到的就是在什么地方打开一个出口。我们试了一下厨房的门，可是门从外面插上了；我们看了看窗户，哪怕是凯茜那样细小的身材也得嫌它们太窄。

“林顿少爷，”我看到我们是给正正经经下了大狱，就大声说，“你明白你那个凶神恶煞般的老子还要干什么，一定得告诉我们，要不我就要给你几个耳刮子，就像你老子揍你表姐那样。”

“是呀，林顿，你一定得说，”凯瑟琳说，“我是为了你才来的。要是你不肯说，那你就是忘恩负义，没有心肝。”

“给我喝点儿茶，我渴着呢。待会儿我再告诉你们，”他回答，“迪恩太太，你一边去，我不喜欢你直挺挺地站在我面前。你看，凯瑟琳，你把你的眼泪滴在我的茶杯里啦！我不喝那个。另给我一杯！”

凯瑟琳另塞了一杯给他，又把自己的脸擦了擦。我看着这个小坏蛋那副若无其事的样子，真感到厌恶。他因为不再为自己害怕，就变得大模大样，满不在乎。他刚一进到呼啸山庄里，原先在野地上表现出来的那种痛苦难忍的表情马上就溜走了，因此我揣测，他父亲必定是诅咒发誓地吓唬过他，要是他不能把我们引诱到他们那儿去，他就会遭到天谴，大祸临头。他既然已把事情办成，眼下也就没有什么再值得害怕的了。

“爸爸想要咱们结婚，”他嘬了一口茶接着说，“他知道你爸爸不愿意让咱们现在就结婚；要是咱们等下去，我爸爸又怕我死了；所以咱们得在明天早晨结婚，你今天整夜都得待在这儿。要是你照他希望的办，过一天你就可以回家了，而且还把我也一起带回去。”

“让她把你带回去，你这个可怜巴巴的低能儿？”我大声嚷起来，“你们结婚？啊，那家伙是疯了，要不，他以为我们是傻瓜，人人都是。还有，难道你真在妄想，那样一位年轻漂亮的小姐，那样一个结结实实有情有义的姑娘，会把自己和像你这么一个马上要玩儿完的瘦猴子拴在一起吗？难道你一直在做梦，有什么人，更不用说是凯瑟琳·林顿小姐啦，会要你做丈夫吗？单凭你耍这套战战兢兢、哭哭啼啼的戏法把我们弄了来，你就得挨鞭子——这会儿就别显那股蠢劲儿啦！你这么下作地出卖朋友，还这么愚而诈，我真想狠狠地折腾你一顿。”

我真的轻轻摇晃了他一下，弄得他马上咳嗽起来。他又要起他那一套，又是哼哼，又是哭泣，凯瑟琳于是又责备我。

“整个晚上都待在这儿？不行！”她一边说，一边慢慢朝四周打量了一番。“埃伦，我要放火烧垮那个门，反正我要出去。”

她于是马上就要动手干她发狠要干的事，可是林顿为了保住自己的性命，又吓得慌忙站起来。他用两只软塌塌的胳臂搂住她，呜呜哭着说——

“难道你不想要我，救我——不要我到田庄去了吗？啊，凯瑟琳宝贝儿！你绝不要走，也不要到了儿还是扔下我不管。你一定要服从我父亲，一定呀！”

“我一定要服从我自己的爸爸，”她回答，“不让他提心吊胆的，整整一夜呢！他会怎么想？他早就会伤心难过啦。我要从这宅子里或是砸开或是烧出来一条路。别闹啦！你什么危险也没有——不过，你要是碍我的事——林顿，我可是爱爸爸胜过爱你的！”

这小子对他爸爸的怒气可真是怕得要死。他又使出他那套胆小鬼的花言巧语来。凯瑟琳给他缠得都快要发疯了——不过她还是不停地说一定要回家，而且调过头反倒求起他来，劝他别那么自私，只想到自己的痛苦。

他们正在这难解难分的时候，我们那个牢头又进来了。

“你们那两匹牲口都跑了，”他说，“嗐——得啦，林顿！又哭鼻子啦？她对你怎么啦？来，来——别哭啦，上床睡觉去吧。过上一两个月，我的小子，你的胳膊腿儿有劲儿了，那时候你就可以报她眼下欺负你的仇了——你这是害了单相思，不是这样吗？就是这么一回事——到那时候她就非要你不可啦！得了，睡觉去吧！泽拉今天晚上不会回来了，你得自己脱衣服。嘘，别吱声！你一回到自己屋子里去，我就不会到你跟前来了，你不用害怕。真是运气，你这件事办得还真不错。剩下的就由我来办。”

他这么说着，把门打开，让他儿子出去。那个小子走出门口的样子，活像一条斯潘纽[①]，它要是怕侍弄它的人居心不良，想夹住它的尾巴，就会是那种样子。

门又给锁上了。希思克利夫先生走到壁炉前面来，我和我家小姐这时候站在那儿，闷不作声。凯瑟琳抬头一看，不知不觉就抬起一只手来摸自己的脸——他一靠近就让她又感到疼了。别的人无论是谁，见到这种孩子气的举动都会狠不起那条心来，可是他却对她皱起眉头瞪着眼睛，沉着嗓子说道：

“噢，你不怕我呀？你那副勇敢的样子装得倒很像——看起来你是怕得要死呢！”

“我现在是害怕了，”她回答，“因为我要是待在这儿，爸爸就会很难过；我怎么忍心让他难过呢——在他——在他——希思克利夫先生，让我回家吧！我答应嫁给林顿——爸爸会愿意我这样的，还有我也爱他——本来是我自己心甘情愿去做的事情，你为什么非要强迫我去做呢？”

“看他有那个胆量，敢来强迫你！”我大声说，“谢谢上帝！这个国家有法律，这儿有！尽管我们是在一个山高皇帝远的地方。哪怕他是我亲生儿子，我也要去告。没有得到教会的恩准就结婚是重罪[②]！”

“住嘴！”那个流氓叫道，“让你吵吵嚷嚷见鬼去吧！我可不要你来插什么嘴。林顿小姐，一想到你爸爸会难过，我可真是心花怒

---

① 一种耷拉着长耳朵的狗，十分温驯机敏，英国家养极为普通。

② 此项法律至1827年作废。

放；我会称心如意得连觉都睡不着了。你既然已经告诉我，接着会发生的那种事，那你就算是找到了一个再保险也不过的办法了，足可在我这所宅子里稳稳当当再待上一天一夜的。至于说你答应嫁给林顿，那我会放在心上，让你说到做到，因为你不做到这一点，我是不会放你离开这里的。”

“那么你就打发埃伦去让我爸爸知道我平安无事！”凯瑟琳一边大声喊叫，一边痛哭流涕，“要不，让我现在就出嫁。可怜的爸爸！埃伦，他会以为我们走丢了呢。我们怎么办呢？”

“他不会！他会以为你侍候他侍候得腻得慌，所以溜了出来，想找点儿小乐子呢，”希思克利夫回答，“无法否认，是你自己不管他一再训诫，上赶着走进我的家门的。在你这种年纪，自己想找点乐子，又对侍候病人感到腻味，本来都是十分自然的，更何况那个人又只不过是你父亲呢。凯瑟琳，你一生到这个世界上来，他最快乐的日子就过完了。我敢说，他因为你来到这个世界上，诅咒过你（至少，我干过）。要是他离开这个世界的时候诅咒你，那也十分自然。我还要和他一起干呢。我不爱你！我怎么会爱你呢？就这么哭下去吧，照我看，从今以后你主要就得靠这个来消遣了，除非林顿弥补一些别的损失。你那个深谋远虑的父亲看来还幻想着林顿会那么做呢。他那些劝告和安慰的信真是让我大饱眼福。他在最后一封信里还托付我那个宝贝关心他的宝贝呢，要他娶了她以后爱护她。关心呀，爱护呀——就是为父的那一套！可是林顿需要他那些关心和爱护完全是为了他自己。林顿当起小霸王来，当得可好着呢。林顿会折磨成群的猫，只要先拔了它们的牙，铰了它们的爪子尖儿。我可以担保，等你再回家的时候，你就可以把说他怎么善良的那些好听的故事讲给他舅舅听了。”

“你这算是说对了！”我说，“把你儿子的性格讲一讲，让大家看看他像你一样的地方。然后，我希望凯茜小姐重新想想，再决定她要不要那个害人精[①]！”

“现在我可不想谈他那些讨人喜欢的品性了，”他回答，“因为她要么得答应要他，要么就得给关在这儿，连你也和她一块儿，一直关到你家老爷死了为止。我可以把你们俩关在这儿，不走漏一点儿风声。你要是不相信，就撺掇她收回她说过的话，你就会有机会自己判断判断了。”

“我不收回我说的话，”凯瑟琳说，“我现在马上就嫁给他，只要事过之后我可以回到画眉田庄就行。希思克利夫先生，你是个冷酷无情的人，但你不是个凶神恶煞，所以你不会仅仅出于怨恨就赶尽杀绝，毁掉我整个的幸福。要是爸爸认为我是故意把他丢下的，要是我还没有回去他就去世了，难道我还能忍心活下去吗？我已经不再哭了，但是我要跪在这儿，跪在你的膝下；我还要长跪不起，一直用眼睛盯着你的脸，直到你也回看我为止。别，别扭过头去！看着我！你不会看到任何惹你生气的东西。我不恨你。你打了我，我并不生气。你一辈子从来没有爱过任何人吧，姑父？从来没有？唉，你一定得看一次——我是那么可怜——你不能不感到难过，不能不同情我吧。”

“别用你那四脚蛇似的手爪子碰我，一边儿去，要不我就踢你了！”希思克利夫大声嚷着，粗暴地呵斥开了她。“我要是让一条蛇箍住都比这样强。你这该死的怎么竟异想天开，要朝着我摇尾乞怜呢？我憎恶你。”

他耸了耸肩膀——其实是把身子抖了抖，仿佛他那种反感像虫子一样在他身上爬；他还把他坐的椅子向后推了推。这时候我站起

---

① 原文cockatrice，寓言和纹章中的形象，鸟头、蛇尾，有翅膀及爪。通常喻为善施阴谋诡计者。

身来，开口说话，打算痛痛快快地把他大骂一通。可是我头一句话才说到半截儿，就让他给吓成哑巴了：他威胁说，我要是再吐出一个字，他就把我单独关到一间屋子里去。

这时候天已经擦黑了——我们听到花园门那儿有说话的声音。宅子的主人立刻急忙出去了；他所有的那股机灵劲儿，我们可没有。他们在那儿谈了两三分钟，然后他一个人回来了。

"我还以为是你表哥哈顿回来了呢，"我对凯瑟琳说，"我真希望是他来了！谁能说他就不向着咱们呢？"

"是田庄派来找你们的三个人，"希思克利夫刚好听见了我说的话就这样说，"你本来应该打开格子窗，朝外面喊叫的呀；不过我可以发誓，你没喊叫，这个毛丫头反倒高兴。我可认准了，她是高兴让人家把她扣留下来的。"

知道丢了这么个好机会，我们俩都忍不住大放悲声。希思克利夫先生听任我们一直哭到9点钟，才吩咐我们上楼，从厨房过去，进到泽拉的屋子里。我悄悄对我的伴当说要顺着希思克利夫来，也许我们能想个办法从那里的窗口爬出去，或者上到阁楼，从天窗里钻出去。

可是楼上的窗户和楼下的一样窄，我们想从阁楼逃也逃不了。所以我们还是像刚才一样给死困在那里。

我们俩谁也没躺下：凯瑟琳待在格子窗前，焦急不安地守候着天亮——我一次又一次地恳求她好好休息一会儿，可是我得到的回答却只是一声长长的叹息。

我坐在一把椅子上，摇来摇去，暗地里严厉责备自己一次又一次的失职。我觉得，主人家里所有人遭逢的所有不幸，都是由于我的这些失职引起的，这让我痛心疾首。我如今才明白，实际上根本不是那么回事；可是在那个凄惨的夜晚，我却是那么想的，我还觉得，就是希思克利夫本人，也没有我这么大的罪过。

7点钟的时候他来了，问林顿小姐是不是已经起身。

她立刻跑到门口回答说：

“起来了。”

“那就来吧。”他说着就开了门，把她拉了出去。

我站起来跟上去，可是他又把门锁上了。我要他把我放出去。

“忍着点儿吧，”他回答说，“我一会儿就让人给你送早饭来。”

我气得使劲敲门板，把门闩摇得嘎嘎直响；凯瑟琳在外面问他，为什么还要把我关在那里，他回答说，还要让我再忍受一个钟头，然后他们就走了。

我忍受了两三个钟头，最后我听到脚步声了，可不是希思克利夫的。

“俺给你送吃的来了，”来人说，“开门！”

我急忙照办，看见的是哈顿，他拿来的吃食足够维持一整天的。

“拿去！”他又加了一句，把盘子塞到我手里。

“你待一分钟。”我说。

“不成！”他喊了一声就又走了，我连连好言相求让他待一会儿，他根本不理。

就这样我还是给关在那儿，整整一天，又是整整一夜。一天又一天，我总共给关了五个夜晚和四个白天，除了哈顿每天早晨来一次，没见过别的任何人。他可是个模范牢头——阴沉着脸，一声不吭，要想打动他的正义感和同情心，那就像是对聋子说话。

第十四章

第五天上午，还不如说是下午吧[①]，一阵不同的脚步声传过来了——比较轻，比较快——而且这一次来的人还走了进来。这次是泽拉，身披鲜红的披肩，头戴黑色的丝帽，胳臂上挎着一个柳条篮子，还晃来晃去的。

“哎呀！迪恩太太，”她叫嚷着说，“嗐！在吉默顿大家都谈论你呢。我哪儿想得到呀，你陷在黑马淖里了，小姐也跟你在一起，直到后来老爷才告诉我把你们找到了，他还把你们安置在了这儿！怎么样，你们必定是爬到一个小岛上了，对吧？你们在那个坑里待了多长时间？是老爷救了你们吗，迪恩太太？不过你还不怎么瘦——你们没吃多大的苦吧，是不是？”

“你家老爷是个地道的大坏蛋！”我回答，“他到头来会遭报应的。他不用编造那套鬼话——那总会彻底揭穿的！”

“你这话是什么意思？”泽拉问我，“那不是他编的谎——村子里大家都说——说你陷在沼泽地里了；我一走进家门就朝恩肖叫唤——

“‘唉，那样一些怪事，哈顿先生，怎么俺一走就出来了。多可怜呀，像那么个年纪轻轻的大闺女，还有那个生龙活虎似的奈丽·迪恩。’

① 这里的上午，应指午餐以前，不定是正午12点钟以前。

“他愣住了。我想，他还啥都没听说呢，就把外面传的话告诉了他。

“老爷也听着我说。他自己对自己笑起来，然后说：

“‘要是说她们那会儿陷进了沼泽地，这会儿她们可是出来了，泽拉。奈丽·迪恩这会儿住在你的屋子里。你上去的时候可以告诉她，让她赶快跑；钥匙在这儿。那沼泽地的泥水灌进她脑袋里啦，那她就得疯疯癫癫地跑回家去了，可是我留住了她，一直等到她的神智又清醒过来。你可以吩咐她，她要是能走，马上就回田庄，再替我捎个口信，说她家小姐也会跟着去，还赶得上给那位庄主老爷送葬。’”

“埃德加先生还没咽气吧？”我屏住气问，“啊！泽拉，泽拉！”

“没有，没有——你坐下吧，我的好太太，”她回答，“你真是仍然病着呢。他还没咽气；肯尼思大夫觉着，他还可以再挨一天——我在路上碰见他，问他了。”

我没有坐下，抓起我出门穿戴的东西，赶忙下去，因为现在这条道已经可以随便走了。

我一进堂屋就到处看，想找个人问问凯瑟琳的情况。

这地方满是阳光，门大开着，可是眼前好像一个人也没有。

我正拿不定主意是立刻就走，还是回头去找我家小姐，一阵轻轻的咳嗽让我注意到壁炉那边。

林顿躺在高背长靠椅上，由他一个人独占着，嘬着一块棒棒糖，他那对眼睛随着我的一举一动无动于衷地转来转去。

“凯瑟琳小姐在哪儿？”我厉声盘问他，心想趁着他刚好一个人在那儿，可以吓唬着让他说出真情。

他继续嘬他的糖，像个吃奶的娃娃。

“她走了吗？”我问他。

“没有，”他回答，“她在楼上——她走不了，我们不让她走。”

“你们不让她走，你这个小白痴！”我大声嚷嚷，“马上告诉我她那间屋子，要不，我可要让你尖着嗓子号啦。”

“你要是打算上那儿去，爸爸就会让你号啦，”他回答，“他说，我不要对凯瑟琳太软——她是我老婆，她要是想离开我，那是丢人现眼的事！他说，她恨我，想要我死，好弄走我的钱，可是她弄不到，她也回不了家！她永远也回不了！她可以哭呀，闹病呀，爱怎么着就怎么着！”

他又回到原先那种样子，闭上眼睛，像是打算睡着似的。

“希思克利夫少爷，”我接着又说，“凯瑟琳去年冬天待你那么好，难道你全都忘了吗？那时候你口口声声说你爱她，她也把那些书带给你，还给你唱歌，还多次冒着风雪来看你呢。有一天晚上她来不了还哭了，因为想到你会失望。你那时候觉得，她比你好一百倍。尽管你知道你父亲对你们俩都厌恶，现在你也相信起他说的那些谎话来了！你还跟他凑在一块儿去害她。你这是感恩戴德呀，还是忘恩负义？”

林顿的嘴咧开了，他把嘴里的糖也拿了出来。

“她到呼啸山庄来，是因为她恨你吗？”我接着又说，“你自己想想吧！说到你的钱的事，她根本就不知道你会有什么钱。你还说她病了，可是你倒把她一个人撂在一个生人家里的楼上！你呀，你也尝过那种没人理睬是什么滋味呀！你受苦的时候你能够可怜自己，她也可怜你，可是你却不可怜她！我都流泪了，希思克利夫少爷，你看看——我这个上了年纪的人，还不过是个用人——可你呢，说自己那么多情，而且爱慕她都是有道理的，过后居然舍不得为她流一滴眼泪，还舒舒服服地躺在这儿。咳！你是个没有心肝，自私自利的孩子！”

“我没法和她待在一起呀，”他气哼哼地回答，“我并不愿意自己一个人待着，可她老是哭，让我受不了。哪怕我说我要叫我父亲来，她也不肯不哭——有一次我真把他叫来了，他吓唬她说，要是她不安静下来，就把她勒死。可是等他刚一走出那间屋子，她马上又哭开了，哼哼叽叽地闹了一整夜，我没法睡觉，气得直嚷嚷。”

“希思克利夫先生出去了吗？”我看出来，这个可怜虫没有能力同情他表姐内心受到折磨，就这样问他。

“他在院子里，”他回答，“正和肯尼思大夫说话呢。大夫说，舅舅真的终归要死了——我很高兴，因为我就要接着他当田庄的主人了——凯瑟琳老爱说，那是她的宅子。那不是她的！那是我的——爸爸一直说，她所有的每一样东西都是我的。她那些好看的书也都是我的——她给我许了愿，说我要是能拿到我们那间屋子的钥匙，放她出去，她就把那些书给我，还有她那些可爱的小鸟和她那匹小马敏妮。可是我告诉她，她没有什么东西可给了，所有所有的东西都是我的啦。这一来，她又哭了，还从她脖子上取下一个小画像来，说我还可以把这个也拿过来——那是镶在小金盒儿里的两面像，一面是她母亲，另一面是舅舅，都是他们年轻时候的。那还是昨天的事——我对她说，它们也都是我的，还要从她那儿把它们拿过来。那个满怀怨恨的东西不让我拿，把我推开，还把我弄得生疼。我就尖着嗓子大声喊叫起来——这一下可把她吓坏了——她听见爸爸来了，就把项链扯断，把金盒儿掰成两半儿，把她母亲的像给了我，另一半儿她想藏起来。可是爸爸问我是怎么回事，我就一五一十地说了出来。他把给我的那一半儿拿走了，又命令她把她那一半给我。她不肯听，他就——他就把她打倒了，从项链上把另一半儿扯下来，一脚踩碎。

“看她挨打，你高兴吗？”我使心计故意逗引他多说，就这样问他。

“我眨眨眼装没看见，”他回答，“我看见我父亲打一条狗或是抽一匹马，就眨眨眼儿，他干得那么狠——开头我倒是很高兴——她推我就该挨揍。可是爸爸一走，她就让我到窗口去，让我看她脸腮里面破了，是牙硌的。她嘴里满是血。后来她把画像的碎片拾起来，走过去，脸对着墙坐下来，从那以后，她就再也没和我说话；有时候我还以为她是痛得说不了话呢。我不愿意这么想！不过她真是个坏东西，哭个没完，看上去脸色煞白，疯子似的，我真怕她！”

“你要是愿意，你能拿到钥匙吗？”我问他。

“嗯，我上楼的时候能，”他回答，“可我现在走不到楼上去了。”

“它放在哪间屋子里呢？”我又问。

“啊，”他大声喊，“我不告诉你它在那儿！那是我们的秘密，谁也不让知道，不让哈顿，也不让泽拉知道。哎呀，你把我累坏了——快走，快走！”说着他就把脸趴在自己的胳臂上，又把眼睛闭上了。

我想最好不等看到希思克利夫先生就离开这儿，再从田庄带一伙人来救我家小姐。

我一到田庄，我们那伙用人看见我都大吃一惊，他们的高兴也是非同寻常。听说自家小姐没有危险，有两三个人急忙就要赶到埃德加先生的门口去大声报告消息，可是我告诉他们，我要亲自去报信。

我看到不过这么短短几天，他变得多厉害呀！他躺在那儿，一副愁眉不展，无可奈何，只等一死的模样。虽然他实际上已经三十九岁，看起来却非常年轻，人家看他至少要年轻十岁。他心里惦记着凯瑟琳，因为他小声叨念着她的名字。我摸着他的手跟他说话。

“凯瑟琳这就回来了，亲爱的老爷！”我轻声说，“她活生生的，而且很好。她就要到了，我希望就在今天晚上。”

他听了这个消息的头一阵反应让我直打哆嗦：他欠起半个身子，急切地朝屋子四周打量了一圈，然后就一阵发昏躺回去了。

他一苏醒过来，我就讲出了我们怎样给强行架到山庄去以及扣在那里的事：我说到希思克利夫逼着我进去，并不全是实情。我尽量不说褒贬林顿的话，也没把他父亲的野蛮行径全部讲出来。我的想法是，他的命已经是愁苦不堪，我如果能办到，就绝不再给他那苦酒四溢的杯中再添一点一滴。

老爷已经识破，他仇家的目的之一就是要确保老爷的动产和房地产都落到他儿子手里，或者倒不如说，落到那个人自己手里；可是我家老爷弄不清楚，那个人为什么不等到他死了再动手，因为他还不明白，他那个外甥差不多也要和他一起离开这个世界了。

不过老爷还是觉得他的遗嘱最好改动一下——传给凯瑟琳的遗产本来是要由她自己支配，现在他决定把它改成由几位委托人掌管，她生前供她使用，她身后如果有孩子就交给她孩子使用。这样一改，如果林顿死了，老爷这份遗产就不会落到希思克利夫先生手里了。

我接到他的命令，就派一个仆人去请律师，又派四个人带上合用的武器，去把我家小姐从囚禁她的人手里要回来。两批人都拖到很晚才回来。那独自出去的仆人先回来了。

他说，那位律师格林先生在他到家的时候已经出门了，他只好在那里等了两个钟头才把他等回来。随后律师告诉他，他在村子里还有一点儿必须要办的事情，不过第二天上午以前可以到画眉田庄。

那四个仆人回来的时候也没把人带回来。他们带回的口信儿说，小姐病了，病得很重，离不开屋子，希思克利夫又不允许他们去看她。

这几个蠢家伙听信了那种瞎话，所以我把他们好好骂了一顿，我也不愿把这套瞎话告诉老爷。我决定天一亮就带上一大伙人上山庄去，如果他们不把囚在那儿的人乖乖交给我们，我们就实实在在地猛攻进去。

我一再赌咒发誓，一定要让她父亲见到她。要是那个魔鬼想阻拦我们，就让他在他自己家大门口送命！

幸运的是，我省了这趟路，也省了这趟麻烦。

我在夜里3点钟的时候下楼去取了一罐水，把它拿在手里，经过门厅的时候，突然一阵清脆的敲门声把我吓了一跳。

“啊！是格林来……”我定了定神，自言自语道，“也只有是格林。”我继续向前走，打算找个什么人去开门；可是又是一通敲门声，虽然不大，但很急切。

我把水罐放在楼梯扶手上，赶忙亲自去开门让他进来。

仲秋的月亮照得外面通明透亮。原来不是律师。我自己家亲爱的小主人扑上来搂住我的脖子呜呜地哭：

“埃伦！埃伦！爸爸还活着吗？”

“是啊！”我大声喊着，“是啊，我的天使，他活着！感谢上帝，你又平平安安和我们在一起啦！”

她都喘不过气来了，还想马上上楼，跑到林顿先生的屋子里去；可是我强迫她在一把椅子上坐下，给她喝了点儿水，又把她那煞白的脸洗了洗，再用我的围裙把它擦得微微透出一点红晕。这时候我说，我得先去告诉他，说凯瑟琳回来了，还恳求她去告诉她爸爸，她和小希思克利夫一起会很快乐的。她睁大眼睛愣了一下，不过马上就明白了我为什么要让她说假话。她让我放心，她不会诉苦。

我真不忍心在那儿看着他们见面。我在卧室门外站了一刻钟，简直没有勇气在那个时候到床跟前去。

然而一切都平安无事。凯瑟琳难过，她父亲欢快，可他们俩一样地都默不作声。她支撑着他，显得镇定自若；他抬起眼睛死死盯着她的面容，那对眼睛好像充满了狂喜。

他咽气的时候是幸福的，洛克伍德先生，他是这样咽气的。他一面亲着凯瑟琳的脸，一面低声细语：

“我这就到她那儿去啦，你呀，我的宝贝女儿，将来一定也要到我们那儿去。”随后他再也没动一下，再也没说一句话，不过一直用那欣喜若狂，烁烁发光的眼睛凝视着她，直到他的脉搏不知不觉停了下来，直到他的灵魂升天。谁也没觉出他准是在哪一分钟去世的，没有一丝一毫的挣扎。

凯瑟琳到底是早已把眼泪哭干了呢，还是悲哀过重压得泪水流不出来了呢，她眼睛干干地坐在那儿，直到日出——她一直坐到中午，要不是我硬要她离开，要她去休息一会儿，她会一直待在那儿，窝在灵床边呆想。

幸亏我终于做到让她离开了，因为午饭的时候律师露面儿了，他事先去过呼啸山庄，讨到了他该怎样行事的主意。他已经把自己出卖给了希思克利夫先生，这就是他未听从我家老爷的召唤迟迟不到的原因。幸而我家老爷见到女儿回来以后，就不再有尘世的俗务让他挂肚牵肠。

格林先生让他自己担当起这里的一切任务，对各种事情、、各色人等发号施令。所有用人，除我以外，他全都辞退了。他居然将他那代理权使用到了这种程度：硬是不让埃德加·林顿在他妻子的旁边安葬，而是要把他和教堂里边他家族的先人葬在一起。可是遗嘱与此不符，而且我又大声提出种种异议，反对任何有违遗嘱规定的做法。

丧礼是匆匆忙忙办完的。凯瑟琳，这时候成了林顿·希思克利夫太太，得到允许，可以住在田庄，直到她父亲的遗体离开田庄为止。

凯瑟琳告诉我，在山庄的时候，她那深切的痛苦最后总算打动了林顿，他才冒着风险放了她。她听见了我派去的那几个仆人在门口争吵，并且从希思克利夫的答话里琢磨到了他的意思。这驱使她非得铤而走险不可了——林顿自从我离开以后，马上就给转到楼上小客厅里去了，他趁他父亲还没再上来的时候，进去取出来钥匙，吓得胆战心惊。

他耍了个花招：先开开锁，然后不把门关死，又把锁锁上。到他该上床的时候，他请求和哈顿一起睡。他的请求得到恩准，只此一次。

凯瑟琳在破晓以前偷偷溜出屋子。她不敢去试那些正门，怕那群狗把人叫醒。她进几间空屋子，仔细察看了里面的窗户，后来碰巧走进了她母亲当年住过的那间，轻而易举地就从格子窗爬了出来，顺着近旁那棵枞树溜到地面上了。她的那个同谋，虽然仗着胆子盘算出一些窝窝囊囊的花招，还是因为这次逃跑他也有份儿而吃了苦头。

第十五章

丧礼过后那天晚上，我家小姐和我坐在藏书室里，我们俩一会儿伤心地悼念死者（小姐更是悲痛欲绝），一会儿又对惨淡的前途大胆提出种种设想。

我们俩一致认为，凯瑟琳所能指望的最好命运，就是允许她继续住在田庄，至少在林顿活着的时候是这样：同意让林顿来和她住在一起，让我继续当管家。这样的安排有点像是太好了，叫人连想也不敢想，不过这样一种前景不用说可以保住我的家和我的差事，而且最重要的是还可以保住我亲爱的年轻女主人。我一想到这个，心气儿还真很高，可是正在这个时候，一个用人——也是给辞退了的，不过还没走——匆匆忙忙跑进来说，“那个凶神恶煞希思克利夫来了，正穿过院子走过来了，是不是应该迎面给他吃个闭门羹？”

即使我们因为气疯了让人这样做，也来不及了。他根本不讲那一套礼数，既不敲门，也不通报姓名；他是主人，就端起主人的架势，一句话也不说，径直走了进来。

进来报告的那个人的话音，把他招到藏书室来了；他走进门来，挥手让那个人出去，把门关上。

这就是十八年前把他当作客人引进来的那间屋子：同样的月光从窗口照进来，外面同样是一片秋天的景色。我们还没点蜡烛，不过整个屋子都可以看得分明，甚至看得清墙上的肖像——一幅是林顿太光彩照人的半身像，另一幅是她丈夫温文尔雅的半身像。

希思克利夫走到壁炉这边来。岁月没让他改什么样儿。他还是那么个人；黑中略微透黄的脸膛显得更加沉稳，身子也许增加了十来二十磅，别的也就没有什么不同了。

凯瑟琳看见他来了，就情不自禁猛地站起身来，想冲出去。

“站住！”他一边说，一边抓住她的胳臂；“还想再跑！你要上哪儿去？我是来带你回家的。我希望你做个孝顺儿媳妇，不要怂恿我儿子再忤逆。我发现这档子事里面还有他的一份儿，真感到作难，不知道怎么惩罚他才好——他像是那么一张蜘蛛网，轻轻一戳就会让他完蛋——不过你看看他那副模样，就可以知道他得到了他应该得到的了！那天晚上，就是前天，我把他带到楼下来，不过让他坐在一把椅子上，以后再也没碰他一下。我打发哈顿出去，那间屋子里就有我们两个人。过了两个钟头，我叫约瑟夫再把他弄上楼去。从那以后，我一露面就足够让他神经紧张得像见了鬼似的。我想象得出来，哪怕我不在跟前，他也常常像是见到了我一样。哈顿说，林顿和他在一起的时候，夜里常常惊醒过来，尖声喊叫；还叫你护着他，好躲开我。不管你喜不喜欢你那个宝贝伴儿，你都得来——现在你得为他操心啦；我已经对他再也没有兴趣了，全交给你啦。”

“为什么不让凯瑟琳继续留在这儿？”我求他，“再把林顿少爷送到这儿来。既然你对他们俩都恨，你也不会想念他们的——他们只能够是你的眼中钉、肉中刺，每天扎你那颗不通人性的心。”

“我正在给田庄找房客，”他回答，“而且我需要我的孩子们在我身旁，真的——再说，那个闺女吃我的饭就得给我干活儿。我不会在林顿死了以后把她养得好吃懒做。马上就动手收拾停当，别让我来强逼着你们干。”

“我这就去，”凯瑟琳说，“现在林顿是这个世界上我唯一要爱的人了；而且尽管你千方百计要让我觉得他可恨，也让他觉得我可恨，可你是没有办法让我们互相仇恨的！我在他身边的时候，就要不让你伤害他，而且我也不让你来吓唬我。”

“你真是一个吹牛大王！”希思克利夫回答，“不过我还没达到喜欢你去伤害林顿的程度——只要痛苦的折磨还能坚持一天，我就叫你去充分享受一天。让你觉得他可恨的并不是我——那是他自己那美好的心灵呀。你把他撂下自己溜了，他代你受的过有多重，对你怀的恨就有多深——别指望这种高尚的忠心就会让人家感恩戴德。我听说，他曾经绘声绘色地对泽拉说过，他要是和我一样地身强力壮，他会干什么——他是主意已定，刚好是他的这种力不从心会让他挖空心思另外想出不必使用力气的办法来。”

“我知道他生性不好，”凯瑟琳说，“他是你儿子嘛。不过我很高兴，我的脾气比较好，可以原谅他的。我还知道他爱我，就因为这个原因我也爱他。希思克利夫先生，你可是没有一个人爱；而且不管你把我们害得多么惨，我们一想到你那么心狠手辣都是出于你的处境比我们还惨，我们也就解了心头之恨啦。你的确很惨，难道不是吗？孤零零的，像个鬼一样，而且也像鬼一样满怀忌恨，对吧？没人爱你——你死的时候，也没有谁会来哭你！我可不愿意是你！”

凯瑟琳说这番话的时候带着一种又是心灰意冷又是扬扬得意的样子：她好像已经狠下心来，要深入到她未来那个家庭的骨子里去，从她仇敌的悲哀痛苦中取乐。

“你要是在那里再多站一分钟，”她公公说，“你马上就要觉得懊悔不迭了。滚，你这个巫婆，收拾你的东西去！”

凯瑟琳满不在乎地退了出去。

她走了以后，我提出请求到山庄去干泽拉的差事，让她来干我的，但是他根本不让。他命令我别再作声，这时候才头一次让自己把这间屋子打量了一番，还看了那两幅画像。他把林顿太太的那幅像仔细琢磨了一会儿，说道：

“我要把那幅像摆在家里。不是因为我需要它，可是——”

他猛然转身面对壁炉，脸上带着——带着什么呢，我找不出一个更合适的字眼儿，只能说是一副笑容吧——接着又说：

“我告诉你，我昨天干了些什么！我找到那个教堂执事，他正在给林顿挖坟坑，我让他把她的棺材盖上的土刨开，我打开了棺材。等我又看到了她的脸——还是她那个样儿——我那会就想，我会永远守在那儿。教堂执事费了好大的劲儿才让我清醒过来。可是他说，要是着了风，它就会变样儿了，所以我把一边的棺材板弄松了——然后又把土盖好——不是挨着林顿的那一边，去他妈的吧！但愿他给焊在铅里面！我买通了那个教堂执事，等将来我下葬的时候他就把松了的棺材板拉开，并且把我的棺材的这一边也抽掉——我要把它做成那样的，等到那时候林顿来找我们，他就分不清哪个是哪个啦。”

“你这个人太缺德了，希思克利夫先生！”我叫喊起来，“你搅得死人都不得安宁，难道就不感到于心有愧吗？”

“我没有搅谁，奈丽，”他回答，“我是让自己舒舒心。现在我可觉得心里踏实得多了；再等我到了那里的时候，你就有个更好的机会让我老待在地下了。我搅了她？不，是她一直在搅我，日日夜夜，整整十八年，一刻不停，毫不留情——直到昨天夜里——到昨天夜里，我才得到安宁。我梦见我躺在那个长眠的人身边，也终于长眠在那儿了，我的心停止了跳动，我的脸和她的凝冻在一起。”

“要是她化作了尘土，甚至比尘土还糟，那你又会梦见什么呢？”我说。

“梦见和她一起化掉，而且还会更加快乐！”他回答，“你以为我担心会有这一类的改变吗？我掀开棺材盖儿的时候就盼望着会有这种变化了，不过让我更加高兴的是，它还要等到我去待在一起才开始变呢。还有，除非我脑子里清清楚楚刻上了她那没有任何感情的面目，否则我那种莫名其妙的感觉是很难消除的。这种感觉来得也怪。你知道，她死了以后，我都疯了，从头一天到第二天天不亮，我都无休无尽地祈祷，希望她——她的灵魂——回到我的身边来，对于鬼魂我坚信不疑；我认定它们能够存在，而且确实存在，就在我们中间！

“她下葬的那天，下了一场雪。晚上我去了教堂墓地。就像冬天一样，刮着冷风——四周的一切全都显得冷清凄凉。我并不怕她那个当丈夫的傻瓜那么晚还会逛到那个鬼窟里去——别的人也不会有什么事要到那个地方去。

“我孤零零一个人，而且也知道我们中间单只隔着两码深松松的泥土，我自言自语起来：

“‘我要把她再搂在我的怀里！她要是冰凉，我就只当是这阵北

风把我吹得发冷。她要是一动不动，那就是她睡着了。’

“我从工具房拿来一把铁锹，用尽浑身的力气刨起土来——铁锹擦着棺材了，我开始用手干起来；螺丝钉周围的木头开始嘎吱嘎吱地响了，我马上就要到达自己的目标了，正在这时候，我仿佛听见了上面有人叹了一口气，这个人近在墓边，还把身子探着——‘要是我能把它打开’，我嘟囔着，‘我真希望他们铲土把我们俩都埋上！’于是我更加不顾死活地又扳又拧。这时候紧靠着我耳朵边上又有一声叹息。我好像感觉到了那一股热气，而不是夹雨带雪的寒风。我分明知道，我旁边并没有什么活生生的血肉之躯——但是就像在黑暗中虽然你辨认不清，但却真真切切发觉有一种实实在在的躯体在向你靠近。我是那么真真切切地感觉到，凯茜是在那儿，不是在我下面，而是在地面上。

“突然，一阵轻松快慰的感觉从我心里涌起，一直传到浑身上下，我立刻从沉重地压着我的痛苦中摆脱了出来，得到了安慰，难以言传的安慰。她这个人和我在一起。我把墓重新填平这段时间，她一直和我在一起，还领着我回了家。你要笑就笑吧，可是那时我肯定，我就应该在那儿看到她。我还肯定，她和我在一起，而且我不由得就和她说起话来。

“我一到山庄就心急火燎地冲到门前。门闩着；我记得，那个该死的恩肖和我老婆不让我进去。我还记得，我站在那儿，把他都踢得灵魂出窍了，然后就匆匆忙忙跑上楼去，跑回我自己的屋子，还有她的——我急不可耐地到处张望——我感觉到，她就在我身边——我差不多都能看到她了，可还是不能！那时我受着这种渴望的煎熬，一再祈求就只看上她一眼，急得死去活来！可就是连一眼也没有看到。她这是耍花招，像她活着的时候一样，叫我没办法！从那以后，我就一直受着那种难以忍受的折磨，一会儿轻点儿，一会儿重点儿！真可恶——老是把我的神经绷得紧紧的，如果它们不像肠衣线那样结实，早就给拉得松松垮垮，像林顿的那样没有一点儿劲啦。

“我和哈顿坐在堂屋里的时候，好像我一出去就会碰见她；我在荒原上散步的时候，又好像一进家门就会碰见她。我出门在外的时候，要匆匆忙忙赶回来：我断定她必定是在山庄的什么地方！我睡在她的卧室里——又给赶了出来——我在那儿躺不住呀；因为我一合上眼睛，她要么就在窗户外面，要么又溜回镶板里面，要么正走进这间屋子，要么甚至把她那可爱的头枕在她小时候枕过的那个枕头上。于是我就得睁开眼睛瞧瞧。就这样我一夜之间要睁眼闭眼一百次——永远都是大失所望！就这么折磨我！我常常大声哼哼，哼得那个老流氓肯定无疑地相信，那是我的良心闹得我不得安宁呢。

“好啦，因为我已经看见她了，所以我平静下来了——平静了一点儿。那是一种莫名其妙地要害死人的办法，不是一寸一寸地害死人，而是只有一根头发丝的几分之一那么细地一丝丝地害死人，用希望的精灵来逗引我，从头到尾十八年啦！”

希思克利夫打住了，擦了擦自己的脑门儿——他的头发让汗打湿了，贴在那上面；他的眼睛死死地盯着壁炉里红红的余烬，那两道眉毛并没有拧到一块儿，而是紧朝两边的太阳穴高高地挑着，这就让他脸上那种狰狞可怖的样子不再那么明显，可是又露出一种心烦意乱的特别神情，还有一种全神贯注在一件事情上面冥思苦想的样子。他这一番话只不过半是对我说的，所以我也一直沉默不语——我才不喜欢听他讲的那一套呢！

过了一会儿，他又对着那幅画像琢磨了一番，然后把它取下来，又把它倚在沙发上，这样端详起来就更方便些。正在他专心致志地这么干的时候，凯瑟琳走进来，声称她已经准备停当，专等她的小马备好鞍子。

“明天你把那个送过来，”希思克利夫对我说，然后转向凯瑟琳接着又说，“你就别骑你那匹小马啦——今天晚上天气很好，再说，你在呼啸山庄也用不着什么小马了，你要上哪儿去，用自己的腿脚就行了——来吧！”

“再见，埃伦！”我亲爱的小姐悄声对我说，她亲我的时候，嘴唇就像冰一样凉。“来看看我啊，埃伦，别忘了。”

“小心着点儿，那种事你可别干，迪恩太太！”她那位新父亲说，“什么时候我有话对你说，我会到这儿来的。我可不要你在我家里探头探脑的！”

他打了个手势，让她走在前面，还回头对我瞅了一眼，就像一把刀砍在我心上。她遵命走了。

我从窗户里看着他们走到花园里。希思克利夫把凯瑟琳的胳臂夹在自己的胳臂下面，开头她显然是不肯这样办，他大步流星，连催带拉地带她走上了花园里的小径，那儿的树把他们遮住了。

第十六章

我去山庄看望过一次，但是自从她走了以后，我再也没有见到她。我到那里去问候她的时候，约瑟夫把着门，不让我进。他说，林顿太太正在“忙活”，老爷不在家。泽拉告诉过我一些他们怎样过日子的事，不然的话，谁死了谁活着我还都不知道呢。

泽拉觉得凯瑟琳不随和，也不喜欢她，从她那些话里，我也猜得出来。我家小姐初来乍到的时候，曾经求她帮点忙，可是希思克利夫先生告诉过她只管自己的事，让他儿媳妇自己去照顾自己。泽拉是个心地狭隘、自私自利的女人，自然乐得同意。凯瑟琳受到这种怠慢，来了个孩子式的找麻烦，回她一个瞧不起，还把这位给我提供消息的人归到敌人一边，毫无商量的余地，就像是她让她受了多么大的委屈似的。

大约在六个星期以前，比你到这里来稍微早一点儿，有一天我在荒原偶然碰上了泽拉，我和她谈了好一阵子，她给我讲了这样一些事：

"林顿太太到山庄以后，"她说，"甚至都没有对我和约瑟夫问一句晚上好，就跑上楼去了。她把自己关在林顿的屋子里，一直待到第二天早晨——就在老爷和恩肖吃早饭的时候，她走进堂屋里来，打着哆嗦问是不是可以把大夫请来？她表弟病得很重。

"'这我们知道！'希思克利夫回答，'可是他那条命连一文钱都不值，所以我也不愿意在他身上花费一文钱。'

"'可是我不知道该怎么办，'她说，'要是没有谁来帮助我，他就要死了。'

"从这间屋子出去！'老爷大声说，'他的事再也别让我听到一个字儿！这里没有人关心他会怎么样；你要是关心，就当他的护士去吧；你要是不关心，就把他锁在屋子里，躲开他。'

"后来她就麻烦起我来了，我就说，我已经让那个讨厌的东西祸害够了；我们谁都有我们自己的事，她的事就是侍候林顿。希思克利夫先生吩咐我把那份差事留给她。

"他们俩在一起是怎么弄的，我也说不上来。我想他准是白天黑夜地发愁起腻，哼哼哎哟：看她脸色那么苍白，眼皮那么沉重，谁都能猜得出来，她难得有一会儿休息——她有时候到厨房里来，完全是一副恍恍惚惚的样子，看起来好像是很想求人帮忙；可是我不打算违拗老爷——我可从来不敢违拗老爷呀，迪恩太太，尽管我也觉得不去请肯尼思是不对的。这件事和我没关系，用不着出主意，也用不着埋怨谁。我总也不爱管闲事。

"有那么一两次，我们都已经上床睡觉了，我碰巧又把自己的门打开，看见她坐在楼梯顶上哭，我赶紧又把自己关在屋子里，怕让她哭得动了心上前去管。真的，我当时是可怜她；可你知道我还是不愿意丢了我的饭碗呀！

"到底有一天晚上她贸然走进我的屋子。她说的话把我吓得都没了主意了：

"'告诉希思克利夫先生去，他儿子就要死了——这次我完全相信，他就要死了——立刻起来，告诉他去！'

"说完这几句话，她又没影儿了。我躺了那么一刻钟，一边仔细听，一边打哆嗦——没有什么动静——宅子里静悄悄的。

"'她弄错了，'我自言自语，'林顿缓过来了。我不用去惊动他们了。'于是我开始入睡。可是一阵刺耳的铃声把我的觉第二次吵醒了——我们就只有这一个铃，是专门为林顿安的。老爷喊我去看看是怎么一回事，并且正式告诉他们，他不愿意再听到这种吵闹的声音。

"我把凯瑟琳的话传给他。没过几分钟他自己就骂骂咧咧地拿着一支点好的蜡烛出来，又走进他们的屋子里去了。我也跟了进去——希思克利夫太太坐在床的旁边，双手抱着膝盖。她公公走上前去，让蜡烛光照着林顿的脸，看了看他，还碰了碰；然后他转过头来对着凯瑟琳：

"'得——凯瑟琳，'他说，'你觉得怎么样？'

"她成了哑巴。

“‘你觉得怎么样，凯瑟琳？’他又问了一遍。

“‘他平安了，我也自由了，’她回答，‘我应该感觉挺好——可是，’她接下去又带着无法掩藏的怨恨说，‘你撂下我一个人这么长时间和死亡搏斗，所以我感觉到和看到的只有死亡！我觉得就像死了一样！’

“而且她看着也像！我给她递过一点儿酒。哈顿和约瑟夫也让铃声和脚步声惊醒了，在外面听着我们说话，这会儿也进来了。约瑟夫，我相信，乐意除掉这小子。哈顿好像心事重重，尽管他更多的是一个劲儿瞧凯瑟琳，不大想到林顿，但是老爷吩咐他再睡觉去——我们不需要他帮什么忙。老爷随后让约瑟夫把死人搬到他的卧室里去，让我回自己的屋子，让希思克利夫太太自己仍然待在那儿。

“早上希思克利夫先生派我去告诉少奶奶，要她务必下楼来吃早饭——她已经脱了衣服，好像是要睡觉，还说她病了；这一点我并不觉得奇怪。我禀告了希思克利夫先生，他回答说：

‘嗯，让她待着，等丧事过了再说吧；你时不时上去一下看看她，把她需要的东西给她弄去。等她看着好些了，马上来告诉我。’

据泽拉说，凯茜在楼上待了两个星期，泽拉每天去看她两次，而且本来会对她友善一点儿的，可是她这种打算慢慢待她好一些的善意，却马上就让她高傲地拒绝了。

希思克利夫上去过一次，把林顿的遗嘱拿给她看。林顿把自己的动产全都遗赠给了他的父亲。这个可怜的东西是在他舅舅死了，凯瑟琳不在山庄的那个星期里，受到威胁或者哄骗，才做出这种事情来的。那些地产，他身为未成年者，无法过问。可是，希思克利夫先生根据他妻子的，同时还有他自己的权利——我想这是依照法律——要求，并得到了它们。不管怎么说，凯瑟琳既缺钱财，又少朋友，这些财产只能听任希思克利夫一一霸占，无法阻拦。

“除了那一次，”泽拉说，“谁也没有靠近过她的门，只有我……也没有人打听她的什么事。她第一次下楼到堂屋里来是一个星期天的下午。

“那时候我给她送早饭去，她大喊大叫，说待在这么冷的地方，她再也受不了了。我告诉她，老爷正要去画眉田庄，恩肖和我是不会拦着不让她下楼的；所以她一听到希思克利夫骑的马一溜小跑去远了，马上就露了头儿，穿着一身黑，黄色的鬈发梳在耳朵后面，像个教友派一样朴素；她没法把她那鬈发梳直理顺。

“约瑟夫和我星期天通常都去礼拜堂，”（苏格兰长老会，你知道，现在不派牧师来了，迪恩太太解释说，他们把吉默顿卫理公会或浸礼会教徒的地方叫礼拜堂，我也说不上在吉默顿的那个是什么教派的。）“约瑟夫已经去了，”她接着又说，“可是我觉得待在家里比较合适。大男大女有个年纪大点儿的人照看着总是好些，再说哈顿尽管那么羞羞答答的，可也不是一个循规蹈矩的模范。我让他知道，他表妹好像是要来和我们一起坐着，她一向都是遵守安息日的规矩的，所以她待在这儿的时候，他就把他那几杆枪和那些在屋里干的零碎活儿好好放到一边得啦。[①]

“他听到这个消息，脸唰地一下就红了，眼光落到自己的手和穿着上面。鲸油和火药一转眼工夫就撂到看不见的地方了。我知道，他的意思是自己来陪伴她。从他那副样子，我猜到他是想让自己拿得出手来，因此我笑了，要是老爷在旁边，我可不敢笑。我提出要是他愿意，我可以帮帮他，还取笑他那不知所措的样子。他把脸一沉，又骂开了。

“得啦，迪恩太太，”泽拉见我对她的这种态度不大满意，就接

---

① 屋里干的零碎活应包括拆擦枪支。信守教规的基督徒在安息日不工作。

着这样说，“你大概觉得，你家小姐太优雅了，哈顿配不上她，你大概没错——可是我承认，我倒是很愿意把她那股傲气杀一杀。另外，她那一肚子学问，她那一身雅致，现在对她又有什么用呢？她和你，或者和我，一样穷——更穷，我敢保你在攒钱——我也在尽我自己那一点点力气这么干着。”

哈顿同意泽拉去帮他的忙；她夸赞他，把他弄得高高兴兴的，所以凯瑟琳来的时候，照那个女管家的说法，他把她从前侮辱他的那些事儿差不多都忘光了，一心想让自己讨她喜欢。

“少奶奶走了进来，”她说，“冷冰冰的就像一根冰柱，而且高傲得像一位公主。我站起身来，把我坐的安乐椅让给她。嘿，她鼻子一翘，对我这份殷勤礼貌不理不睬。恩肖也站起来，让她坐在高背长靠椅上，挨近壁炉；他很清楚，她可是冻坏了。

“‘我已经冻了一个多月了。’她把后面这个词拖得很长，尽量做出一种对人不屑一顾的神气。

“她自己拉过一把椅子，放在离我们俩都远一点儿的地方。

“她坐在那儿，等暖和过来了，才朝四下里看了看，发现柜子里有些书，就立刻又站起来，伸手想去够，可是书搁得太高。

“她表哥看着她在那儿费劲儿，过了一会儿才鼓起勇气去帮她；她撩起自己的裙衣，他就把自己够着的第一本书放了进去。

“对这个小伙子来说，这就算是迈开一大步了——她没有对他道谢；可是因为她接受了他的帮助，他觉得很高兴，还壮起胆子在她翻看那些书的时候站在她的后面，甚至弯着腰指点书里面那些他觉得有趣的老插图——尽管她常常把一页书猛地一下从他手指头底下推过去，这种毫不客气的态度也没让他胆怯；他只不过是让自己退后一点儿，盯着她本人看，不再看她手上的书罢了。

“她继续在那儿读着，或者说在找点儿什么可读的东西。哈顿的注意力开始一点一点地集中到细看她那满头又细又亮的鬈发上去了——他看不到她的脸，她也看不到他的脸。也许他也不很清楚自己在干什么，只是像小孩儿让烛光吸引住了似的，他从两眼盯着瞧到最后动手去碰了。他伸出一只手去胡噜她的一绺鬈发，仿佛像胡噜一只小鸟那么轻。她让他这样一搅和，吓得猛然转过身来，就像是他把刀戳进了她的脖子。

"'快滚！你怎么敢碰我？你还待在那儿干什么？'她用一副感到厌恶的腔调大声嚷着，'我见不得你那样子！你要是再往我跟前来，我就回楼上去啦！'

"哈顿先生缩了回去，那模样真是要多蠢就有多蠢；他在高背长靠椅上坐下，安安静静的；凯瑟琳继续翻她那几本书，又过了半个钟头——最后恩肖走了过来，悄悄对我说：

"'泽拉，你请她念点给咱们听听好吗？啥事不干，我真腻味透了——我真的喜欢——我会喜欢听她念的！甭说我想要她念，就说你自己要的。'

"'哈顿先生希望你念点儿什么给我们听听，太太，'我马上就说了，'他会领承你的好意——他会感激不尽的。'

"她皱了皱眉头，翻了翻白眼，回答道：

"'哈顿先生，还有整个你们俩，给我好好弄清楚吧，你们虚情假意对我装出一份好心好意的样子来，我可不吃这一套！我看不起你们，对你们两个谁都没什么可说的！想当初，哪怕一句和气话，甚至看到你们谁的脸，我都愿意把命豁出去，可你们都躲得远远的。不过我并不愿意抱怨你们什么！我是因为冷才不得不下楼上这儿来的，不是来让你们开心，也不是来找你们做伴解闷。'

"'我干了啥啦？'恩肖说，'咋能怪我呀？'

"'噢！你不算数，'希思克利夫太太回答，'我还从来没在意像

你这样的关心呢。’

“‘可是我提过不止一次，还要求，’他说，她说话那么尖刻也让他冒起火儿来，‘我要求希思克利夫先生让我替你守灵——’

“‘住嘴！我宁愿到屋子外边去，或不管什么地方去，也不愿意让我的耳朵听到你那叫人讨厌的声音！’我家少奶奶说。

“哈顿嘟嘟囔囔，说她可以去下地狱，关他啥事！说着就把挂着的枪取下来，再也不管那一套，把他星期天的活儿又干起来。

“到了这会儿，他说起话来可就随随便便了；她没过一会儿也看出来了，还是回自己屋子里去孤单一人待着为好：可是寒霜已经降了，她虽然傲气，也不得已而降尊纡贵越来越多地和我们为伍了。不过我还是留着点儿神，别让她瞅准我性子好，再来作践我——从打那天起，我也和她一样，把脸绷起来——我们大伙没有谁爱她，疼她——她也值不得人那样——因为，他们只要对她说上一言半语，她就扭过头去，把谁都不放在心里！她对老爷本人也敢顶撞，简直是在激他来揍她。而且她越是受到伤害，就越是怀恨在心。”

听了泽拉讲的这些事，起先我打好主意辞掉我这份差事，在乡下租一所小房子，把凯瑟琳接来和我住在一起。可是要指望希思克利夫先生会让她这样，那就像指望他会让哈顿另立门户一样不易呀；眼下我又看不出有什么别的办法，除非她能再嫁人；可是这样的计划，安排起来又不是我力所能及的呀。

迪恩太太所讲的故事，到此即告结束。尽管医生对我有言在先，我的体力却在恢复之中。此时虽然仅是 1 月份的第二个星期，我仍然计划一二日之内即骑马出门，前往呼啸山庄，通知房东今后半年我将在伦敦度过；此外，如果他乐意，他可以另觅房客，10 月份之后即可迁入——无论如何，我不会在此再过一冬。

第十七章

昨天天气晴朗，无风，有霜。我按照计划前往呼啸山庄。管家求我带封短信给她家小姐，我没有拒绝，因为这位值得敬重的女人认为，她这样请求是理所当然之事。

房子的前门洞开，但护栏的大门却牢牢闩着，正如我前次来访时一样。我敲门之后，惊动起恩肖，从花园的花坛中间走出来；他下了门闩，我走了进去。这个家伙此时像模像样的。一个乡巴佬看起来能够这样，也就很不错了。我这次特别注意看了他；不过他本人却显然还是在竭尽所能地让自己的种种长处难以展露。[①]

我问他，希思克利夫先生是否在家？他回答说不在，但在午饭时刻可以返回。当时已经十一点，我表示了想进去等他的意思。他听了立即扔下手中的工具，陪我进去，倒不是代替主人待客，而是履行看家犬的职责。

我们一起进入屋内，凯瑟琳在那儿，正在很麻利地为即将开出的午饭准备蔬菜。她比我第一次见到时显得更加郁郁寡欢，也更加无精打采。她几乎没有抬眼看我，继续干自己手上的活儿，像上次一样，不顾通常的礼仪形式，我向她躬身问安，她也不理不睬，不予回礼。

“她显得并不那样和蔼可亲，”我暗自思忖，“不像迪恩太太想让

① 暗指恩肖仍然言谈举止粗俗，虽外貌不差，仍难取悦于人。

我相信的那样。她是个美人儿，这个不假，但并非天使。”

恩肖态度粗暴，吩咐她把她那些家伙搬到厨房里去。

“你自己去搬吧。”她说。她把蔬菜收拾完毕，就推到一边，自己退到窗前一把凳子上坐下，用她衣兜里的萝卜皮刻出一些小鸟小兽的花样来。

我假装想观看花园中的景色，走近她身边，自以为灵活巧妙地把迪恩太太的短简扔在她的腿上，没让哈顿注意到——可是凯瑟琳大声发问：

“这是什么？”并且把它扔开了。

“你那位老相识，画眉田庄女管家给你的信。”我回答。我好心好意帮她办事，她却把事情揭穿，真令人生气；而且我还害怕引起误会，以为这是我给她的私信呢。

她听到这个消息十分高兴，本想把它拾起来，但哈顿捷足先登，把信抓了过去，放进自己的背心口袋，说希思克利夫先生应该先看。

因此凯瑟琳只得默默无言，转过身去背对我们，偷偷掏出手绢来擦自己的眼睛，这时她表哥经过一番内心斗争之后心软下来，又把信掏出来，要多无礼就多无礼地扔在她身边的地上。

凯瑟琳急切地拾起信来，仔细阅读，然后向我提出几个问题，不管合不合情理，反正问的都是她娘家那些人的情况；然后她遥望远处的山峦，喃喃自语道：

“我是多么地愿意骑上小敏妮到那里去呀！我是多么地愿意爬到那上面去呀！啊，我真心烦——我给圈着，哈顿！”

她把她那秀丽的头仰靠在窗台上，唉了一声，半似呵欠，半似叹息，然后陷入茫然的沉思，既不在意也根本不想知道我们是否在看她。

“希思克利夫太太，”我默默无言坐了一会儿才问她，“你还没有意识到，我是你的一个熟人吗？那么熟识，所以你不来和我说话我都觉得莫名其妙了。我的女管家谈起你，夸起你来，从来都是不厌其烦。我要是回去以后除了告诉她你收到了她的信，还有你什么话也没说之外，没有给她带回一点儿你的消息，或者你的情况，她会大失所望的！”

她听了我这番话好像很奇怪，于是问我：

“埃伦喜欢你吗？”

“是呀，非常喜欢。”我毫不迟疑地回答。

“你一定得告诉她，”她继续说，“我愿意给她回信，可是我没有写信的东西，甚至没有一本书，可以从上面撕下一页纸来。”

“什么书也没有！”我惊呼起来，“没有书，你在这里怎么活得下去呢？如果我可以不揣冒昧地问——虽然田庄有个很大的藏书室供我使用，我还常常感到百无聊赖——把我的书拿走，那我就走投无路啦！”

“我从前有书的时候，总在看书，”凯瑟琳说，“可希思克利夫先生从来不看书；所以他心血来潮，把我的书全毁了。我几个星期都没翻翻一本书了。只有一次，我把约瑟夫存的经书都搜遍了，惹得他大大发了一通火；还有一次，哈顿，我在你屋子里发现了一堆暗藏的书……有些是拉丁文和希腊文的，还有些故事和诗集；全都是老相识——我把那些故事和诗集带来了——你倒把它们都收走了，就像喜鹊收集银匙似的，仅仅是出于爱偷东西的习惯而已[①]！这些书你一点用也没有——要不，你把它们藏起来就是居心不良：书中的乐趣，你自己享受不了，那别人也休想。也许是你那份忌妒心提醒了希思克利夫先生把我珍爱的藏书都从我这儿抢走了吧？可是我已

① 喜鹊偷银匙，源于欧洲民间传说，成为一些作家的创作题材。

经把大多数书都写在我的脑子里，印在我的心上了，这些是你们夺不走的！”

恩肖听他表妹揭他私下积攒文学书籍这个短，脸涨得通红，还义愤填膺、结结巴巴地驳斥她那些指责。

“哈顿先生是想让自己增长知识，”我说，想帮他挽回面子，“他不是对你的学识造诣心存忌妒，而是起而效法——用不了几年，他就会成为一个聪明博学的人啦！”

“与此同时，他还想让我往回缩成一个笨蛋。”凯瑟琳回答，“是呀，我听见他自个儿试着又拼又念的，错得一塌糊涂！我希望你像昨天那样再念念《齐维·切斯》[①]——真是可笑极了。我听见你……还听见你翻字典，查那些难字，后来你骂开了，因为你不懂那上面的解释！”

这个年轻人显然觉得这太糟糕了：先是因为无知遭人耻笑，后来又因为想改变这种状况而遭人耻笑。我也有同感，而且想起了迪恩太太讲的那段趣闻，说到他头一次怎样努力，想从自幼的懵懂愚昧中解悟开窍，所以我就说：

“不过希思克利夫太太，我们谁都有个从头开始第一回呀，而且刚入门的时候，谁都是跌跌撞撞磕磕绊绊的，如果我们的老师只是奚落我们，而不是帮助我们，那么我们也还是会跌跌撞撞磕磕绊绊的呢。”

“哎呀！”她回答，“我并不是想限制他求学上进……可是他也没有权利盗用我的东西呀，而且，还要在我面前读错、拼错，弄得不伦不类，叫人哭笑不得！那些书，不管是散文还是诗，由于种种特殊的原因，都是我视为神圣不可侵犯的。这些书让他那张嘴给轻

① 《齐维·切斯》为英国民谣，叙述1388年英格兰与苏格兰两军在英格兰北部奥特本之战。结果英方大败，统帅亨利·珀西爵士被俘；苏方首领詹姆斯·道格拉斯被杀。

贱了，亵渎了，真让我讨厌死了。另外，所有这些东西里面，他专挑我最心爱，最喜欢的那些篇翻来覆去地念，仿佛居心不良似的！”

哈顿一声不响，胸脯上下起伏，足有一分钟的工夫。他受着屈辱与愤怒双重感觉的煎熬，要想把这种感觉强压下去，可真不是一件轻而易举的事。

我出于文明礼貌的考虑，不愿使他在我面前受窘，站起身来，走到门口去，观看外面的景致。

他学着我的做派，离开这间屋子，可是没过一会儿，他又露面了，双手捧着五六本书，把它们扔在凯瑟琳的怀里，大声喊着：

“拿去！我永远也不想再听，再念，再想这些书啦！”

“现在我不要了！”她回答，“我一看见这些书就要想到你。我讨厌死它们了！”

她翻开显然是她以前常常翻阅的一本书，模仿刚刚开始念书的人那种慢慢腾腾的调子，念了其中的一段；然后大笑起来，把书扔开了。

“仔细听着！”她用一种故意惹他冒火的腔调接着说，然后又用同样的腔调念起一首古老的民谣来。

但是哈顿那自爱之心再也忍受不了这样的凌辱了。我听见——而且我也并非完全不赞同——他动手给了凯瑟琳一下，好刹住她那毫无分寸的舌头。这个小可怜儿极力伤害她表哥那种虽然缺少熏陶，但却十分敏锐的感情，所以伸手动武也就成了他收清欠债，回敬加害于人者的唯一方式了。

他随后又把那些书都收拾起来，扔进壁炉里去了。我从他的表情知道，给这股怒火献上那样的祭品是多么痛苦——我想象得出，他看到这些书在焚化的时候，回忆起了它们曾经带给他的乐趣，还有他曾经期望它们会带给他的那种夙愿得偿的喜悦和日益增长的乐趣——而且我还以为，我猜到了推动他偷偷学习的动力。他曾经仅仅满足于日常的劳作和动物一般的粗鄙享受，直到凯瑟琳闯进了他的生活道路。羞于受到她的轻视，渴望获得她的赞许，成了鼓舞他努力上进的第一股力量；可是他奋发上进的努力既没能使他免遭轻视，又没能使他博得赞许，而且结果适得其反。

“是呀，像你这样一个畜生，能从书里面得到的好处，也就仅限于此啦！”凯瑟琳一边大声说，一边嘬着她那受了伤的嘴唇，同时用她那充满怒气的眼睛看着那熊熊烈焰。

“你最好马上给我住嘴！”他气势汹汹地回答。

他激动得再也说不出一句话来，急忙朝门口冲过来，我让开路让他走出去。可是他还没来得及跨过门口铺的石板，希思克利夫先生就从甬道上走过来，迎头碰上他，一把抓住他的肩膀，问道：

“你这是干什么，我的小子？”

“不干啥，不干啥！”他说着冲了过去，独自一人去品尝自己的悲哀和愤怒。

希思克利夫凝望着他的背影，叹了一口气。

“我要是自己破坏自己的计划，那才怪呢！”他喃喃自语，还不知道我就在他身后。“可是我想从他脸上找出他父亲的影子，却一天一天更明显地看到她的！真该死，他怎么那样像她呢？看到他，我真受不了。”

他低垂双眼看着地上，抑郁地走进屋里来。他脸上显出一种焦躁不安的神情，这我以前还从来没有见过，他的身子也显得消瘦了一点儿。

他儿媳妇从窗口里一见到他，立刻就溜到厨房里去了，所以屋子里就剩下了我一个人。

“看到你又出门了，我很高兴，洛克伍德先生，”他回答我的问候说，“出于半带自私的考虑，我觉得在这种荒凉的地方，少了你，我还真不大容易找到谁来替补呢。我一直纳闷儿，还不止一次，是哪阵风儿把你吹到这儿来的呢？”

“恐怕是百无聊赖突发奇想吧，先生，”我回答，“这不，因为百无聊赖突发奇想，又要把我吹走啦——下星期我要动身去伦敦，我得事先通知你，我原先同意租下画眉田庄，十二个月期满以后，我不想续租了。我相信，我再也不会在那儿多住了。”

“啊，确实是！你已经过腻了这种遁世隐居的生活，是吧？”他说，“如果你上这儿来是为了要求在你不住那儿的期间减付房租，那你这趟就算是白来了。我照理应得多少，就是多少，从不对任何人慷慨大方。”

“我根本不是为了想要少付房租才来的！”我相当气愤，叫嚷起来，“如果你愿意，我现在就可以清账。”于是我从口袋儿里掏出了我的支票本。

“不用，不用，”他冷冷地说，“如果你回不来，你会留下足够的钱数来还租钱的……我并不着急——坐下吧，和我们一起吃饭——不会再登门拜访的客人，通常总是能让人欢迎的——凯瑟琳！把东西端进来——你在哪儿？”

凯瑟琳又露面儿了，端来一盘刀叉。

“你可以和约瑟夫一起吃饭，”希思克利夫扭过头咕哝着说，“就待在厨房里，等他走了再出来。”

她一丝不苟地服从他的指示——也许她是对外界的诱惑无动于衷而不思逾越吧。生活在那些乡巴佬和厌世者中间，她遇见较高层次的人，大概也无法赏识了。

一边是希思克利夫先生，横眉立目，脸色铁青；另一边是哈顿，一言不发，哑巴一般，我这顿饭吃得索然寡味，于是尽早告辞——

我本来想从后面走，好最后看凯瑟琳一眼，再惹约瑟夫那个老头子发发火，可是哈顿奉命牵来了我的马，那位主人又亲自送我到门口，所以我也无法实现自己的心愿。

“在那所宅子里过日子真是枯燥压抑！”我骑马走上大路的时候暗自思忖，“要是真像希思克利夫太太那位好心的保姆所希望的那样，她家小姐和我能够产生相互倾慕，而且双双迁往城市喧腾热闹的生活中去，那对她来说可就是个好梦成真，比童话更加罗曼蒂克的故事了！”

第十八章

1802 年。——这年 9 月，我应邀到北方一位朋友的松鸡猎场上去狩猎。在去他住所的途中，没想到竟会路过离吉默顿不到十五英里的一处地方。路边一家小酒店的马夫提了一桶水正在给我饮马，这时候有一辆大车装着刚刚收割的鲜绿的燕麦从这儿路过。马夫和来人搭上了话：

“你打吉默顿来吧，喂！他们收庄稼老比别人晚仨礼拜。”

“吉默顿？”我随声说——我在那一带地方住过，现在已经印象越来越模糊，像做梦似的了。“嘿！我知道那个地方！离这儿有多远？”

“翻过那些小山，总有个十四英里吧，路可难走呢。”他回答。

我突然一阵心血来潮，想去画眉田庄探望一下。时间还不到正午，我心想，我还可以在自己租的屋子里过夜，总不比住客店差。

另外，我还可以轻轻松松腾出一天来，找我那位房东把事情安排一下，这样还可以让自己省了再跑到这一带来的麻烦。

休息了一会儿，我就命我的仆人去打听到那个村子去的路。花了大约两个小时，把我们那几匹牲口也累坏了，我们才打发完这段路。

我让仆人留在车上，独自朝着山谷走下去。那座灰色的教堂看着更加灰暗，那片荒凉的教堂墓地也越发荒凉了。我认出来，荒原上一只羊正啃着坟墓上的草根。天气舒适温暖——对旅行则嫌太暖了，不过也还没有热到让我无法享受山上山下那赏心悦目的景色。如果我是在8月刚过的时候见到这景色[①]，我相信我会被它吸引，在这种幽静的地方消磨个把月的。那些群山环抱的幽谷，那些耸然壁立的荒原，在冬天，哪儿也没有它们枯燥沉闷；而在夏天，哪儿也没有它们超凡出尘。

我在日落之前到了田庄，敲门求进。我从厨房烟囱上的袅袅青烟可以判断出，家里的人都到房子的后身去了，所以才没有人应声。

我骑马进了院子。门廊里有个九岁或者十岁的小姑娘坐在那里编织什么，一个老太太靠在门前的拴马石上，抽着烟斗想心事。

“迪恩太太在里面吗？”我问那位老太太。

“迪恩太太？不在！”她回答，“她不住这地间儿。她住山庄上头啦。”

“那么你是管家了？”我接着问。

“是呀，俺看着这所房子。”她回答。

“那好，我是洛克伍德先生，这儿的主人——不知道是不是有什么我可以住的屋子？我想在这里过夜。”

“这儿的主人！”她惊讶地大声叫嚷，“咋啦，谁知道你要来

---

① 英格兰夏季苦短，北方尤甚，9月后迅即进入冬季。

呀？你得捎个话儿来呀！这会儿啥都没弄干，啥都不像样——没啥像样的！”

她扔下烟斗，赶忙走进去，那个小姑娘跟在后面，我也走了进去。我马上就看出来了，她讲的是实话；再加上我这样不受欢迎地突然冒出来，简直把她弄得慌了神儿。

我让她镇定下来——我要出去走走；这样她就可以用这段时间把起居室整理出一块地方，让我吃顿晚饭，再收拾出卧室让我睡觉——不用擦洗打扫，只需要生好壁炉，弄几床干被单就成。

她好像很乐意尽力做好，固然她把壁炉刷子错当作拨火棍捅进了炉箅子里，还乱用了几样她日常用的其他家伙；不过我走开了，相信凭她的能力在我回来的时候能给我准备好休息的地方。

呼啸山庄是我准备出游的目的地，我走出了院子，回头一想，又走了回来。

“山庄里大家都好吧？”我问那个女管家。

“照俺知道的，都好着呢！”她一边说一边端着一盆热煤渣匆匆忙忙跑过去了。

我本来想问问她，迪恩太太为什么离开了田庄，可是在那么紧急的关头，根本不可能止住她，所以我就转身出门，背对徐徐下沉的落日霞光，面迎冉冉上升的明月清辉，悠然信步走去。我离开林苑，爬上通往希思克利夫先生住宅的那条石子岔路，此时那轮夕阳渐沉渐隐；而这轮明月则渐升渐明。

我还没有走到能够望见他的住宅的地方，已是白日将近，西天仅仅隐约可见一抹琥珀色的余晖，但是借着皎洁明亮的月光，我仍然能清晰辨认出小路上每一块石子和草丛中每一个叶片。

我既不用翻过门栏，也不用去敲，随手一推它就开了。

这倒是个改进！我心中暗想。此外我还借助我的鼻子注意到另一个改进：从那温馨宜人的果树中飘来一股股紫罗兰和桂竹香的芬芳。

门窗都大开着，而且正像煤矿区通常的情形，着得旺旺的炉火使烟囱蹿着火苗。眼见这种舒适的气氛，虽然热得过分也叫人能忍受得住；更何况呼啸山庄这间堂屋那样大，里面的人有足够的地方可以退到它烤不着的地方。正因如此，那里边的人都待在离一个窗口不远的地方，我还没进门，就先看见了他们，而且听见了他们说的话。我站在那里继续看着、听着，一种既好奇又羡慕的心情油然而生，让我深为感动。

“相——反！”一个银铃般清脆的嗓音说，“我都教你第三遍了，你这个笨蛋！我可不会再教你啦——好好记住，要不，我就要薅你的头发啦！”

“那你听：相反，”另一个低沉而又温和的嗓音回应道，“好啦，我这么专心，该亲我了吧。”

“不行，先得准确地念完，一个字都不许错。”

那个男性的说话人开始念起来——他是个青年男子，穿着体面，坐在桌子旁边，面前摆了一本书。他那英俊的面目喜气洋洋，他那急不可待的目光总是从书本上溜到他肩头一只白白的小手上，可是小手的主人一发现他有这种分心的迹象，就在他脸上脆快地扇了一下，提醒他注意。

手的主人站在后面，她低头督促他学习的时候，那头光闪闪的淡色细鬈发每每和他那棕黄色的鬈发混在一起；而且她那张脸——幸好他看不见她的脸，否则，他早就不会这么坚持不懈了——我倒是看得清，而且还因为失掉一个本来有望获得的好机会，现在落得除了对这位倾国倾城的佳人瞠目而视之外，只有狠咬自己的嘴唇。

功课是做完了，并不是没有继续出错，可是那位学生却要求奖励，于是得到了最少五个吻，他自然也慷慨大方地予以回报。然后他们来到门口；从他们谈的话我判断出他们是准备出去，到荒野散步。我猜想，如果我这个尴尬人这个时候在哈顿·恩肖左右露面，即使他嘴上不骂，心里也要咒我下那个万劫不复的地方的最底层。我既感自卑又怀反感，于是悄悄拐向厨房里去找藏身之处。

那边也是畅通无阻。门口坐着我的老相识奈丽·迪恩，一边做针线活，一边唱一首歌。她的歌声常常让屋子里传来的揶揄和抱怨的粗话打断，这些话可完全不是什么悦耳的腔调。

“老天在上，俺愿意耳朵眼里从早到晚听他们骂人，也不愿意听你唱歌！”待在厨房里的那个人说；刚才奈丽说了句什么，我没听见，他这些是冲着她的话说的。“可真没皮没脸，俺都没法打开圣书啦，你张嘴就给撒旦唱颂歌，给世上所有吓人的罪孽唱颂歌！唉，你算个啥呀，她又算个啥呀，可那可怜的小子落在你们俩的手心儿里就玩儿完了。可怜的小子！”他接着又哼哼唧唧说个不停，“他是中邪了，俺保险没错！啊，老天爷，审判管俺们的那些家伙吧，因为他们没啥法律，也没啥公道啊！”

“去你的！要是听你的，我想我们就得给放到干柴烈火上去烧啦。”唱歌的这位反驳他，“闭上你的嘴吧，老头子，像个基督徒的样儿，念你的《圣经》去吧，别来管我。我这唱的是《仙女安妮的婚礼》——曲子好听极了——跳舞用的。”

迪恩太太正要开口再唱，这时我走上前去，她立刻认出是我，一下跳起来，大声喊道：

“哎呀，是你呀，洛克伍德先生！你怎么会想到就这样回来了？画眉田庄那边都收摊儿了。你应该给我们先来一个通知呀！”

“我已经安排好了，我待在这地方的时候就住在那边，”我回答，“我明天还要走。你怎么搬到这儿来了，迪恩太太？告诉我是怎么一回事。”

"你去伦敦时间不长，泽拉就走了，希思克利夫先生希望我来这儿，待到你回来再过去。唉，请先进来吧！今儿晚上你是从吉默顿走来的吗？"

"从田庄来，"我回答，"趁他们在那边给我准备卧室，我想来和你家主人算清我们之间的事务，因为我觉得一时不会再有机会了。"

"什么事务呀，先生？"奈丽一边说，一边领我走进堂屋。"他现在出去了，一时半会儿还回不来。"

"房租的事儿。"我回答。

"啊！那么你得和希思克利夫太太去解决，"她说，"或者不如说和我来解决，她还没学会怎么处理她这些事呢，所以由我来给她办；再没有别人了。"

我显得很是诧异。

"唉，我看你是还没听说希思克利夫死了的事吧！"她接着说。

"希思克利夫死了！"我吃惊地大喊起来，"多长时间了？"

"已经三个月了——不过还是先坐下吧，让我把你的帽子拿走，我会把事情原原本本地告诉你。等一下，你还没吃饭吧，是不是？"

"我什么也不想吃。我已经吩咐家里准备晚饭了。你也坐下吧。我做梦也没想到他会死！给我说说究竟是怎么一回事。你说你估计他们一时半会儿还回不来——指的是那两个年轻人吗？"

"就是——我每天晚上都不得不骂他们，那么晚还在外面野跑——可是他们才不听我的呢。起码喝一杯我们的陈年淡啤酒吧——它会给你提提神的——你好像很累了。"

我还没来得及回绝，她就赶紧拿酒去了，可是我听见约瑟夫在那里问是不是"到了她那样的岁数，还要卖风流，得算死不要脸得太邪乎了？不光这个，还要到老爷的地窖里去拿吃喝呢！人家待在那儿动也不动，睁眼看着，真丢人死了！"

她并没站住反唇相讥，立刻又走回来，拿来一只冒着泡沫的一品脱[1]银酒缸子。我热情而恰如其分地夸奖了里面的酒。喝了酒，她就把希思克利夫后来的那些事情讲给我听了。按她的说法，他临终时很是“离奇”。

她[2]说，你从我们这儿走了还不到两个星期，我就给叫到呼啸山庄来了。因为凯瑟琳的缘故，我是高高兴兴地服从的。

和她刚一见面，我又伤心又震惊！我们分手以后，她大大改样儿了。希思克利夫没有解释，为什么他又有了新主意让我上这儿来。他已经见不得凯瑟琳，所以我得把小客厅当作我的起居室，让她和我在一起。要是他不得已非看见她不可，每天一两次也就够了。

她对这种安排好像很高兴。我偷偷把一大批书和其他一些东西一点一点地运了过来；在田庄的时候，她就是用所有这些东西来娱乐解闷的。我以为我们可以就这样还算舒服地过下去呢，心中很是得意。

这个幻想没有维持多长久。凯瑟琳开头倒还心满意足，可是没过多少时间就变得急躁不安。有一件事就是不许她走到花园外面去，春天就要来了，她却还圈在那么狭窄的小天地里，这让她大为恼火。另一件事是我得料理家务，所以不得不时常把她一个人丢下，她就抱怨说感到闷得慌；她宁愿在厨房里和约瑟夫拌嘴，也不愿意孤零零静悄悄地待着。

我并不在乎他们发生些小小的口角，可是有时候老爷想自己独占堂屋，哈顿不得不常常找到厨房里来。刚开始的时候，她一见他来了就走，或者安安静静地来和我一起干点活儿，根本不拿眼看他，

① 度量单位，英制一品脱液体等于0．568公升。

② 此处的“她”是指奈丽，后面均是奈丽的叙述。

也不对他打招呼——他也尽量绷着脸，一声不吭——可是没过多久，她就改变了态度，慢慢对他不能不理不睬了：谈论他，批评他愚蠢、懒惰；表示她觉得纳闷：这种生活他怎么能过得下去，他怎么能整个晚上都坐在那儿死盯着壁炉，或是打盹儿。

“他简直像条狗，是不是，埃伦？”她有一次这么对我说，“或是像匹拉大车的马？他干他的活儿，吃他的饭，睡他的觉，老是那个样儿！他脑子里该是多么空虚，多么无聊呀！你做过梦吗，哈顿？要是做过，又梦见什么了呢？可是你又不能对我说！”

然后她就看着他；可是他既不开口，也不再看她。

“他这会儿也许正在做梦呢。”她接着说，“他就和朱诺[①]一样肩膀直抽抖。你问问他，埃伦。”

“要是你不讲点礼貌，哈顿先生就要请老爷打发你上楼去了。”我说。他不仅肩膀直抽抖，而且还握紧拳头，好像想动武呢。

“我知道，为什么我在厨房里的时候，哈顿从来不说话。”还有一次她这么嚷着，“他怕我笑话他，埃伦，你觉得是不是？以前他开始自己教自己念过书，因为我笑话他，他就把书烧了，扔了——他难道还不是个傻瓜吗？”

“你那样不是心眼儿太坏了吗？”我说，“你给我说说看。”

“也许是，”她接着说，“可是我没想到他会那么傻呀。哈顿，要是我给你一本书，你现在愿意要吗？我来试试！”

她把自己正在念的一本书放在他手上，他一下子就扔掉了，还嘟囔着说要是她这样没完没了的，他就要拧断她的脖子。

“好啦，我把书放在这儿，”她说，“在桌子的抽屉里；我这就睡觉去了。”

---

① 指前面提到的那条母狗。

随后她悄悄对我说，看他动不动那本书，说完就走了。可是他根本不愿意到它跟前来，所以第二天早晨我告诉了凯瑟琳，她听了大为失望。我看出来，她看哈顿一个劲儿地赌气，很是难过——她因为把他吓得不敢努力上进，良心上也感到自责——她那么干了以后还真有那样大的影响。

可是她又施展机巧，补救伤痕。我有时候要熨衣服或者干一些不好挪到小客厅里去干的活儿，她就常常带些有意思的书来，大声念给我听。哈顿在跟前的时候，她总是念到有趣的地方就停下来，把书搁在旁边就走了——她一次又一次地这么办；可是他却拧得像头骡子，不但不肯上她的钩，而且碰到阴天下雨，他就去和约瑟夫一起抽烟，像两个机器人儿似的坐在壁炉旁，一边一个：那个老的乐得耳聋，听不清她那些他所谓不安好心的无聊玩意儿；那个年轻的也尽量摆出一副好像不理不睬的样子。傍晚天气好的时候，年轻的那个就出去打他的猎。凯瑟琳呵欠连天，唉声叹气，缠着我跟她聊天儿；可是我刚一开口，她却又跑到院子里或是花园里去了。她最后无计可施，就大声叫嚷，说她活腻了，她活得没有价值。

希思克利夫先生越来越不爱和人打交道，差不多完全不让哈顿到他的屋子里去。3 月初，哈顿出了点儿意外的事儿，所以在厨房里囚了几天。原来是他上山的时候，自己把枪弄得走火了，一块弹片伤了他的胳臂，好不容易挨到家里，已经流了很多血。结果他给判定只能是待在壁炉旁边静养，一直到伤口复原。

他待在那里，倒是合了凯瑟琳的意。不管怎样，这叫她比以前更讨厌楼上她自己那间屋子了。她还老是逼着我在楼下找点儿什么活儿干干，这样她就可以和我在一起了。

复活节的星期一，约瑟夫赶着几头牛到吉默顿集上去了；到了下午，我在厨房里忙着收拾衣服被单，恩肖坐在壁炉角上，像平常一样愁眉苦脸，我家少奶奶在玻璃窗上画画儿消磨那段无聊的时间，变换着花样找点乐子，一会儿压低嗓门唱点儿歌，一会儿小声喊叫几下，一会儿朝她表哥那边又不耐烦又着急地看上几眼，他呢，则一个劲儿地抽他的烟，死瞅着壁炉里的箅子。

我告诉她不要老是挡着我的亮儿，她听了，就走到壁炉旁边去。我没怎么注意她在那儿干什么，不过马上就听见她说起话来：

“我现在发现，哈顿，我想要——我很高兴——我很喜欢，你当我的表哥，只要你不对我越来越别扭，越来越粗暴就行。”

哈顿没有搭腔。

“哈顿，哈顿，哈顿！你听见没有？”她接着又说。

“去你的！”他吼了一声，态度生硬，毫不通融。

“把烟斗交给我。”她一边说，一边小心地把手伸过去，从他嘴里把烟斗拔出来。

他还没来得及抢回去，烟斗已经给弄坏，扔进壁炉里。他对她骂了一句，接着又拿起另一个。

“别抽了！”她嚷起来，“你得先听我说；可是我面前雾气腾腾的，我没法说话。”

“见你的鬼去吧！”他恶狠狠地大声喊，“别管我！”

“不行，”她不肯罢休，“我不愿意——我不知道该怎么办才能叫你和我说话。你是认死门儿不愿意理解别人。我说你笨，并没有什么意思。我没有什么瞧不起你的意思。来吧，你不要不把我放在眼里，哈顿——你是我表哥，所以你心里得有我。”

“我跟你，还有你那副臭架子，你那号耍弄人的鬼戏法儿，啥关系都没有！”他回答，“我哪怕是肉体和灵魂一块儿都下地狱，也不愿意斜着眼再看你一遭！滚到外边去吧，马上滚！”

凯瑟琳皱紧眉头，退回到窗前的座位上去，咬着嘴唇，哼起一个怪里怪气的调子来，硬把越来越憋不住的抽泣压下。

“你应该和你表妹好好相处嘛，哈顿先生，”我插嘴说，“因为她已经懊悔自己不该无礼了！你们好好相处，对你会有很大的好处——你和她常在一起，会让你变成另一个人的。”

“常待在一起？”他大声说，“就凭她那么恨我，觉得我连给她擦鞋都不配！得啦！哪怕让我当国王，我也不愿意再为了求她发善心受她的耻笑。”

“并不是我恨你，是你恨我呀！”凯茜哭了，不再隐瞒自己的苦恼。“你和希思克利夫先生一样恨我，而且恨得更厉害。”

“你是个该死的撒谎大王，”恩肖又说，“那么我干吗要为了向着你这一边，上百次地惹他生气呢？还有，你耻笑我，瞧不起我，还有——要是不断地找我的麻烦，我就进那里面去，说你把我惹得在厨房里待不下去！”

“我并不知道你向着我呀，”她一边回答，一边擦干眼泪。“我那时候真可怜，而且对谁都恨；可是现在我感谢你，求你宽恕我，除此之外，我还能怎么办呢？”

她又回到壁炉前面，坦诚地伸出手来。

他脸色铁青，横眉立目，像一片夹雷带雨的乌云，还紧紧握着拳头，眼睛死死盯着地上。

凯瑟琳必定是凭直觉看出来，他这样一意孤行，是因为倔强执拗，而不是出于厌恶，所以她犹豫不决地待了一会儿，就弯下身去，在他脸上轻轻地吻了一下。

那个小淘气鬼儿还以为我没看见呢，转身坐回窗户前面她原来的座位上，装出一副端庄娴雅的样子来。

我带着不以为然的神气摇了摇头，她一见就脸红了，悄悄地对我说：

"唉！我不这样又该怎么办呢，埃伦？他不肯握手，连看也不看一眼——我总得想点什么办法让他知道，我喜欢他，希望和他做朋友呀。"

亲了这么一下，是不是就让哈顿心里踏实了，这我可说不上来；反正有那么几分钟，他小心谨慎地不让自己的脸给人看见，等到他抬起头来的时候，他还是惶惑地不知道自己的眼睛该往哪儿瞧。

凯瑟琳这时候正忙着把一本漂亮的书用白纸整整齐齐地包起来，用一根丝带把它捆好以后，又在上面写上了收件人的姓名"哈顿·恩肖先生"，想让我当她的代表，把这件礼物交给它那定好的收受人。

"要是他肯收下，就告诉他我要去教他念准；"她说，"要是他不肯收，我就上楼去，再也不惹他了。"

我拿上书，把口信照样说了一遍，我的委托人焦急地在一旁看着。哈顿紧紧攥着手指头不肯松开，所以我就把书搁在了他的膝头。他没有把它扔掉。我又回来干自己的活儿了。凯瑟琳趴在桌子上，用胳臂支着头，最后她听见轻轻拆开纸包的沙沙声，于是她悄悄走了过去，一声不响地坐在她表哥的旁边。他浑身打战，神采飞扬——原先他身上所有那些粗鲁无礼，所有那些阴阳怪气令人难以接近的东西，都已无影无踪——开头他还鼓不起勇气吐出一个字来回答她那问询的目光，和那低声细语的请求。

"说吧，你宽恕我了，哈顿，说呀！只要说几个字，你就能让我那么快乐。"

他含糊不清地嗯嗯了两声。

"那么，你要做我的朋友啦？"凯瑟琳又追问了一句。

"不！那样的话你这辈子天天都得会因为我而觉得丢人，"他回答，"你越了解我，就越觉得丢人，这我可受不了。"

“那么，你不愿意做我的朋友啦？”她一边问，一边绽开了甜甜蜜蜜的笑容，还一点点向他靠近。

我听不见他们后来又说了些什么；可是等我回过头去，却看到他们俩都容光焕发，低头看那本他已经接受下来的书，因此我一点儿也不怀疑，双方已经缔约讲和，两个冤家对头从今以后结成生死之盟。

他们念的那本书里，尽是豪华讲究的图画，这些图画，再加上他们俩那样地待在一起，就足够让他们陶醉的了。他们一动不动地坐在那儿，直到约瑟夫回到家里。这个卑鄙的家伙看到凯瑟琳和哈顿·恩肖同坐一条长椅，还见到她的一只手搭在哈顿的肩上，真是惊得目瞪口呆；看到他喜爱的小伙子居然容忍她和自己靠得那么近，他更是慌得不知所措。这对他的刺激太深，甚至使他那天晚上就这件事连一句话都说不出来了。他郑重其事地把他那本很大的《圣经》打开，放在桌子上，然后又从他的小本子里把白天做买卖收到的那些脏钞票掏出来，平摊在《圣经》上。最后，他才把哈顿从他的座位上叫起来。

“把这些个给老爷送去，孩子，”他说，“就待在那地间儿，俺这就上楼回俺屋里去。这屋里俺们待不成，不合适——俺们得一边儿去，另找地间儿！”

“来吧，凯瑟琳，”我说，“我们也得‘一边去’——我的东西都熨完了，你也准备走吗？”

“还不到八点呢！”她一边回答，一边勉勉强强站起来。“哈顿，我把这本书放在壁炉架上，明天我再带几本来。”

“不管你放下啥书，俺都要拿进堂屋去，”约瑟夫说，“你要是能再找寻到它们，那才怪呢。行，你想咋干就咋干吧！”

凯茜威胁说，那她就要拿他的藏书作抵偿。她笑容满面地经过哈顿面前，边走边唱上了楼。我敢说，她自从进了这个家门以后，心情从来没有这样轻快过，也许只有她最早几次探望林顿的时候算是例外。

这样开始的这种亲密关系，迅速地发展起来，虽然有时候也碰到一些短暂的间歇。恩肖并不是希望改变就能马上变得文明有礼的；另外我们那位小姐也既非豁达的哲人，又非大度的圣贤。不过他们俩的心都往一个地方想——一个想爱，也想尊重别人，另一个想爱，又想受人尊重——他们不达目的不肯罢休。

你看，洛克伍德先生，要赢得希思克利夫太太的芳心是够容易的；不过，嗐，我倒是很高兴，你并没有来一试——我所有的心愿里面顶上头的一个，就是他们俩喜结良缘。他们结婚那一天，我就看着谁也不眼馋了——那时候在全英国就再也找不出一个比我更快乐的人来啦！

第十九章

复活节[①]星期一过去了，恩肖第二天还是不能出去干他平常的那些活，所以留在家里。我很快就发现，要像以前那样把由我照管的人留在我身边，那可做不到了。

她下楼比我早，都到花园里去了，她已经看见她表哥在那儿干

① 复活节为基督教节日，每年3月21日后月圆之后的第一个星期日为复活节日，从此日起一周为复活节周。

些轻活了。等我去叫他们进屋吃早饭的时候，我看见她已经劝动他从醋栗和鹅莓丛里面清理出来了一大片空地，他们正一起忙着，计划要从田庄移过一些花木来。

我都吓坏了：刨出那么一大块地方，怎么能在短短半个钟点之内就完成了呢。那片黑醋栗树简直就是约瑟夫的眼珠子，可她恰恰就选中了要在那中间建一个花坛！

“哎呀！这要是给发现了，”我喊叫起来，“马上就会闹到老爷那儿去。你们有什么理由在花园里这样随便乱来呢？在这件事情上，我们会惹出一场大麻烦来的。瞧吧，要没有才怪呢！哈顿先生，我真弄不明白，你怎么能这样一点儿脑子也没有，去听她的吩咐，把事情弄得这么一团糟！”

“我忘了这是约瑟夫的宝贝，”恩肖回答，不知如何是好，“不过我会告诉他，这是我干的。”

我们总是和希思克利夫先生一起吃饭。我担起主妇的责任，沏茶，切肉，所以饭桌上是少不了我的。凯瑟琳通常总是坐在我的旁边，可是今天她却悄悄地坐得更靠近哈顿，我马上就看出来了，她对人友好起来并不比她心怀敌意的时候更加懂得分寸。

“嗨，小心点，别老是和你表哥说话，也别老是盯着他瞧，”我们进屋子的时候，我就悄悄吩咐过她，“要不然，一定会惹得希思克利夫先生发火，他会对你俩发火的。”

“我不会那样。”她回答。

刚过了一分钟，她就侧着身子向他凑过去了，还把几朵樱草花插到他的粥盘里。

唉，他不敢和她说话；他简直都不敢看她；可是她还是不断地招惹他，有两次都差点儿把他逗得笑出来了；我皱起了眉头，她这才对老爷瞟了一眼。从他的脸色可以看出来，他心里占着别的事，顾不上他眼前的人。她有一会儿变得认真起来，郑重其事地仔细打量他。随后她转过脸，又开始胡闹起来。最后哈顿实在憋不住扑哧一声笑了。

希思克利夫先生吃了一惊。他用眼睛在我们的脸上很快地扫了一遍，凯瑟琳用她惯常那种紧张但是又带挑衅性的目光和他对看，这正是他所厌恶的那种目光。

“正好我顾不上对付你，”他叫喊着，“你中了什么邪啦，用你那双鬼眼睛一眨不眨地回瞪着我？低下头去！别让我再想起还有你这个人。我本来以为，我已经把你治得不会笑了呢！”

“那是我。”哈顿咕噜了一声。

“你说什么？”老爷问道。

哈顿盯着自己的粥盘，没有再说他刚才承认的话。

希思克利夫先生看了他一下，然后又一声不响地继续吃他的早饭，继续想他那给打断了的心事。

我们快吃完饭了，这两个年轻人谨慎地相互挪开了一点，所以我预料，这顿饭不会再出现什么麻烦了；可这时候约瑟夫在门口露面了，他的嘴唇打着哆嗦，眼睛冒着怒火，这就显露出，他那些宝贝树遭了殃的事已经给发现了。

他一定是见到凯茜和她表哥在那里待过一阵子，才去察看的，他的嘴咕哝着，就像牛在倒嚼，这样就把他说的话弄得很难听清。他说：

“俺得结清工钱，俺得走！俺在这儿干了六十年，本打算就死在这儿；俺还寻思，俺把俺的书和俺所有的零碎儿都搬进阁楼去，让他们占着厨房，俺就是图个清静。把俺火炉边儿上的地界儿丢了，就够不易的了，可俺寻思，俺办得到！可是，啃，那还不成，她还抢俺的园子，还是存心。老爷，俺可受不了啦！你得受他们的治，你就受去吧——俺可弄不惯，老头儿一时半会儿可睡不惯新窝——俺宁可到大路上去，拿把锤子挣嚼裹儿！”

“得啦，得啦，你这个白痴！”希思克利夫打断他的话，“简单点儿说！你有什么不高兴的事？我可不管你和奈丽的争吵——她要是把你塞进煤窟窿里也不关我的事。”

“不是奈丽！”约瑟夫回答，“俺要走不是因为奈丽——尽管她又邋遢，又特坏。谢天谢地，她还勾不走人家的魂儿！她啥时候也没俊过，谁也不会和她吊膀子。是那边那个喝人血、没德行的女皇呀，是她把俺们那小伙儿迷住了，就用她那对贼溜溜的眼睛，还用她急赤白脸的那一套——一直——甭说了！真叫俺伤透了心啦！他把俺为他干的，给他指点的，全忘光啦，还跑到花园里，把整个一溜儿上好的醋栗树全刨光了！”说到这儿，他索性号啕大哭起来，因为想到自己受到惨痛的伤害，想到恩肖的忘恩负义，还有那危险的处境，连自己那种男子汉的傲气都顾不了啦。

“那个傻瓜是不是喝醉了？”希思克利夫问，“哈顿，他是不是在找你的岔子？”

“我拔掉了两三棵小灌木，”那个小伙子回答，“可是我这就把它们栽回去。”

“那你为什么要把它们拔掉？”老爷又问。

凯瑟琳冒冒失失地插嘴了。

“我们想在那儿种些花，”她大声说，“这事只怪我一个人，因为是我让他干的。”

“究竟是谁准许你在这个地方动一根枝条的？”她公公大为吃惊地质问她道，“又是谁吩咐你听她支使的？”接着他又转过头来质问哈顿。

哈顿无言以对；他表妹却回答了：

“你把我所有的地全拿走了，难道给我拿出几尺地来，种点花草装点装点，都舍不得吗？”

“你的地，你这个蛮横无理的臭女人？你从来就没有！”希思克利夫说。

“还拿走了我的钱呢。”她又逼进一步，他对她怒目而视，她也还他个怒目而视，同时嘴里还嚼着她早餐剩下的那片面包皮。

“住嘴！”他大喝一声，“快吃完，滚出去！”

“还有哈顿的地，哈顿的钱呢，”这个豁出去了的鬼东西紧追不舍，“哈顿和我现在是朋友了，我要把你的那些事全都告诉他！”

老爷顿时显得惊慌失措，脸一下变得刷白。他站起身来，两眼含着深仇大恨死盯着她。

“你要是揍我，哈顿就会揍你！”她说，“所以你最好还是坐下来。”

“哈顿要是不把你赶出这间屋子，我就把他打到地狱里去，”希思克利夫暴跳如雷，“该死的妖精，你胆敢挑拨他来反抗我？把她赶走！你听见没有？把她扔进厨房里去！埃伦·迪恩，你要是让她再到我眼前来，我就要宰了她！”

哈顿压低嗓门劝她走开。

“把她拽走！”他恶狠狠地大叫，“你还在跟她说话？”说着他就走上前来准备自己动手。

“他不会再听你的啦，你这个恶人，再也不听啦！”凯瑟琳说，“他马上就该像我一样讨厌你啦！”

“甭说啦！甭说啦！”年轻人带着责备的口气小声说，“我不愿意听到你这样跟他说话——算了，算了！”

“不过，你不会让他打我吧？”她还在嚷。

“那么来吧！”他着急地悄悄说。

可是已经来不及了——希思克利夫一把抓住了她。

“好啦，你走！”他对恩肖说，“可恶的妖精！这一回她可把我惹恼了，我再也忍受不了啦，我要叫她后悔一辈子！”

他把她的头发缠在手上；哈顿使劲想把她那些带鬈的头发松开来，求他这一次饶了她。希思克利夫那对黑眼睛烁烁发光，像是要把她撕成碎片。这时候我也鼓足勇气，冒着危险去救她，突然之间，他手指头张开了，他紧紧抓住她的那只手，从她头上滑到她的胳臂上，那眼睛紧紧盯着她的脸——然后他把手缩回来蒙在自己的眼睛上，就这样站了一会儿，看得出来是想让自己平静下来，然后又重新转身对着凯瑟琳，强作镇静地说：

“你一定得学会别惹我发脾气，要不，总有一天我真的会杀了你！跟迪恩太太一块儿走吧，就和她待在一起，把你那些蛮横无理的话说给她一个人听吧。至于哈顿·恩肖嘛，要是我看见他听你的话，我就要把他打发走，在哪儿能挣口饭吃就上哪儿吧！你爱他，会让他变成个无家可归的人，一个要饭的——奈丽，带她走，让我一个人待着，你们都走！让我一个人待着！”

我把我家小姐领出来；她能逃过这一关，心里高兴极了，也就不再反抗。直到吃午饭的时候，希思克利夫先生都是一个人待在那个屋子里。

我本来劝凯瑟琳把她的饭端到楼上去了；可是希思克利夫先生一见到她的座位空着，就让我去把她叫来。他对我们谁也没有说话，吃得很少，然后马上就走了，还告诉大家，晚饭前他不会回来。

他走了以后，这两位新朋友又在堂屋安顿下来。我听见他在那里严厉地制止他表妹，不让她揭发她公公对待他父亲的那些事。

他说，他不愿意听别人在他面前说一句希思克利夫先生的坏话：哪怕他是个魔鬼，那也没什么了不起；他要向着他；他宁愿她像往常那样辱骂他自己，也不愿意她现在开口骂希思克利夫先生。

凯瑟琳为这个越来越恼火；可是他找到办法让她住了口，问她：他要是说她爸爸的坏话，难道她会喜欢他吗？这样凯瑟琳才懂得了，恩肖认为主人的名誉对他十分重要，而且和他有一种紧密的联系，这根由习惯铸成的链条是理智所无法打断的，如果要把它们拆散，那就未免太残酷了。

从那以后，她避免说那些抱怨希思克利夫的话，也不对他表示反感了，这表明她的心地善良；她还在我面前承认，她很难过，不该想方设法在他和哈顿中间挑起恶感——我确实相信，她后来再也没有当着哈顿的面，说过欺压她的那个人一句坏话。

这次小小的不和过去以后，他们俩又热和起来了，学生和老师的那些功课要多紧就有多紧。我把我的活儿干完了以后，就去和他们坐在一起；守着他们俩，我感到那么舒坦、宽慰，连时间是怎么过去的也不觉得了。你也知道，他们俩都有几分得算是我的孩子；其中一个早就让我觉得自豪了；而且我有把握，另一个也会让我感到同样满意的。他那真诚、热情和聪明的天性，很快就让他摆脱了自己身上那些因为生长在愚昧堕落的环境中而带上的阴影；凯瑟琳对他实心实意的夸奖，成了对他勤奋刻苦的一种鞭策。他那开通放光的心智照得他容光焕发，更增添了昂扬高贵的神采——记得我家小姐小时候去逛山崖，我随后在呼啸山庄找到了她，我简直难以想象，那天我见到的那个孩子和这个恩肖就是同一个人。

我在赞赏他们，他们在埋头劳作，就这样渐渐到了黄昏，老爷这时也回来了。他从前面进来，出人意料地来到我们面前，还没等我们抬头看见他，他早就把我们这三个人的情景全看在眼里了。

咳，我回想起来，真的还从来没有一幅比这更令人愉快、更与世无争的情景。要责骂他们，那就简直是奇耻大辱了：嫣红的火光照着他们俩俊秀的头，照出了他们由于怀着孩子式的强烈兴趣而显得朝气蓬勃的脸；虽然他已经二十三岁，她也有十八岁了，可是因为每个人都有那么多新奇的事情要感受，要学习，所以他们既没有体验到也没有表露出成年人那种冷静、清醒的感觉。

他们一齐抬眼正对着希思克利夫先生——也许你从来没有注意过，他们俩的眼睛长得一模一样，而且都是凯瑟琳·恩肖的那种眼睛。眼前这个凯瑟琳除了那宽宽的前额和略微翘起来的鼻子头儿，其他地方都不像她母亲，不管她是有意还是无意，她的鼻头儿让她显得有些高傲。至于哈顿，那就更像了；不管什么时候都像得出奇——那时候则更是惊人，因为他的各种感觉都灵敏了，他的各种智能都苏醒了，显得空前活跃。

我猜想，是这种相像，解除了希思克利夫先生的敌意：他走到火炉边上，分明是很激动；但是他注视着那个小伙子的时候，这种激动很快就平息了；或者我应该说，是激动的性质改变了，因为他仍然很是激动。

他从哈顿手里把书拿过去，对打开的那一页看了一眼，然后一言不发地又把书还给了他，只是做了个手势让凯瑟琳走开——她那位伙伴随后没待一会儿也走了，我也正要跟着离开，可是他吩咐我坐着别动。

“这是个很惨的结局，是不是？”他刚才亲眼看到了这个场面，低头沉思了片刻才说，“我穷凶极恶，费尽心力，就落得这样一个荒唐可笑的下场？我弄到了撬杠和镐头，要把这两个家拆毁，还把自己训练得干起事来能像赫拉克勒斯一样，而等到万事齐备，一切都攥在我手心里的时候，我却发现，我连掀掉这两家屋顶上石板的那点儿意志力量，都消失得无影无踪了！我那些宿敌没有把我打垮——现在刚好是我对他们的继承人报仇雪恨的时候——我能做到，谁也拦不住我——可是这又有什么用呢？我不愿意动手打了，我已经懒得举起自己的手来了！这听上去倒像是我劳苦了一辈子，就只是为了显示那么一点点宽宏大量似的。根本不是这么一回事——我已经失去了以他们的毁灭为乐的机能啦，我也乐得逍遥，不想去胡乱毁坏什么事。

“奈丽，现在有一种奇怪的变化临近了——我眼下就罩在它的影子里——我对日常生活已经没有什么兴趣，连吃饭喝水差不多都忘了——唯有刚才离开这屋子的那两个，我觉得还是清清楚楚、实实在在的形体，而那种形象叫我痛苦得简直难以忍受。关于她，我不愿意说，也不愿意想；而且真心希望她不要露面——她一露面只能激起我要发疯的感觉。他是从截然不同的方面来触动我；不过，我如果能做到不像精神失常的样子，我就永远不再见他。我要是把他在我脑子里唤起的，或者他所体现的，那千姿百态的往事旧想都告诉你，”他强作笑脸又加上一句，“那么你也许会认为，我差不多已经变成那种样子了吧——不过我告诉你的事情，你都不要讲出去。我的内心世界一直都是牢牢地自我封闭着的，最后还是忍不住要对别人倒腾出来。

“几分钟以前，哈顿好像并不是一个普通的人，而是我青年时代的化身——我以各种各样的方式都能感觉出他来，以至都不可能按照理性去和他搭话了。

“首先，他和凯瑟琳像得惊人，真是一模一样，这就让他可怕地和她连在了一起——你可能认为，这是最有能力引起我想象的吧。实际上是最没力量的——因为对我来说，有什么是和她没有关系的？有什么不让我回想起她呢？我低下头来看着地面，就不可能不看到她的面容出现在石板上！在每一朵云里，在每一棵树上——晚上空气里充满了她，白天看什么东西都看得见她，我总是让她的形影包围着！男男女女那些最平常不过的脸——我自己的脸——都用和她一样的相貌来作弄我。整个世界都成了收藏着她这个纪念品的可怕的纪念馆，每件藏品都提醒着：有过她这么个人，而且我已经失去了她！

“唉，哈顿的外貌就是我那不朽爱情的幻影，是我拼却一切竭力坚持我的权利、我的堕落、我的自尊、我的幸福和我的痛苦的幻影——

“但是，把这些想法都对你说出来，我真是疯了；不过这样就可以让你知道，我本不愿意一个人孤零零的，可是为什么有他来做伴却又没有一点好处，反倒使我所遭受的没完没了的折磨更厉害了——这也起了一部分作用，让我不再管他和他表妹在一起怎么样了。我再也不会在他们身上用心思了。”

“不过，希思克利夫先生，你刚才说到某种变化，指的是什么？”我问他，因为我对他这种神态感到惊恐不安，虽然他既不像有迷失本性，也不像有快要死去的危险。据我判断，他还强壮有力，而且没灾没病；至于他的理智嘛，他从小就喜欢琢磨那些阴暗诡秘的事，常以不着边际的胡思乱想取乐——他对他所崇拜的那位一去不复返的人，可能会有某种偏执狂；而在其他一切问题上，他的脑筋和我一样健康正常。

“在这种变化到来以前，我也不会知道它究竟是什么，”他说，“我现在也只是隐隐约约感觉到它。”

“你没觉着有病吧，有吗？”我问。

“不，奈丽，我没有。”他回答。

“那么，难道你不怕死？”我又追问。

“怕！不！”他回答，“我既不怕死，也没有预感到快要死了，而且也没盼着死——我为什么要那样呢？我身体壮实，我生活很有节制，我干的这种活儿又没有危险，所以我应该，而且也大有可能，会在这个世界上一直活到头顶上找不到一根黑头发为止——可是我不能再这样子继续下去了！——我得提醒着自己要呼吸——几乎也得提醒着自己的心脏要跳！这就好像要把一根很硬的弹簧弯过来似的……哪怕我有一点点微不足道的举动，如果没有一种想法催促着，那也得强制着去干；要我注意什么，不管是活着的还是死了的，只要和那无处不在的想法挂不上钩，那也得强制着去干……我单单只有一个愿望，我整个的人和一切感官机能都在渴望夙愿得偿。它们渴望得那么久久不息，那么坚定不移，才让我坚信一定能达到目标——而且为时不久——因为我这个愿望已经吞没了这个实实在在的我——我整个的人就是在期待它的实现。

“我这样把真心话都掏出来，并没有让我感到松快——不过它们倒是可能说明我所表现出来的某些情绪，要不然，是会说不清道不明的。哎呀，上帝呀，这是一场漫长的拼争，我希望它早早了结！”

他在屋子里踱来踱去，咕咕哝哝自言自语，说的都是些吓人的事情，直到后来我简直都要相信，如约瑟夫所说，是良知良觉把他的心搅成了人间地狱——我实在担心，怎么才是个头儿。

他以前很少表露自己的这种心境，甚至表面上也是不动声色，但是我毫不怀疑，他平时就是这种心情。现在他亲口把它说出来了，不过从他一般的行为举止来看，没有一个人会猜得出这些真情。你以前见到他的时候，洛克伍德先生，也没猜出来——就是在我说的那段时间，他和以前也是一模一样，只是更加喜欢离群独处，和别人在一起的时候也许更加寡言少语。

第二十章

那天傍晚以后，有几天，希思克利夫先生吃饭的时候总是躲着我们；可是他又不肯明说不要哈顿和凯茜。他不喜欢完全听凭自己的感情行事，宁可干脆自己不来——而且他一天二十四小时只吃一顿饭，似乎也足够维持了。

一天夜晚，全家人都上床睡觉以后，我听见他下了楼，从前门走出去了。我没听见他再进来。早晨，我发现他一直在外边。

那时候正是 4 月，天气温暖舒适，一阵阵小雨和阳光使得青草一片葱绿，靠近南墙的两棵矮苹果树已经繁花满枝。

早饭过后，凯瑟琳硬要我端一把椅子出来，再带上我的活儿，坐在宅子一头的枞树下面；哈顿那次受伤已经完全好了，所以她又甜言蜜语哄着他来挖土，侍弄她那座小花园。约瑟夫上次告了状，结果小花园挪到了那个犄角上。

周围散发着春天的芳香，头上是美丽柔和的蓝天，我坐在那儿舒舒服服地尽情享受；我家小姐跑下去在栅栏门附近采樱草花苗，准备栽在花坛边上；她才采了一半就转回来告诉我，希思克利夫先生走过来了。

“他还和我说话了呢。”她又加了一句，带着一副困惑不解的神情。

“他说什么啦？”哈顿问她。

“他告诉我，趁早赶快走开，”她回答，“可是他那样子和往常大不相同，所以我站在那儿瞪着他瞧了一会儿。”

“怎么不同？”他又问。

“嗯，简直是容光焕发，满面春风——不是，简直是没什么——非常兴奋，发疯似的，高兴得很！”她回答。

“那么是夜里散步让他高兴起来了。”我摆出一副不以为然的样子说了一句；可实际上我和她一样感到大出意料；看到老爷显得高兴，可并不是每天都有的光景，所以我急着想弄清她说的是真是假，就编造了一个托词回屋子里去了。

希思克利夫站在打开着的门正中；他脸色苍白，浑身颤抖；可是在他眼睛里的确闪着一种从没有过的欢快的光，把他整个的容貌都改变了。

“你要吃点早饭吗？”我问他，“你在外面整整逛了一夜，一定饿了！”

我想弄清楚他到哪儿去了，可是我又不愿意直截了当地问他。

“不，我不饿。”他回答着，扭过头去，带着不屑回答的口气，好像猜到了我想弄清楚是什么让他高兴的。

我觉得为难——不知道那是不是一个适当的时机，给他提点劝告。

“不上床睡觉，却跑到外面去溜达，”我说，“我觉得这不合适；无论如何，在这种潮湿多雨的季节，总是有点冒失。我敢说，你会得重伤风，或是发烧的——你现在就有点不太妙啦。”

“没事儿，我还能顶得住，”他回答，“而且还非常地高兴，只要你别打扰我就好——进去吧，别烦我啦。”

我听从了；走过他眼前的时候，我注意到他像头猫，喘气很急。

“没错！”我心里暗自想着，“咱们就要来一场大病啦。我真想象不出来，他究竟一直在干些什么！”

到了中午，他坐下来和我们一起吃饭，他从我手里接过去堆得满满的一盘，好像要把他先前没吃的东西都补上似的。

“我既没着凉，也没发烧，奈丽，”他说，这是在影射我早晨说的话。“而且我已经算计好，决不亏待你给我的这些吃食。”

他拿起刀叉，正要开始吃，可是胃口好像突然一下子又没了。他把刀叉又放回桌子上，急切地朝窗户那边望着，接着又站起身来，走了出去。

我们看着他在花园里走来走去，同时接着把饭吃完。恩肖说，他要去问问他为什么不吃饭；他还以为是我们在什么地方伤了他的心。

“喂，他来吗？”凯瑟琳等她表哥回来时大声问道。

“不来，”他回答，“不过，他并没生气；他好像非同寻常，而且真的高兴；倒是我对他连说了两遍，弄得他不耐烦了，他这才吩咐我走开，到你们这儿来；他很纳闷，我干吗还要找别人来做伴。”

我把他那个盘子放在火炉的围栏上热着。过了一两个钟头，屋子里的人都走光了，他才又进来，一点也没有平静下来。浓黑的眉毛下边仍然是那副反常的——真是反常的——快乐的样子。脸上还是照样没有血色，时不时露出牙齿，像是在微笑。他的身子在哆嗦，可不是像一个人因为冷或者虚弱才打的那种哆嗦，而是像一根绷得紧紧的弦那样颤抖——是一种强烈的震颤，而不是发抖。

我心想，我得问问他是怎么一回事，不然让谁来问呢？于是我大声喊起来：

“你听到什么好消息了吗，希思克利夫先生？你看起来非同寻常地不安宁。”

“哪儿会有什么好消息给我呢？”他说，“我是饿得不安宁，可是我好像又吃不下去。”

“你的午饭就在这儿，”我又说了一句，“你干吗不拿去吃呢？”

“我现在不想吃，”他赶紧咕哝了一句，“我要等着吃晚饭。还有，奈丽，让我最后再求求你，去提醒哈顿，还有另外那一个，离我远点。我不希望任何人来打扰我——我希望让我一个人待在这儿。”

“你这样拒人于千里之外，又有什么新的原因吗？”我问他，“告诉我，希思克利夫先生，你为什么这样古怪？昨天夜里你到哪儿去啦？我提出这个问题并不是出于没事儿干好打听，而是——”

“你提出这个问题，正好就是出于没事儿干好打听，”他打断了我的话，还笑了一下。“不过，我还是要回答你。昨天夜里，我到了地狱的大门口。今天，我的天堂近在眼前——我都看见它了——离我还不到三尺远！行啦，你最好还是走——要是你克制自己不打探别人的事，你就不会看到，也不会听到什么叫你胆战心惊的事啦。”

我扫过壁炉，擦过桌子以后，就走了，更加不知如何是好了。

那天下午，他没有再出门，一个人待在那儿，谁也没去打扰他，一直到晚上八点了，我觉得，尽管他没召唤，我还是应该给他把蜡烛和晚饭送去。

他靠在格子窗的窗台上，窗户打开了，可是并没朝外看；他的脸朝着昏暗的屋里。炉子里已经烧得只剩下一点灰烬，屋里满是阴天傍晚那种又潮又闷的空气，而且安静得不仅能听见下面吉默顿那条小河淙淙流水的声音，还能听见山涧流过卵石，穿过它漫不过去的那些大石头中间的小缝隙发出的哗哗、汩汩的响声。

我看到炉子都快灭了，动手把窗户一扇扇都关上，最后走到他身边的那个窗户，心怀不满地迸出来一声：

“我把这扇窗子也关上吗？”我问他，因为他靠在那儿一动不动，所以想引起他注意。

我对他说话的时候，烛光在他的脸上闪了一下，哎哟，洛克伍德先生，我只不过掠了他一眼，就把我吓得简直没法形容啦！那对深深抠进去的黑眼睛！那种微笑和那死人似的惨白！我看着眼前的他，仿佛不是希思克利夫先生，而是什么鬼怪，我害怕得把手里的蜡烛弄倒了，碰到墙上，这让我立时陷进了一片黑暗中间。

"好，关上吧，"他回答，还是我听惯了的那个声音。"嗐，纯粹是找别扭！你干吗要把蜡烛横着拿在手上？快，再去拿一根来。"

我给吓傻了，急忙跑出去对约瑟夫说：

"老爷要你给他送支蜡烛去，再把炉子点起来。"因为我那时候吓得不敢自己再进去了。

约瑟夫嚓啦啦拿铲子撮了些烧着的煤块，就去了，可是不一会儿又端了回来，另一只手里还端着晚餐的托盘。他解释说，希思克利夫先生正要上床睡觉去，他什么也不想吃，到明天早晨再说。

我们听到他立刻上楼去了；他并没回到他平常用的卧室，却转到有镶板床的那间屋子去了——那儿的窗户，我以前提到过，都很宽大，谁都可以从那儿钻进钻出，于是我脑子里忽然转了一下：他这是打算再一次半夜里出去游荡，他是想让我们疑惑不到这件事。

"他是个食尸鬼①，还是个吸血鬼②？"我暗自思量。我在书上念过那些耸人听闻，幻化成形的恶魔。接着我开始回忆：我从他小时候起怎样照顾他，看着他长大成人，他这一辈子我差不多都在留意他；到现在对他却生出一种恐惧的感觉，这该是多么的荒唐可笑呀。

"可是，这个小黑家伙，受到好心人的呵护，却反过头来祸害这个好人，他究竟是从哪儿来的呢？"我迷迷糊糊打着盹儿，咕哝着那些迷信的事。接着我又半梦半醒地开始绞脑汁想象，他亲生父母到底是哪号人。于是我又重新想起了我醒着时候的种种想法，把

---

① 食尸鬼，伊斯兰教国家传说中的妖怪，夜出专事盗墓和食死尸。

② 吸血鬼，欧洲传说中的妖怪，善幻化，靠吸人血维持活力，被吸血者亦可成为吸血鬼。为历来英国惊险恐怖读物的重要题材。

他这辈子的事情从头到尾理了一遍；最后又想到他死了和举办丧事的情景；所有这些我能想起的事当中，我觉得特别伤脑筋的是，不知道应该怎样完成教人家在他的墓碑上刻字这项任务。我只有去找教堂执事出主意，因为他连个姓也没有，多大岁数我们也说不出来，所以也就只好简简单单刻上“希思克利夫”完事。后来果真是这样；我们就是这样办的。你要是走进教堂墓地，在他的墓碑上只能看到这名字，再加上他去世的日期。

黎明时分，我的头脑又清醒过来。我等到眼睛刚一能够看得见东西了，就起身走到花园里去，想辨认一下他窗户下面有没有什么脚印。那儿一个脚印也没有。

“他一直待在家里呢，”我心想，“今天他会平安无事啦！”

我和往常一样给全家人预备早饭，不过我告诉哈顿和凯瑟琳，别等老爷下楼，自己先吃，因为他总是躺到很晚才起床。他们更喜欢在外面树下吃饭，所以我就在那儿给他们放了一个小桌子。

我又回到屋里的时候，发现希思克利夫先生已经在下面了。他和约瑟夫正在谈论种地的事。他给这件事情很多明确详细的指示。不过他说话很快，并且不断把头转向一边，还是那副激动的表情，甚至更加严重了。

约瑟夫离开屋子以后，他又坐在他平时喜欢坐的地方，我把一杯咖啡放在他面前。他把杯子拉近了一点，然后把胳臂支在桌子上，注视着对面的墙。我猜想他是在仔细打量一个特别的地方，眼睛烁烁放光，焦躁不安，那样的急不可耐，有半分钟的工夫都没喘过气来。

“快来吧，”我一边大声喊着，一边把面包推到他手边上，“趁热快吃快喝吧，快等了一个钟头啦。”

他根本没有听见我的话，还是在笑。我宁可看他咬牙切齿，也不愿看他这种笑脸。

“希思克利夫先生！老爷！”我大声叫他，“看在上帝的分上，别这么瞪着眼睛，就好像看到了尘世以外的什么影子似的。”

“看在上帝的分上，别这么大喊大叫的，”他回答，“朝周围看看，然后告诉我，这儿是不是只有咱们俩！”

“当然，”我回答，“当然只有咱们俩！”

可是，我还是不由自主地照他的话朝周围看了看，仿佛我也不大有把握似的。

他用手在桌面上一胡噜，在面前吃早饭用的东西当中腾出一块地方来，然后身子向前靠着，好更方便地向前凝视。

这一下我看出来了，他并不是在瞅着墙，因为我单单看着他一个人的时候，他好像确实是在注视不到两码远的什么东西。而且不管那是什么，反正很明显那给他带来了两种截然相反的感觉：极度的快乐和极度的痛苦；至少从他脸上那种痛不欲生而又欣喜若狂的表情，会使人如此设想。

那个想象出来的东西也不是固定不动的；他那双眼睛毫不放松地跟随着它，哪怕和我说话的时候，也紧追不舍。

我提醒他，不能这样长期拒食，可是这都成了耳旁风，即使他听我一再的请求，动了一下要去够点什么，即使他伸出手来要去拿片面包，他的手指头也是还没碰着东西就握在了一起，而且搁在桌子上，忘了原来要干什么。

我拿出十二分的耐心坐在那儿，想在他全神贯注地沉思默想的时候，把他那专一的注意力吸引过来，一直等到最后他都烦了，站起来问我，为什么我不让他按他自己的时间吃饭？还说，下一次我不用再等了，可以把东西放下就走。

他说完这番话就出了屋子，沿着花园里的小路溜溜达达走下去，过了栅栏门，就不见了。

时间一小时又一小时地过去，时时刻刻都令人焦急，又一个黄昏来临了。我等到很晚还没回屋休息，后来回屋去了，也还是睡不着。他过了夜半才回来，而且把自己关在下面的屋子里，并没有上床睡觉。我仔细听着，在床上辗转反侧。最后又穿上衣服，下了楼。睁眼躺着，为成百种虚妄无稽的疑团忧虑伤神，可真不是滋味。

我听出了希思克利夫先生在石板地上不安地踱来踱去的脚步声；他不时深深吸进一口气，就像是一声呻吟，打破深夜的寂静。他还喃喃自语，说出一些断断续续的字眼儿。我唯一能听得清楚的就是凯瑟琳这个名字，再加上某些亲热或是难受的狂呼乱叫；说的时候就像一个人正对眼前的一个人讲话——声音低沉而真挚，是从心灵深处绞出来的。

我没有勇气闯进他待着的那个屋子，可是我又想让他从他那幻梦中醒过来，所以就使劲倒腾厨房里的火，通好以后，又铲煤渣。这一下真把他引了出来，比我指望的还快。他立刻把门打开，对我说：

“奈丽，到这儿来——到早晨了吗？带上你的蜡烛过来。”

“钟正敲四点呢，”我回答，“你想要带支蜡烛上楼——那你就在这火上点一支吧。”

“不，我不想上楼，”他说，“进来吧，给我把火生起来，反正在那儿干活也是弄屋子里的事。”

“我得先让这儿的火通风着红了，才能拿些过去，”我一边回答，一边搬了把椅子和风箱过来。

这时候他往返徘徊，处于临近失去理性的样子。他一声接着一声深深地叹气，声声接得那么近，好像平常那种呼吸的间歇都不够了。

“等天亮了，我要派人去请格林来，”他说，“我想问他一些法律方面的问题，得趁我还来得及在这些事情上用心思的时候，趁我还能平平静静处理这些事的时候办。我还没写遗嘱，怎样处理我的财产，我都没法下决断！我真希望，我能把它们从世界上消灭掉。”

“我可不愿意这么说，希思克利夫先生，”我插嘴说，“把你的遗嘱搁一会儿再说吧——你还足够为你那些伤天害理的事忏悔呢！我从来没想到过你会神经错乱——可是你现在却错乱得厉害极了，差不多完全错乱啦，这都是你自己的不是。你最近这三天来的那种过法，哪怕是个泰坦[①]，也会给拖垮的。吃点东西，睡会儿觉吧。你只要照照镜子看看自己，就知道你多么需要吃饭睡觉了。你的脸腮都塌去了，眼睛里尽是血丝，就像一个快要饿死的人，老不睡觉，眼睛也快瞎了。”

“我吃不下，睡不着，这又不是我的不是，”他回答，“我向你保证，我并没存心要这样，只要我能做得到，我马上就去吃饭睡觉。但是你这就像是叫一个在水里挣扎，马上就要到岸边的人休息！我先得上了岸，然后才能休息呀。算了，别管他格林先生了。至于说为那些伤天害理的事忏悔，我可没做过伤天害理的事，我也没有什么可忏悔的——我太幸福了，可是我又还不够幸福。我那灵魂的至高无上的幸福把我的肉体毁了，可是灵魂本身却没有如愿以偿。”

“什么幸福，老爷？”我大声说，“稀奇古怪的幸福！要是你听我说，不发脾气，那么我就可以奉送点劝告给你，叫你更加幸福。”

“什么劝告？”他问我，“说出来吧。”

“你自己明白，希思克利夫先生，”我说，“打从你十三岁的时候起，你过的就是一种自私自利、不信基督的生活。保准儿整个那段时间，你手里就没有拿过《圣经》。你必定把那本书的内容全忘了。你现在也许没空去查查它了。去请位牧师吧，不管是哪个教派的都没关系，请他给你讲讲《圣经》，再告诉你，你背离教导误人歧

① 泰坦，希腊传说中曾经统治世界的泰坦巨人族中成员，力大无比。

途已经有多远啦；还有，除非你在咽气以前洗心革面重新做人，否则，你就根本不配进入天堂。你这样做难道会有什么坏处吗？”

“我不但不会生你的气，反倒愿意感激你，奈丽，”他说，“因为你提醒我想到，我愿意用什么方式埋葬——要在傍晚[①]把我抬到教堂墓地，你和哈顿要是愿意，就可以陪着把我送去——要特别留神，让教堂执事按照我关于那两口棺材的指示办理！不需要请什么牧师来，也不需要在上面给我念什么——我告诉你，我已经快要到我的天堂了，别人的天堂，我根本看不上眼儿，我也不眼馋！”

“你要是顽固不化，坚持拒食，而且就这么死了，他们不肯把你埋在教堂墓地里呢？”我对他这种完全不把上帝放在眼里的态度大为震惊，于是问他，“难道你就愿意这样？”

“他们不会那么干，”他回答，“他们要是那么干，那你就得叫人把我偷偷搬到那里去；要是你不管不顾，那你就会实际证明：人死了并不是一切都消灭了！”

他一听见家里其他人走动起来了，就立刻退回他那个窝里去了，这时候我也感到松了口气——可是到了下午，等约瑟夫和哈顿都干活儿去了，他又来到厨房，带着一副狂乱的神气，要我去和他一起坐在堂屋里——他想要个人陪着他。

我不肯去，还明明白白告诉他，他说话行事都那么莫名其妙，我给吓怕了，我既没有那个胆量，也没有那个心气儿，单独和他做伴。

“我相信，你是把我当作魔鬼啦！”他说，还苦笑了一下。“在一个正经八百的人家里，有什么事儿可怕到让人没法儿待！”

凯瑟琳刚好来了，他转身见到她就走了过来，她见他过来马上躲在我后面，他于是带着挖苦地加上了几句：

① 意指葬礼不必声张。

“你愿意过来吗，乖乖？我不会害你的。不会啦！我一直让自己对你比魔鬼还坏。行啦，还是有那么一个人，敢来和我做伴的！天哪！她可真冷酷无情。哼！真该死！这真是太过分了，简直没法说啦，血肉之躯的人怎么受得了呀，连我都受不了啦。”

他不再请求谁来陪他了。天擦黑的时候，他回到自己的卧室——整个夜晚一直到早晨，我们都听见他在痛苦地呻吟，喃喃自语。哈顿急着想进去看看，但是我吩咐他去接肯尼思先生，应该由他进去看他。

肯尼思先生来了以后，我敲了门请求进去，并想把门打开，我发现门锁着，希思克利夫先生在里面骂我们该死。他好些了，愿意独自待着，所以大夫就走了。

到了晚上又下起雨来，而且是倾盆大雨，一直下到第二天天快亮。我早晨沿着房子散步的时候，看到老爷的窗户大开，来回摇晃着，雨直朝里面潲。

他不会躺在床上吧，我想，这一阵又一阵的雨会把他淋透的！他要不是起床了，就是出去了。不过我也不想再花费心思，干脆壮着胆子去看看。

我用另一把钥匙开了门走进去，屋里空空如也，我就跑过去赶快把镶板推到两边，往里面一看，希思克利夫先生在那儿——仰面躺着。他的目光那么尖锐，那么凶狠，碰上了我的目光，让我吓得一愣，然后他好像还笑了。

我想不到他已经死了——可是他的脸和脖子前面都给雨水冲了；床单也在滴水。他一动不动地躺着，没有一点声息。他一只手搁在窗台上，来回摆晃的格子窗把那只手蹭破了——破了皮的地方没有流血，等我用手指头一摸，也就不再怀疑——他死了，而且已经僵了！

我把窗户扣上；把他脑门子上长长的黑头发梳好；我想把他的眼

睛合上——永远，如果可能的话，不再让他那叫人害怕、活人一般、充满狂喜的眼神，给别的哪一个人看见。他的眼睛就是不肯阖上，好像在讥笑我的这番努力，还有他那张开的嘴唇和尖利洁白的牙齿也在讥笑！我不觉又感到一阵胆怯，就大声喊叫约瑟夫。约瑟夫拖着脚步走上楼来，大吵大闹了一阵，硬是不肯插手希思克利夫的事。

“魔鬼把他的魂儿抓走了，”他大声说，“他也得把他的尸首一块堆儿搬走呀，俺才不管呢！哼，瞧他这副恶相，临死还在龇牙咧嘴地笑呢！”这个罪孽深重的老东西也学着他的样儿龇牙咧嘴地嘲笑了他一顿。

我还以为，他打算欢欣鼓舞地绕床一周呢，可是他却突然安静下来，跪倒在地，举起双手，连声称谢；因为合法的主人和古老的家族又重新得到自己的权利啦。

这种可怕的事情让我头昏目眩。我不禁怀着一种深沉的痛苦想起以往的岁月。可是，可怜的哈顿，只有他这个受委屈最多的人才真正深切悲痛。他整个夜晚都坐在遗体旁边，发自内心地伤心哭泣。他紧紧抓住死人的手，吻着那张带着冷笑、显出凶残的脸，那是别的人谁也不敢仔细看上一眼的。他怀着深切的悲痛哀悼他，这种感情是自然而然地发自一颗宽容厚道的心，固然这颗心又像百炼精钢一样坚韧。

肯尼思弄不清该宣布老爷是害了什么病死的。我隐瞒了实情，没敢说他四天里不吃不喝，怕引起麻烦[①]；随后我也相信了，他并不是故意要绝食。这是他这场怪病的结果，而不是原因。

我们遵照他生前的愿望，面对街坊邻里的纷纷议论，把他下葬了。恩肖和我、那位教堂执事和六个抬棺材的人，就是全部送葬的人。

---

① 此处指埃伦身为管家本有照顾不周之嫌。

那六个人把棺材放入墓穴以后就走了；我们待在那儿看着给他覆土。哈顿泪流满面，挖来一些青青的草皮，亲手种在坟丘上。眼下它和另外两个坟丘一样平整葱绿——我希望长眠在墓里的那个人安宁。不过这一带的乡民，你要是问他们，都会手按《圣经》发誓，说他常常出来走动。有些人还说，在教堂附近，在荒原里，甚至在这所宅院里，遇见过他——你会说，这都是瞎扯，我也是这么说。可是在厨房里烤火的那个老头子却一口咬定，自从他死了以后，每逢晚上下雨天，他从自己屋子的窗口望出去，就看见他们俩——大约一个月以前，我也遇见了一件怪事。

有一天傍晚，我正往田庄去，是个乌云压顶就要打雷的黄昏，刚走到山庄拐弯的地方，我碰到一个小男孩，赶着一只绵羊和两只羊羔。那孩子哭得很厉害，我还以为是羊羔容易受到惊吓，不好赶呢。

"怎么啦，小家伙？"我问他。

"希思克利夫和一个女的在那块儿，在山崖底下，"他哭哭啼啼地说，"俺不敢打他们那儿走过去。"

我什么也没看见，可是那几只羊和那个孩子都不肯往前走，所以我就嘱咐他从下面那条路下山。

看来大概是这孩子独自穿过荒原的时候，从他一再听父母和伙伴们讲的胡言乱语当中，想起了那些鬼魂吧——不过虽说是这样，我现在也不愿意黑夜里出去——我也没办法，等他们不再住在这儿，搬到田庄去，我就高兴啦！

"那么，他们这就要搬到田庄去了？"我问。

"是啊，"迪恩太太说，"等他们一结婚就搬。他们在元旦结婚。"

"那么谁住在这儿呢？"

"嗯，约瑟夫照看这所宅子，也许还有个小子给他做伴。他们要住在厨房里，别的地方都关起来。"

“这两个鬼魂要想来住就可以住了。”我说。

“别价，洛克伍德先生，”奈丽摇着头说，“我相信死者得到安宁了，不过随随便便就谈论他们可不大合适。”

正在这个时候，花园的门推开了，出游的人回来了。

“他们倒是什么也不怕，”我从窗口看到他们走过来就这样嘟囔，“他们俩在一起，撒旦和他的全班人马就不在话下了。”

他们走上了门前的石阶，停下来对月亮看了最后一眼，更准确地说，是借着月光互相看了一眼。我不禁又感到非得再避开他们不可了。我把一点纪念品硬塞进迪恩太太的手里，也不顾她规劝我切勿不讲礼节，就在他们打开屋门的时候，从厨房溜了出去；约瑟夫正以为他的女仆同事在闹什么风流韵事，好在他听到我把一枚金币当啷一声扔在他的脚下，就认定我本是体面人物，否则我这一溜走就会证实他原来的那个想法了。

我步行回去，多走了一段路，因为绕道去了一趟礼拜堂。在礼拜堂墙边，我发现虽然只过了七个月，颓败就有所推进——许多窗户缺了玻璃，成为黢黑的洞口，房顶上的石板瓦这里一块那里一块地一条条瓦楞上翘起来，秋天的暴风雨一来临就会渐渐掉下来了。

我寻找那三块墓碑，很快就在靠近荒原的斜坡上找到了。中间的一块是灰色的，已经给石楠树丛埋了半截，埃德加·林顿的只有草皮和从下面爬上去的苔藓装点着；希思克利夫的还一直是光秃秃的。

我在温和宽广的天幕下，徘徊在这三个墓碑周围，守望着飞蛾在石楠和钓钟柳丛中扑打着翅膀，倾听着和风吹过草丛的声息，心中疑惑不解：何以有人想象出来，那些长眠者在如此安谧宁静的土地之中，却不得安谧宁静地沉睡。

附录一

恩肖和林顿两家家谱[①]

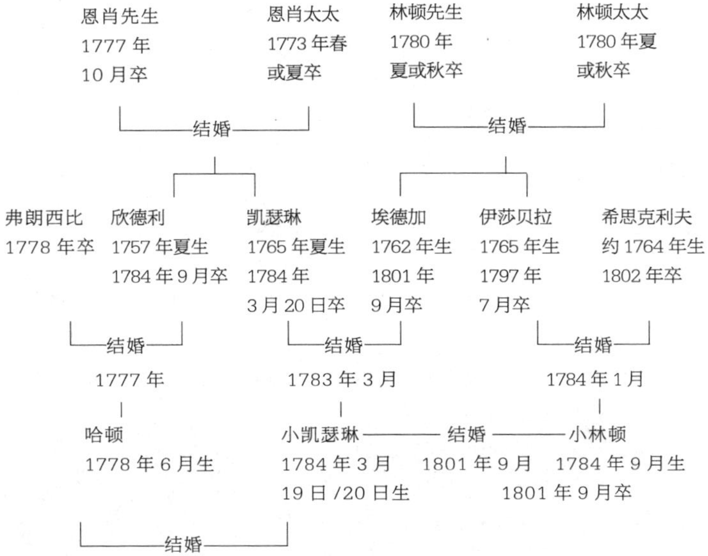

① 此表及附录二“大事记”系译者根据英国几位勃朗特学者的研究、考据所得译出，两者略有出入，仅供读者参考。

附录二

《呼啸山庄》大事记

1757 年夏	欣德利・恩肖生。
1762 年	埃德加・林顿生。
1764 年（约）	希思克利夫生。
1765 年夏	凯瑟琳・恩肖生。
1765 年末	伊莎贝拉・林顿生。
1771 年夏	恩肖先生将弃儿希思克利夫从利物浦带回家（第一卷第四章）。
1773 年春或夏	恩肖太太卒。
1774 年 10 月	欣德利・恩肖离家求学（第一卷第五章）。
1777 年	欣德利结婚。
10 月	恩肖先生卒（同上）。
	欣德利偕妻弗朗西丝回家奔丧（第一卷第六章）。
11 月	凯瑟琳与希思克利夫闯入画眉田庄。凯瑟琳因遭狗咬留田庄养伤（同上）。
圣诞前夕	凯瑟琳返回呼啸山庄（第一卷第七章）。
圣诞节	林顿兄妹访呼啸山庄。埃德加与希思克利夫首次冲突（同上）。

1778 年 6 月	哈顿·恩肖生（第一卷第八章）。
6 月末	弗朗西丝·恩肖卒（同上）。
1780 年	埃德加·林顿向凯瑟琳求婚（同上）。
	希思克利夫得悉凯瑟琳允婚而出走（第一卷第九章）。
	凯瑟琳大病，病愈访画眉田庄（同上）。
1780 年秋	林顿夫妇卒（同上）。
1783 年 4 月	埃德加娶凯瑟琳。埃伦陪赴田庄任管家（第一卷第九章）。
9 月	希思克利夫归来，与凯瑟琳久别重逢（第一卷第十章）。
1784 年 1 月	希思克利夫频访画眉田庄，与埃德加再起冲突（第一卷第十一章）。
	伊莎贝拉与希思克利夫私奔（第一卷第十二章）。
3 月	希思克利夫与伊莎贝拉蜜月归来（第一卷第十三、十四章）。
	希思克利夫秘密访画眉田庄，与凯瑟琳永别（第二卷第一章）。
	凯瑟琳·林顿生；其母卒（第二卷第二章）。
3-9 月	伊莎贝拉从呼啸山庄出逃，从此与希思克利夫分居。
	林顿·希思克利夫生（第二卷第三章）。
9/10 月	欣德利·恩肖卒，其财产及遗孤全部落入希思克利夫手中（同上）。
1797 年 6 月初	小凯瑟琳游彭尼斯顿山崖，偶遇哈顿，初访呼啸山庄（第二卷第四章）。
6 月	伊莎贝拉卒于南方，埃德加遵其遗嘱将小林顿领回画眉田庄，希思克利夫立即索要他到呼啸山庄（第二卷第五、六章）。
1800 年 3-4 月	小凯瑟琳与埃伦去呼啸山庄见到小林顿；表姐弟互通书信（第二卷第七章）。

10-11 月	小林顿病重；凯瑟琳与埃伦前往探视；埃伦病，凯瑟琳坚持夜夜私访小林顿（第二卷第九、十章）。
1801 年 3 月	以后埃德加病情恶化（第二卷第十一章）。
8 月	凯瑟琳与埃伦探访小林顿，遭希思克利夫软禁，凯瑟琳被迫与小林顿结婚（第二卷第十三章）。
9 月	埃伦逃回画眉田庄；埃德加病危。凯瑟琳逃回画眉田庄；埃德加卒（第二卷第十四章）。 希思克利夫强迫凯瑟琳返回呼啸山庄（第二卷第十五章）。
10 月	林顿·希思克利夫卒；画眉田庄及呼啸山庄产业全部落入希思克利夫手中；哈顿取悦凯瑟琳（第二卷第十六章）。
11 月末	洛克伍德初访呼啸山庄（第一卷第一章）。
次日	洛克伍德再访呼啸山庄，因风雨留宿；发现凯瑟琳·恩肖手记；夜梦凯瑟琳幽灵，醒后亲见希思克利夫精神异常（第一卷第二、三章）。
后二日	埃伦开始讲述两家故事（第一卷第四章）。
1802 年 1 月	埃伦继续讲述故事（第二卷第一章）。洛克伍德返伦敦（第二卷第十七章）。
2 月	埃伦迁回呼啸山庄（第二卷第十八章）。
3 月	小凯瑟琳对哈顿态度开始转变（同上）。
3-5 月	希思克利夫精神、行为失常，卒。村民见他与凯瑟琳·恩肖的游魂在荒原徜徉（第二卷第十九章、二十章）。
9 月	洛克伍德重返画眉田庄，并访呼啸山庄（第二卷第十八章）。
1803 年元旦	小凯瑟琳与哈顿结婚（同上）。

译后记

英国作家大都多产，像我国曹雪芹、蒲松龄、吴敬梓等巨匠，凭一部小说而享万世之名，似不多见。艾米莉·勃朗特，仅以一部《呼啸山庄》这样普通篇幅的长篇小说，而占英国小说史上不可删除的一页，则更为醒目。

勃朗特这一姓氏，中国读者早不陌生。通常在此姓下，有夏洛蒂、艾米莉和安妮三位，人称“三姐妹星座”。她们高踞文学星空，壮丽璀璨。在我国，艾米莉的知名度，较其姐夏洛蒂，也就是小说《简·爱》的作者，迄今尚逊一筹，然而这位女作家及其作品的“含金量”，却似不应仅以一时草率权衡。

如果给艾米莉编制年谱，大约一页篇幅即已绰绰有余：她 1818 年生在约克郡的桑顿，比其姐夏洛蒂少长仅十八个月；和夏洛蒂一样，出身于英格兰苦寒山地一个多子女的教区牧师之家。她不到两岁时随全家迁至同郡的霍渥斯，三岁丧母，像她的姐妹一样，在鳏居的父亲和终生未嫁的姨母教养之下成长。六岁开始，零星受过一些教会慈善性女子寄宿学校教育，十九岁在哈利法克斯劳希尔女子学校任教六个月。二十四岁时，曾到比利时布鲁塞尔一家女子寄宿学校求学八个月，专习法文、德文、音乐、绘画。她属于早熟天才的类型；十一二岁开始习作诗文，二十七八岁创作《呼啸山庄》，于完成后一年出版；此前一年还与夏洛蒂和安妮共同出版了一部诗歌合集。为避时人对“妇人而为文”的刁难，三姐妹均以男性化名为笔名，艾米莉所署，是埃利斯·贝尔。她的诗和小说，当时并未赢得理解和赏识。她终生未婚，因患肺结核病不治，三十岁即辞世，生平事迹鲜为人知。

艾米莉·勃朗特像她的姐妹一样，在其短暂一生，始终处于多重劣势之下从事文学实践。所谓多重劣势，主要包括家境清贫，常需为个人求学和生活出路忧心；生为女子，幼失慈母，常遭性别歧视和家务之累；此外就是穷困和疾病带来的早夭。在这些方面，如果说艾米莉和她的姐妹尚有不尽相同之处，那也只是程度更甚。另外两点，就是她比夏洛蒂短寿以及她比夏洛蒂和安妮都更赋有诗人气质和内在生活；而更为可叹的是，由于早夭，她那身后鹊起的文名，未曾给她那颗敏感孤寂的心带来些许安慰。

尽管据说艾米莉的祖父和收养他的叔父曾经有过希思克利夫那样的身世之谜，《呼啸山庄》却不像《简·爱》等勃朗特小说，它的主要情节不是以作家经历为蓝本，而是充溢浓郁浪漫激情的虚构。读书评论界对它的理解与阐释，也向来呈多元化。它通篇像是带血腥气的恩仇故事；也有人将它看作表现压迫与反抗的写实作品，或是交织激烈情感的爱情罗曼史。20世纪以来，各种现代主义和现代主义后的批评，如心理分析、文本分析、女权主义、结构主义、解构主义、新历史主义，都从不同角度对这部小说作不同解释，使它成为恒温不降的研究热点，以至对文本中很多细节，如男女主人公究竟有无血缘关系、它的内容与作家本人感情生活的关系等，都曾大做文章。

任何一件文学艺术作品，本来就可有不同理解和阐释，越是珍品，由于其复杂性和特有魅力，就越易引发分歧。此外，以译者之谫陋，认为模糊文艺学的一些原理，确实可资运用。也就是说，鉴于作家本人艺术思维及其所表现生活的复杂性，作品中的价值相应就会表现为多义性、争议性，加之接受一方各人立场观点和审美素养有异，因此不可能、也无须要求对作品得出完整划一的理解和感受；如此，将各种理论、方法的理解互为参照，得出更全面准确的认识，反而可以避免接受上的片面化和绝对化。据此，我们反躬自问，对于《呼啸山庄》尽管百家诿诿，这部小说引人注目之处究竟何在？窃以为，那就是一对两小无猜伴侣舍生忘死的恋情。凯瑟琳对林顿允婚后的两句话说得好："我爱他（指希思克利夫）并不是因为他长得漂亮，而是因为他比我更像我自己。"这种整个灵魂的合二为一，与我国民间常言的"你中有我，我中有你"，可谓一脉相通。他们的恋情，爱与恨交织，欢乐与痛苦并存，但却屡遭摧残与阻挠而不熄灭，原因正在于此。艾米莉处理这一恋情，主要是以散文诗的笔触描述，以风景画的背景衬托，以奇幻的梦境渲染。这也就是这部小说的主要艺术特色。

如果穿过爱情故事的岩层继续深入，立即会接触到更深的一层，那就是有关人与自然的关系。凯瑟琳对保姆解说自己的梦境时说，天堂不是她的家，在那里，她一心只想回到荒原。她与希思克利夫之所以相像得难解难分，正因为他们同为荒原（也就是大自然）之子，他们同属于尚未被文明驯化、野性十足、保持了更多原始人性与情感的人。他们的恋情，与荒原上盛开紫花的石楠共生，浑然天成，粗犷奔放，顽强对抗虚伪的世俗文明，象征着人与自然的合一。凯瑟琳背叛希思克利夫而误嫁林顿，虽使世俗文明稍逞一时之威，并未切断他们之间本质的联系。他们死后，肉体同归泥土，灵魂遨游荒原，代表了人向自然的归复，天人合一的永恒。这是艾米莉·勃朗特本人宇宙观、世界观的体现。

夏洛蒂和传记作者告诉我们，艾米莉生性独立、豁达、纯真、刚毅、热情而又内向。她颇有男儿气概，酷爱自己生长其间的荒原，平素在离群索居中，除去手足情谊，最喜与大自然为友，从她的诗和一生行为，都可见她天人合一宇宙观与人生观的表现，有人因此而将她视为神秘主义者。其实人与自然的关系，从来就是人类文明史上重要的命题，艾米莉不过是步历代哲人、隐者、科学家、艺术家后尘，通过生活和创作，身体力行地探寻着人与自然的关系。

由于艾米莉一生经历简短，她既未受完整系统教育，又没有爱情婚姻实际体验，人们对于她能写出《呼啸山庄》这样深刻独特的爱情绝唱也曾疑惑不解。对这一问题，早有人以“天才说”作出解释，而经过百余年的研究考据，传记作者和评论家又提出了更加令人信服的凭据。艾米莉以及她的姐妹，虽然生长在苦寒单调的约克郡，她们的父亲帕特里克·勃朗特却来自北爱尔兰，母亲玛丽亚·勃兰威尔是康沃尔人。这一对父母所属民族的祖先，同属具有冲动浪漫气质的凯尔特人，而且二人都不乏写诗为文的天分：帕特里克又一向怀有文学抱负，曾自费出版诗集；玛丽亚出嫁前写给帕特里克的情书，也是文采斐然。继承了父母的遗传基因，又受到荒原精神的陶冶哺育，艾米莉的艺术天才无疑并非无源之水；而且她家那座荒原边缘上的牧师住宅，外观虽然冷落寒酸，内里却因几个才智过人的子女相亲相携而温馨宜人。他们自幼相互鼓励、切磋，以读书写作为乐。这一方面大大冲淡了物质匮乏之苦；同时也培养锻炼了他们的写作功力。艾米莉的写作，从诗开始，她在着手创作《呼啸山庄》之前十六七年间，陆续写出习作诗文《贡代尔传奇》和短诗，如今所见，仅近二百首诗。姑且不论它们本身的艺术价值，这些文字起码也是创作《呼啸山庄》这部不朽之作的有益准备。换言之，她写《呼啸山庄》，是她写诗的继续。她的诗，真挚、雄劲、粗犷、深沉、高朗，这也是《呼啸山庄》的格调。

译者十余年前在一篇文章[①]中曾提及，《呼啸山庄》是一部纯诗人写的小说，而不是哈代那样诗人兼小说家、更不是狄更斯那样纯小说家写的小说。就传统写实小说的基本要素人物和情节来说，《呼啸山庄》中的人物只有男女主人公最为突出，而且实际上是他们二人的感情特征最为突出——而人的感情又本应是诗的首要元素。小说中其他人物，则缺乏像他们一样深刻强烈的感情内涵，因此大多淡而无味甚至不尽合乎常理。如伊莎贝拉之爱希思克利夫和小凯茜之爱小林顿，都是作家自己牵强作伐。唯有希思克利夫和凯瑟琳，真实、天然，充满魅力，兀立于其他人物之上，紧紧抓住读者，令人无暇挑剔、苛责。在结构方面，作为小说主体的爱情故事，发展到二人诀别，凯瑟琳长逝，似乎高潮已过，随后希思克利夫继续经受感情煎熬并向林顿、恩肖两家报复，应是从高潮至结尾的下坡路，到他五天四夜绝食梦游，则是一个回头浪，故事也就近于尾声，而这期间却穿插设计了大量第二代人的爱情纠葛，最后还布置了遥遥在望的大团圆，使本可精彩的结尾泛起了泡沫。艾米莉在这里似乎脱离了作诗而落入编写小说的迷阵。这恰从反面证明，艾米莉本为诗人，写诗，不论是以韵文还是散文，才是她的强项，《呼啸山庄》正是她以散文写的诗，它的巨大成功、突出魅力以及其中一些败笔，都源出于此。

通过写诗走上小说创作，不少作家都是这条路上的过来人；而再通过小说而充分展露一向未得尽展的诗才，艾米莉却得说是一个鲜见的实例。昔人曾将波兰音乐家肖邦称为钢琴诗人，我们以此对应，也可将艾米莉·勃朗特称为小说诗人。她超然物外，不计功利，在简短三十年的一生，仿佛只为写作而活，而且终于在写作中无意

---

① 原文题为《艾米莉·勃朗特的诗——〈呼啸山庄〉创作的源泉》。载于《外国文学评论》1988年第4期。

间实现了自我，也永葆了自我。她的时代，与我们已相去遥远，她的毕生因年轻而血气方刚，她的作品因诗化而夸张极端，这使即将跨入 21 世纪的人也常感惶惑、犹豫；但是，在物质文明不断进步发展的另一侧面，有识之士出于对物欲横流、人性歪曲和自然破败的忧患，则在一次次呼唤人间真情和回归自然，《呼啸山庄》的曲调，也总能与这常作呼唤的一代代新声和谐共振——这大约就是这部小说永远的“现实”意义。

张玲

创美工厂 | 轻经典

出 品 人：许 永
责任编辑：许宗华
特邀编辑：陶禹函
装帧设计：海 云
印制总监：蒋 波
发行总监：田峰峥

投稿信箱：cmsdbj@163.com
发　　行：北京创美汇品图书有限公司
发行热线：010-53017389　59799930

创美工厂 官方微博
创美工厂 微信公众号